JACOB ROSS
SHADOWMAN

Kriminalroman

Aus dem karibischen Englisch
von Karin Diemerling

Herausgegeben von
Thomas Wörtche

Suhrkamp

Die Originalausgabe erschien 2020 unter dem Titel
Black Rain Falling
bei Sphere, einem Imprint von
Little, Brown Book Group, London.

Erste Auflage 2023
suhrkamp taschenbuch 5336
Deutsche Erstausgabe
© der deutschsprachigen Ausgabe
Suhrkamp Verlag AG, Berlin, 2023
Copyright © Jacob Ross 2020
Alle Rechte vorbehalten.
Wir behalten uns auch eine Nutzung des Werks für
Text und Data Mining im Sinne des § 44b UrhG vor.
Umschlagfoto: FinePic®, München
Umschlaggestaltung: zero-media.net
Druck und Bindung: C. H. Beck, Nördlingen
Printed in Germany
ISBN 978-3-518-47336-8

www.suhrkamp.de

SHADOWMAN

*Für Adrian ›Straight Nose‹ Bierzynski,
für deine Tragik und dein Genie*

Du kannst die Vergangenheit nicht hinter dir lassen.
Sie liegt in dir begraben.

Claudia Rankine

1

Eins hatte ich in meinen drei Jahren der Verbrechensbekämpfung auf Camaho gelernt: Um für Recht und Ordnung zu sorgen, muss man manchmal gegen die verdammten Regeln verstoßen.

Fünf Tage nachdem ich einen Polizisten wegen Trunkenheit am Steuer und noch viel Schlimmerem verhaftet hatte, erschoss Miss Stanislaus, meine Partnerin beim San Andrews CID, einen Mann namens Juba Hurst – den Mann, der sie als Kind vergewaltigt hatte. Der Ärger, den ich mir mit der Festnahme des Kollegen eingehandelt hatte, war nichts im Vergleich zu dem, was sie erwartete. Und auf keinen Fall würde ich sie die Folgen allein ausbaden lassen. So bin ich nun mal, Michael Digger Digson. Ich bin so gepolt.

Ich hatte den Sonntag im Norden der Insel bei meinem Freund Caran verbracht, der eine halbmilitärische Einheit bestehend aus vier Leuten leitete, drei Männer und eine Frau namens Toya Furore, sein Lieutenant. Die Bush Ranger, so nannten wir sie. Sie verfügten über die Schießfertigkeit und die Überlebenstechniken von Soldaten, die Festnahmebefugnis von Polizisten und die deduktiven Fähigkeiten von Kriminalisten.

Detective Superintendent Chilman, unser alter Chef, hatte Carans handverlesenes Team speziell für Patrouillengänge im dunklen Inselinneren abgestellt. Fit, flink und bewaffnet, blieben sie manchmal wochenlang in den Bergen, wenn es sein musste, spürten Ganja-Anbauer und Buschfleisch-Wilderer auf, Mörder und vereinzelte Gefängnisausbrecher, die sich in die nebeligen Hochwälder Camahos geflüchtet hatten. Die Bush Ranger kannten die Insel wie ihre

Westentasche. Im Nordteil waren sie schon zu einer Legende geworden.

Wie so oft redeten Caran und ich die erste Stunde über den Job und wunderten uns mal wieder darüber, was DS Chilman mit uns gemacht hatte. Der Alte, fanden wir, war voller Widersprüche. Zwar hatte er sich vor ein paar Jahren aus dem Polizeidienst zurückgezogen, kam aber immer noch ins San Andrews CID, um uns herumzukommandieren. Er war ein Vollzeitsäufer mit einem Gehirn, in dem es keinen Platz für Schwachsinn gab, und einer messerscharfen Zunge. Chilman hatte dreißig Jahre lang bei der Polizei gearbeitet und verachtete die meisten seiner Kollegen, weil sie zu nichts zu gebrauchen waren, was die Verfolgung von Straftaten anging. Seiner Ansicht nach verursachten sie manchmal sogar Verbrechen. Wie im Fall einer jungen kanadischen Touristin: Sie war an einem der abgelegenen Strände der Westküste mit ihrem Hund spazieren gegangen und von einem Typ drangsaliert und umgebracht worden, den die Polizei erst wenige Stunden zuvor wegen Körperverletzung festgenommen hatte. Der Superintendent, der seine Freilassung angeordnet hatte, war mit ihm verwandt.

Danach hatte Chilman die Nase voll gehabt. Wenn er schon die Polizeibehörde nicht ändern konnte, so konnte er zumindest ein eigenes Team ins Leben rufen, »koste es, was es wolle«. Was bedeutete, dass er sich über sämtliche Bestimmungen für die Personalrekrutierung hinwegsetzte.

Mich hatte er in San Andrews buchstäblich von der Straße aufgegabelt. Ich war damals neunzehn und gerade von der Schule abgegangen, ohne irgendwelche Jobperspektiven trotz guter Noten. Ein Mord auf offener Straße wurde für mich zum Wendepunkt. Mein Vergehen bestand darin, dabei gewesen zu sein. Chilman entdeckte mich auf dem

Bürgersteig, wo ich damit beschäftigt war, nichts zu tun. Er nahm mich fest und brachte mich in sein Büro. Stellte mich vor die Wahl: Entweder trat ich der neuen kriminalpolizeilichen Abteilung bei, die er gerade gründete, oder ich ging ins Gefängnis. Ich wusste, dass er nicht scherzte.

Chief Officer Malan Greaves hatte er mit einer Einkaufstüte voll Marihuana, das er an Touristen verkaufen wollte, auf dem Grand Beach hoppgenommen. Vierzehn Jahre Gefängnis und eine nicht limitierte Geldstrafe oder eine Festanstellung mit Sonderzulagen und Perspektiven lautete Chilmans Angebot an Malan. Dann war da noch Spiderface, verhaftet wegen eines Ballens Ganja auf seinem Motorboot. Spiderface hatte der Küstenwache dermaßen das Leben schwer gemacht, bevor sie ihn endlich schnappten, dass Chilman genug beeindruckt war, um ihn mit einer legalen Erwerbstätigkeit zu belohnen.

Miss Stanislaus dagegen, seine Tochter, musste er mit etwas anderem überzeugt haben. »Hellster Kopf der Insel«, sagte er, als er die Frau eines Tages einfach in unser Department schickte. Und Pet und Lisa, beide Verwaltungs-Azubis in einer benachbarten Abteilung, wurden zum Mittagessen eingeladen und kehrten nie mehr auf ihre alten Stellen zurück.

»Scheiß Erpressung«, hatte ich dem Alten einmal in einem Anfall von Ärger vorgeworfen.

»Talentförderung«, erwiderte er. »Sieh dir mal eure Erfolgsquote an, Digson! Eintausend Polizisten auf der Insel im Dienst, sechzehn Wachen verteilt auf die verschiedenen Bezirke, und San Andrews CID hat jetzt das zweite Jahr in Folge die beste Verbrechensbekämpfungsbilanz. Kein Wunder, dass die ganze verdammte Polizeibehörde uns plattmachen will. Einschließlich des Justizministers!«

Satt und zufrieden von dem Essen, das Mary, Carans Frau, mir vorgesetzt hatte, verließ ich das kleine Haus der beiden. Ich lachte in mich hinein bei dem Gedanken an Carans Geschichten über die Geheimnisse von Camahos Wäldern: kochend heiße Quellen, die aus Felsspalten hervorsprudelten, Stimmen im Wind, die sie, wie er schwor, dort oben in den Bergen hörten, Schattenwesen, die sich flüchtig blicken ließen, Prinzess-Orchideen, die sich vom Saft der Waldbäume ernährten und sie zum Absterben brachten. Am Ende hatte er mich mit dem Ellbogen angestoßen. »Schönheiten, Digger. Schönheiten, die einen umbring tun, weisde.«

Dabei hatte er grinsend mit dem Kinn auf seine Frau gedeutet. Mary hatte schallend gelacht und ihm ein Geschirrtuch ins Gesicht geworfen.

Es dämmerte schon, als ich von der mörderischen Bergstraße durch die Grand Etang Hills auf die River Road einbog, die mich nach San-Andrews-Stadt bringen würde. Plötzlich eine lange Autoschlange vor mir, bis hin zu der alten, überm Meer hängenden Eisenbrücke. Lautes Gehupe und Geschrei irgendwo vorn.

Ich fuhr an den Straßenrand, stieg aus und ging dem Lärm nach. Ein Mann wurde von einem Mob gegen einen Nissan-Minibus gedrängt. Die Windschutzscheibe war spinnennetzartig gesplittert, das Fahrzeug stand mit laufendem Motor quer zur Straße. Etwa drei Meter weiter verglich eine Gruppe schnatternder Teenager Handyaufnahmen von etwas, das wie eine verstümmelte Leiche aussah. Ein schmaler, abgetrennter Arm mit fünf Kupferarmreifen sagte mir, dass es sich um eine Frau handelte. Etwa fünfundzwanzig Jahre alt, schätzte ich. Der Rest von ihr, hörte ich, sei über den ganzen Straßenabschnitt verteilt.

Ich trat in die Menge, hielt meinen Ausweis in die Höhe

und wies die Leute an, sich zu zerstreuen. Unter aufgebrachten Rufen wichen sie ein paar Schritte zurück.

Ich kannte den Fahrer. Es war ein Constable von San Andrews Police Central namens Buso, wegen einer Beinprothese an den Schreibtisch gefesselt. In der Behörde ging das Gerücht um, dass seine Frau einen Liebhaber hatte, mit dem sie vor seiner Nase herumpoussierte.

Jemand hatte bereits den Krankenwagen gerufen. Niemand die Polizei.

Ich rief die Leichenbergung an, ein Drei-Mann-Team, das Superintendent Chilman speziell für solche Situationen zusammengestellt hatte. Jungs, die sich nichts dabei dachten, ihr Abendessen von Tellern einzunehmen, die sie auf einem Kadaver abgestellt hatten. Vorher waren sie Totengräber gewesen.

»DC Digson hier. Hab 'nen Abkratz-Job für euch. Gut vier Stunden Arbeit.«

Ich gab ihnen die Koordinaten und wandte mich dann an den Officer. Er stank nach Alkohol. »Also, was ist passiert?«

Die Leute ringsum mussten von meinen Lippen abgelesen haben.

»Er hat die Frau umgefahrn, ist besoffen Auto gefahrn! Das war Mord! Die Frau hat zwei kleine Kinder und ... und das Arschloch hat sie noch ein ganzes Stück mitgeschleift, von da bis ...«

Mit erhobener Hand unterbrach ich den Sprecher – ein junger Mann mit zu abstehenden Büscheln frisierten Haaren, wie ein flauschiges Stachelschwein. Er glühte vor Zorn, seine Stimme schnappte fast über.

»Du bis Digschun von Schändruus Schi-Ei-Die, nich wahr? Ich hab die nich gesehn, weisde. Hätt schwörn könn, war 'n Hund, den ich erwischt hab.«

»Sie halten also nicht, wenn Sie einen Hund überfahren haben?«

»Nee, Mann, ich ...«

»Nennen Sie mich nicht ›Mann‹, verdammt! Sprechen Sie mich mit Rang und Namen an. Sie sind stinkbesoffen Auto gefahren! Ihnen als Polizist sollte klar sein, dass das eine Straftat ist.«

Ich drehte mich zu der Menge um. »Wer war Zeuge hierbei?«

Vier junge Männer traten mit erhobenen Smartphones vor.

Ich kassierte ihre Handys ein und steckte sie in meine Hosentaschen. »Könnt ihr morgen im San Andrews CID abholen.« Ihren Protest überhörte ich. »Hat jemand den Unfall direkt beobachtet?«

Ein Mann – klein, glänzendes Gesicht, große Augen – hob die Hand. Ich nahm seine Personalien auf.

Dann wandte ich mich wieder an den Officer. »Falls Sie's noch nicht wissen, ich nehm Sie fest. Ich will Ihren Arsch im Gefängnis sehn. Ich will die Höchststrafe für Sie.«

»Ach komm, Digschun, ich bin selbst 'n Bulle.«

»Das macht's umso schlimmer!« Ich legte ihm Handschellen an und bugsierte ihn in mein Auto.

Als wir zur Hauptwache von San Andrews kamen, war ich kurz davor, kotzen zu müssen. Mein Auto stank. Der Mann hatte sich offensichtlich vollgepisst und war ein nuschelndes Wrack auf dem Rücksitz.

Ich zerrte ihn hinaus und schleifte ihn in die Wache, wo ich die Zellenschlüssel von dem diensthabenden Officer am Empfang verlangte – ein glotzäugiger junger Typ mit schlaffem Mund, der zuerst das Wrack, dann mich anstarrte. Er machte ein verwirrtes Gesicht, bewegte die Lippen, als wollte er etwas sagen, besann sich dann aber eines Besseren und folgte mir zu den Zellen. Ich öffnete eine davon, warf Buso hinein und schloss ab.

»Ich bin DC Digson, die Leute nennen mich Digger«, sagte ich zu dem jungen Polizisten. »San Andrews CID.«

»Missa Digger, sind Sie sicher ...«

»Und ob. Dieser Officer hat gerade eine Frau totgefahren. Hätt sie für 'n Hund gehalten, sagt er. Sehn Sie sich ihn an, sturzbesoffen, aber Auto fahren.« Ich steckte die Schlüssel ein.

Der junge Mann zeigte stumm auf meine Hosentasche. Ich ignorierte das, zog mein Notizbuch hervor und schrieb eine Weile. Dann riss ich die Seite heraus und gab sie ihm. »Wie heißen Sie?«

»Kent, Sir.«

»Sie sind neu hier, oder?« Er nickte.

»Sorgen Sie dafür, dass Ihr Superintendent das bekommt«, sagte ich.

»Die, äh, Schlüssel, Missa Digger ...« Er kaute auf seiner Unterlippe und sah nervös zu den Zellen hin. Ein Gebrumm und Gesumm kam von dort, dann begann Buso, eine Hymne zu grölen – »Rock of Ages«.

»Die Schlüssel behalte ich«, sagte ich und marschierte aus der Wache.

2

Um sieben war ich auf und blickte mit einer Tasse heißem Kakao in der Hand von meiner Veranda auf Old Hope Village hinunter, das sich über den ganzen Hang erstreckte.

Gegenüber lagen die Vorberge der Mardi Gras Mountains und lenkten meinen Blick hinauf zu den im frühen Morgenlicht dunkelvioletten Gipfeln. Der Unfall von gestern Abend ging mir nicht aus dem Kopf.

Um Punkt neun bekam ich einen Anruf von Superintendent Gill, Leiter der San Andrews Central Police Station. Er verlangte die Zellenschlüssel von mir zurück. Ob ich nicht wisse, dass ein Polizist niemals einen anderen Polizisten in der Öffentlichkeit festnahm, egal, was der angeblich getan hatte? Vor allem sperrte er ihn nicht über Nacht ein und nahm die Schlüssel mit. Wo ich meine Ausbildung absolviert hätte? Für wen zum Teufel ich mich eigentlich hielte?

»Detective Constable Digson, Sir! San Andrews CID!«, antwortete ich. »Drei Jahre im Dienst, und ich möchte Sie bitten, den Bericht zu lesen, den ich Ihrem Officer übergeben habe, ehe Sie anfangen, mich zu beleidigen.«

»Das ist keine Entschuldigung«, blaffte er. »Ich will die Schlüssel. Wann bringen Sie die her?«

»Wenn's mir passt«, erwiderte ich und legte auf.

Kurz nach elf ging ich aus dem Haus, die Zellenschlüssel in der Tasche. Ich konnte den Ozean riechen von Old Hope aus, dem langgezogenen Tal, das bis zum Meer reichte und in dem früher Zuckerrohr angebaut worden war. Die Hügel knisterten bereits in der ungewöhnlich starken Hitze. Den ganzen Monat ging das schon so, trocken, staubig, ausgelaugt, die Luft erfüllt von den Klagelauten leidender Nutztiere, die sich in den Schatten von Bäumen und Senken drückten. Der Waldboden war braun bis hinauf zu den Hügelspitzen. Bei dieser Trockenheit hatte man Angst, ein Streichholz anzuzünden, und ich machte mir Sorgen, sobald ich irgendwo Rauch sah.

Heute nahm ich den langen Weg zum Büro in San Andrews.

Chief Officer Malan rief an. Ich ging nicht ran.

Fünf Minuten später schrieb Pet, unsere Sekretärin, mir eine Textnachricht: *Wo steckst du?*

Ich antwortete nicht.

Der Chief Officer rief erneut an. Ich ignorierte ihn. Dann wurde Miss Stanislaus' Nummer angezeigt. »'n Morgen, Miss Stanislaus. Wie geht's Ihnen?«

Ich stellte sie mir an ihrem Schreibtisch vor, in einem ihrer prächtigen Montagmorgenkleider mit Lilienmuster, wie das Licht vom Fenster auf ihre Hände und ihr Gesicht fiel und sie das Telefon elegant ans Ohr hielt.

»Fünf Sekunden«, sagte sie. Das war ihre Art, mir mitzuteilen, dass sie im Vertrauen mit mir sprechen wollte. An den Hintergrundgeräuschen erkannte ich, dass sie aus dem Büro hinaus in den betonierten Innenhof gegangen war.

»Missa Digger, wolln Sie sich Ärger einhandeln?«

»Nee.«

»Warum ham Sie dann den Polizisten eingesperrt?«

»Er hat gestern Abend eine Frau überfahren, Miss Stanislaus. Trunkenheit am Steuer, und er wird nicht ungestraft davonkommen, nur weil er ein Officer ist.«

»Das hab ich nicht gewusst«, sagte sie.

»Weil es nicht in den Nachrichten gekommen ist. San Andrews Central will es wie üblich unter den Teppich kehren.«

»Ham Sie vor, dagegen zu kämpfen?«

»Das ist Sache der Angehörigen des Opfers. Bitten Sie Pet, einen Rechtsanwalt zu suchen, der bereit ist, den Fall honorarfrei zu übernehmen – pro bono nennen die das. Ich geb Pet genauere Informationen, sobald ich da bin.«

»Schicken Sie sie gleich.« Miss Stanislaus klang jetzt entschieden.

Ich fuhr an den Rand, konsultierte meine Notizen und mailte die Fakten per Handy.

Die gesamte Abteilung war versammelt, als ich hereinkam, wartete offenbar schon auf mich. DS Chilman hockte neben der Tür, die Ellbogen auf die Knie gestützt, die Lippen sorgenvoll geschürzt. Pet und Lisa, die beiden Verwaltungsangestellten, saßen Seite an Seite an ihren zum Eingang zeigenden Schreibtischen. Chief Officer Malan hatte seinen Stuhl aus seinem Büro herausgerollt, saß aufrecht da in seinem frisch gebügelten blauen Hemd und verfolgte jede meiner Bewegungen mit stetem, boshaftem Blick. Neben ihm ein uniformierter Polizist.

Nur Miss Stanislaus, die ein schönes, meergrünes Kleid trug, wirkte entspannt, blickte von ihrem Schreibtisch aus hinunter auf den Marktplatz. Einen Moment lang richtete sie ihr großen braunen Augen auf mich, dann drehte sie sich wieder zum Fenster um.

»Warum hast du so lange gebraucht?«, knurrte Malan.

Achselzuckend nahm ich mir einen Stuhl und setzte mich. »Wozu all die Aufregung?«

Der Chief Officer explodierte. »Was soll das? Hast du sonst nix zu sagen? Du sperrst 'n Officer ein und nimmst den Schlüssel mit! Und dann fragst du, was die Aufregung soll?«

»Wieso sollte Officer Buso anders behandelt werden als all die andern Leute da draußen?«

»Digger, du kannst nicht einfach einen andern Polizisten verhaften. Wir machen alle den gleichen verdammten Job!«

»Malan, du brüllst. Reg dich ab! Du hast meine Frage nicht beantwortet. Also?«

Er sprang auf, streckte die Hand aus. »Gib mir die Schlüssel!«

»Nein. Noch nicht. Und rück mir von der Pelle.«

DS Chilman räusperte sich, ein feuchtes, warnendes Geräusch. Malan zog sich zurück. Miss Stanislaus bedachte uns mit einem ungehaltenen Seitenblick.

»Beantworte meine Frage«, sagte ich.

»Hat man je gehört, dass ein Cop einen andern Cop festnimmt? Sind alle bei derselben Polizei. Willst du 'nen Bürgerkrieg anfangen?«

Mich packte die Wut. »Ein stinkbesoffener Officer überfährt eine Frau, die am Straßenrand langgeht. Die Frau wollte Milch für ihre beiden Kinder kaufen. Das eine ist zwei, das andere sechs Jahre alt. Der Mann hat die Kontrolle über seinen Wagen verloren und sie umgefahren. Er war so voll, dass er sie für 'nen Hund gehalten hat, wie er sagt. Hat sie noch fast einen Kilometer mitgeschleift, die Leichenbergung musste sie von der Straße kratzen. Versetz dich in meine Lage, Malan. Was hättest du getan?«

»Warum hast du ihn nich beiseite genommen?«

»Wozu?«

»'s reicht jetzt!« Miss Stanislaus klang schneidend. Sie nahm ihre Handtasche, zog ein Papiertaschentuch heraus und begann, sich damit das Gesicht zu fächeln.

»Ich sag immer noch, dass er 'ne andre Behandlung verdient!«

»Von mir kriegt er die nicht«, erwiderte ich.

DS Chilman stand auf. »Okay, Digson! Du bist sauer. Du bis nich zufrieden, was hast du vor?«

»Wie gesagt, das Opfer hinterlässt zwei kleine Kinder. Gibt kein Gesetz auf Camaho, das Polizisten von der Strafverfolgung ausnimmt. Ich bin bereit, im Namen der Frau vor Gericht auszusagen.«

»Das kommt nich vor Gericht«, sagte Malan.

Pet sah Lisa mit empörtem Ausdruck an. Sie war kurz davor, in die Luft zu gehen.

Miss Stanislaus fuhr zu Malan herum. »Tschuldigung, Missa Malan, Sie irren sich! Das muss vor Gericht, und wenn's nicht vor Gericht will, dann sorg ich eben dafür, dass es vor Gericht kommt.«

Sie maßen sich mit Blicken, ein gerades, entschlossenes Starren von Miss Stanislaus, ein finsteres, verbissenes von Malan. Er konnte seine Abneigung gegen sie kaum verhehlen, hatte noch immer seine erste Begegnung mit ihr nicht verwunden. Gleich an ihrem ersten Tag im Büro hatte sie ihn in die Schranken gewiesen, weil er versucht hatte, sie zu demütigen, und ich werde nie den Zorn in ihrem Blick vergessen, als sie ihm auf den Kopf zusagte, was für ein Schürzenjäger er war, dass er seine junge Frau wie eine Sklavin hielt und sie mit einem Kind ans Haus band – alles innerhalb von wenigen Minuten und ohne ihn zu kennen. Es hatte das Großmaul zutiefst schockiert zu hören, wie viel von seinem Privatleben für jemanden mit genug Scharfblick offensichtlich war. Es hatte mich selbst schockiert. Und Pet und Lisa auf der Stelle zu Fans von Miss Stanislaus gemacht.

DS Chilman streckte die Hand aus und sah mich mit seinen vom Rum gelben Augen an. Ich gab ihm die Schlüssel.

Schweigend verfolgten wir, wie der junge Uniformierte von San Andrews Central sie entgegennahm und ging.

Chilman zeigte zur Tür, ich folgte ihm hinaus in den Hof. Er fuhr sich mit der Hand über seinen graumelierten Kopf. »Wär jetzt vernünftig, dir zu raten, die Sache auf sich beruhn zu lassen«, sagte er. »Aber ich kenn dich – du bist wie 'n Hund mit 'nem schlimmen Fall von Beißkrampf. Wenn du dich erstmal festgebissen hast, lässt du nich mehr los, nicht mal, wenn ich's dir befehl. Als du Officer Buso festgenommen hast, hast du in 'n Schlangennest gegriffen. Er und seine Kumpel sind dieselbe Sorte Polizisten, die damals deine Mutter umgebracht haben. Davon ham wir immer noch 'n paar in der Truppe. Und jetzt, wo sie gesehen ham, wie du mit Buso umgesprungen bist« – er hustete in seine Hand –, »werden die sich fragen, ob sie als Nächste dran sind. Sie werden 'n scharfes Auge auf dich haben, Digson. Villeich wär's an der Zeit, dass die Leute erfahren, wer dein Vater ist.«

»Nein!«

»Okay.« Er hielt mir seinen knochigen Finger unter die Nase. »Dann gewöhn dir an, deine verdammte Knarre zu tragen. Ab sofort! Das ist ein Befehl.« Damit zog er seine Hose hoch und ging zu seinem Auto.

Ich starrte hinunter auf den weiten Bogen der Carenage-Bucht, die mit zwischen den Inseln verkehrenden Frachtern übersät war. Es gab Tage, da konnte ich kaum zum Hafen hinsehen. Dort unten, auf der Promenade, hatte 1999 eine Bande von kriminellen Polizisten, angeführt von einem Officer namens Boko Hurd, meine Mutter ermordet und ihre Leiche verschwinden lassen.

Miss Stanislaus' forsche Schritte erklangen hinter mir, ich roch ihr Limette-Lavendel-Muskatnuss-Parfüm, als sie neben mich trat. Ihr meergrünes Kleid wurde perfekt durch passende Schuhe und eine Handtasche ergänzt, ihre Haare waren zu einem glänzenden Knoten aufgesteckt. Sie hatte eine Hand in dem Täschchen, aus dem sie ebenso flink ein Taschentuch wie ihren geliebten kleinen Ruger-Revolver hervorziehen konnte, den sie Miss Betsy nannte.

»Missa Digger, wieso ham Sie mich vorhin nich begrüßt, als Sie gekommen sind?«

»Tut mir leid, Miss Stanislaus. Wie geht es Ihnen?«

»Zu spät«, sagte sie verschnupft. »Was macht Ihnen so zu schaffen?«

Malan kam aus dem Büro stolziert, sprang in seinen Jeep, ließ den Motor aufheulen und schoss hinaus auf die Straße. Mit quietschenden Reifen nahm er die Kurve weiter unten am Hang.

»Gehn wir ein Stück«, sagte sie.

»Gibt's ein Problem?«, fragte ich.

Sie antwortete nicht.

»Was ist los, Miss Stanislaus?«

Vielleicht ging es um ihre Tochter Daphne, dachte ich, eine Miniaturausgabe von Miss Stanislaus. Die beiden waren die einzigen Menschen, deren Stimmen ich manchmal verwechselte. Sie hatten den gleichen klaren Blick, gerade wie ein Pistolenlauf, die gleiche Vorliebe für lebhafte Farben und die gleiche anmutige Art, sich zu bewegen, die über ihren stählernen Kern hinwegtäuschte.

Ich sah auf meine Uhr, es war Punkt eins. »Gehen wir was essen«, schlug ich vor.

Ich nahm sie mit zu Kathy's Kitchen, einem dieser kleinen Lokale in San Andrews, die man kennen musste, um sie zu finden. Kein Schild an der Tür, keine Speisekarte. Die Wirtin servierte ein Gericht pro Tag, immer das, was sie gerade Lust hatte zu kochen, immer Arbeiteressen. Wir betraten einen kleinen Raum mit einer einzelnen Neonröhre an der Decke. Linoleumboden, fünf Plastiktische mit je zwei Stühlen daran. Während wir vor unseren Schalen mit Callaloo-Suppe saßen, blickte Miss Kathys Verwandtschaft von zahlreichen Fotos streng auf uns herab.

»Erzählen Sie«, sagte ich.

Sie sah mich abschätzend an. Miss Stanislaus hatte Augen, die einem einfach auffallen mussten. Von einem intensiven, durchscheinenden Braun und mit einem Leuchten darin, das von innen zu kommen schien. Manchmal glaubte ich, Spuren von diesem Glanz auch bei ihrem Vater zu sehen.

»Schlafen Sie immer noch schlecht?«, fragte ich.

»Mir geht's gut, Missa Digger. Aber ich will Ihnen was zeigen.« Sie stellte ihre Handtasche auf den Tisch, holte einen Zeitungsausschnitt hervor und schob ihn mir hin.

Der Bericht war drei Tage alt. Ich erinnerte mich an ihn. Eine Frau namens Lena Maine von Kara Island, zweiunddreißig Jahre, hatte sich im Meer ertränkt.

»Das war Juba Hurst«, sagte sie.

Mir wurde flau im Magen.

Sie schob ihre Suppe beiseite und murmelte fast nur noch. »Ich hab mit Leuten von zu Hause telefoniert, weil mir die Sache komisch vorkam. Die Fraun von Kara Island sind Kummer von Geburt an gewöhnt, und wenn eine selbst nich damit fertig wird, helfen die andern Frauen ihr. Sie bringt sich nich um. Und sehn Sie mal, an was fürm Tag das passiert ist!«

Ich schüttelte den Kopf.

»Samstag, nichwahr? Juba Hurst kommt jeden Sonntag von Vincen Island zurück. Miss Lena hat sich am Tag davor umgebracht, weil sie's nich mehr ausgehalten hat, was er mit ihr macht.«

»Beweise, Miss Stanislaus ...«

»Dada, ihre Großmutter, hat mir das alles am Telefon erzählt, und ich seh keinen Grund, ihr nich zu glauben. Sie sagt, Juba is jeden Sonntagabend zu ihrer Enkelin gekomm, stinkend wie 'n Grab. Lena hat ihn nich mitm Stöckchen anfassen wollen. Die Leute ham sie brüllen gehört wie 'ne Kuh und wussten nich, wie sie ihr helfen solln. Weil, wenn sie ihm nich zu Willen is, bringt er sie und ihre Kinder um, hat er gesagt ...«

»Miss Stanislaus«, warf ich ein, »es is jetzt über zehn Jahre her, dass Juba Hurst Ihnen, äh, sexuelle Gewalt angetan hat ...«

»Davon red ich nicht! Sie hörn mir nich zu. Seit Monaten red ich mir den Mund fusslig, in meiner eignen Abteilung, in der ich arbeit!« Sie unterbrach sich kopfschüttelnd, ihr Gesicht hart vor Empörung und Fassungslosigkeit. »Immer wieder hab ich euch gesagt, dass da was Schlimmes auf Kara Island im Gange is und wir was unternehm müssen. Im Moment herrscht Juba nämlich über die Insel, Missa Digger. Vor zwei Jahren hat er sich das ganze Land von meim Großonkel Koku untern Nagel gerissen. Noch schlimmer, mein Großonkel is seitdem unauffindbar. Und niemand traut sich mehr an das Grundstück ran, außer paar alten Frauen, die sich keinen Dreck um nix mehr scheren. 'ne Zeitlang ham sie ihm immer wieder seine Baracke angezündet, sobald er nach Vincen Islan gefahrn is, weil sie sagen, dass er da nur böses Zeug fabriziert.«

Mit einer Hand tupfte sie sich die Mundwinkel ab, während die andere ruhelos in ihrem Schoß zuckte. Ich dachte an Juba Hurst, Geldeintreiber und mutmaßlicher Mörder. Acht Fälle von schwerer Körperverletzung an Minderjährigen in der Absicht, Analverkehr zu erzwingen, vier Mordversuche, fünfzehn Morddrohungen, zwölf Anzeigen wegen fahrlässiger Köperverletzung, neun Sittlichkeitsvergehen gegen Frauen, zwei gemeldete Fälle von Freiheitsberaubung, die Opfer hierbei ebenfalls Frauen. In jedem einzelnen Fall war die Anzeige oder belastende Aussage ein oder zwei Tage bevor es zur Gerichtsverhandlung kommen sollte, zurückgezogen worden. Ich hielt Augen und Ohren offen, was diesen Kerl anging. Das Problem war, dass er auf Kara Island lebte, und nach allem, was ich hörte, hatte die mager ausgestattete Polizei dort drüben höllische Angst vor ihm. Ohne Beweise für eine Straftat, die Juba Hurst angelastet werden konnte, waren uns die Hände gebunden.

Die einzige Gefängnisstrafe, die Juba jemals abgesessen hatte, war wegen Entführung und Vergewaltigung einer vierzehnjährigen Schülerin. Diese Schülerin war Miss Stanislaus gewesen. Es geschah kurz nachdem Chilman sie und ihre Mutter verlassen hatte und nach Camaho gezogen war. Seine erstgeborene Tochter, doch Chilman blickte nicht zurück, nicht einmal, als sie ein Kind von Juba zur Welt brachte, das zu lieben sie sich alle Mühe gab, wie ich immer wieder sah.

Ich holte Daphne jeden Freitag von ihrem spätabendlichen Basketballtraining in San Andrews ab und fuhr sie bis zu dem kleinen farbig lackierten Gartentor vor ihrem Haus. Neulich war sie im Auto sitzen geblieben, ihre Schultasche auf den Knien. Sie hatte auf das Tor gestarrt und mich dann flehentlich angesehen. »Missa Digger, kann ich villeich für 'ne kleine Weile bei Ihnen bleiben?«

»Das geht nicht, Daph. Deine Mutter wird das kaum erlauben, und ich kann's auch nicht. Was hast du für 'n Problem?«

»Sie mag mich nich mehr, Missa Digger. Sie will nich mit mir reden, nich mal, um ...«

Daphne fing an zu weinen.

Ich tippte eine Textnachricht an Miss Stanislaus: *Daphne will nicht nach Haus. Ich bring sie zu Miss Iona oder nehm sie mit zu mir. Ihre Entscheidung, 2 min.*

Gleich darauf vibrierte mein Handy. Miss Stanislaus klang sanft und erschöpft. »Schicken Sie sie rein, Missa Digger. Dankefehr.«

Ich berührte Miss Stanislaus am Arm. Sie zog ihn weg und blitzte mich an. Dann schien sie auf einmal in sich zusammenzusinken, sprach wieder ganz leise. »Ich will, dass ihr alle mir glaubt, Missa Digger. Ich … ich weiß nich, was ich noch machen soll, damit ihr mir glaubt.«

Sie starrte einen Moment ins Leere, holte dann tief Luft. »Das Problem is, jetzt, wo Miss Lena tot is, wird Juba Hurst sich auf 'ne andre junge Frau stürzen, nichwahr? Und er wird die alten Fraun aufspürn, die ihm sein Lager angezündet ham, und die Frage is nur, was er *nich* mit ihnen macht. Nennen Sie mir einen Grund, warum ich hier auf Camaho rumsitzen und zulassen soll, dass jemand so was meiner Familie antut.«

»Ich wusste nicht, dass Lena mit Ihnen verwandt war«, sagte ich.

Ein kurzer Blick von ihr. »Auf Kara Island, Missa Digger, sind wir alle miteinanner verwandt.«

Sie stand auf, drückte ihre Handtasche an sich und stolzierte hinaus.

3

Ich parkte am Straßenrand und ging den betonierten Weg zu meinem Haus hinauf. Mein Körper sehnte sich nach Schlaf, meine Glieder waren bleischwer. Ich hatte fast die ganze Nacht im Büro gesessen und mich durch gegoogelte Texte gescrollt, in Gedanken bei Miss Stanislaus. Bei dem Stichwort »posttraumatische Belastungsstörung« hielt ich inne, und eine leise Furcht packte mich, als ich begriff, was damit verbunden war. Überlebende einer Vergewaltigung, hieß es, haben es schwerer, PTBS zu überwinden, als Kriegsveteranen.

Und nicht immer gab es einen Schlusspunkt.

An Folgen aufgezählt wurden Schlaflosigkeit, manisch-depressive Erkrankungen und Realitätsverlust. Außerdem Selbstmordgedanken, Gereiztheit, Selbsthass. Es schoss mir durch den Kopf, dass den Verfassern des Artikels anscheinend kein Fall wie der von Miss Stanislaus begegnet war, sonst hätten sie noch etwas hinzugefügt: Rachedurst. Nicht nur hinzugefügt, sie hätten das ganz oben auf die Liste gesetzt. Ganz klar war Miss Stanislaus keine Frau, die einen Gewaltakt gegen ihren Körper vergaß, wie lange der auch her sein mochte. Sie hatte ihren Zorn mitgebracht, als Chilman sie ins San Andrews CID einschleuste. All diese Empörung! Manchmal bemerkte ich, dass sie Mühe hatte, sie zu zügeln. Es gab Tage, an denen sie bei der leisesten Berührung zurückzuckte, und sie konnte aufbrausend und übellaunig werden, wenn die Nachricht von einer Vergewaltigung unsere Abteilung erreichte.

Um mich von diesen Gedanken abzulenken, spielte ich ein Spiel mit mir selbst: Ich tat, als wäre ich ein Privatdetektiv, der sich in mein Haus einschlich.

Ich steige drei Stufen hinauf, entriegele die Glastür und mache das Deckenlicht an. Schleiche im Wohnzimmer an vier Morris-Sesseln und einem Sofa vorbei. Bücherregale an jeder Wand, voll mit Büchern über den menschlichen Körper und dessen Eigenschaften vor und nach dem Tod. Weitere Bücher über das menschliche Skelett auf der Küchenarbeitsfläche. In dem dicksten davon steckt ein Bleistift. *Osteometrie: Die Mathematik der menschlichen Gestalt.*

Zwei Kühlschränke. Ich öffne den kleineren. Die Fächer sind vollgestopft mit Chemikalien in Glasflaschen, den gefrorenen Larven und Puppen von Gliederfüßern und Schmeißfliegen in jedem Entwicklungsstadium. Alte 35 mm-Filmdosen mit Bodenproben, Wurzelholz und Grashalmen. Humangewebe in Ampullen mit Formalin.

Eine Musikanlage in einer Ecke mit stapelweise CDs drumherum, hauptsächlich Jazz, ein bisschen Schmuse-Rock, ein bisschen Bump 'n' Grind mit jamaikanischen Rude Gals in engen Lycra-Bodys auf den Covern, die ihre üppigen, nur mit einem G-String bekleideten Hinterteile in die Kamera halten.

Ein Zimmer rechts mit bloß einem eisernen Bettgestell an der Wand und einem Bataillon Rumflaschen mit Vintage-Labels auf dem Fußboden.

Auf der anderen Seite des Hauses ein voll eingerichtetes Schlafzimmer. Ein altes Mahagonibett nimmt mehr als die Hälfte des Raums ein, etwa anderthalb Meter darüber ein Holzlamellenfenster. Alle übrigen Fenster im Haus haben Glasscheiben. Ein Hurrikan-Haus offensichtlich, erbaut circa 1955, das ursprüngliche Guyana-Holz herausgerissen, die Wohnfläche erweitert und alles mit Beton, Stahl und hellem Kalkstein verstärkt.

Teure Kondome der Sorte super-gefühlsecht auf dem Nachttisch. Keine Hinweise darauf, dass hier noch jemand lebt.

Schlussfolgerungen bisher: männlicher Bewohner Anfang, Mitte zwanzig, besessen von Tod und menschlichen Körperteilen. Möglicherweise kannibalisch. Lockere Beziehung, wenn überhaupt eine. Ein ungesundes Interesse an Rumcocktails und scheußlicher Musik.

Eine Wand im Wohnzimmer hebe ich mir bis zuletzt auf. Drei Fotos hängen dort. Das erste ist von einer alten

Inderin, die auf einer Holztreppe sitzt, die Tür hinter ihr mit einem Holzscheit offen gehalten. Sie blickt mit dem gereckten Kinn einer Kriegerin in die Kamera. Das zweite zeigt eine junge afro-indische Frau von Mitte zwanzig mit prachtvoller, ungezähmter Mähne und einem Lächeln so breit und weiß wie ein Karibikstrand. Ein kleiner Junge lehnt sich an sie, große Augen, der Mund halb offen.

Das letzte ist ein gerahmtes Zeitungsfoto, auf Karton aufgeklebt. Ein hochgewachsener, nicht allzu schlecht aussehender Typ neben einer fülligen Frau mit leuchtend braunen Augen, verdammt hübsch in ihrem meerblauen Batikkleid, das von einem Schwarm roter und gelber Korallenfische bevölkert wird. Wie ein Mitglied des Königshauses steht sie neben dem nicht allzu schlecht aussehenden Typ, eine aquamarinfarbene Handtasche am Arm.

Die Bildunterschrift lautet: DC Michael »Digger« Digson (links) und DC Kathleen Stanislaus (rechts) vom San Andrews CID. Das Duo, dass den Fall Nathan gelöst hat.

Ich konzentriere mich auf Miss Stanislaus' Augen. Jetzt sehe ich etwas darin, das mir nie zuvor aufgefallen ist: einen tiefsitzenden Schmerz, einen schwelenden Zorn. Eine Traurigkeit, die mich beinahe zum Weinen bringt.

4

Am Freitag ballten sich große Wolkensäulen über den östlichen Hügeln zusammen, machten den Tag trüb und sonderten hin und wieder ein paar armselige Regenspritzer ab, die lediglich die Luftfeuchtigkeit erhöhten.

Ich nahm die Flughafenstraße zur Arbeit und fuhr durch

Coburn Valley, das Tor zu den Drylands und dem touristischen Süden. Ein Gelüst nach rohem Zuckerrohrsaft hatte mich überkommen, und den kriegte man nur dort.

Der Verkäufer hatte seine eigene kleine, mobile Zuckerrohrmühle, von ihm selbst entworfen und gebaut. Ich bezahlte und wollte gerade zurück zum Auto gehen, als ich mich beobachtet fühlte. Ein Polizeijeep von San Andrews Central hatte mitten in der morgendlichen Rushhour angehalten. Fahrzeuge überholten ihn vorsichtig, die Insassen warfen nervöse Blicke in den Rückspiegel. Drei Officers, die versuchten, mich niederzustarren. Natürlich ging es um Buso. Ich kannte sie alle drei, ihre Namen wurden meist in einem Atemzug genannt. Skelo – so genannt wegen seiner ausgeprägten Schädelknochen. Machete – mörderisch, hieß es, wenn er ausrastete, was er anscheinend häufig tat. Machete hatte seine Arme ums Lenkrad geschlungen und reckte den Hals. Glotzte mich an. Der neben ihm auf dem Beifahrersitz hieß Switch. Er hatte das Sagen bei dem Trio.

Switch war eine ältere Version von Malan, vielleicht um die vierzig, und hatte einen gewissen Ruf zu verteidigen. Ein grimmig dreinblickender Mensch, dessen Mund und Augen ganz auf Einschüchterung getrimmt waren. Der Typ Bulle, der sich nichts dabei dachte, jemanden mit dem Gesicht voran durch eine Glasscheibe zu knallen oder von einer Frau Sex als Gegenleistung dafür zu verlangen, dass er sie nicht festnahm. Eine Subspezies, die man bei jeder Polizei auf der Welt findet. Die Sorte, die meine Mutter umgebracht hatte. Ich richtete mich gerade auf und überquerte die Straße.

Switch musste den Anfall von Hass auf meinem Gesicht bemerkt haben. Er spuckte in meine Richtung aus und sagte etwas zu dem Fahrer, der den Motor anließ.

»Ich würd's wieder tun«, rief ich. »Jederzeit, Arschlöcher!«

Der Motor wurde hochgejagt, der Jeep schoss davon. Und plötzlich war mir der Morgen verdorben.

Zurück im Büro begrüßte ich Miss Stanislaus. Sie antwortete nicht, blickte stur zum Fenster. Ich nahm mir einen Stuhl und setzte mich ihr gegenüber. Sie verließ ihren Schreibtisch und ging zur Toilette.

Pet und Lisa sahen mich an, als hätte ich der Frau Gott weiß was getan.

Malan kam vorbeigeschlendert, warf einen Blick auf mein Gesicht und lachte in sich hinein.

Ich machte mich an die Ablage und kümmerte mich um meinen eigenen Kram, doch sosehr ich es auch zu leugnen versuchte, ich fühlte mich abgewiesen.

Miss Stanislaus und ich hatten öfter Auseinandersetzungen, besonders wenn in einem schwierigen Fall der Druck zunahm. Wir freuten uns darauf, weil wir wussten, dass irgendwann die Funken fliegen und uns die zündende Idee kommen würde, die zum Durchbruch führte. Das hier aber war etwas anderes.

Mittags ging ich auf den Markt und kaufte ihr etwas zu essen, stellte die Pappschachteln vor sie hin und beobachtete, wie sie sich genüsslich darüber hermachte. Trotzdem wollte sie immer noch nicht mit mir reden.

Ich saugte an meinen Zähnen, nahm meine Tasche und verließ das Büro, verfolgt von Pets Gekicher.

5

Der Samstag fing gerade an, nach Entspannung auszusehen.

Ich freute mich auf einen lässigen Abend mit Dessie Manille im *The Blue Crab*, einem Nachtlokal mit eigenem kleinen Strand, von dem man auf Whale Island blickte. Dachte an jazzige Steelpan-Musik und raffinierte Rumcocktails, zuvorkommend bedient von einem Barkeeper, der genau wusste, wie ich meine Mischungen mochte.

Gegen Morgen würden Dessie und ich zum Grand Beach hinunterfahren, unsere Kleider abwerfen und uns ins Meer stürzen. Was zwischen uns geschah, wenn das Wasser unsere Schultern umspülte, ging nur uns etwas an.

Frau wartet, hatte sie mir getextet.

Mann bereit, hatte ich geantwortet. Mit Blick auf die Uhr zog ich mein Hemd an.

Das Handy brummte. Ich meldete mich mit tiefer Stimme. »Geduld, Frau, bin schon unterwegs.«

»Leck mich, Digson! Hier is Chilman. Ich will, dass du sofort ins Büro kommst.«

»Wie bitte?«

»Du hast schon verstanden.«

»Geht nicht, Sir. Ich hab gleich ein, äh, Treffen.«

»Erzähl's mir, wenn du hier bist.«

»Es ist nach Mitternacht!«

»Ja, hier auch. Mach dich auf den Weg.«

Ich hörte den Alten schwer ins Telefon atmen. Betrunken klang er nicht, aber das war immer nur eine Frage des Grads.

»Sie haben mir noch nicht gesagt, worum's geht, Sir.«

»Du lässt mich ja auch nicht zu Wort kommen, Digson.«

Ich wartete, stellte mir vor, wie er sich über seine nach zerknautschter Ledertasche aussehenden Lippen leckte.

»Kathleen is verschwunden«, sagte er.

»Miss Stanislaus? Verschwunden, sagen Sie?« Mir wurde plötzlich ganz anders.

»Ich kann die Frau nich finden. Sie hat ihre Tochter allein gelassen – Daphne hat mich angerufen, ganz durcheinanner. Meinte, sie hätte Angst, weigert sich aber, mir zu sagen, wo ihre Mutter hinwollte. Digson! Ich hab so 'ne Ahnung, was sie plant.«

Er brummte noch etwas und legte auf.

Weil ich nicht den Mut hatte, Dessie anzurufen, um abzusagen, schickte ich ihr eine Textnachricht.

Ich hatte mehr als nur eine Ahnung, was Miss Stanislaus plante. Sie hatte es in Kathy's Kitchen praktisch angekündigt, aber ich hatte ihr nicht glauben wollen.

Ich schnappte mir meine Schlüssel und ging hinaus in die Nacht. Ein Fingernagelrand von Mond hing über Old Hope Valley.

Einen Moment lang stand ich da und betrachtete meinen kleinen Toyota, auf Hochglanz poliert von zwei Jungs, die ich vorhin extra dafür bezahlt hatte. Ich spulte eine Reihe von Schimpfnamen für Chilman in meinem Kopf ab, schwang mich ins Auto und trat aufs Gas.

Als ich schließlich zur Western Main Road kam, war mir der Schweiß ausgebrochen. Das Radio hatte ich leise gestellt, nur die Reifengeräusche überlagerten die bangen Gedanken, die sich in meinen Kopf geschlichen hatten.

Das Büro war hell erleuchtet. Chilmans zerbeulter Datsun stand mitten im Hof, er selbst saß an meinem Schreibtisch und starrte zur Decke.

Sein Blick fiel auf meine neuen Adidas NMD und wanderte an mir hinauf. »Hast du dein Treffen verschoben?«

Ich schielte kurz auf seine Hände – die beste Methode, um festzustellen, was in ihm vorging. Er rieb seinen Zeigefinger mit dem Daumen, als wollte er die Beschaffenheit der Luft prüfen. Chilman war beunruhigt. Tief.

Er schob das Blatt Papier beiseite, auf das er seinen Ellbogen gestützt hatte. »Wo ist deine Waffe?«

»Ich bin gleich aus dem Haus, nachdem Sie angerufen hatten.«

Seine knochentrockene Hand ballte sich zur Faust. »'ne schwache Ausrede is keine Ausrede, Digson. 's wird dich eines Tages noch das Leben kosten, dass du deine Dienstwaffe nicht trägst.«

»Was ist los, Sir?«

»Du weißt, was los ist.« Er rieb sich das Gesicht, schüttelte den Kopf. »Wie im Recht meine Tochter sich auch fühlen mag, Mord bleibt Mord. Und meine ganze Arbeit wär damit zunichtegemacht.« Mit ausholender Geste zeigte er auf die Abteilung.

»Sie sagen mir nur, was ich schon weiß, Sir. Könnte sie nicht auch woandershin sein?«

»Wohin denn?« Er durchbohrte mich mit seinen bösartigen kleinen Augen. »Hast du auch deinen Verstand zu Hause gelassen? Ihr zwei arbeitet zusammen, wieso hast du das nicht kommen sehn?«

Ich schluckte meinen Ärger hinunter. »Villeich hab ich das ja. Wassis mit Ihnen, Sir?«

Ich hielt seinem Blick stand und tat nichts, um meine Gedanken zu verbergen.

Wo zum Teufel waren Sie, als Juba Hurst Ihre Tochter von der Straße gezerrt und seinen Samen in sie gespritzt hat? Was haben Sie in all den Jahren deswegen unternommen? Wieso sind Sie jetzt so scheißüberrascht, dass sie losgegangen ist, um den Kerl zu erschießen, der ihr das angetan hat?

»Ich frag nur, warum Sie so sicher sind, dass sie wirklich nach Kara Island gefahren ist, Sir.«

Chilman winkte ab und schob mir das Blatt Papier hin. »Du bist nicht der Einzige, den ich heut Abend angerufen hab. Ich hab mit Officer Mibo auf Kara telefoniert.«

»Was hat Officer Mibo gesagt?« Ich sah den hochgewachsenen Officer vor mir, spindeldürr und mit einer schüchternen, angenehmen Stimme. Noch nie hatte ich gehört, dass Mibo eine Festnahme vorgenommen hätte. Wie Chilman es ausdrückte: Auf Kara Island läuft das nicht so. Dort wurde bestraft und belohnt, wie die Inselbewohner es für richtig hielten, und alle Gesetze Camahos konnten nichts daran ändern. Mibo sollte den Marihuanahandel zwischen Vincen Island und Kara Island kontrollieren. Was bedeutete, so lange tatenlos zuzusehen, bis welche von den einheimischen Jungs zu ehrgeizig wurden und sich in die Gewässer der französischen Inseln Martinique und Guadeloupe vorwagten. Wurden sie erwischt, bat Mibo Chilman um Hilfe und Rat, wie er unsere »Bürger« retten sollte. Chilman überließ mir dann den Papierkram.

»Mibo hat bestätigt, dass Juba Hurst auf einem der zwischen den Inseln verkehrenden Frachter namens *Retribution* arbeitet.« Er gab ein rasselndes Lachen von sich. »Vergeltung, meine Fresse. Das Schiff kommt immer sonntags und donnerstags von Vincen Island rüber und geht zwischen acht und neun Uhr morgens vor Anker, je nach Gezeitenstand.«

»Haben Sie Mibo gesagt, worum es geht?«

»Wozu?«

Ich malte mir aus, wie Officer Mibo den Versuch unternahm, Miss Stanislaus von irgendetwas abzuhalten, und verstand Chilmans Sarkasmus.

Er tippte auf das Blatt. »Nach dem zu schließen, was die kleine Daphne mir *nicht* gesagt hat, vermute ich, dass sie die letzte Fähre heute Abend genommen hat. Die *Osprey*.«

»Die *Osprey* legt um halb zehn wieder von Kara Island ab, danach gibt es keine Fähre mehr«, sagte ich. »Was bedeutet, dass sie über Nacht dort bleibt. Was ist mit Daphne?«

»Daphne sagt, dass sie zurechtkommt. Is alles, was sie gesagt hat.« Chilmans Daumen rieb schneller um die Kuppe seines Zeigefingers. »Digson, ich verwett das ganze Geld, das ich nich hab, darauf, dass Kathleen morgen früh beim Anleger auf dieses Schiff wartet. Ist mir scheißegal, wie gut ihr zwei euch versteht, und noch egaler, dass sie meine Tochter is. Wie gesagt, wenn sie den Kerl erschießt, ist das eindeutig Mord, mit genug Zeugen am Hafen, um zehn Gerichtssäle zu füllen. Ich befehl dir, sie festzunehmen und hierher zurückzubringen. Dann sehn die Leute wenigstens, dass wir was unternommen ham.«

»Und dann?«, fragte ich.

»Was denkst du?«

»Ich denk gerade nicht, Sir, ich bitt Sie um Antworten.«

Er trommelte wieder auf das Blatt. »Du hast 'n Auftrag. Die schnellste Möglichkeit dorthin ist mit diesem kleinen Moskito, das sich Flugzeug nennt. Problem ist nur, es startet um sieben Uhr fünfundvierzig, und der Flug dauert fünfundzwanzig Minuten. Das heißt, du kommst ...«

»Um zehn nach acht an«, sagte ich und sah ihm in die Augen. »Vom Flugplatz bis zum Anleger sind es etwa anderthalb Kilometer. Könnte zu spät sein.«

DS Chilman wirkte den Tränen nah. Der alte Mann stand auf und öffnete Malans Schreibtischschublade. Er zog ein Paar Kunststoff-Handfesseln heraus, die er mir zuwarf. Sie trafen mich gegen die Brust und fielen zu Boden. »Bring sie damit zurück, wenn's sein muss.« Die Aktion schien ihn erschöpft zu haben. Er setzte sich kurz, hievte sich dann vom Stuhl und schlurfte zum Ausgang. »Tut mir leid, dass ich dir den Abend verdorben hab, junger Mann. Aber wie ich es seh, bist du der Einzige auf dieser verdammten Insel, der ungestraft Hand an meine Tochter legen kann. Deshalb muss ich dich schicken. Geh und schlaf noch 'n bisschen.«

Auf meiner Uhr war es 3.52. »Ich fahr von hier aus los«, sagte ich. »Die Nacht ist fast rum.«

»Und deine Waffe?«

»Ich nehm die Glock aus dem Lager.«

Grummelnd klapperte er mit seinen Schlüsseln.

Ich stand von ihm abgewandt und hörte, wie er den Türgriff drückte. »Ruf mich an«, sagte er. Es klang drohend.

Chilman schloss die Tür so leise hinter sich, dass ich kaum das Einrasten des Schlosses wahrnahm.

Ich wartete, bis der alte Datsun ratternd ansprang, und sah ihm nach, als er vom Innenhof auf die Straße rumpelte, laut genug, um die Toten des ganzen Bezirks zu wecken.

Dann hob ich die Handfesseln auf, steckte sie ein und ging zu Miss Stanislaus' Schreibtisch. Ich durchsuchte jede Schublade. Wahrscheinlich hatte Chilman das selbst schon getan, aber ich glaubte, seine Tochter besser zu kennen.

Ein ungeöffnetes Päckchen Taschentücher, eine noch originalverpackte Nagelfeile, zwei ordentliche Häufchen aus bunten Gummis und Büroklammern, fünf nadelscharf gespitzte Bleistifte. Ein Hauch ihres Parfüms.

Während meiner Zusammenarbeit mit Miss Stanislaus

hatte ich etwas Wichtiges von ihr gelernt: Menschen wurden zu extremen Handlungen getrieben, weil sie unbedingt etwas beschützen oder vernichten wollten. Diese höfliche Frau mit der sanften Stimme und einer Vorliebe für knallige Handtaschen und hübsche Kleider und Hüte würde da keine Ausnahme bilden.

Ich ging hinüber zu dem kleinen, an Malans Büro angrenzenden Lagerraum und stieg über die schwarze Metallkiste hinweg, in der wir das M24-Scharfschützengewehr der Abteilung zusammen mit ein paar F2000-Kurzgewehren aufbewahrten. Vom obersten Regalbord nahm ich die sieben Schachteln herunter, die unter anderem die Patronen für Miss Stanislaus' Ruger LCR enthielten. Ich händigte immer die Munition an die Kollegen aus wie ein Arzt Opiate an Patienten und dokumentierte stets alles genau.

Der Inhalt der fünf Schachteln mit .38 Special+P-Kugeln stimmte, aber an den Speer-Gold-Dot-Hohlspitzgeschossen hatte sich jemand zu schaffen gemacht. Vier Kugeln fehlten, dazu zwei Mondclip-Schnelllader.

Ich dachte daran, wie ich Miss Stanislaus den Unterschied zwischen einem Vollmantel- und einem Hohlspitzgeschoss erklärt hatte und weshalb Malan die Hohlspitz nie hätte bestellen dürfen. »Eine normale Kugel durchbohrt einen«, sagte ich. »Eine Hohlspitz dagegen macht Porridge aus den inneren Organen.«

Nachdem ich zwanzig Minuten lang sämtliche Schachteln und Kisten auf dem Regal herumgeschoben hatte, musste ich außerdem einsehen, dass die Glock fehlte.

Ich nahm zwei Ladungen Standardgeschosse für Miss Stanislaus' Ruger heraus und befüllte zwei Schnelllader, sortierte alles wieder ein und ging zurück an meinen Schreibtisch. Die Wanduhr zeigte 4.57 Uhr an.

Meine Gedanken richteten sich auf Daphne. Es wunderte mich nicht, dass Chilman kein Wort aus ihr herausbekommen hatte. Die kleine Miss Daphne Stanislaus würde für ihre Mutter ebenso bereitwillig töten wie sterben. Wenn Miss Stanislaus irgendwohin fuhr oder bis spätabends arbeitete, ließ sie ihre Tochter bei Iona, einer ihrer Feuerbaptisten-Freundinnen. Ich fragte mich, warum nicht diesmal. So oder so war ich sicher, dass Daphne zu dieser frühen Morgenstunde wach sein und mit dem Telefon in der Hand auf Nachricht von ihrer Mutter warten würde.

Daphne log nie, auch das hatte sie von Miss Stanislaus. Ich schrieb ihr eine Nachricht.

Digger hier, Daph. Wo ist Mam?
Keine Antwort.
Bist du da?
Mein Handy vibrierte. *Yep.*
Willst du reden?
Nee.
Hat sie dir gesagt, wohin sie will?
Yep.
Kara Island?
Keine Antwort.
Hat sie gesagt, warum sie weggeht?
Nein.
Kannst du damit umgehn?
?
Mit der Waffe.
?
Pistole. Schwarz, klein. 43 Austria 9x19 links eingraviert.
Es dauerte eine Weile, bis sie antwortete.
Yep.
Sicher?

Ja.
Bist du morgen bei Iona?
Ja.
Niemand darf wissen, dass du die Waffe hast. NIEMAND. OK?
Ok.
Pass auf dich auf.
Du auch.
Ich steckte mein Handy ein und merkte, dass Kopfschmerzen im Anzug waren.

6

Um 7.15 Uhr verließ ich das Büro. Ich würde knapp zwanzig Minuten bis zum Flughafen brauchen, also etwa zehn Minuten vor dem Start dort eintreffen. Mittlerweile wälzte sich der morgendliche Pendlerverkehr durch San Andrews. Ich nahm die West Coast Road nach Salt Point. Der Atlantik rechts war fast schwarz vor drohendem Regen, der prompt losprasselte, als ich den Flughafen erreichte. Durch den Maschendrahtzaun sah ich schon die fünfsitzige Cessna am anderen Ende der Runway stehen.

Ich parkte auf dem kleinen, für die Polizei reservierten Parkplatz und zeigte einem der Jungs von der Einwanderungsbehörde, der aussah, als würde er im Stehen schlafen, meinen Ausweis.

Er verdrehte die Augen in Richtung der Cessna. »Wetter is nich gut, Digger. Pass auf, dass du nich rausfällst.«

Fliegen machte mir eigentlich nichts aus, solange es nicht in einer Blechbüchse mit zwei Propellern war, die mich an diese batteriebetriebenen Mini-Ventilatoren für überhitzte Touristen erinnerten. Die amerikanischen Eigentümer bezeichneten die Kiste als Insel-Shuttle. Die Kara-Insulaner, die die Dinge gern beim Namen nannten und unempfänglich für den Marketing-Hype waren, als fliegende Schildkröte.

Bebend und wackelnd flog die Cessna nordwärts. Ich saß direkt hinter dem Piloten, meine Nase nur ein paar Zentimeter von seinem Ohr entfernt, den Sitzgurt fest um den Bauch gezurrt, meine Schultern so verspannt, dass sie wehtaten. Hundert Meter unter uns hatte sich das Meer im peitschenden Regen weiß gefärbt.

Zwanzig Minuten später tauchte Kara Island vor uns auf, inmitten einer Wasserfläche, die im Anflug pockennarbig wirkte von den vielen gischttriefenden Felsinseln namens »The Family«.

In der Schule hatten wir gelernt, dass das hier das gefährlichste Gewässer der Welt war, vergesst die Biskaya oder die Irmingersee.

Schon an normalen Tagen erreichte die Windgeschwindigkeit um Kara oft 150 km/h. Brandungsrückströmungen verliefen wie Flüsse unter der Oberfläche, hervorgerufen von dösenden submarinen Zwillingsvulkanen, die Kick 'em Jenny und Kick 'em Jack hießen. Und um die Gefahren dort unten noch ein wenig tückischer zu machen, lag eine große, schräge Granitplatte mit dem Spitznamen Devil Tooth in geringer Tiefe in der kochenden See. Hin und wieder schaffte der Teufelszahn es in die Nachrichten, indem er den Rumpf eines unbedachten Boots aufschlitzte. Überlebende wurden nie gefunden.

Irgendwer hatte sich mal ein Wort für all das Getose unter uns ausgedacht: Blackwater.

Angetrieben von den Sturmböen, schoss das Fluginsekt, in dem ich saß, in eine andere Klimazone hinein: kahle Sandsteinhügel, mehr Gras als Bäume, alles knochentrocken. Es kämpfte mit den Aufwinden, als es wackelig auf den schmalen, weniger als fünfzig Meter vom Meer entfernten Asphaltstreifen zuhielt.

Von hier oben wirkte Garveyhale, die einzige, kleine Stadt, wie ein Muschelhaufen, an dem der Ozean nagte. Aus der Mitte ragte die lange, hölzerne Landungsbrücke wie ein fossiler Rüssel hervor. Es wimmelte von Menschen darauf.

Anlass des Tumults war zweifellos der dickbäuchige Schoner, der gerade auf den Anleger zusteuerte und dabei eine schwarze Rauchsäule in den Himmel stieß. Meine Uhr zeigte 8.25 an.

Die Cessna hüpfte eine Minute lang über die Rollbahn und kam dann ruckelnd zum Stehen. Ich hatte meinen Sitzgurt schon gelöst und hockte in den Startlöchern. Sobald der Pilot die Klappe öffnete, murmelte ich ihm ein »Danke, Mann« ins Ohr und zwängte mich hinaus.

Ich rannte über das Flugfeld und beschleunigte mein Tempo auf der schmalen Küstenstraße, die nur eine Reihe welkender Manchinelbäume vom Meer trennte. Es war jetzt schon so heiß, dass der Schweiß mir in Bächen über den Hals lief und mein T-Shirt am Körper klebte. Selbst aus dieser Entfernung drang das Dröhnen der Maschine des großen Stahlschiffs an mein Ohr.

Zwischen den Lücken in den Bäumen erhaschte ich immer wieder Blicke auf den rostigen Schiffsrumpf, der sich schwerfällig an die Landungsbrücke heranschob.

Der Kahn hatte sein Anlegemanöver bereits beendet, als ich keuchend am Hafen ankam. Wie es schien, war ganz Kara Island dort zusammengelaufen. Leute betasteten Säcke und inspizierten verschlossene Container, die von drei Seeleuten, so muskulös, dass ihre Oberkörper im gleißenden Morgenlicht wie aus Wellblech wirkten, mit Ladewinden zu ihnen herabgelassen wurden.

Ich suchte die Menschenmenge von vorn bis hinten ab, dann noch einmal langsamer und in Spirallinien, so wie ich es in meinem Forensiklehrgang in England gelernt hatte. Die Anspannung in meinen Schultern ließ nach. Ich nahm mein Handy heraus, um Chilman darüber zu informieren, dass wir uns geirrt hatten.

Plötzlich bemerkte ich eine Veränderung in der Menge. Das Stimmengewirr um mich herum wurde leiser, so dass ich das Klatschen der Wellen gegen den Schiffsrumpf hören konnte. Ich folgte den Blicken der Leute und sah den Grund: Eine Erscheinung – der größte Mensch, der mir je begegnet war – tauchte von unten aus dem Frachtraum auf. Der Mann stand einen Moment an Deck und blickte mit einem riesigen Fischhaken in der Hand auf uns herab. Tiefliegende Augen in einem breiten, fleischigen Gesicht.

Juba Hurst.

Vor zwei Jahren war ich genau auf diesem Anleger schon einmal mit ihm zusammengetroffen. Ich war nach Kara Island gefahren, um das Rätsel um Miss Stanislaus zu lösen, die, kaum dass Chilman sie dem San Andrews CID aufgenötigt hatte, beschuldigt worden war, einen Priester und Kinderschänder namens Bello umgelegt zu haben.

Als ich jetzt zu Juba hinaufsah, dessen mächtiger Schädel sich drehte wie auf einem Kugellager, fühlte ich mich in jene Nacht mit aufgewühlter See zurückversetzt, an das

Ende des Anlegers, wo ich seiner Riesengestalt gegenübergestanden hatte. Er wollte mich nicht vorbeilassen, wollte wissen, was ich dort zu suchen hatte. Mir wurde klar, dass ich einem der Boote im Hafen, das er offenbar bewachte, zu nahe gekommen war. Ein Besatzungsmitglied auf einem anderen dort liegenden Schiff hatte meine vor Angst laute Stimme gehört, den Riesen mit der Waffe vor mir gesehen und die anderen alarmiert. Ich zweifelte nicht daran, dass sie mir das Leben gerettet hatten.

Juba ließ sich Zeit damit, die Gangway herunterzukommen. Die Grünherzholz-Planken vibrierten unter seinen Canvas-Boots, der große Haken in seiner Hand spiegelte, als wäre er aus Glas. Gemeinsam mit der Menge wich ich ein Stück zurück und empfand wieder die gleiche Angst wie damals – Angst vor etwas nicht ganz Menschlichem, einer Kreatur aus der Sagenwelt meiner Großmutter, bevölkert von feuerschleudernden Dämonen und blutschlürfenden Werwölfen, mit denen sie mich als Kind erschreckt hatte.

Und er stank, verbreitete einen ranzigen Geruch nach verfaultem Fisch und altem Dieselöl um sich. Ich musste mich zusammenreißen, um nicht zu würgen.

Das war der Mann, dachte ich, der sich an der damals vierzehnjährigen Kathleen Stanislaus vergriffen und sie geschwängert hatte. Kein verdammtes Wunder, dass sie seinen Tod wollte.

Ich entfernte mich noch ein Stück weiter, um Chilman wie versprochen anzurufen.

Da bemerkte ich aus dem Augenwinkel eine neue Unruhe, eine Art Strudeln in der Menge, als Köpfe und Schultern sich drehten. Ich fuhr herum, und da war sie, die Haare mit einem grauen Kopftuch zurückgebunden, ihr glattes, rundes Gesicht glänzend in der Morgensonne. Das Kinn gereckt, die Lippen vorgeschoben, als wollte sie die Luft küssen, der Hals schweißüberströmt. Sie trug ein weites Männerhemd mit aufgerollten, an den Ellbogen zugeknöpften Manschetten und hatte die rechte Hand an der Öffnung ihrer Handtasche.

Mit gesenktem Kopf kämpfte ich mich durch das Gedränge auf Miss Stanislaus zu. Empörtes Gezische und Gefluche attackierte meine Ohren, während ich mich durchboxte. Ein, zwei Reihen hinter ihr tauchte ich aus dem Gewühl auf und schob mich langsam weiter vor.

Das Gewoge ringsherum zog sich zurück, bis Miss Stanislaus allein vor Juba Hurst stand. Mit der graziösen Bewegung, die ich inzwischen so gut kannte, griff sie in ihre kleine Handtasche. Erst in dem Moment bemerkte Juba sie und stutzte, sein Gesicht gegen das harsche Morgenlicht so beschattet, dass ich seine Züge kaum ausmachen konnte. Ich stand weniger als einen Meter hinter ihr, als sie die Waffe in Anschlag brachte.

Vielleicht zögerte ich, weil ich insgeheim sehen wollte, ob sie tatsächlich einen Mann vor all diesen Leuten kaltblütig erschießen würde. Vielleicht, weil ich diesem Kerl ebenfalls den Tod wünschte. Keine Ahnung!

Ich verfolgte das Heben des Revolverlaufs, das Zielen, die winzige Pause, bevor sie den Zeigefinger an den Abzugsbügel schob, die Anspannung der Sehnen unter ihrer Haut – dann ließ ich meine Hand vorschnellen und schlug ihren Arm nach oben. Ein Schuss knallte. Erschrockenes Japsen und Kreischen um uns herum, gefolgt von Füßegetrappel und Massenflucht. Ich riss Miss Stanislaus an mich und entwand ihr die Waffe. Sie schrie frustriert auf und rammte mir den linken Ellbogen in den Magen. Aufkeuchend ließ ich von ihr ab, doch sie versetzte mir noch einen Schulterstoß und grub ihre Absätze in meine Zehen. Ich packte sie und drehte sie zu mir um, hörte mich krächzen: »Miss Stanislaus, was machen Sie denn da, verfluchte Scheiße?«

Ich zählte darauf, sie mit Kraftausdrücken zur Besinnung zu bringen, und es wirkte. Abrupt erstarrte sie, mit offenem Mund und ungläubig aufgerissenen Augen.

Langsam und mit Bedacht öffnete ich die Trommel und kippte die Patronen in meine Hand. Gerade wollte ich den Revolver einstecken, als sie versuchte, ihn wieder an sich zu reißen, den Blick über meine Schulter hinweg gerichtet. Ich wirbelte herum und sah Juba mit seitlich von sich weggehaltenem Stahlhaken auf uns zusteuern. Er war schon fast bei uns, bis ich den Schnelllader herausgefischt, ihn in die Waffe geschoben und seinen Kopf anvisiert hatte.

Juba stoppte und wich ein paar Schritte zurück. Ein tiefes Grollen drang aus ihm, als er auf Miss Stanislaus hinabstarrte. Sie erwiderte seinen Blick mit ruhiger, undurchdringlicher Miene, nur ihr Mund zuckte um Worte herum, die ihr nicht über die Lippen kamen. Schnaubend schwang der Mann seinen massigen Körper zu dem betonierten Gehweg herum, der am Strand entlangführte. Mit Augen wachsam wie die einer Katze sah Miss Stanislaus den rollenden Bewegungen seiner Schultern nach, als er davonging.

Vor der nächsten Kurve blieb Juba stehen. Sein mächtiger Kopf schwenkte herum, der silbrige Haken schlug gegen den Baumstamm seines rechten Beins. Ich hörte das Klatschen des Stahls auf seiner Haut. Wieder grollte er irgendwas, ich spitzte die Ohren.

»Was hat er gesagt?«, fragte Miss Stanislaus.

»Das wollen Sie nicht wissen«, antwortete ich, überlegte

ich es mir dann aber anders.« Er hat gesagt, wenn er Sie das nächste Mal erwischt, machte er, äh ...«

»Was?«

»Macht er Sie zum Krüppel.«

Sie kniff die Augen zusammen. »Das hat er sowieso schon«, murmelte sie.

Jetzt, da Juba weg war, stieg neues Stimmengewirr um uns herum an. Ich hielt mein Polizeiabzeichen hoch über den Kopf. »Okay, Leute, die Party ist vorbei. Geht nach Hause.«

Eine alte Frau, dunkel und knorrig wie die Rinde eines Meertraubenbaums, baute sich vor mir auf und drohte mir mit erhobenem Zeigefinger. »Warum hassu sie aufgehalten? He? Was weissu schon über die Angelegenheiten von Kara Island, he? Gott hat sie geschickt, um uns von dem Hund zu befrein, und Gott wird deinen Camaho-Arsch dafür züchtigen, dass du sie daran gehindert hast.« Sie spie einen Spuckeregen in meine Richtung und ließ mich stehen.

Miss Stanislaus warf Sand mit ihren Absätzen auf, als sie über den Strand eilte. Ich lief ihr hinterher, spürte die Anspannung im ganzen Körper nach den Worten der alten Hexe. Im Schatten eines Tulpenbaums holte ich sie ein.

Wir setzten uns so herum auf eine Lattenkiste, dass wir die Straße, auf der Juba verschwunden war, gut überblicken konnten.

Mehrere Fischerboote lagen am Ufer, vollgehäuft mit Netzen und anderer Ausrüstung. Dazwischen schaukelten zwei schnittige, sonst aber schlichte Boote, deren Heckbalken verstärkt waren, um der Schubkraft überdimensionaler Motoren zu widerstehen. Sprintboote, die bevorzugte Wahl der Ganja-Schmuggler für schnelle Trips zwischen Kara Island und Vincen Island.

Hin und wieder machten wir eine Razzia, damit der Justizminister etwas zum Prahlen hatte in den Abendnachrichten, aber wir stoppten den Handel nicht, weil, um mit Chilman zu reden, »die Leute von Kara sonst kein Bruttoinlandsprodukt nich hätten. Sagt diesem Donald Trumpet, er kann uns mal mit all seinem Gerede von ›Krieg gegen Kräuter‹.«

»Krieg gegen Drogen«, verbesserte ich ihn.

Er blitzte mich mit rumroten Augen an. »Ach so! Du bist also auf seine Seite? Illegal is nur das, was Donald Trumpet nich irgendwie besteuern kann, hast du das immer noch nich kapiert?«

»Missa Digger, Sie hätten mir nich so obschöne Worte an den Kopf werfen brauchen.«

»Miss Stanislaus, ich möcht wissen, warum die klügste Frau, die ich kenne, ihre Tochter alleinlässt und loszieht, um das Dümmste zu machen, was eine Polizistin tun kann. Sie schippern mit einer geladenen Waffe übers Wasser, um am helllichten Tag einen Mann umzubringen. Haben Sie gedacht, Sie könnten mit so was davonkommen?«

»Wieso glaum Sie, dass ich davonkomm will, Missa Digger?«

»Das ist schlichtweg Mord, Miss Stanislaus.«

»Is hier drin auch Mord, Missa Digger.« Sie legte eine Hand auf ihr Herz. »Etwas wird in eim drin getötet. Wenn ein Mann so was mit einer Frau macht, geht er villeich ins Gefängnis. Dann kommt er raus und hat's vergessen. Aber die Frau, die kann nich mehr aufrecht durch die Welt gehn, bis sie wieder aufgebaut hat, was er zerstört hat. Sie muss wiedergeboren werden. Nich alle Frauen schaffen das. Aber wie ich Ihnen gesagt hab, das is nich der Grund, weshalb ich hier bin.«

Ich entlud den Ruger, lud ihn mit Standardpatronen und gab ihn ihr zurück. Sie ließ ihn in ihre Handtasche fallen, wie immer mit dem Knauf nach oben, griffbereit. Dann streckte ich die Hand aus. Sie kramte in ihrer Hosentasche und reichte mir einen vollen Schnelllader und eine Handvoll stumpfnasiger Kugeln.

»Die Pistole, die Sie bei Daphne gelassen haben, die will ich auch wiederhaben, sobald wir zurück sind, okay?«

»Sie …« Sie unterbrach sich, zog ein Taschentuch heraus und schleuderte es mir ins Gesicht. »Sie dürfen mich nich so festhalten und wegschleifen wie eben, verstann?«

»Wegschleifen oder ins Gefängnis schleifen, was ist Ihnen lieber?«

Ich zog die Plastikfesseln aus der Hosentasche und warf sie ihr vor die Füße.

»Ich geh mir die Beine vertreten«, sagte sie.

»Nicht allein, auf keinen Fall!«

Ich folgte ihr hinauf zum höchsten Punkt der Insel.

Seite an Seite standen wir auf dem Top Hill und blickten hinunter auf den jetzt leeren Anleger. Im blendenden Morgenlicht lag das Schiff, mit dem Juba gekommen war, da wie eine vollgefressene Kakerlake. Weiter draußen sah man Goat Island, gegenüber dem Devil Tooth. Dahinter den Bogen der Felsinseln um das Stück brodelnde See namens Blackwater. Der Atlantik hatte dort einen Kanal durch eine Landspitze gegraben und so eine Abkürzung zu der weiter nördlich gelegenen Inselkette und Nordamerika geschaffen.

Die nach Camaho zurückfahrende *Osprey* bog gerade um die tückische Stelle vor Goat Island, und die Maschinen des großen weißen Katamarans erzeugten einen zusätzlichen, whirlpoolartigen Strudel am Heck.

Verstreute Dörfer entlang der Küste. Hier und da ein grüner Fleck. Kara Island hatte keine natürlichen Süßwasservorkommen, und der Regen mied die Insel, sämtliche dreißig Quadratkilometer davon. Trotzdem ging es den Leuten hier gut.

»Wo übernachten Sie?«, fragte ich Miss Stanislaus.

»Ich hab Leute hier«, sagte sie. »Die lern Sie nachher noch kennen.«

Sie hatte mir halb den Rücken zugekehrt und strahlte jetzt eine andere Art von Ruhe aus, fast als hätte sie ihr wütendes Ich auf dem Anleger zurückgelassen. Mit einem Seitenblick in meine Richtung zeigte sie auf die stürmische See unten. »Missa Digger, was wissen Sie über die zwei Herrscherinnen der Meere?«

»Viel, Miss Stanislaus. Meine Granny hat ...«

»Was hat sie Ihnen erzählt?«

»Olokun und Yemaya. Olokun ist die Göttin der Tiefe. Sie gebietet über den Meeresgrund, nichwahr. Ist die Einzige, die weiß, was mit all den Afrikanern passiert ist, die nie auf dieser Seite des Atlantiks angekommen sind. Alles endet bei ihr dort unten. Meine Granny hat immer gesagt, dass die Religion der Weißen da was falsch verstanden hat. Die Hölle is kein Schlund aus Feuer, sondern aus Wasser.«

Miss Stanislaus lächelte. »Sie können schön reden, Missa Digger. Tun Sie so auch Miss Dressy bezirzen?«

»Dessie, Miss Stanislaus, nicht Dressy. Warten Sie, bis ich Ihnen von Yemaya erzählt hab. Sie herrscht über die Wasseroberfläche. Sie ist die Sturmbringerin, die Lebensspenderin und Lebensvernichterin. Sie is auch eine Männerzüchtigerin! Gibt keinen einzigen Kerl auf Camaho, der keine Angst vor ihr hätt – außer mir natürlich. Wahnsinnig aufbrausend is sie. Du lieber Gott, verschon uns! Und«, ich zwinkerte ihr zu, »sie lässt sich von niemandem verar … äh, veräppeln.«

Miss Stanislaus lachte glockenhell. »Missa Digger, Sie sin so was von albern!«

»Welcher von den beiden hängen Sie an, Miss Stanislaus?«

»Beiden«, sagte sie.

»Besser so«, sagte ich. »Entschuldigen Sie mich kurz, ich muss Ihren Vater anrufen. Haben Sie schon mit Daphne gesprochen?«

Sie bejahte mit den Augen.

DS Chilman nahm sofort ab. »Digson, wie spät isses?«

»Im Moment guck ich nich auf die Uhr, Sir. Ich rede mit Ihnen.«

»Warum hassu mich so … so verdammich lang warten lassn?«

Stinkbesoffen, dachte ich, oder so gut wie. »Warum schnauzen Sie mich so früh am Morgen an, Sir? Ich hab den Auftrag erledigt.«

Das brachte ihn für eine Sekunde zum Schweigen. »Du hast sie aufgehalten? Hast ihr Handschellen angelegt wie ich's dir befohlen hab?«

»Nein!«

»Fessel sie, Digson. Und bring sie mit dem, äh, Flieger oder Schiff oder … wie bringst du sie zurück?«

»Das kann ich nicht machen, Sir.«

»Kannssu nich! Was hat sie mit dir angestellt?«

»Tut mir leid, Sir. Das mach ich nicht.«

»Digson, sie muss kapiern, dass das kuurrriminelles Verhaltn is.«

»Das weiß sie. Ich führ sie nich ab.«

Er tobte und geiferte etwas von einem unverschämten, dickköpfigen Hornochsen. »Digson, du bissn verdamper Versager! Ich hätt Malan damit beauftragen solln.«

»Dann hätten Sie jetzt zwei Tote hier und müssten Ihre Tochter eigenhändig verhaften. Tschuldigung, Sir, ich muss Schluss machen. Dringende Angelegenheiten.« Ich legte auf.

Chilman rief noch zweimal an, ich ignorierte es.

»Voll?«, fragte sie naserümpfend.

»Von Schuldgefühlen«, sagte ich. »Wann wollen Sie sich ihm gegenüber endlich wie eine Tochter benehmen?«

»Sobald Sie sich Ihrm Vadder gegenüber wie 'n Sohn benehmen, Missa Digger.«

Sie sah mich stirnrunzelnd an. »Sie warn so schnell, wie Sie Miss Betsy entladen und geladen ham. In null Komma nix.« Sie schnippte mit den Fingern. »Wie geht das?«

»Usain Bolt. Mal von ihm gehört?«

»Wassis mit dem?«

»Er hat, was ich auch habe. 'ne Menge davon.«

»Nämich?«

»Schnelle Muskeln, Miss Stanislaus. Reagieren wie der Blitz. In der Schule hab ich sämtliche Sprintrekorde gebrochen.«

Sie hob den Zeigefinger. »Da fällt mir ein, Missa Digger.« Sie nahm den Ruger aus ihrer Tasche. »Ich hab Ihnen noch gar nich gezeigt, wie gut Miss Betsy und ich uns jetz verstehn, oder? Werfen Sie sie mir mal zu, auf jede olle Art, die Ihnen einfällt.«

Sie gab mir die Waffe. Ich leerte die Trommel, schloss sie und warf den Revolver. Sie fing ihn mit Leichtigkeit. Ich warf ihn so, dass er sich überschlug, wie ein Frisbee um sich selbst drehte, von unten, von oben. Ich wandte jeden Cricket-Trick an, den ich kannte. Miss Stanislaus fing die Waffe jedes Mal und schaffte es durch irgendeinen Kniff mit der linken Hand, dass die Mündung immer auf meine Brust zeigte.

Ich musste einen Anflug von Neid unterdrücken. »Wo haben Sie das gelernt?«

»Strickmuskeln«, sagte sie. »Dabei hab ich noch nich ma auf 'n Putz gehaun.«

7

Miss Stanislaus' »Leute« waren zwei alte Frauen, eine davon die, die mich angespuckt hatte. Ich blickte in ein fein geschnittenes Gesicht mit straffer dunkler Haut wie poliertes Ebenholz. Baumwollweißes Haar lugte unter einem violetten Headwrap hervor. Sie hielt eine kleine Machete in der Hand.

»Dada«, sagte Miss Stanislaus und deutete anschließend auf mich. »Missa Digger.«

Scharfe, missbilligende Augen taxierten mich, sahen dann weg.

Die andere Frau war wie Dada in ein weites Baumwollkleid mit Paisleymuster gekleidet, das ihr bis zu den Fußknöcheln reichte. Sie heiße Benna, sagte sie. Eine Haut von der Farbe gerösteten Zimts und ein Blick, der aus weiter Ferne zu kommen schien. Ungewöhnliche Augen, hell und durchscheinend wie Murmeln. Ich ahnte, dass ich es mit einer Frau zu tun hatte, die meiner Großmutter nicht unähnlich war: furchtlos, voller Geheimnisse und Zurückhaltung.

Benna hielt einen schwarzen Stock in der Hand, mit dessen abgerundeter Spitze sie sich hin und wieder ans Bein klopfte.

Das Alter der beiden mochte irgendwo zwischen siebzig und achtzig liegen, aber das schätzte ich nur aufgrund der weißen Haare, die unter ihren Headwraps hervorquollen. Ihre Haltung, ihre straffen Körper waren die halb so alter Frauen. Aber schließlich galten Hundertjährige als nichts Besonderes auf Kara Island.

Miss Stanislaus stand still neben ihnen, die Arme lang an den Seiten. Die beiden Alten hatten ihr Gesicht gestreichelt und sie »Tochter« genannt.

»Zu mir«, sagte Dada.

Wir gingen eine schmale, gewundene Straße entlang, bis wir zu einem Paar verkümmerter Bermuda-Palmettos kamen und einen von einer niedrigen Hibiskushecke eingefassten Garten betraten. Ein blaues Haus mit einer kleinen Veranda voller Grünlilien stand darin.

Neben der ersten Treppenstufe steckte eine rostige Machete in der Erde.

Sie sagten, ich solle mich auf die Veranda setzen, und verschwanden nach drinnen.

Ich ging in den Garten und betrachtete die braunen, buckelförmigen Hügel, die die Gegend überragten. Nach einer Weile hörte ich Schritte hinter mir, dann Dadas zischende, vorwurfsvolle Stimme. »Warum hast du alles verdorben? Warum hast du Kathleen dazwischengefunkt? An ihrer Stelle würd ich nix mehr mit dir zu tun ham wollen. Weißt du, was Juba ihr angetan hat?«

Ich setzte zu einer Antwort an, aber die Frau brachte mich mit einer Handbewegung zum Schweigen. »Weißt du, was Juba hier alles angerichtet hat? Was er mit meiner Enkelin gemacht hat? Was zum Teufel weißt du über uns?«

»Wenn ich nicht dazwischengefunkt hätte, würde sie morgen im Gefängnis sitzen, angeklagt wegen Mordes. Und eins frag ich Sie: Alle Anschuldigungen gegen Juba Hurst wurden von euch hier in letzter Minute zurückgenommen. Warum?«

Die alte Frau antwortete nicht. Sie schien mehr an den Bewegungen meiner Lippen interessiert zu sein als an meinen Worten.

Benna kam ebenfalls heraus. »Was bedeutet sie Ihnen, Missa Digger?«

Ich breitete verständnislos die Hände aus. »Wer?«

»Kathleen.«

»Sie ist Polizistin, ich bin Polizist. Ich ...«

»Sie belügen sich selbst.« Kopfschüttelnd klopfte sie mit ihrem Stock auf den Boden. »Reden wir jetzt über Juba?«

»Alle wollen über nix anderes reden, seit ich hier bin«, murmelte ich.

»Juba treibt da irgendwas, da drüben am Meer«, sagte Benna. »Er hat 'ne Zeitlang immer Jungs von Vincen Island rübergebracht, die für ihn gearbeitet ham. Hatte so 'ne Art Camp auf dem Stück Land, das er vor paar Jahren Missa Koku abgenommen hat. Missa Koku hat Kathleen aufgezogen, ham Sie das gewusst?«

Juba, fuhr sie fort, habe komisch aussehende Boote, die bis vor wenigen Monaten immer hier an- und abgelegt hätten. Sie hätten sich nicht weiter darum geschert, wenn er nicht angefangen hätte, die Kinder von Kara Island zu Dieben und Lügnern zu machen.

Früher hätten die Kinder der Insel ihre Eltern niemals mit Mord bedroht, meinte sie. Was auch immer Juba ihnen eingeflüstert hatte, hatte sie verändert.

»Ganz Kara Island hat sich verändert, und die Männer

hier sind nutzlos geworden vor lauter Angst. Sehn Sie sich nur an, was Juba mit Dadas Enkelin Lena gemacht hat, und niemand hat ihn nich könn aufhalten!«

Ihr Blick war kühl und herausfordernd. »Irgendwer hat Juba Hurst die Stirn bieten müssen, nichwahr? Und wer, wenn nich wir?«

Immer wenn Juba nach Vincen Island fuhr, erzählte sie, hatten sie Flaschen mit Kerosin gefüllt, waren zu seinem Lager da am Meer gegangen und hatten seine Ballonflaschen geleert. Sie hatten Nägel in seine Dosen und Behälter geschlagen und das Lager angezündet. Das hatten sie während des gesamten letzten Vierteljahrs so gemacht.

»Was kann Juba uns schon anhaben?« Sie sah mich durchdringend an. »Uns umbringen, Missa Digger, dassis alles. Aber der Tod bedeutet nichts, verstehnse. Der Tod is 'ne Umarmung für unsereins, die sich auf ihn vorbereiten. Außerdem ham wir unser Leben gelebt, jedenfalls zum größten Teil. Also!«

Ob sie wüssten, was Juba da genau machte, fragte ich.

Das sei ihnen schnuppe, sagten sie, sie hätten nur gehört, dass es um Drogen ging.

»Könnt ihr mir diesen Ort morgen zeigen?«, fragte ich.

»Ham Sie Kathleen ihre Waffe zurückgegehm?«, wollte Dada wissen.

Ich bejahte das.

»Ham Sie Ihre auch dabei?«

»Nein«, sagte ich.

»Eine sollte reichen, was?« Benna hätte auch vom Einsatz einer Küchenschere oder Gabel reden können.

»Ich will mir nur das Lager ansehen«, sagte ich. »Wir suchen nicht nach Juba.«

Benna klopfte mit ihrem Stock und sah sehr enttäuscht drein.

»Wo ist Miss Stanislaus?«, fragte ich.

»Ruht sich aus«, antwortete Dada und legte eine Hand auf ihr Herz. »Sie is müde.«

Danach gaben sie mir Süßkartoffelspalten und scharf gewürzte Fischfrikadellen zu essen. Miss Stanislaus kam und setzte sich zu mir. Der Tag war plötzlich zur Ruhe gekommen, und das Geräusch der Meeresbrandung drang deutlicher in mein Bewusstsein. Die letzten Strahlen der Abendsonne überzogen alles mit einem goldenen Schimmer. Ich sah auf meine Uhr: 18.45. Wo war nur die Zeit hin, fragte ich mich, und fühlte mich auf einmal erschöpft.

Die Frauen erwähnten eine kleine Pension weiter landeinwärts. Sie hatten das Paar, das sie führte, schon angerufen und mich angekündigt.

»Wir treffen uns morgen früh hier«, sagte ich zu Miss Stanislaus. »Erste Fähre.«

»Ich komm mit Ihnen«, sagte sie.

Die beiden Frauen gaben uns eine Tüte voll Lambi Roti mit auf den Weg und winkten zum Abschied.

Dada lächelte sogar.

Kara Island wurde nachts zu einem großen Schiff, verankert in einem der wildesten Gewässer der Antillen.

Ich saß im Sea View Guesthouse auf meiner Bettkante und litt unter dem Gedonner dort draußen. Es war, als hätte sich der Ozean in meinem Kopf breitgemacht. Dazu dieser Geruch nach fauligem Fisch und altem Dieselöl, der durch sämtliche Ritzen des Hauses zu dringen und sich um mich zu legen schien.

Es klopfte an meiner Tür. »Missa Digger, ham Sie was an?«

Ich stand auf und sprang in meinen Trainingsanzug.

Miss Stanislaus stand in einer schwarzen Hose, Segeltuchschuhen und einem weiten, perlenbestickten T-Shirt im Flur. Sie sah aus, als wollte sie joggen gehen. »Missa Digger, wolln wir bisschen frische Luft schnappen?«

Ich sah auf die Uhr: 3.57. »Um diese Zeit?«

»Ich hab gewusst, dass Sie nich schlafen. Hab kein Schnarchen gehört.«

»Ich schnarche nicht«, sagte ich. »Wir warten besser, bis es hell wird. Die Fähre geht um halb neun.«

»Erstes Mondviertel«, sagte sie. »Unsereins will laufen.« Sie klang dringlich.

»Geben Sie mir 'ne Minute.« Ich schlüpfte in meine Turnschuhe, nahm die Taschenlampe und zog die Tür hinter mir zu.

Klarer Himmel und eine steife Brise, die an unseren Kleidern zerrte, aber das Getöse des Ozeans war weniger ohrenbetäubend hier draußen.

Wir gingen ein Stück die Hauptstraße in Richtung Stadt entlang und bogen dann von ihr ab, Miss Stanislaus vorneweg, die sich ständig umsah, als wollte sie sich wieder mit der Insel vertraut machen. Manche Häuser seien verschwunden, sagte sie, andere dagegen – große Betonkästen, die im Mondlicht geisterhaft wirkten – habe es früher nicht gegeben.

Ein langgestrecktes Steingebäude war ihre ehemalige Schule. Sie führte mich daran vorbei, mit entschlossenem, jetzt schnellerem Schritt. Hielt auf eine Stelle voller Kalksteinfelsen und Westindischer Schneidesegge zu und blieb bei einem Gestrüpp aus Sea-Island-Baumwollsträuchern stehen, die halb von Cus-Cus-Gras und sonnenverdorrtem Unkraut überwuchert waren. Sie zeigte auf das Gebüsch. »Genau da, Missa Digger, hab ich Daphne gekriegt.«

Dann legte sie mir sanft, ganz sanft eine Hand auf den Arm und führte mich zurück zur Hauptstraße.

»Meinen Sie, Sie werden je wieder hier leben wollen?«, fragte ich.

»Manchmal spür ich den Sog, Missa Digger, wenn meine Vorfahrn mich rufen, aber wissense …« Sie sah zum Mond auf. »Juba is überall auf dieser Insel – Sie ham ihn auch gerochen, nichwahr? Benna sagt, sie riechen ihn sogar im Schlaf. Und falls Sie's nich gemerkt ham, er is die ganze Zeit vorm Gästehaus gewesen, hat abgewartet und beobachtet.« Sie zeigte mit dem Finger auf ihre Brust. »Also, Juba Hurst is hier drin, und Juba Hurst is auch da draußen. Mein Sie nich, ich muss ihn austreiben?«

Sie ließ meinen Arm los, griff nach ihrer Tasche und schnupperte. »Und wenn ich Ihnen jetzt sag, Missa Digger, dass ich ihn kommen riech? Wenn ich Ihnen sag, dass ich's zu Ende bringen muss, weil ich keine andre Wahl hab?« Ihr Blick wurde eindringlich. »Nutzen Sie Ihre Schnelligkeit.«

Meine Nackenhaare stellten sich auf, und meine Nerven begannen zu flattern, als mir Jubas Geruch ebenfalls in die Nase stieg.

Und dann sah ich ihn – ein enormer senkrechter Schatten an der Straßenbiegung. Hinter uns die lange staubige Piste zum Flugplatz, links von uns die Mauer aus Manchinelbäumen und das Meer. Unsere einzige Rückzugsmöglichkeit waren die Felsen und das Gebüsch, aus dem wir gerade gekommen waren.

Ich fühlte mein Herz klopfen, meinen Mund trocken werden. »Ach du Scheiße«, murmelte ich, »sie hat das geplant!«

Mit schweren und doch raschen Bewegungen kam der Riesenschemen auf uns zu. Miss Stanislaus lief los, ihre Stimme wurde schrill. »Nutzen Sie Ihre Schnelligkeit, Missa Digger!« Ich hörte das Geräusch ihrer hastenden Füße, dann nichts mehr.

Herumwirbelnd floh ich in einem geduckten Zickzacktanz vor Juba und wollte gerade richtig losspurten, als mich etwas zwischen die Schultern traf, mir schwarz vor Augen wurde und meine Beine nachgaben. Hart schlug ich auf dem Asphalt auf.

Ich rollte mich auf den Rücken, sah Juba über mir aufragen.

»Hab ich dich.« Es klang wie ein Grollen aus einem Tunnel. Der große Haken in seiner Rechten blinkte im Mondschein.

»Ich nehm dich aus wie 'n Fisch.« Ein Heben der massigen Schultern, ein schnaufendes Einatmen, und der Riesenkerl holte aus. Schnell warf ich mich herum, der Haken traf die Straße, Funken schlugen. Ich sprang auf und wich zurück, meine Augen auf die schon wieder halb erhobene Waffe gerichtet, die Nasenflügel gebläht und Chilmans Prophezeiung im Ohr: Wird dich eines Tages noch das Leben kosten, dass du deine Waffe nicht trägst …

Wieder ein tiefes Poltern von Juba. »Wolln mal sehn, wie du dich vor dem hier wegzappelst.«

Er wechselte die Waffe in die linke Hand, der Haken streifte sein Knie, den rechten Arm hielt er ausgestreckt. Ich taumelte rückwärts, benommen von seinem Gestank, und tastete automatisch nach meinem Gürtel, der nicht da war.

Heiße Wut schoss in mir hoch, ein Knurren stieg aus meinen Eingeweiden. »Leck mich, du stinkst wie 'n Plumpsklo. Na, mach schon, du Arschloch, bring mich um!«

Geduckt verfolgte ich den Bogen des erhobenen Hakens, bereit, einen Satz zur Seite zu machen.

Dann, auf dem Höhepunkt von Jubas Schwung, blitzte und krachte es in der Nacht.

Der mächtige Kerl bäumte sich auf, den Arm noch erhoben. Hinter mir flinke, huschende Schritte, und da war sie, Miss Stanislaus, barfuß und aufrecht im Mondlicht, den Ruger wie den Finger Gottes auf den schwankenden Mann gerichtet.

Der zweite Schuss bewirkte ein krampfhaftes Zucken, der dritte schien ihn an den Hintergrund der Nacht zu nageln. Der Stahlhaken entglitt ihm und landete klirrend auf der Straße. Miss Stanislaus' Revolver krachte erneut, und die Pausen zwischen jedem Schuss waren furchtbar, weil Juba nicht fallen wollte.

Ich zählte alle Schüsse mit und hatte die Eintrittswunde jeder Kugel durch das Erschauern des massigen Leibs unweigerlich vor Augen. Immer noch fiel er nicht.

Miss Stanislaus lud nach und ließ Juba dabei nicht aus den Augen. Beim nächsten Schuss ging er in die Knie. Mein Gedanke war: Sie tötet ihn gezielt so, dass er es mitbekommt.

Sie schoss wieder, er kippte um, das breite Gesicht zu ihr hinaufgewandt. Ich sah nichts als das Weiße seiner Augen.

»Machen Sie ein Ende«, schnauzte ich. »Sofort!«

Das riss sie aus ihrer krampfhaften, großäugigen Trance. Sie richtete sich auf, und eine schnelle Abfolge von Schüssen hallte durch die Nacht.

Dann Stille, gestört nur vom Schwappen der Wellen zwischen den Mangroven.

Miss Stanislaus hockte sich auf die Straße und vergrub das Gesicht in den Händen, wurde von lautlosem Weinen geschüttelt.

Ich zog sie sanft auf die Beine und hielt sie lange in den

Armen, mein Kinn in ihren Haaren, während die frühmorgendliche Kühle unter mein Shirt kroch und sich auf meine Haut legte.

Alles kam mir unwirklich vor: die plötzliche, übernatürliche Stille dieser Stunde vor Tagesanbruch, der vom Mond beschienene Fleischberg dort auf dem Asphalt. Nichts regte sich, die Sterne waren so nah, dass man hinaufgreifen und sie mit der Hand berühren konnte.

Miss Stanislaus' Stimme schnitt in meine Gedanken. »Missa Digger, is alles in Ordnung mit Ihnen?«

Kopfschüttelnd starrte ich sie an, ihr Gesicht wieder so glatt im Mondschein und dieses Leuchten in ihren großen braunen Augen. Auf einmal fühlte ich mich an Carans Geschichte über die Prinzess-Orchideen erinnert.

Sie machte sich von mir los, wich meinem Blick aus. »Missa Digger, Sie denken, ich bin böse, nichwahr?«

»Is nich das, was ich grad denk, Miss Stanislaus.« Das stimmte. Meine Gedanken waren zu den kommenden Tagen vorausgeeilt, wie ich das Ganze DS Chilman erklären sollte. Und das würde erst der Anfang sein.

Unruhe lag in der Luft, es klang wie ein Geraune. Ich schloss kurz die Augen und horchte, erkannte das Schlurfen von Füßen im Staub. Dann sah ich sie: Schemen in der Morgendämmerung, Männer in Shorts und mit nacktem Oberkörper, Frauen in flatternden Nachthemden. Kaum ein Wort fiel zwischen ihnen, nur ein gelegentliches Murmeln war zu hören, das mit »Juba« endete. Ein paar zeigten in unsere Richtung, dann näherten sich uns fünf Frauen, Dada und Benna unter ihnen. Sie nahmen Miss Stanislaus in die Mitte und führten sie fort. Erst da bemerkte ich, dass sie zitterte. Sie musste irgendetwas zu ihnen gesagt haben, denn Benna drehte sich zu mir um und zeigte mit ihrem Stab nach vorn. Ich folgte ihnen auf den Fersen, machte dabei einen Bogen um den Toten.

»Sie wern das da wegschaffen«, sagte Benna, ohne hinzusehen.

In Dadas Haus brachten sie Miss Stanislaus in ein Zimmer an der Rückseite. Ich hörte Wasser laufen und roch Bittermelone, mexikanischen Koriander, Muskatnuss und andere Aromen, für die ich keinen Namen hatte. Die Gerüche lösten eine Flut von Kindheitserinnerungen in mir aus. Ich dachte an meine Großmutter, die Mutterstelle bei mir vertreten hatte, wie sie hinter verschlossener Tür mit anderen um sie herum versammelten Frauen Worte murmelte. Ich dachte an ihre geheimen Reinigungsrituale – Frauen, die eine der Ihren auf bevorstehende Schwierigkeiten vorbereiteten.

DS Chilman war wortkarg am Telefon. Ein- oder zweimal hustete er und räusperte sich. Am Schluss meines Berichts sagte er: »Gib mir die Schuld, Digson.« Dann legte er auf.

Das war das erste Mal, dass ich ihn die Verantwortung für etwas, das er in Bezug auf Miss Stanislaus getan oder gelassen hatte, übernehmen hörte. Schon immer hatte ich vermutet, dass darin die Erklärung für seine Trunksucht lag: sein schlechtes Gewissen betäuben, weil er seine kleine Tochter im Stich gelassen hatte, die ihn, nach dem Ausmaß ihrer Verbitterung zu urteilen, abgöttisch geliebt hatte. Was weiß ich!

Sie wollte keine Geschenke von ihm annehmen, wollte ihm nicht in die Augen sehen, stellte sich taub, wenn er sie ansprach. Sie redete nur durch mich mit ihm. Noch nie hatte ich sie seinen Namen nennen hören, und er benahm sich ähnlich. Aber wehe, Malan machte ihren Vater in dessen Abwesenheit schlecht, das ließ sie nicht zu.

Ich konnte sie verstehen, mein eigener Vater war nicht viel anders gewesen als Chilman. Um diese Verbitterung loszulassen, war etwas Stärkeres nötig als Vergebung. Einfach so zu tun, als sei es nicht mehr von Bedeutung, hieße das zu verleugnen, was ich durch die Ablehnung meines Vaters geworden war.

8

Ein stürmischer Montagmorgen auf Kara Island. Benna und ihre Freundinnen brachten uns zum Anleger. In dem peitschenden Wind mussten sie ihre fliegenden Röcke und Kleider festhalten. Blackwater dort draußen sah aus wie ein gigantischer brodelnder Kessel.

Kurz bevor ich die Fähre bestieg, stand Benna auf einmal neben mir. Sie roch nach den Kräutern, in denen sie Miss Stanislaus vorhin gebadet hatten. »Wir verlassen uns drauf, dass Sie ihr beistehn. Is 'n stolzes Mädchen, wissense. Sie würd sich nie anmerken lassen, dass sie Beistand brauch, schon gar nich jetz.«

Sie sah mich mit ihren listigen, forschenden Augen an und grinste dabei breit und zahnlückig. »Sie meint, wir solln uns nich von deim hübschen Milchgesicht täuschen lassen, du wärst stur wie 'n Kara-Ziegenbock. Stimmt das?«

Ich breitete die Hände aus und zuckte die Achseln.

»Euch erwartet Ärger da drüben, nichwahr?«

»Großer Ärger«, sagte ich.

»Wir sin hier …« Sie hob ihren Stock und zeigte südwärts in Richtung Camaho. »Und wir sin auch bei euch dort.«

Sie standen immer noch auf dem Steg, als der große Katamaran ins Blackwater abschwenkte.

Miss Stanislaus schlief auf der ganzen Fahrt, den Kopf an meine Schulter gelehnt. Ab und zu wachte sie ruckartig auf und murmelte: »Schuldigung, Missa Digger«, ehe sie wieder einnickte.

Ich beobachtete, wie Camaho am Horizont auftauchte, die einzelnen Dörfer an der Küste, als die Fähre sich immer mehr näherte, die über allem thronenden Berge, violett und abweisend, und bereute es zutiefst, dass Miss Stanislaus und ich auf Kara Island übernachtet hatten.

Die *Osprey* glitt um 10.12 Uhr in die Carenage-Bucht. Nachdem wir von Bord gegangen waren, hielt Miss Stanislaus mir ihre erhobenen Hände hin. »Wolln Sie mir jetzt Handschellen anlegen?«

»Niemand wird Ihnen Handschellen anlegen, Miss Stanislaus! Niemand wird Ihnen was tun, verstann? Aber ich möcht, dass Sie ein paar Tage nicht zur Arbeit kommen. Geht das?«

Sie nickte. Wir nahmen einen Minibus zum Flughafen, wo mein Auto stand.

Etwas wird in eim drin getötet … Miss Stanislaus' Worte hatten sich in meinem Kopf eingenistet. Ich setzte sie bei ihr zu Hause ab und ließ mir von Daphne die Glock zurückgeben. Sie kam herausgerannt und sah zu ihrer Mutter auf, ihre Arme hingen an den Seiten herab. Der Anblick der grenzenlosen Liebe und Verletzlichkeit in Daphnes Augen war kaum zu ertragen. Miss Stanislaus streichelte ihr über die Wange, zog sie dann an sich und begann mit ihr zu weinen. Verlegen sah ich zu, wie sie ihrer Tochter die nasse Wange mit der Hand abwischte und Daphne ihr Gesicht an ihrem Hals vergrub. Für mich stand fest, dass sich zwischen diesen beiden etwas gelöst hatte. Ich ließ sie dort auf ihrer Veranda zurück, wohl wissend, dass ich es vermieden hatte, mit Miss Stanislaus über die Probleme zu sprechen, die ich auf uns zukommen sah.

Es war noch früh am Nachmittag. Ich rief Chilman an und sagte, dass ich zu ihm unterwegs sei.

Durch unentschiedenes Wetter, mal Regen, in der nächsten Minute Sonnenschein, fuhr ich zu Chilmans Stammkneipe, einem klapprigen Rumshop, mehr Schuppen als sonst was. Der Laden schien extra für ihn dort aufgemacht zu haben, denn er lag nur einen Katzensprung von seinem Haus entfernt, das auf einer niedrigen Granitklippe mit weitem Blick aufs Meer stand.

Er bat Miriam, die Wirtin, uns ins »Hinterzimmer« zu lassen – ein enger Winkel, von der übrigen Kneipe durch einen löchrigen Plastikvorhang getrennt. Zwei umgedrehte Lattenkisten dienten als Hocker. Wir stemmten unsere Ellbogen auf etwas, das eine Kreuzung aus Tisch und Bank war.

Chilman wirkte alt, hatte nichts von seiner gewohnten zänkischen Energie, wegen der ich ihn liebte und zugleich hasste. Zum ersten Mal spürte ich seine Gebrechlichkeit, und mir wurde bang ums Herz.

»Geht's Ihnen gut, Sir?«

»Red schon«, sagte er.

Noch einmal beschrieb ich ihm den Vorfall mit Juba.

»Hat sonst wer gesehen, was passiert ist?«

Ich schüttelte den Kopf.

»Du sagst, Juba hat dich geschlagen?«

Ich fasste mir an den oberen Rücken.

Chilman stand auf, ging um mich herum und schob

mein T-Shirt hoch. Er betastete das linke Schulterblatt und ließ das Shirt los, als ich zusammenzuckte.

»Hast du Kathleen ein Foto davon machen lassen?«

Ich nickte.

»Digson«, sagte er und rieb sich kräftig den Kopf, »wir stecken tief in der Scheiße, und ich muss dir sagen, dass ich im Moment keinen Ausweg seh. Außer deiner kleinen Prellung da am Rücken habt ihr keinen Beweis. Während Kathleens Vorgeschichte mit Juba Hurst bedeutet, dass sie ein verdammt starkes Motiv hat. Sie hat ihr Kind alleingelassen und is zwanzig Meilen übers Meer gefahrn, bewaffnet mit einem Polizeirevolver, um ihn umzubringen. Beim ersten Mal hat's nicht geklappt, weil du sie aufgehalten hast, also ist sie über Nacht geblieben, um die Sache durchzuziehn.«

»Ich war dabei, Sir, ich kann …«

»Sag das bei 'nem internen Verfahren, Digson, oder zu 'ner Geschworenenjury, und sie werden dich auslachen.«

»Der Kerl hat uns angegriffen. Ich kann alles bezeugen.«

»Sag das den Geschworenen! Sie wern dich ausm Gericht lachen. Jeder weiß, dass du und Kathleen wie Bim und Bam seid. Jeder rechnet damit, dass du sie mit irgendner Geschichte deckst, und von den Kollegen hast du keine Unterstützung zu erwarten, schon gar nicht von denen in Central, weil du vor paar Tagen einen von ihnen verhaftet hast. Sie wern dafür sorgen, dass dich die Sache in den Arsch kneift. Mein Problem is grad eher Officer Mibo.«

Ich runzelte die Stirn. »Ich kenne Mibo. Hab schon paarmal mit ihm gesprochen.«

»Du hast mit Mibo gesprochen, aber du kennst Mibo nicht. Villeich is dir aufgefallen, dass er sich nicht hat blicken lassen, als ihr da drüben wart. Mibo is 'ne Schlange und 'n gieriger Duckmäuser! Ich hab ihn angerufen, sobald du aufgelegt hattest, und ihn gefragt, ob er bereit ist, eure Aussagen zu bestätigen. Er hat mir mitgeteilt, dass er seinen Bericht über den Mord schon abgeschickt hat. Du hast's gehört – Mord! An wen er den geschickt hat, wollt er mir nich sagen. Jedenfalls nicht an den Polizeichef, wie er's hätte tun solln, und auch an keinen der andern Superintendents auf Camaho. Ich hab nämlich nachgefragt.«

»Der Justizminister«, sagte ich.

»Schätz ich auch.« Chilman leckte sich über die Lippen und stierte mich an, als hätte ich ihm was getan. »Dieser Trottel von Justizminister macht nämlich nich die Arbeit, für die er gewählt worden is. Lässt die Finger nich von Polizeiangelegenheiten. Er würd seine Mutter und seine Kinder verkaufen für genug Wählerstimmen. Hackt ständig auf der Polizei rum – soll mal aufpassen, dass die Polizei sich nich gegen ihn wendet.«

»Warum verhält Mibo sich so?«

»Er ist mit Juba verwandt, Cousin zweiten Grades, glaub ich. Hat ein großes Haus und Autos, kann er sich von seinem Gehalt gar nich leisten. Juba weg, also auch Mibos Soßenschüssel leer. Kein Schmiergeld mehr dafür, dass er bei Jubas Machenschaften wegsieht.«

»Wir haben noch nicht über Malan gesprochen«, bemerkte ich.

Chilman wurde mürrisch und starräugig. Er sah zu dem Wellblechdach hinauf, ließ den Blick darüber schweifen. »Hast du mal *The Royal Readers* gelesen, Digson?«

»Nee.«

»Dann is deine Schulbildung lückenhaft!« Er zeigte mir seine Reihe gelber Zähne. »Sind so Schulbücher, mit denen die Engländer uns 'ne Gehirnwäsche verpassen wollten,

Digson, aber gibt eine gute Geschichte darin. Kennst du die mit dem Engländer und dem Tiger?«

»Lassen Sie hören.«

»Also, der Engländer zieht so ein Tigerbaby von klein auf groß, ne.«

»Junges …«

»He?«

»Erzählen Sie weiter, Sir.«

»Das Tigerbaby wächst heran und benimmt sich wie der Hund, als den Missa Engländer es aufgezogen hat. Der Engländer liebt es wie sein eignes Kind. Eines Tages setzt er sich gemütlich zum Lesen hin und streichelt dabei das Tier. Digson! Ich wette, du hast nich gewusst, dass Tiger 'ne Zunge wie Sandpapier ham! Jedenfalls leckt der Tiger so fest, dass er die Hand von dem Weißen aufschürft. Die Hand fängt an zu bluten, zuerst nur 'n bisschen. Dann immer mehr. Rate mal, was passiert?«

Chilman klopfte mit den Fingerknöcheln auf den Tisch. Miriam zog den Vorhang beiseite und steckte den Kopf herein. »Miri, bring mir 'n Viertelfläschchen. 'n Malzbier für den jungen Mann.«

Ich schüttelte den Kopf. »Lassen Sie uns erst zu Ende reden, Sir. Sonst geh ich.«

Miriam machte eine saure Miene, saugte an ihren Zähnen und zog den Vorhang wieder zu.

»Du gehst nirgendwohin, Digson! Miri, bring die Drinks. So dankt er's mir, dass ich ihm jeden Scheiß beigebracht hab, den er weiß!«

Miriam schob ein kleines Glas und eine Viertelflasche Schnaps durch den Vorhangschlitz.

Ich nahm meine Tasche und stand auf.

Chilman stürzte mir hinterher, holte mich am Ausgang

ein. Er machte schmatzende Geräusche mit den Lippen und blinzelte mich aus fiebrigen Augen an. »Ich brauch das nich trinken, bis wir fertich sind mit der Unterhaltung, Digson.«

»Ich muss mit dem Polizeichef reden ...«

»Deinem Vater.«

»Letztendlich ist er ...«

»Dein Vater.«

»Herrgott noch mal! Ich versuch hier, ein Gespräch zu führen!«

»Digson, er kann Kathleen nicht raushauen. Ich hab schon mit ihm gesprochen.«

»Ich will ihn nicht darum bitten, sie rauszuhauen. Er soll nur seinen Job machen.«

Chilman legte stirnrunzelnd den Kopf schräg. »Du willst einen Streit mit ihm vom Zaun brechen?«

»Wenn's sein muss. Wie ging die Geschichte aus?«

»Ich war's nich, der plötzlich rausgerannt is!«

Als ich mich zum Gehen wandte, tippte er mir auf die Schulter. »Du musst zu dem Tigerbaby.«

»Wovon reden Sie, Sir?«

»Malan Greaves.« Er räusperte sich, spuckte aus und wankte wieder hinein.

9

Auf der Rückfahrt nach San Andrews gingen mir DS Chilmans Worte ständig im Kopf herum. *Ich seh keinen Ausweg ... du musst zu dem Tigerbaby ...*

Malan Greaves wollte Miss Stanislaus nicht nur aus dem

San Andrews CID weg haben, er wollte, dass sie nicht existierte. »Die Frau is 'n Albtraum, aus dem ein Mann schwitzend aufwacht«, hatte er mal zu mir gesagt. In vollem Ernst.

Vor zwei Jahren wäre es ihm beinahe gelungen, sie wegen Mordes an Diakon Bello, dem pädophilen Prediger, verhaften zu lassen. Dazu hatte er sogar den Polizeichef hintergangen und den Fall direkt dem Justizminister vorgelegt, dessen »spiritueller Berater« der Priester zufällig gewesen war.

Seitdem gärte es zwischen den beiden. Miss Stanislaus widersetzte sich Malan, wo sie nur konnte. Sie hatte es ihm ausgetrieben, seine Geliebten mit ins Büro zu bringen, indem sie jede mit einem breiten, freundlichen Lächeln empfing und dann Malan zuckersüß fragte, wie es denn seiner Frau und seiner Tochter gehe. Wann er zuletzt zu Hause gewesen sei, um nach ihnen zu sehen? Ob diese reizende Lady eine Verwandte seiner Frau sei?

Den Chief Officer hatte es fast zerrissen vor Wut.

Neuerdings zuckte Miss Stanislaus' Hand immer nach ihrer Tasche, wenn Malan zu hastig auf sie zukam oder ihr irgendwie zu nahetrat, und ich sah, welche Wirkung das auf ihn hatte. Ich hatte sogar versucht, ihr die Handtaschengeste auszureden. »Dassis 'ne Drohung«, sagte ich.

»Is Selbstschutz, mit dem ich mich selbst schütz, Missa Digger«, erwiderte sie. »Mein Sie, ich weiß nich, dass er mich tot sehn will?«

Und überhaupt, ob mir klar sei, dass Malan Frauen nicht leiden könne? Nicht mal seine eigene Frau könne er leiden. »Er will jede auf Camaho besitzen und beherrschen, Missa Digger. Deshalb probiert er, sich bei allen reinzuwinden wie 'n Wurm. Dann fühlt er sich erst als Mann. Mit annern Worten«, schniefte sie und betupfte sich mit einem Taschentuch die Lippen, »Missa Malan is krank. Und nich nur er, die meisten von euch sin's.«

Tja, und was hatte sie nun gerade getan? Malan ihren Rausschmiss auf dem Silbertablett serviert!

Sobald ich zu Hause war, zog ich mein Hemd aus und schrieb Pet eine Nachricht. *Ruf mich an, wenn's geht.*

Ich ging hinaus auf meine kleine Veranda und blickte zu den Mardi Gras Mountains hinauf. Als Kind hatte meine Großmutter mir beigebracht, das Wetter an diesen hohen blauen Gipfeln abzulesen. Die dicken Nebelschwaden, die sich die Hänge hinunterwälzten und die Vorberge verdeckten, kündigten kräftigen Regen an.

Tief unten im Tal hörte ich den kleinen Fluss rauschen, der von dem ganzen Wasser aus den Bergen schon angeschwollen war. Ich schloss die Augen und stellte mir seinen tosenden Lauf zum Meer vor.

Kurz vor Mitternacht rief Pet an. Sie gähnte. »Digger, was willst du?«

Schweigend hörte sie sich meinen Bericht an, war dann auf einmal hellwach.

»Malan wird morgen 'ne Sitzung einberufen, sobald er davon hört, Digger. Hast du ihn schon angerufen?«

»Nein.«

»Ich werd Lisa bitten, zu Hause zu bleiben, weil sie sonst alles genau so aufschreibt, wie Malan es ihr diktiert. Besser, ich führ Protokoll. Sorg dafür, dass du was gegen ihn in der Hand hast.«

»Pet, ich hab nichts …«

»Digger, du gibst zu schnell auf. Seit wie vielen Jahren arbeitest du jetzt mit Malan zusammen? Wie oft hat er schon gegen das Gesetz verstoßen, weil es ihm gerade in den

Kram passt? Trag deine Argumente zusammen. Wirf sie ihm an den Kopf, wenn er bei der Sitzung davon redet, dass er Miss Stanislaus entlassen will, denn das will er garantiert. Frag den Hund, warum er sich nicht selbst entlassen hat bei all den Malen, wo er viel Schlimmeres gemacht hat. Zum Beispiel, als er den Mann da ins Gefängnis geworfen hat, weil er sich in aller Ruhe mit dessen Frau vergnügen wollt, oder als er letzten Monat diesem jungen Typ in den Fuß geschossen hat, bloß weil der ihm frech gekommen is. Malan hat echt schlimme Sachen aufm Kerbholz. Stell das zusammen, ich schreib's auf und werd verdammt noch mal dafür sorgen, dass der Polizeichef und der Justizminister das vollständige Protokoll der Sitzung kriegen. Und ich werd Malan über meine Absicht informieren. Soll er mich doch auch feuern lassen!«

»Pet, du bist unglaublich ...«

»Sag mir das persönlich, Digger. Ruf mich an, wenn du fertig bist.« Sie legte auf.

Statt sie zurückzurufen, rief ich Malan an und sagte, ich wolle mit ihm reden.

»Digger, ich bin im De Flare, komm doch auch.« Nicht die übliche Bösewichtattitüde, er klang beinahe freundlich. »Und bring deine Freundin mit.«

Warum nicht? War schon fast zwei Wochen her, dass Dessie und ich uns gesehen hatten. Ich verfasste eine lange Textnachricht, in der ich mich noch mal entschuldigte und erklärte, warum ich sie beim letzten Mal versetzt hatte. Dann legte ich das Handy auf den Tisch und starrte auf den Bildschirm.

Dessie ließ sich Zeit mit der Antwort. Viel Zeit. Ich nahm meine Bestrafung hin.

Ok, antwortete sie schließlich. Sonst nichts.

Wir waren seit etwa zwei Jahren mal mehr, mal weniger zusammen. Ich schlief mit keiner anderen Frau, und sie sagte, sie habe auch kein Interesse an jemand anderem. Nach dem Aus ihrer Ehe war sie wieder zu ihren Eltern gezogen, und sie kam mich besuchen, wenn ihr danach war. Ein-, zweimal hatte ich sie ihr zuliebe auf eine der Cocktail- oder Strandpartys ihrer Familie begleitet, herausgeputzt nach ihren Vorgaben. Ich hatte mich mit einem Drink in der Hand und, wie ich hoffte, freundlichem Gesicht am Rand der Gästeschar herumgedrückt und mich willig als ihr abgestecktes Revier behandeln lassen, das sie mit dezenter, lächelnder Aggressivität gegenüber jeder Frau verteidigte, die mich länger als eine Minute in ein Gespräch verwickelte.

Luther Caine, der Mann, den sie geheiratet hatte, war nie weit weg, selbst wenn er nicht mehr dabei war. Ein grobknochiger, rothäutiger Kerl, den ich insgeheim den »Mulatten« nannte. Manchmal erwähnten ihre Freundinnen und Freunde ihn aus Versehen und schlugen sich dann, mit einem Seitenblick zu mir, die Hand vor den Mund.

»Grausam« lautete mein Attribut für Luther Caine. Er war einer von diesen Typen, die ihre Liebesbeziehungen dazu benutzten, den Abgrund ihrer eigenen Schlechtigkeit auszuloten. Die sehen wollten, wie weit sie gehen konnten, es auf die Selbstzerstörung eines Menschen abgesehen hatten. Mir schien, Luther Caines spezielles Interesse an Dessie bestand darin, sie in den Selbstmord zu treiben. Zweimal wäre es ihm beinahe gelungen. Er hatte es geschafft, der einzigen Tochter der reichsten Familie Camahos einzureden, dass sie nicht nur wertlos war, sondern tot besser dran wäre. Um sie zu retten, hatte ich ihre Eltern einschalten müssen.

Die Rache ihres Vaters, Raymond »Coldfish« Manille, war ebenso prompt wie gnadenlos ausgefallen. Er sorgte dafür, dass Luther Caine seine Stelle als Bankmanager verlor und Dessie diesen Posten bekam, und ließ ihn aus jedem ihrer Privatclubs und gesellschaftlichen Zirkel verbannen. Nach Dessies Auskunft brachte Luther jetzt Touristen am Grand Beach das Wasserskifahren bei.

In 2 Std.?, schrieb sie.

Super, antwortete ich.

10

Ich hatte nichts gegen das Flare, hasste aber den Weg dorthin. Man fuhr einen fast senkrechten Hang hinunter zu einer Brücke über einen schmalen Meeresarm. Hohe Kalkklippen ragten zu beiden Seiten auf, der Boden knirschte unter den Reifen. Meine Nase juckte von dem Menschengeruch von Krabben, von den Strandapfelgewächsen und sonnengesprengten Felsen. Nie konnte ich dort ohne ein gewisses Nervenflattern entlangfahren, denn ich wusste, dass ich durch eine Gegend vergrabener Schrecken kam.

Von den Einheimischen wurde sie seit der US-Invasion von 1983 »The Furnace« genannt. Die örtliche Miliz hatte sich damals dort verschanzt, und es war die erste Stelle, auf die die F16-Fighter ihre radioaktiven Bomben abwarfen. Auch jetzt noch, über dreißig Jahre später, waren die Dörfer an den Hängen darüber von Krebsclustern betroffen. Irgendwo hatte ich von einer regnerischen Oktobernacht gelesen, wenige Tage bevor Reagan seine schnelle Eingreiftruppe herschickte, in der die Mitglieder unserer Regierung einen Streit über Grundsatzfragen ausfochten. Sie legten ihn bei, indem acht von ihnen an die Wand gestellt und erschossen wurden. Acht Leichen, bis zur Unkenntlichkeit von Kugeln durchsiebt und anschließend hierhergebracht von einem wahnsinnig gewordenen Milizionär, der einen Brennofen in einer Felshöhle am Meer baute, mit dem Bulldozer über die sterblichen Überreste fuhr und verbrannte, was noch übrig war.

Ein Weißer mit demselben Job, den ich jetzt machte, hatte die einzige Frau unter den Opfern mittels eines Beckenknochens identifiziert. Die Rillen an der Innenseite ihres Schambeins sagten ihm, dass sie Mutter war. Dann befahl ihm eine Stimme am Telefon, die Ermittlungen einzustellen. Kurz darauf wurde die Grube ausgebaggert und wieder zugeschüttet, und die Knochen verschwanden, als hätten sie nie dort gelegen. Kaum ein Unterschied zu dem, was vor zehn Jahren mit meiner Mutter passiert war. Eines Tages, nahm ich mir vor, würde ich die Arbeit dieses Weißen fortsetzen.

Ich riss mich aus meinen Gedanken, als das Lokal in Sicht kam, ein heller Lichtfleck vor dem schwarzen Hintergrund des Ozeans. Die Frage schoss mir durch den Kopf, ob das Schweizer Ehepaar, dem es gehörte, und die einheimischen Mittelschichtsmänner, die mit ihren jungen Geliebten aus der Arbeiterschicht dorthin strömten, eine Ahnung hatten, worauf sie da saßen und tranken.

Mein Handy piepte. *Frau kommt bald. 1 Std.* ☺

Mann unterwegs, antwortete ich. *Lass dir Zeit.*

Ich parkte und stieg aus. Direkt vor mir eine breite Holzveranda mit grob gezimmerten Tischen darauf, eine Cocktailbar an der Längsseite, flackernde Kerzen in kleinen Kokosnussschalen. Die Pfosten, auf denen das Ganze stand, waren in Wassernähe in den weißen Sandstrand gegraben, so dass die Wellen bis unter die Bodenbretter schäumten.

Malan stand mit dem Rücken zum Meer, einen Ellbogen auf das Geländer gestützt, das Gesicht einer Frau zugewandt. Als er mich entdeckte, winkte er mich herbei.

Die Frau lächelte mich mit ihren vollen Lippen an. Sie war fast so groß wie Malan auf ihren hohen Absätzen. Weiße Culotte, schmale Silberarmreifen, die im Kerzenschein blinkten. Gelblich-braune glatte Haut wie eine reife Ceylon-Mango. Kurz geschnittene nachtschwarze Haare und Augen, die einen zu umarmen schienen. *Pretty nuh raas*, wie die Jamaikaner sagen.

Malan deutete mit lässiger Geste auf mich. »Dassis Digger.«

Die Frau gab mir die Hand. »Sarona«, sagte sie. Tiefe, rauchige, volltönende Stimme. »Malan sagt, Sie sind auch bei der Polizei?«

Malans Augen blitzten zwischen uns hin und her. »Hol uns was zu trinken, Digger.« Er zog sein Portemonnaie heraus und gab mir einen Hundertdollarschein. »Für dich auch was.«

Ich sah ihn an. »Was willst du, Malan?«

»Das Übliche.« Er sah Sarona fragend an. Sie legte ihm eine silberberingte Hand auf die Schulter. »Was Typisches von hier? Nicht zu stark?«

Ich zeigte ihr den erhobenen Daumen und ging zur Bar.

Dort bestellte ich ein Lager und erklärte dem Barmann Schritt für Schritt, wie man einen richtigen Camaho-Cocktail machte. Dann winkte ich Malan herbei. Er machte eine verständnislose Geste, runzelte die Stirn. Ich winkte erneut, wartete.

Schließlich kam er – Dandygang, Playboypose. Nicht schlecht, dachte ich.

»Wusste nicht, dass du auf solche Läden stehst, Malan. Haste dich verbessert?«

Seine Lässigkeit fiel von ihm ab, die schwarzen Augen zogen sich zu Stecknadelköpfen zusammen. »Digger, ich hab dich hierher eingeladen …«

»Um deiner neuen Freundin zu zeigen, dass du der Boss bist, ich weiß.« Ich stopfte ihm sein Wechselgeld in die Hemdtasche. »Nimm die Getränke. Wer ist sie?«

Er schüttelte den Kopf, lächelte. »Nett! Wo is die Süße?«

»Dessie verspätet sich. Ich hab dich was gefragt, Malan.«

Er nahm die Drinks, zwinkerte mir zu. »Letzte Woche, weisde. Die Frau kommt in meine Stammkneipe an der Carenage. Ich spendier ihr was. Und dann, na ja, 'n Mann probiert's halt.« Er warf einen Blick über seine Schulter. »Klasseweib, hübscher Arsch. Also …« Er hielt mir den erhobenen Zeigefinger vors Gesicht. Ich schlug seine Hand weg.

»Pass schön auf, was du sagst«, warnte er.

Auf einmal drang durch das Stimmengemurmel, das Gläserklirren und Besteckklappern hindurch der Schrei einer Frau an mein Ohr, hoch und verzweifelt.

Ich hob die Hand. »Hast du das gehört?«

»Was?« Sofort wurde er wachsam, sein Blick forschend.

Ich zeigte über das Geländer hinweg zum Strand, stieß mich vom Tresen ab und schlängelte mich durch die Tische. Trat auf einen kurz geschnittenen Rasen, der in Sand überging. Etwa fünfzig Meter weiter, am Nordende der Bucht, konnte ich in dem Lichtschein des Restaurants drei Gestalten erkennen. Zwei Männer und eine Frau.

Der kleinere der beiden Typen drückte die Frau von hinten an seinen nackten Oberkörper und hielt ihre Hände fest. Sie trat um sich und bäumte sich auf, während der größere, der einen knielangen Surfanzug trug, feuchten Sand mit den Händen schaufelte und ihn ihr auf Gesicht und Hals klatschte. Beide Männer waren mahagonifarben und muskulös. Sie lachten und scherzten miteinander. Touristen.

»Sie will das nicht. Lass sie los.«

Der Kurze stieß die Frau hart von sich weg. Sie stolperte, fing sich und lief seitwärts weg, während er sich zu mir umdrehte. Feist wie ein Schwein, Balkenbrauen, Hände wie Vorschlaghämmer. Sein Gesicht verzog sich zu einem goldzahnigen Grinsen. Der Große wartete mit verschränkten Armen ab.

Ich hielt meinen Polizeiausweis in die Höhe.

Das Grinsen des Kurzen wurde breiter. Er hob seine Fäuste, zog die Schultern hoch und täuschte Boxhiebe in meine Richtung an. Ich nahm meinen Gürtel ab und wickelte das dicke Leder um mein Handgelenk, hielt das Ende fest. »Noch ein Schritt, und du liegst flach.«

Ich ließ den Gürtel lang herunterhängen.

Seinen Hieb sah ich kommen, bevor er zuschlug – wie er die Füße im Sand ausrichtete, die Rückenmuskeln anspannte. Ich wich seiner Faust aus, ließ meinen Arm vorschnellen. Die schwere Stahlschnalle knallte gegen seinen Fußknöchel, traf auf Knochen. Er fiel um und landete mit den Armen rudernd im Wasser, rappelte sich auf und stürzte wieder. Gab keinen Laut von sich.

»Willste sterben?«

Malans Stimme hinter mir, sanft und zärtlich. Ich hatte ihn nicht kommen hören.

Er stand ein Stück über mir auf einer kleinen Düne. Erst da merkte ich, dass Surfanzug sich mit etwas in der Hand, das wie ein Fischermesser aussah, hinter mich geschlichen hatte.

»Komm her und stirb.« Malans Haltung war aufrecht, aber entspannt, seine große SIG Sauer lag flach auf seinem

Handteller. Ich hatte diese Aufforderung schon einige Male zuvor von ihm gehört – heiser und verführerisch, zugleich vor Boshaftigkeit triefend. Immer wenn er drauf und dran war, jemanden zu töten.

Falls Surfanzug nicht merkte, was die Stunde geschlagen hatte, so doch der Kurze. Er schleppte sich humpelnd aus dem seichten Wasser, zischte hastig etwas, von dem ich nur die Hälfte verstand, und beschrieb schnelle Kreise um ein Beiboot, das ein paar Meter vom Ufer weg auf den Wellen tanzte. Surfanzug warf einen letzten Blick auf Malan, bevor er sein Messer einsteckte und dem Kurzen den Arm um die Schulter legte.

Sie platschten zu dem kleinen Schlauchboot, kletterten hinein und warfen den Motor an.

»Hast dich nich bedankt«, sagte Malan. »Hab grad deinen Arsch gerettet, Digger.« Demonstrativ schob er seine Pistole zurück unters Hemd, bis nichts mehr davon zu sehen war. »Wir hams alle satt, dir zu sagen, dass du deine Scheißwaffe tragen sollst. Aber nee« – er starrte auf den Gürtel in meiner Hand –, »du musst dich aufspielen, als wärst du in so 'nem Film mit dem Scheißding da. Is auch im Film total dämlich, weisde.«

»Wenn du den Kerl erschossen hättst, hättst du dir den Abend mit deiner neuen Freundin verdorben«, erwiderte ich. »Und den andern Leuten da oben genauso. Isses das, was du wolltest?«

»Ach, soll ich mich jetzt bei dir bedanken? Vergiss es. Was hat die kleine Schlampe denn da vor?«

Die junge Frau stand immer noch am Strand, hatte die Arme um sich geschlungen und wiegte sich leicht vor und zurück. Eine hellhäutige Camahoerin, gertenschlank, in einem gelben Neckholder-Top und Jeans so eng wie Lycraleggings. Die Haare zu Zöpfen geflochten und zu einem hohen Nest auf dem Oberkopf aufgetürmt. Ich machte ihr ein Zeichen, zu uns herüberzukommen. Sie schüttelte den Kopf, watete durchs Wasser auf das Schlauchboot zu und setzte sich mit dem Rücken zu uns an den Bug.

»Verdammte Nutte«, murmelte Malan.

Ich legte meinen Gürtel um. »Villeich bleibt ihr nix anderes übrig, Malan. Sieht mir aus, als hätt sie 'n kleines Baby – ihr Bauch ist noch von der Schwangerschaft gedehnt. Ist nur 'ne Vermutung.«

Malan ließ seine Zähne blitzen, dann dieser schräge Blick von ihm. »Jetz redst du schon wie das Weib.«

»Miss Stanislaus hätte es besser gemacht, sie hätte die Frau wahrscheinlich dazu gebracht, sich von den beiden Typen fernzuhalten. Malan, ich muss ihretwegen was mit dir besprechen.«

»Ich red jetzt nich über sie, Digger. Meine Freizeit gehört mir, verstann? Wir kümmern uns morgen darum.«

»Soll heißen?«

»Bewaffnete Polizistin geht ohne hinreichenden Verdacht los und killt den Mann, der dafür gesessen hat, dass er mit ihr rumgemacht hat. So was bringt das Department in, äh, wie sagt man, Misskredit? Jedenfalls hat sie den Ärger herausgefordert.«

»Wir reden hier von Vergewaltigung, Malan, nicht von Rummachen.« Ich merkte, dass ich laut geworden war, und ging ein wenig auf Abstand. »Du sagst, Juba hat gesessen deswegen. Also, wie ich es seh, sitzt Miss Stanislaus immer noch. Seit sie vierzehn ist. Du hast 'ne Frau und 'ne Tochter, versetz dich mal ...«

»Digger!« Er schüttelte den Kopf, hielt den Finger an den Mund und warf einen schnellen Blick hinauf zu der Veranda. »Du treibst es zu weit.«

Malan hauchte mehr, als dass er sprach. »Ich hab hier grad was vor, also halt den Mund. Was ich mein is, das Weib is das falsch angegangen. Sie hat sich selbst 'ne Grube gegraben, und ich werd dafür sorgen, dass sie drin umkommt. Dass sie nie wieder 'n Fuß bei der Polizei reinkriegt. Und ich will, dass ihr Vater mit ihr verschwindet. Diesmal mach ich keinen Fehler. Morgen beruf ich als Erstes 'ne Sitzung ein und informier sie über meine Absichten. Dann werd ich 'ne interne Untersuchung verlangen. Und danach ...« Er grinste mich schief an.

»Wenn du ihr misstraust, misstraust du auch mir«, sagte ich.

»Nehmen wir mal an, ich glaub dir. Wie kommt's, dass das Weib immer deinen Arsch rettet? Wie kommt's, dass alle immer deinen Arsch retten müssen? Wenn ich eben nich hier runter an den Strand gekommen wär, wärst du jetzt mausetot, nichwahr?« Er funkelte mich böse an. »Für wen hältst du dich eigentlich, Mann? Jedenfalls werd ich das Miststück ...«

»Nenn sie nicht so!«, knurrte ich. »Wenn du sie noch mal beschimpfst, geh ich da rauf und erklär Sarona, mit was für 'ner Sorte sie es bei dir zu tun hat.«

Malan blies die Backen auf und hob abwiegelnd die Hände. »Hör zu, Mann, ich weiß, dass du 'ne Schwäche für das Weib hast. Keine Ahnung, was für dich dabei rausspringt, denn klar is, dass sie Angst vor Männern hat. Ich mein einfach nur, dass sie dumm war! Du hast sie ausgebildet, aber du hast ihr keinen Verstand beigebracht. Wenn sie den Kerl wirklich ausm Weg räumen wollt, hätt sie ihm auf korrekte Art 'ne Falle stellen müssen. Hätt's so machen müssen wie ich, verstehsde? Ihn dazu bringen, dass er als Erster angreift, damit alle kapiern, dass sie im Recht is. Dann ihn übern

Haufen knallen. So sieht Notwehr aus. So handelt man unterm Schutz des Gesetzes! Wir sind doch keine amerikanischen oder jamaikanischen Gangster-Cops nich. Die Polizei von Camaho geht legal vor, is ihre Pflicht.«

Er schwieg einen Moment, blickte hinaus aufs Wasser. »Mein Rat is, halt dich von jetzt an von ihr fern. Wenn du zu ihr hältst, gehst du mit ihr unter. Willst du wetten?« Er starrte mich an, seine Haltung eine einzige Drohung.

Dann wurde er auf einmal kühl und sachlich. »Sie hat ein Motiv, sie hat keine Zeugen außer dir, und alle rechnen damit, dass du für sie lügst. Klarer Fall!«

Ich schüttelte lächelnd den Kopf. »Mach dir keine allzu großen Hoffnungen, Malan. Ich weiß, was passiert ist. Ich war dabei.«

»Zeig mir die Beweise.«

»Ich arbeite dran. Lass mir ein bisschen Zeit.«

»Zeit is genau das, was ihr nich habt. Bis Ende der Woche is sie weg vom Fenster.«

Ich hörte die Wellen gegen die Pfähle schwappen. Gäste lehnten oben am Geländer und blickten zu uns herunter. Sarona hob sich von ihnen ab wie eine Lilie in einem Garten voller Unkraut.

Malan sah kurz zur Veranda hinauf. »Digger, ich finde, du schuldest mir was. Nächste Woche übernimmst du meinen Nachtdienst. Ich verschwend nich meine Abende in keim Büro.«

Ich nickte. »Bist du sicher, dass du das Ganze hier nicht inszeniert hast, um die Frau zu beeindrucken?«

Er lachte leise. »Du machst Witze, oder? Ich bin weg, die Nacht is kurz.«

»Ich verschwinde«, sagte ich.

»Wassis los, hat sich's deine Oberschichtsfreundin anders überlegt?«

Ich gab ihm keine Antwort.

Als wir zum Eingang kamen, standen die Leute mit Gläsern in der Hand und Fragen im Gesicht auf dem Rasen. Ich wich ihnen aus und ging zu meinem Auto. Malan wurde umringt, bleckte die Zähne und gestikulierte. Sarona sah zu ihm auf, als sollte sie das Sakrament gespendet bekommen.

Von der Anhöhe über dem Flare aus blickte ich hinaus aufs Meer. Nicht weit vor der Küste lag Kalivini Island, einst eine heilige Begräbnisstätte der Menschen, die Columbus an ihrem Gestade entdeckt hatten, jetzt in Flutlicht getaucht und abweisend, im Besitz eines Franzosen mit bewaffneten Leibwächtern.

Ich sah auf meine Uhr, dann zu dem sternenübersäten Himmel und nahm verstärkt meine Umgebung wahr, dieses trockene, von Geistern bevölkerte und von bombardierten Kalkfelsen ummauerte Tal. Fühlte mich wie ein in einer Staubkuhle gefangenes Insekt.

Ich schrieb Dessie eine Nachricht. *Noch zu Haus?*
Fahre jetzt los.
Vergiss es. Tote Hose hier.

Ein Emoticon mit einem enttäuschten Gesicht blinkte auf.

Trotzdem treffen?, textete ich zurück.
Keine Antwort.

Ich fuhr über den Hügel und schlug den Weg nach Hause ein, im Kopf das Bild von Chief Officer Malan mit der SIG Sauer in der flachen Hand, wie er dem Touristen mit dem Fischermesser seine Todesdrohung zuflüsterte ... *komm her und stirb ...*

Das war Malan, wenn er sich selbst vergaß, die Frau vergaß, der er so offensichtlich imponieren wollte, und nur noch den Kitzel des Tötens kannte.

Nach all der Zeit, die ich schon mit dem Mann zusammenarbeitete, fürchtete ich diese Seite von ihm immer noch.
Ich tippte *?* an Dessie.
F-off, lautete die Antwort.

11

Ich hatte Carans Einladung zu einer seiner »Blockpartys« angenommen. Es sollte die erste sein, an der ich teilnahm.

Alle zwei Monate organisierte er ein Kochfest für seine Gegend. Seine Gegend, das waren die verstreuten Häusergruppen am Fuß des Saint Catherine Mountain, dessen Westseite stufenweise zum Meer abfiel. Eine schmale Straße, gewagt in den Hang geschnitten, verlief zwischen den Ansiedlungen. An diesem Ort mit kühler Bergluft und dichtem Pflanzenbewuchs gediehen Muskatnuss und Muskatblüte, Safran und Nelken, Lorbeer, Ingwer, Kurkuma und Kakao, und das in weltbester Qualität, wie die Camahoer behaupteten. Was ich nur zu gern glaubte!

Das Problem war, dass auf demselben Boden auch das beste Marihuana der Insel gedieh, weshalb Carans Bush Ranger die Anbauer schonungslos vertrieben. Er hatte einmal klipp und klar zu uns gesagt: »Dieses Land ernährt alle. Es sorgt dafür, dass die Kinder zur Schule gehen können. Ich werd nicht zulassen, dass die Menschen hier Hunger leiden müssen, bloß weil ein paar Typen in San Andrews sich zudröhnen wollen.«

Für das Fest, hatte er mir erklärt, schafften die Leute von den äußeren Siedlungen ab dem frühen Morgen Bergyams, gepökeltes Fleisch und einen bunten Karneval an Gemüse herbei – Taro, Tannia, Süßkartoffeln, Eddoes – und türmten alles auf dem Spielplatz auf, der ein paar Meter hinter seinem Haus lag. Die Kinder streiften durch den Wald und kamen mit stapelweise Feuerholz zurück. Dann füllten sie alte Ölfässer mit Quellwasser, während die Jugendlichen ein Bataillon von Töpfen und Pfannen auf Steinen anordneten. Waren sie fertig, übernahmen die Erwachsenen und begannen zu kochen.

Spiderface hatte sich erboten, mich mit dem Boot hinzubringen. Nachmittags um zwei fuhren wir von San Andrews los und folgten dem Küstenverlauf nordwärts. Über allen Ufern erhoben sich mit blau-grüner Vegetation bedeckte Berge, deren Klüfte und Täler in tiefem Schatten lagen.

Das gemeinschaftliche Kochen war schon fast beendet, und ein Duft nach gedämpftem Gemüse und Salzfleisch hing in der Luft, als ich ankam. Gerade noch rechtzeitig, um zwei kleine, wundersame Szenen mitzuerleben: Ein alter Mann mit ostindischen Wurzeln brachte einer Gruppe Teenager bei, wie man mit dem gesägten Rücken einer gebogenen Machete das Fruchtfleisch aus einer aufgebrochenen, ungeschälten Kokosnuss herausholte. Neben ihm saß eine steinalte Frau auf einem umgedrehten Topf und verwandelte das giftige Fleisch der Maniokknolle in gesundes Essen, während sie die jungen Männer ringsherum neckend dazu aufstachelte, den weißen Milchsaft in ihre Blutbahn einzuführen und sich so umzubringen.

Mary, Carans Frau, stand hinter ihm, die Arme locker um seine Schultern gelegt. Ich umarmte sie beide und winkte den anderen vom Ranger-Team zu, die eine kleine, separate Gruppe am Eingang zum Spielplatz bildeten. Die Männer winkten zurück. Die Frau, Toya, nickte nur knapp.

Mary war zu einer Gruppe von anderen Frauen hinübergeschlendert, von wo aus sie Caran immer mal wieder einen Blick zuwarf. Er nickte dann wie zustimmend oder lachte in sich hinein, zog die Augenbrauen hoch. Manchmal ging ein breites Grinsen über sein Gesicht. Die Art, wie die beiden ihre Liebe auslebten, machte mir immer gute Laune. Eine unsichtbare Kraft floss zwischen ihnen, sie strahlten sie aus wie eine Aura.

»Digger, was macht die Queen?«

»Miss Stanislaus geht's so lala, Caran.«

»Ich hab von ihrem Schlamassel gehört. Meinst du, ihr kriegt das diesmal wieder hin?«

Vermutlich dachte er an unseren letzten »Schlamassel« mit Diakon Bello.

»Müssen wir irgendwie«, sagte ich.

»Wie geht Malan damit um?«

»Er will Miss Stanislaus nicht nur feuern, sondern fertigmachen.«

»Das dürfen wir nicht zulassen«, sagte Caran. »Lass uns was essen gehn.«

Ich folgte ihm zu einer Reihe behelfsmäßiger Tische. Viele Leute lagerten schon auf der Wiese und aßen. Weitere kamen nach und nach herbei, einige aus den Gewürzplantagen ringsherum, die meisten von der Hauptstraße her. Sie grüßten rufend oder winkend: ostindische Familien, teilweise schon in der vierten Generation hier, afroindische Mischlinge, die rothäutigen Nachfahren alter Schotten. Sämtliche Ethnien Camahos versammelten sich auf diesem kleinen Fleckchen Erde namens Mont Sur Mer. Und alle steuerten sie geradewegs auf das Essen zu.

»Gute Leute«, bemerkte Caran. »Meine Leute. Ich wollt gern, dass du kommst, weil du noch 'n bisschen Entspannung brauchst, bevor es wirklich ungemütlich wird für dich und die Queen.«

Wir wurden von ein paar Jugendlichen abgelenkt, die so etwas wie einen gigantischen Ghettoblaster heranschleppten und in die Mitte des Platzes stellten. Sie schlossen ein paar Kabel und zusätzliche Lautsprecher an.

»Was wird das?«, fragte ich.

»Wirst du noch sehn«, gluckste Caran.

Ich legte mich ins Gras und nickte ein. Irgendwann rüttelte er mich am Bein. Als ich mich aufsetzte, merkte ich, dass ich eine Weile geschlafen haben musste, denn die Sonne färbte das Meer vor uns schon golden. Eine junge Frau ging zu dem Ghettoblaster und schob einen USB-Stick hinein. Plötzlich vibrierte und pulsierte die Luft von tiefen, fetten Basstönen.

»Jetzt pass auf«, sagte Caran grinsend. Jugendliche strömten herbei, drängten sich um das Gerät und fingen an, sich umeinander zu verrenken, ihre Körper vollkommen eins mit der Bassline. Noch aufregender war es zu sehen, wie die kleineren Kinder ihre Bewegungen eine Zeitlang nachahmten, so lange, bis sie den Bogen raushatten und den Tanz mit ihren eigenen Ausdrucksformen bereicherten.

»Das is erst das Aufwärmen«, sagte Caran. »Guck mal.«

Die Ältesten der Versammlung waren aufgestanden. Urgroßmütter mit ihren traditionellen Headwraps und verhutzelte alte Männlein, keiner davon mit geradem Rücken, näherten sich der Musik mit der langsamen Entschlossenheit von Schildkröten. Sie warfen ihre Schuhe ab und begannen, sich eine Weile zum Bassrhythmus zu bewegen, bis etwas in ihnen Feuer fing. Dann legten sie richtig los, waren mit einem Mal wie ausgewechselt, wippten und drehten sich mit flinker, komplizierter Fußarbeit und lösten Beifallsstürme bei den Zuschauern aus. Mir stellten sich die Härchen an den Armen auf.

»Meine Güte!«, sagte ich.

Caran lachte lauthals. »Zieh hierher, Digger, dann tanzt du auch so mit achtzig.«

Auch Spiderface wurde schlagartig von dem Sog der Musik gepackt, der die Alten mitgerissen hatte. Er hüpfte zwischen ihnen herum wie eine fröhliche Grille und schien sich den Teufel um das Gelächter zu scheren, das er auslöste.

Caran stieß mich mit dem Ellbogen an. »Digger, verstehst du jetzt, warum ich diesen Flecken so liebe?«

»Ja«, antwortete ich aufrichtig.

Doch selbst hier, mitten in all dem Spaß, legten er und sein Team ihre Wachsamkeit nicht ab. Von Zeit zu Zeit hoben sie den Kopf und unterbrachen ihre Unterhaltung, um die nähere Umgebung des Spielplatzes mit den Augen abzusuchen.

Ich spürte Carans Blick auf mir.

»Was?«, fragte ich.

»Digger, ich weiß, dass du und die Queen grad 'ne harte Zeit durchmacht. Ich wollt euch nur sagen, dass ich« – er zeigte auf sich, dann auf seine Einheit –, »Carlo, Roy und Toya zu eurer Verfügung stehn. Muss ja nich offiziell sein, wir kommen auch als Freunde, weisde. Anruf genügt.«

Ich nickte und musste wegsehen.

Das Tanzen war vorbei, die Musik aus dem Ghettoblaster abgestellt, das schwindende Abendlicht durch lodernde Kerosinfackeln ersetzt, die um den Platz herum aufgestellt worden waren. Das Meer unten lag schon tintenschwarz da. Ein paar kleine Jungs warfen sich am Rand des Platzes einen Ball zu, und die Stimmen der Älteren klangen durch die warme Luft, als sie aus ihrem Leben erzählten.

Mary kam herbei, klatschte ihren Mann ab und grinste mich schelmisch mit ihrer Zahnlücke an. »Na, wie läuft's, Ehemann Nummer zwei?«

Ich bekreuzigte mich, hob die Arme und wich mit gespieltem Entsetzen vor ihr zurück.

Caran schüttete sich aus vor Lachen. »Kluger Junge! Weiß, was nich gut für ihn is.«

Ich zeigte aufs Meer. »Wir müssen los, haben keine Scheinwerfer.« Ich bedankte mich bei ihnen mit den Augen. Sie nickten mir gleichzeitig zu.

12

Ich trat vor mein Haus und blickte einen Moment durch das Old Hope Valley zum Meer hin. Um mich herum tropfte noch alles vom Regen der letzten Nacht. Ich hatte kaum geschlafen. Meine Gedanken waren immer wieder um meine Kindheit gekreist und um die alte Frau, die mich aufgezogen hatte. Meine Großmutter, eine feingliedrige, zimtäugige Afroindnerin, wehrhaft wie ein ganzer Hornissenstaat, wenn jemand sie reizte. Ich hatte erlebt, wie sie sich gegen Männer behauptete, die fünfmal so groß waren wie sie, mit nichts als einer rostigen Machete in der einen Hand und dem schweren Ledergürtel, den als Waffe zu gebrauchen sie mir beigebracht hatte, in der anderen. Meine Großmutter, resolut und unbeugsam, stets das eine Gebot achtend, das sie mir fürs Leben mitgegeben hatte: Such keinen Ärger, aber wenn der Ärger nach dir sucht, halt nicht bloß die Stellung, sondern geh ihm entgegen.

Mit diesen Worten im Kopf stieg ich ins Auto und fuhr zum Haus des Polizeichefs in Morne Bijoux.

Ich ging davon aus, dass Malans erster Schritt darin bestehen würde, einen Bericht an den Justizminister zu schicken und die fristlose Entlassung von Miss Stanislaus zu verlangen. Begründung: schweres Fehlverhalten im Dienst. Sein Zorn machte ihn berechenbar. Er würde sich sowohl von seiner Abneigung gegen DS Chilman leiten lassen, der zwar offiziell im Ruhestand war, aber ihm nie wirklich die Leitung der Abteilung überlassen hatte, als auch von der gegen Miss Stanislaus, die ihn aus Gründen in Rage brachte, die ich nicht immer ganz durchschaute.

Miss Stanislaus wäre ihre Stelle los, und selbst der Polizeichef könnte die einmal getroffene Entscheidung des Justizministers nicht mehr rückgängig machen.

Also hatte ich beschlossen, dem Ärger entgegenzugehen.

Noch bevor die Sonne über die Hügel stieg, war ich in der Stadt, und um sechs wartete ich vor der Einfahrt des Polizeichefs. Ich wusste nicht, wann sie aufstanden, und wollte nicht stören. Schließlich war es keine Familienangelegenheit.

Meine beiden Halbschwestern kamen als Erste heraus, beide in der Uniform ihrer Privatschule am Stadtrand von San Andrews.

Als sie mich entdeckten, hüpften sie die Treppe herunter, rissen das Tor auf und rannten über die Straße. Lucia eine schlaksige Siebzehnjährige mit klarer Haut, den stark geschwungenen Augenbrauen ihres Vaters und meinem Mund. Nevis, vierzehn, schüchtern und zurückhaltend, mit schwarzen, forschenden indischen Augen. Die beiden umarmten mich nicht, sie drückten mich mit ganzer Kraft an sich und beobachteten dabei, ob ich vor Schmerz das Gesicht verzog oder gar den Erstickungstod starb.

»Was führt dich her zu dieser frühen Morgenstund?«, fragte Lucia.

»Shakespeare ist dir wohl zu Kopf gestiegen, was?«, sagte ich grinsend. »Ich will zu eurem Vater.«

»Michael, du musst damit aufhören! Er ist drinnen.« Ihre Augen funkelten neugierig. »Ist was passiert?«

»Irgendwas passiert immer.« Ich begleitete sie zurück zum Haus. Ihre Mutter stand an der Tür. Fast mein ganzes Leben lang war ich der Überzeugung gewesen, dass diese dominikanische Mischlingsfrau mich hasste. In all den Jahren, die ich sie kannte, hatte sie nie das Wort an mich gerichtet. Hatte meinen Gruß schon damals ignoriert, als ich noch ein Kind war und von meiner Großmutter in Notzeiten wegen Geld zu dem Mann geschickt wurde, von dem sie sagte, dass er mein Vater sei. Das Schweigen zwischen uns war zu einer schwer abzulegenden Gewohnheit geworden, weshalb sich »Die Ehefrau«, wie ich sie nur nannte, wohl um sich die Peinlichkeit zu ersparen, ins Hausinnere zurückzog.

Meine Schwestern folgten ihr hinein. Ich hörte den Polizeichef etwas grummeln, dann das Scharren von Sandalen. In Shorts und einem dieser kurzärmeligen Hemden, die ihm immer eine Nummer zu groß zu sein schienen, trat er an die Tür und sah mich verwundert an. »Alles in Ordnung, Michael?«

»Ja, alles okay. Ich müsste nur kurz mit Ihnen sprechen, Sir.«

»Wichtig?«

Ich nickte.

Er unterzog mich einer Musterung, wie ich sie nur von ihm kannte. Ein alter Mann, der die Frucht seiner Lenden begutachtet.

Lucia und Nevis kamen wieder heraus und knuddelten ihn ungestüm. Ich beobachtete ihn interessiert. Er mied meinen Blick.

»So süß ist Trennungsweh, Michael.« Lucia zeigte mir eine Reihe perlweißer Zähne und machte eine wedelnde Handbewegung.

»Du hast mir gerade einiges über deine Englischlehrerin verraten, junge Dame. Sie ist über sechzig, weiß, vermutlich Engländerin, lebt aber schon lange auf Camaho.«

Sie schlug verblüfft die Hand vor den Mund. »Du kennst Mrs Martineau?«

»Durch dich, ja. Ich wette, sie hat noch nie von einem Mann namens Walcott gehört.«

Lucias Mutter scheuchte sie ins Auto.

Der Polizeichef brachte eine Flasche Malta-Malzbier heraus, öffnete sie und schenkte ein Glas ein, deutete einladend auf den Tisch. Dann zog er sich einen Stuhl heran und setzte sich. »Also, Michael.«

Ich berichtete ihm von Jubas Erschießung.

»Ja, Chilly hat mir schon davon erzählt. Wie heißt sie noch gleich ... Kathleen? Sie sieht mir eigentlich nicht nach einer gewalttätigen Frau aus.«

»Ist sie auch nicht.«

»Und wie nennst du das, was sie getan hat?«

»Notwehr, Sir.«

Er schlug die Beine übereinander. »Ich kann so was nicht untern Tisch fallen lassen, falls du ...«

»Ich bitte Sie nicht, es untern Tisch fallen zu lassen. Ich bitte Sie, dem Justizminister zuvorzukommen und das Disziplinarverfahren selbst in die Hand zu nehmen. Sonst verkündet der JM demnächst im Radio, dass er sie gefeuert hat, und Sie sind gezwungen, das zu unterschreiben.«

»Und du denkst, ich würde sie nicht feuern?« Er klang verärgert.

Ich fragte mich oft, wie er es ertrug, dass der Justizminister tagtäglich seine Autorität untergrub, indem er nicht nur als »die Stimme von Recht und Ordnung« auftrat, sondern auch als derjenige, der über Einstellungen und Entlassungen entschied.

Mir schien außerdem, dass der Justizminister dem San Andrews CID von Anfang an feindlich gesinnt war. Er hatte schon Anstoß daran genommen, wie Chilman uns für den Polizeidienst angeworben hatte, und dann hatten wir ihn auch noch gleich zu Anfang in der Öffentlichkeit blamiert. Wie Chilman uns gern in Erinnerung rief, wartete der JM wahrscheinlich nur auf den richtigen Moment, nämlich darauf, dass wir etwas Unentschuldbares taten, damit er gegen uns vorgehen konnte. Malan wusste das ebenfalls.

Der Polizeichef räusperte sich, riss mich aus meinen Gedanken. »Was genau willst du von mir?«

»Ich möchte, dass Sie Miss Stanislaus in den eingeschränkten Dienst beordern und das Verfahren auf einen Termin in sechs Wochen ansetzen – das ist die längste gesetzlich zulässige Frist. Sie kriegt ihr Gehalt weiter, und mir verschafft es Zeit.«

»Zeit für was?«

»Mir ist klar, dass meine Aussage nichts gelten wird, auch wenn sie noch so wahr ist. Deshalb brauche ich Zeit, um Juba Hurst etwas nachzuweisen und den Leuten zu zeigen, was für ein Dreckskerl er war und warum sie ohne ihn besser dran sind. All die Anschuldigungen gegen ihn wegen Mord, Vergewaltigung, Erpressung und so weiter sind nie weiterverfolgt worden. Ich will genug Zeit, um die Munition für den Kampf gegen euch zusammenzubekommen.« Der Schweiß brach mir aus, ich war laut geworden. So viel zu der ruhigen, vernünftigen Diskussion mit dem Polizeichef, die ich mir vorgenommen hatte.

»Gegen uns?«

»Wen sonst?«, sagte ich.

»Michael, das finde ich beleidi ...« Er unterbrach sich, musterte mich ruhig. »Sie bedeutet dir offenbar sehr viel, Chillys Tochter. Was ist mit Dessima? Ich habe gehört ...«

»Ich bin hier, um über eine Polizeiangelegenheit zu sprechen, Sir. Wenn ich meine Waffe dabeigehabt hätte, hätte ich Juba Hurst selbst erschossen. Mir fehlen die Beweise dafür, dass Miss Stanislaus in Notwehr gehandelt hat, um sich und mich zu schützen, und ich möchte die Chance haben, das zu korrigieren. Deshalb bitte ich um mehr Zeit.«

»Wie weit bist du bereit zu gehen?«

»So weit wie nötig, Sir.«

»Selbst wenn dich das deinen Job kostet?«

»Ja, Sir.«

Er blickte in die Ferne. »Euch beiden hängt inzwischen ein gewisser Ruf an bei der Polizei, ist dir das klar? Zufällig weiß ich, dass die meisten Superintendents der Insel eine ziemliche Hochachtung vor der Arbeit von Chillys Abteilung haben, sie werden ihn also unterstützen. Aber unter den gewöhnlichen Officers habt ihr einige Gegner, vor allem seit der Sache mit Officer Buso. Was ich sagen will, Michael – bisher habe ich deinen Wunsch, über die Verbindung zwischen uns zu schweigen, respektiert. Aber falls ich zu deinem Schutz bekannt werden lassen muss, dass du mein Sohn bist, werde ich das tun, auch ohne dich zu fragen.«

»Wird nicht nötig sein.«

Er stand auf. »Lass mich darüber nachdenken. Fährst du jetzt zur Arbeit?«

»Ja, Sir.«

»Sei vorsichtig.«

Ich fragte ihn nicht, was er damit meinte.

13

Auf dem Weg zur Arbeit machte ich das Radio an und stellte den Regierungssender ein. Die Eilmeldung kam um zwanzig nach acht.

Unbestätigte Berichte vermelden eine tödliche Schießerei auf Kara Island, in die zwei Polizisten und ein Einheimischer verwickelt waren. Bleiben Sie dran, wir informieren Sie, sobald wir Genaueres wissen.

Zwanzig Minuten später brachten sie eine Hörerstimme von Kara Island. Der Anrufer nannte sich Richard. Die gestrigen Schüsse seien kein Unfall gewesen, sagte er, sondern Mord. Zufällig wisse er, dass es böses Blut zwischen einem der beiden beteiligten Officers, »der Frau beim San Andrews CID«, und dem Getöteten gegeben habe. Schon am Morgen zuvor habe sie versucht, den Mann zu erschießen, sei aber von einem Freund, einem ihrer Kollegen beim CID, gerade noch daran gehindert worden. »War villeich nur Show, weil es war ja helllichter Tag, und die ganze Insel wär Zeuge gewesen. Und wenn's nich gespielt war, wieso war dann derselbe Officer dabei, als sie Juba Hurst später abgeknallt hat, und hat nix unternommen?«

Obwohl er seine Stimme verstellte, erkannte ich Officer Mibo. Mit wachsender Sorge betrat ich das Büro.

Malan begrüßte mich mit hochgezogenen Augenbrauen und taxierendem Blick. »Scheint so, als hättst du Überstunden gemacht, Digger. Ändert aber nix am Kakaopreis. Sie fliegt trotzdem.«

Die Luft knisterte von der Wut des Chief Officers. Pet ließ ihre Tastatur rattern. Auch Lisa hackte etwas in ihren Computer, den Blick auf ein handgeschriebenes Blatt mit Malans Schrift gerichtet.

Er warf mir eine ausgedruckte E-Mail vom Büro des Polizeichefs hin, eine Mitteilung über dessen Entscheidung, dass Miss Stanislaus bis zu der Verhandlung ihres Falls in sechs Wochen eingeschränkten Dienst leisten werde.

»Ich kann 'n besseres Urteil erreichen.« Malan deutete mit dem Kinn auf Lisa. Der Laserdrucker in seinem Büro spuckte ein paar Seiten aus. Er ging hin, steckte sie in eine Mappe und kam wieder heraus. »Heut zeig ich dir was, Digger.«

»Was denn?«

»Ich bin dir paar Nasenlängen voraus.«

»Abwarten«, sagte ich.

Malan kam nicht zurück ins Büro, sondern ließ uns das Schreiben des Justizministers per Fahrradkurier zustellen.

Als Pet es öffnete, wurde sie blass. »Er macht uns dicht«, sagte sie. »Er schließt das San Andrews CID. Digger, darf er das?« Sie reichte mir den Brief.

Ich überflog ihn und gab ihn ihr zurück. »Er löst tatsächlich die Abteilung auf«, sagte ich so ruhig wie möglich.

»Du und Lisa sollt zum Zollamt im Hafen, Malan und ich nach San Andrews Central. Keine Erwähnung von Miss Stanislaus.«

»Aber warum, Digger? Was haben wir gemacht?«

Ich ging zum Waschbecken und wusch mir das Gesicht. Meine Hände zitterten. Der Spiegel zeigte mir einen hohlwangigen Typ mit schwarzen, übernächtigten asiatischen Augen und den langen Wimpern meiner Großmutter.

Als ich an meinen Schreibtisch zurückkehrte, sprach Pet gerade eindringlich mit Lisa.

»Du willst es mir nicht zeigen?«

Lisa wich ihrem Blick aus. Die beiden waren eigentlich dicke Freundinnen, und Pet stand Lisa immer bei, wenn Malan mal wieder miese Laune hatte und seine Assistentin fertigmachte. Doch jetzt, spürte ich, wurde ihre Freundschaft auf eine harte Probe gestellt.

Lisa schüttelte den Kopf, die Augen fest auf ihre Tastatur geheftet.

»Hat Malan dir ausdrücklich befohlen, uns den Bericht an den Justizminister nicht zu zeigen, den er dich hat tippen lassen?«

Lisa antwortete nicht.

»Also hast du die Wahl, nichwahr? Du musst dich entscheiden, auf welcher Seite du stehst, weil ihr hier nämlich mit der Existenz von Leuten spielt. Und mit der Zukunft von Miss Stanislaus. Ich forder dich jetzt zum letzten Mal auf, uns den Bericht zu zeigen, sonst will ich nix mehr mit dir zu tun ham, verstann?«

Lisa druckte den Text auf dem Bürodrucker aus.

Pet ging hin und holte ihn. »War also Malans Idee, uns zu zerschlagen, nich die vom Justizminister«, sagte sie. »Hab ich's mir doch gedacht!« Sie zog einen sarkastischen

Flunsch in Lisas Richtung. »Was du nicht kontrollieren kannst, mach kaputt. So denkt der schon die ganze Zeit. Und du bist so verknallt in ihn, dass du's für dich behalten hast. Glaub nicht, ich wüsst nix von eurem Techtelmechtel, Lisa Bubb. Hab ich von Anfang an gewusst.« Sie griff nach ihrer Handtasche. »Digger, kommst du mit? DS Chilman wartet auf mich.«

Ich hatte gar nicht mitgekriegt, dass sie Chilman angerufen hatte. Anscheinend hatte sie mit so etwas gerechnet oder schon gewusst, was Malan aushhecke, und Lisa nur testen wollen.

Wir stiegen auf den Hügel über dem St Mary's Convent, einer erstklassigen, von einheimischen Nonnen geführten Mädchenschule, die viele der Top-Akademikerinnen der Insel hervorbrachte. Die meisten zogen in die USA und machten dort Karriere, während ihre Liebe zu Camaho in dem Maße zunahm, wie der Wunsch zurückzukehren abnahm. Ich konnte es ihnen nicht verdenken – wir wurden von Dummköpfen regiert, denen Intelligenz Angst machte.

Es gab ein Café dort oben, ein ruhiges kleines Lokal, über das sich ein uralter Flammenbaum neigte wie ein großes Sonnendach. Pet schien alle zu kennen, die uns unterwegs begegneten. Frauen steckten den Kopf zum Autofenster heraus, winkten und riefen ihren Namen. Männer hupten und nannten sie Miss P. Sie nahm das alles gelassen hin, und ich sah sie bewundernd an. »Pet, du könntest schon morgen Justizministerin werden. Alle würden dich wählen, ich auch.«

»Digger, ich mag meinen Job. Ich hab mich angestrengt, um gut darin zu werden, und jetzt, wo ich gut bin, will Malan Greaves mich wohin schicken, wo ich ein Niemand bin. Als wär ich 'n Picknickteller, den er abgeleckt hat, um ihn dann wegzuwerfen. Einfach so!« Sie schnippte mit den Fingern, blieb stehen und sah mir ins Gesicht. »Das lass ich nich mit mir machen. Wenn ich untergeh, sorg ich dafür, dass er auch untergeht, und zwar noch vor mir!«

14

DS Chilman saß auf der Terrasse vor dem Pretty Pus. Von hier oben aus überblickte man ganz San Andrews, das sich mit seinen roten Ziegeldächern wellenartig bis zur Carenage und der Esplanade hinunterzog. In der Ferne, hinter dem weißen Streifen des Grand Beach, lag der internationale Flughafen, benannt nach einem ermordeten Premierminister, am Saum des Meeres. Chilman wirkte wie eine zerknautschte Ledertasche auf dem weißen Plastikstuhl.

Er nahm Pets Hand und geleitete sie zu ihrem Platz, legte mir seine andere Hand auf die Schulter. Der alte Mann war ungewöhnlich still und gedankenverloren, sein Mund verkniffen. Trotzdem fühlte ich mich gleich besser in seiner Gegenwart. Er bestellte Limos für uns und ein Glas Wasser für sich.

Wir berichteten ihm alles. Chilman unterbrach uns kein einziges Mal, und als wir fertig waren, verschränkte er die Arme über dem Bauch und lehnte sich zurück. »Ihr seht das falsch. San Andrews CID is nich erledigt.« Er zog einen Hundertdollarschein aus seinem Portemonnaie und legte ihn auf den Tisch. »Wie viel ist das?«

»Hundert«, sagte Pet achselzuckend.

»Falsch!« Er riss ein Blatt von seinem Notizblock ab und

legte es neben den Schein. »Ist ungefähr gleich viel wert. Wassis der Unnerschied, Digson?«

Ich sagte nichts, nickte nur.

»Richtig! Das sind hundert Dollar, weil alle sich drauf geeinigt ham, dass das hundert sind. Is aber beides Papier. Genauso isses mit dem San Andrews CID. Die Abteilung is nur am Ende, weil ihr euch alle einig seid, dass sie am Ende is. Ein Gebäude is nur ein Gebäude. Ihr habt alle Telefone, ihr seid nicht tot, ihr habt noch dieselben Fähigkeiten und ihr seid immer noch bei der Polizei. Der einzige Unnerschied is, dass sie euch woandershin versetzen.« Er hob den Zeigefinger. »Und in der Zwischenzeit werd ich versuchen, den Schaden zu beheben, den Red Pig angerichtet hat.« Er sprach den Spitznamen des Justizministers mit Gusto aus.

»Malan …«, begann Pet.

Chilman brachte sie mit einem Blick zum Schweigen. »Stellt man eine Ziege auf eine Klippe, Miss Pet, und lässt ihr genug Leine, dann hängt sie sich dran auf. Malan Greaves steht gerade auf 'ner Klippe. Ihr wisst es noch nicht, aber ich hab zufällig erfahren, dass er befördert wird. Der Justizminister will eine Position für ihn in Central rausschlagen: Leiter des Einsatz- und Streifendiensts San Andrews Süd.« Er lehnte sich zurück, faltete die Hände überm Bauch und bleckte die Zähne. »Malan hat grad das gemacht, was er auch mit all den Frauen macht, die er ausnutzt. Isser mit ihnen durch, will er nich, dass sie 'n eigenes Leben führn ohne ihn. Er versucht, sie fertigzumachen, untauglich. Digson, hol uns noch was zu trinken.«

Ich ging an die Bar und bestellte.

Eine Reihe Yuccapalmen in Töpfen trennte die Theke vom Sitzbereich. Die Unterhaltung zwischen Pet und dem alten Mann drang als Gemurmel zu mir hin. Als ich Chilman meinen Namen sagen hörte, spitzte ich die Ohren. »Seit seim ersten Tag bei uns sind Sie in den Jungen verliebt. Und ich denk, er weiß es. Drei Jahre, Miss Pet, und er hat nie einen Schritt gemacht. Wie lang wolln Sie Ihre hübschen Schuhe noch im Schrank lassen?« Er klang sanft und freundlich, beinahe väterlich.

Ich bemühte mich, nicht hinzuhören.

Der alte DS richtete sich gerade auf, als ich zurückkam. Pet wirkte geistesabwesend.

»Digson, wenn's irgend geht, will ich, dass du Malan nich anners behandelst als sonst. Er rechnet nämlich mit dem Gegenteil und stellt sich drauf ein. Lass ihm Leine, okay?« Er warf mir einen abschätzigen Blick zu. »Hab ich dir schon mal das mit dem Engländer und dem Tigerbaby erzählt?«

»Den ersten Teil, Sir. Mit dem Rest führn Sie mich an der Nase rum.«

Er lachte gurgelnd. »Okay! Also, der Engländer ruft seinen Diener.« Chilman nahm sein Wasser und trank einen Schluck, seine Augen funkelten vor vergnügter Bosheit. »Genug! Zurück zum eigentlichen Thema.«

»Okay, Sie ziern sich, damit kann ich leben. Zurück zum Thema, Sir.«

Sein Ausdruck wurde konzentriert. »Ich sag euch, was ich denk. Diese Einmischung des Justizministers – ihr kapiert die nich, weil ihr sie nich ausm richtigen Blickwinkel betrachtet. Nach unsrer Gesetzgebung hat der Polizeichef das Sagen, und zwar aus gutem Grund. Er steht zwischen der Politik und der Polizei. Mit anderen Worten«, sagte der Alte, »wenn die da oben« – er deutete zum Himmel – »einen Befehl erlassen, der euer Leben und eure Sicherheit gefährdet, ist es die Aufgabe des Polizeichefs, diesen Befehl abzublocken und denen da oben zu sagen, warum es kriminell is, so was anzuordnen. Aber auf Camaho, versteht ihr, wär die richtige Bezeichnung für den Minister eigentlich ›Aufseher‹. Kurz gesagt, wir leben immer noch auf der Plantage.«

Damit hievte er sich auf die Beine. Pet stand ebenfalls auf. »Miss Pet, Sie wern schon zurechtkommen beim Zoll, bis ich Sie da wieder raushol. Und du, Digson, weißt so gut wie ich, dass San Andrews Central ein Schlangennest is. Die Officers dort wolln dich tot sehn. Mein Rat is« – er spreizte die Hand und zählte an den Fingern ab –, »übernimm keinen Nachtdienst und geh nirgendswo allein hin, solange du im Dienst bist. Halt dich immer wo auf, wo andere dich sehen können, immer. Egal, was sie dir für 'n Arbeitsplatz zuteilen, richt ihn so ein, dass du mit dem Rücken zur Wand sitzt und die Tür im Blick behältst. Und trag ständig deine Waffe, hörst du? Trag deine Waffe!«

Pet legte ihm eine Hand auf den Arm und küsste ihn auf die Wange.

Chilman zwinkerte mir zu. »Digson, krieg ich von dir auch einen?«

»Nee!«

»Wann müsst ihr ausziehn?«

Pets Blick flog zwischen uns hin und her.

»Nächsten Montag.«

»Also bleiben euch noch sechs Tage. Wir haben gar nicht über Kathleen gesprochen. Digson, ich hab gesehn, du hast sie in den eingeschränkten Dienst schicken lassen, damit du Zeit hast, sie zu entlasten. Ich hoffe, das zahlt sich aus. Wenn du meinen Rat willst – mach einfach weiter, als wär nix passiert.«

Der Alte stieß mich im Vorbeigehen mit dem Ellbogen an. »Digson, du bist 'n Halunke!«

»Ganz recht!«, sagte ich, seinen Tonfall nachäffend.

Wir sahen zu, wie er die Treppe zum Parkplatz hinaufhumpelte.

»Digger, er liebt dich«, sagte Pet. »Schon, äh, seit du beim San Andrews CID angefangen hast.«

»Er hat dich auch sehr gern, Pet. Er würde alles für dich tun.«

»Ich weiß«, sagte sie.

15

Wahrscheinlich war ich der einzige Polizist auf der Insel, dem die Stille und Einsamkeit des Nachtdiensts nichts ausmachte. Die Nase an das Fenster unseres Büros gedrückt, blickte ich hinaus aufs Meer, das mit den Lichtern von Schiffen und Fischerbooten gesprenkelt war. Von der Promenade unten ragte der mit Flutlicht angestrahlte Pier weit in die Dunkelheit hinein. Miss Stanislaus war bestimmt noch wach, dachte ich, und grämte sich über die Einschränkungen, die der Polizeichef ihr auferlegt hatte.

Malan hatte es natürlich mir überlassen, ihr die Nachricht beizubringen und das Schreiben zu übergeben. Sie hatte es genommen und mit ausdrucksloser Miene gelesen. Camahos Version von eingeschränktem Dienst war die reinste Folter. Man wurde zwar nach Hause geschickt, hatte aber ständig in Bereitschaft zu sein und bekam demütigende Aufgaben zugeteilt wie die Verwahrzellen des Reviers zu putzen oder irgendwelchen Würdenträgern die Tür aufzuhalten, die Polizisten gern mal beleidigten und herabsetzten. Ich hatte den Polizeichef gebeten zu verfügen, dass

Miss Stanislaus ausschließlich ihm Bericht zu erstatten hatte – nicht nur, um ihr die absehbaren Demütigungen zu ersparen, sondern auch um besagte Würdenträger vor einer oder eher mehreren ihrer vernichtenden Erwiderungen zu bewahren. Außerdem konnte ich auf diese Weise bis zu dem Verfahren auf ihre Mitarbeit zurückgreifen.

Malan hatte Miss Stanislaus persönlich »entwaffnen« wollen, womit er meinte, es ihr noch mal kräftig unter die Nase zu reiben. Sie sollte in sein Büro kommen und ihm »das Eigentum vonner Abteilung« aushändigen. Das könne er sich abschminken, hatte ich entgegnet, ich würde die Dienstwaffe bei ihr abholen.

Miss Stanislaus hatte gesagt, das sei sehr nett von mir, dankefehr, aber sie würde sie selbst herbringen.

Am nächsten Vormittag rief sie an, um Bescheid zu sagen, dass sie unterwegs sei. Ich behielt das lieber für mich. Die Stimmung im Büro war angespannt, der Groll aufeinander fast greifbar. Pet würdigte Malan keines Blickes und ignorierte Lisa so gründlich, als wäre sie nicht vorhanden. Lisa versuchte es weiter bei ihr.

Ich saß mit übereinandergeschlagenen Beinen da und wartete auf Miss Stanislaus.

Sie erschien in einem wogenden weißen Kleid mit so makellosen Schuhen dazu, dass man Angst hatte, sie allein durchs Hinsehen zu beschmutzen, und einer großen Umhängetasche um die Schulter. Breit in die Runde lächelnd, ging sie zu ihrem Schreibtisch und setzte die Tasche darauf ab.

»Die Dienstwaffe«, sagte Malan und streckte seine Hand aus, ohne aufzustehen.

Miss Stanislaus überhörte das. Sie nahm eine lange, gerillte Vase aus ihrer Tasche und stellte sie mitten auf ihren

Tisch. Als Nächstes kam eine große, kugelköpfige Ixora-Blume zum Vorschein, blutrot und so perfekt erhalten, dass ich sie zuerst für künstlich hielt. Sie stellte die Blume in die Vase. Das Licht vom Fenster fiel auf das Glas und malte bunte Muster an die Wand. Pet stand auf, holte Wasser und füllte die Vase bis zur Hälfte.

Dann zog Miss Stanislaus den Revolver hervor. Eine flinke Handbewegung, und die Trommel klappte aus. Noch eine Bewegung, und die Patronen fielen in ihre Handfläche. Sie ordnete sie nestartig um die Vase herum an, fischte etwas, das wie ein flacher Unterteller mit Blumenmuster aussah, aus ihrer Tasche und legte die Waffe darauf. Mit zusammengekniffenen Augen, als würde sie eine Art Berechnung anstellen, blickte sie auf das Arrangement und stieß dann den Teller mit einer lässigen Geste an, so dass er sich um sich selbst drehte. Er drehte sich immer noch, als sie zur Tür hinausging und sich dabei mit einem Taschentuch das Gesicht fächelte.

Ich sah zu Malan hin und glaubte, eine neue Regung in seinem Gesicht zu bemerken. Sein Mund stand halb offen, die Schultern waren gegen die Lehne seines Schreibtischsessels gedrückt und die Augen auf den Revolver gerichtet, der mit auf ihn zeigender Mündung zum Stillstand kam. Angst, stellte ich fest. Echte Angst.

Ich lächelte ihn so liebenswürdig an, wie ich nur konnte, ehe ich mich wieder hinsetzte, obwohl es mich drängte, Miss Stanislaus hinterherzulaufen und sie um eine Zugabe zu bitten.

Das war vor zwei Tagen.

Meine Gedanken kehrten in die Gegenwart zurück. Es war Donnerstag, noch drei Tage, bevor sie uns aus unserer kleinen Schuhschachtel hier oben hinauswerfen und in fremde Abteilungen schicken würden. Die Erinnerung an diese drei Officer, die mit ihren starren, hasserfüllten Gesichtern mitten auf der Grand Beach Road gehalten hatten, war mir noch sehr präsent. Bei der Vorstellung, mit ihnen zusammen in San Andrews Central zu arbeiten, schlug mir das Herz bis zum Hals.

Ich sah auf die Uhr: 4.47. Noch dreizehn Minuten, bevor ich nach Hause und ins Bett konnte.

Das Telefon klingelte. Ich nahm ab und griff dabei nach meinem Schreibblock, um die Zeit zu notieren. Schweres Atmen an meinem Ohr. Stimmengewirr im Hintergrund. Das Geräusch laufender Motoren. Vermutlich ein Unfall.

»San Andrews CID. DC Digson am Apparat.«

»Söhr, ich bin die Straße langgefahrn, ganz normal und voll korrekt ...«

»Wie ist Ihr Name, Sir?«

»Peter Crayton, Söhr, aber die Leute nennen mich Mokoman. Ich fahr den Bus, der *Reliance* heißt. Ich also die Straße runter, ganz korrekt, und als ich nach Beau Séjour komm, seh ich was am Rand.«

»Was haben Sie gesehen?«

»Was an der Straße, Söhr. Ich hatt grad mit der Arbeit angefangen, kümmer mich um meinen eigenen Kram, verstehnse, aber bei dem Ding da, da muss ich halten. Ich sag mir, Moko, Junge, sag ich mir, das sieht nich gut aus. Also bin ich ausgestiegen ...«

»Warum genau sind Sie ausgestiegen, Mister Peter?«

»Da war was am Straßenrand, das hat ausgesehn wie 'n Mann. Also sag ich mir ...«

»Und was war es?«

»Ein Mann, Söhr! Was sonst? 'n echter Mann, der lag da aufm Bauch. Der Typ hatte den Kopf so zur Seite gedreht, also so, ne ...«

»Wir telefonieren, Mister Peter, ich kann Sie nicht sehen. Haben Sie getrunken?«

»Getrunken! Getrunken, sagen Sie? Naaah, Söhr! Der Mann sieht mir nich aus, als hätt er getrunken …«

»Wie sieht er denn aus?«

»Meine Gühde, Missa Officer. Sie fragen mich, wie der aussieht?«

»Ja!«

»Tot, Söhr, so sieht der aus. Tot wie 'ne Kröte. Sie müssen komm und sich das selbs ansehn.«

»Sind Sie sicher?«

»Todsicher, ich mein …«

»Da sind Leute bei Ihnen, oder?«

»Gott un die Welt is hier, außer euch, Söhr.«

»Okay, sagen Sie allen, dass sie von der Leiche wegbleiben sollen, wenn es denn eine Leiche ist …«

»Was soll das heißen, wenn es eine is. Ich guck doch grad auf den runter.«

»Niemand darf sich ihr nähern oder sie anfassen oder bewegen, nicht mal Angehörige, verstanden? Das ist jetzt Sache der Polizei.«

»Jawoll, Söhr! Ich hab nur total korrekt meinen Bus gefahren und …«

»Mister Peter, sind Sie so freundlich und halten bei der Wache West San Andrews, um Ihre Aussage zu machen?«

»Aber ich hab Ihnen doch grad alles gesagt! Ich bin 'n vielbeschäftigter Mann. Ich muss jetz …«

»Das war keine Bitte. Das ist Ihre Pflicht.«

»Jawoll, Söhr, aber wenn ich gewusst hätt, dass Sie so 'n Theater machen, hätt ich nich angerufen.«

»Sie haben richtig gehandelt, danke. Gehen Sie jetzt und machen Sie Ihre Aussage.«

Peter saugte so fest an seinen Zähnen, dass ich mir unwillkürlich ans Ohr fasste, um zu fühlen, ob Spucke daran klebte.

Ich rief San Andrews West an, informierte den diensthabenden Officer und bat die Kollegen, sofort zu der Stelle zu fahren und alles abzuriegeln.

Miss Stanislaus wirkte geknickt, als sie zur mir ins Auto stieg.

Ein stiller, kühler Morgen, das Gras am Straßenrand glitzerte vom Tau.

»Ich, äh, müsst ich nich zu Haus bleiben?«, fragte sie.

»Nicht, wenn der Polizeichef Ihnen das nicht befohlen hat, Miss Stanislaus. Sie sind immer noch im Dienst, bekommen Ihr Gehalt.«

»Bis?«, sagte sie.

»Bis wir Sie rausgehauen haben.«

»Und wenn wir mich nich raushaun können, Missa Digger?«

»Miss Stanislaus, in der Schule bin ich ständig von Jungs verprügelt worden, die doppelt so groß waren wie ich. Jeden Tag bin ich mit blutiger Nase nach Hause gekommen, aber die auch. Wissen Sie warum? Weil ich auf meine Granny gehört hab. Man hält nich einfach still und steckt Schläge von irgendwem ein, man unternimmt was. Man schlägt zurück. Das hab ich mir zur Regel gemacht.«

Sie deutete mit dem Kinn auf die Straße. »Na dann los, unternehm wir was.«

16

Beau Séjour lag von San Andrews aus elf Kilometer die Westküste hinauf – rund fünfzig Häuser oberhalb der Western Main Road. Auf der gegenüberliegenden Straßenseite säumte ein Dickicht aus Mangroven und Meertraubenbäumen einen grausamen Strand.

Fünf junge Typen spähten in einen ausgebrannten Jeep hinein, dessen Inneres nur noch ein Gewirr aus Kabeln und geröstetem Schaumstoff war. Die Schnauze des Wagens steckte tief in einem Schlammloch nahe dem Zugang zur Bucht, und der blanke Radkranz eines Hinterrads hing einen halben Meter hoch in der Luft. Das Ganze sah aus wie ein Hund mit erhobenem Bein.

Wir kämpften uns mit den Ellbogen durch eine derart dicht gedrängte Menschenmenge, dass alle sechs Officers, die schon vor Ort waren, mithelfen mussten, uns den Weg zu bahnen. Die Schaulustigen verstummten bei unserer Ankunft, und alle Augen richteten sich auf Miss Stanislaus, dabei war sie für ihre Verhältnisse sogar recht schlicht gekleidet: ein enganliegendes gerüschtes weißes Oberteil mit blauen Ziernähten zu einem dunkelblauen Rock mit einem Muster aus gelbem indischen Blumenrohr. Der Glockenrock schwang um ihre Hüften wie der einer Bel-Air-Tänzerin. Ihre himmelblaue Handtasche passte perfekt zu ihren Schuhen und den Rüschen.

Als wir endlich die grasbewachsene Böschung erreichten, wo die Leiche lag, hatte ich etwa ein Dutzend Mal den Namen Lazar Wilkinson gehört. Lazar war von uns mehrfach wegen Landfriedensbruchs festgenommen worden, und vor einigen Jahren hatte er ein paar Monate wegen schwerer Körperverletzung abgesessen. Nach seiner Entlassung war er direkt dazu übergegangen, mit einem dieser Sprintboote, die neuerdings die Gewässer der Küstenorte verunzierten, Marihuana zwischen Vincen Island und Camaho zu befördern.

Detective Superintendent Chilman hatte kein offenes Ohr für uns gehabt, als wir diesen illegalen Handel bei einem Meeting ansprachen. »Wenn ihr wen verhaften wollt, dann verhaftet die verdammte Scheißregierung, die unsere Fischereirechte an die Koreaner und Chinesen verkloppt, damit die mit ihren Fabrikschiffen all unsre Fische wegschlucken. Und was kriegen wir dafür?« Ich sah ihn vor mir, wie er seinen alkoholisierten graumelierten Kopf schüttelte und sein Mund sich zu einem deftigen Fluch verzog. »Bisschen Beton für die öffentlichen Straßen, der vom ersten Nieselregen weggespült wird! Wer sind also die Kriminellen, hä? Lasst die Jungs da in Ruhe.«

Jemand hatte ein Leintuch über den oberen Teil der Leiche geworfen. Die Officer sagten, das sei seine Mutter gewesen, und es seien zwölf Männer (ich zog neun ab) nötig gewesen, um sie, die schimpfend und fluchend um sich trat, vom Tatort wegzuschaffen.

Ich sprach den Einsatzleiter an. »Liam, konntet ihr die Stelle nicht abriegeln und die Leute wegschicken?«

Er zuckte die Achseln. »Besser ging's nich, Digger. Außer, wir hätten alle verhaftet.«

Sofort tadelte ich mich dafür, dass ich ihn kritisiert hatte. Korrekte Vorgehensweise am Tatort war hier nicht relevant.

Ich wies die Kollegen an, uns von der Menge der Schaulustigen abzuschirmen. Als ich das Tuch anhob, sah ich, warum Lazar Wilkinsons Mutter ihn halb zugedeckt hatte. Ein tiefer, vertikaler Schnitt verlief durch seine Kehle, und seine Zunge war ein Stück weit durch den Schlitz gezogen worden. Ein Krawattenmord.

Ich schloss die Augen und atmete tief durch. In solchen Momenten wurde mir wieder klar, wie wenig ich diesen Beruf mochte.

Miss Stanislaus faltete ihren Rock um die Beine und hockte sich neben mich. Einen kurzen Moment schienen die in Ufernähe verankerten Booten sie abzulenken. »Missa Digger, alles in Ordnung mit Ihnen?«

»Wir haben hier eine Aufgabe zu erledigen«, sagte ich. »Fangen wir an.«

Lazar Wilkinsons T-Shirt mit Knopfleiste war falsch zugeknöpft. Glänzende Basketballshorts, die Hinterseite halb nach vorn gezerrt. Keine Schuhe und kein Fleckchen Schmutz an seinen Füßen. Ich machte Fotos, knöpfte das Shirt auf und betrachtete seine freigelegte Brust. Machte weitere Fotos und leuchtete ihm mit meiner LED-Lampe in die Augen. Miss Stanislaus fuhr mit dem Finger unter den Bund seiner Shorts. Gibt echt nix, dachte ich, was diese Frau nicht mit 'nem gewissen Stil erledigt. Offenbar hatte ich in mich hineingegrinst, denn sie sah mich an, als hätte ich sie bei etwas Unlauterem ertappt. Ich brachte ein Objektiv für Nahaufnahmen an meiner Handykamera an und machte ein paar Aufnahmen von den Fingern und den Füßen des Toten. Dann beugte ich mich dicht über den ringförmigen Bluterguss um seinen Hals.

»Strangulation mit Schnur oder Draht, wahrscheinlich Angelschnur, mit Gewalt von hinten zusammengezogen. Garrotiert.« Ich zeigte auf die Kehle. »Sehen Sie, wie tief die Einkerbung da ist? Sie haben ihm sogar das Zungenbein gebrochen. Der Mann wurde zweimal umgebracht, Miss Stanislaus. Erst erwürgt, dann hat man ihm die Kehle durchgeschnitten.«

Sie blickte zu der Menschenansammlung an der Straße.

»Sieht mir nicht nach einem typischen Camaho-Mord aus«, sagte ich.

»Sondern?«

»Eher nach einer Bestrafung oder Warnung. Vor circa fünf Jahren hatten sie auf Trinidad ein Problem mit solchen Morden, waren immer Drogen im Spiel, das harte Zeug, für das üble Typen töten. Ist hier erst einmal in meinem ersten Jahr bei der Polizei vorgekommen. Den oder die Täter haben wir nie gefunden.«

Ich kratzte Lazars Fingernägel mit einem Zahnstocher aus und verwahrte das Gesammelte in einem kleinen Klarsichtbeutel. Dann begannen wir mit der langsamen, gründlichen Spurensuche im Umkreis der Leiche. Ich fotografierte, machte Notizen und erklärte Miss Stanislaus alles, was ich tat; sie würde es in ihrem Elefantengedächtnis abspeichern, bis wir uns zusammensetzten, um die Informationen auszuwerten.

Als ich mich streckte und auf die Uhr sah, waren vier Stunden vergangen. Die Sonne stach jetzt, und es standen doppelt so viele Leute an der Straße wie vorhin. Die Nachricht von dem Mord hatte sie zweifellos von der ganzen Küste angelockt, doch die Umstände dieses Todes sorgten für betroffene Gesichter und eine gedrückte Stimmung.

Meine Beine zitterten, und ich triefte von Schweiß, als wir schließlich wieder aufstanden.

Miss Stanislaus drückte ein paar Spritzer eines desinfizierenden Gels auf ihre Hände und bot mir das Fläschchen an. Ich schüttelte den Kopf.

»Missa Digger, ich glaub, er is am Strand getötet worden. Die Unnerwäsche von Laza Wilkins is nass, obwohl's letzte Nacht nich geregnet hat. Außerdem hat er Sand untenrum.«

»Untenrum?«

Sie überhörte das.

Ich ging wieder in die Hocke und schob eine Hand unter Lazars Shorts, leckte dann einen Finger ab, ohne auf das angeekelte Grunzen der Officers um mich herum zu achten.

»Sie haben recht«, sagte ich.

Sie stand aufrecht da und suchte die Bucht mit den Augen ab, stakste schließlich mit ihren Pumps zum Strand. Ich hängte mir meinen Mordkoffer um und folgte ihr.

Die morgendliche Flut war abgeebbt und hatte alle eventuellen Spuren im Sand weggespült, nur Haufen von Treibholz und Algen zurückgelassen.

Miss Stanislaus zeigte auf eine Mulde unter einem Meertraubenbaum mit tiefhängenden Zweigen. Die Vertiefung war so breit, dass ein kleines Boot hineingepasst hätte, und mit Stroh ausgelegt.

»Liebesnest«, sagte ich.

»Woher wissen Sie das?«

»Das, äh, nächtliche Treiben auf Camaho ist mir nicht ganz unvertraut, Miss Stanislaus. Gehört zum Beruf, wissense.« Ich mied ihren Blick.

Sie schob das Stroh beiseite und legte ein Bett aus Sand frei.

Wir verbrachten eine weitere Stunde dort, durchsiebten den Sand um die Kuhle, durchkämmten das zerdrückte Gras und die Furchen an der Böschung überm Strand. Ich zeigte auf die aufgeworfene Erde. »Sieht aus, als hätt er sich heftig gewehrt.«

»Warum ham sie wohl seine Schuhe mitgenommen?«, fragte sie.

»Sind schwer sauberzubekommen. Wir sollten nicht merken, dass es am Strand passiert ist. Die Frage ist aber immer noch, warum.«

»Villeich halten die uns für blöd, Missa Digger.«

Wir gingen zu dem ausgebrannten Jeep hinüber. Ich hangelte mich so weit die schlammige Böschung hinunter, wie es mir sicher erschien, und steckte den Kopf hinein. Die Vordersitze, die nur noch aus dem Metallgerüst bestanden, waren weit nach vorn geschoben und auf gleicher Höhe, der Fußraum mit Wasser aus dem Graben vollgelaufen.

Ich sah zu den Schaulustigen hinüber, betrachtete die Gesichter entlang der Straße. Dann winkte ich dem Einsatzleiter. »Er gehört dir, Liam. Ich will, dass der Wagen über Nacht hierbleibt. Niemand darf auch nur in seine Nähe, verstanden? Behandel ihn wie deine Frau – das heißt, behandel ihn besser.« Ich wandte mich an Miss Stanislaus. »Wir kommen heute Nacht wieder her.«

»Warum?«

»Sag ich Ihnen später.«

Ich hatte in der Nähe der kleinen roten Brücke geparkt, die ins Dorf hineinführte. Im Auto saß ich einen Augenblick nur da und starrte auf den etwa zweihundert Meter langen Straßenabschnitt, an dessen Ende sich die Menge mit gebannter, stummer Neugier drängte.

»Missa Digger, was ham Sie?«

»Sie kommen aus ganz Camaho, um sich daran zu weiden. Aber nach ein, zwei Monaten isses, als wär's nie passiert.«

»Es tut mir leid«, sagte sie.

»Was?«

»Das mit Ihrer Mudder.«

»Ich hab nicht von meiner Mutter geredet.«

»Ham Sie doch, Missa Digger. Also, setzen wir jetzt die Geschichte zusamm?«

Ich hatte ihr mal gesagt, dass mit jedem Mord zwei Geschichten verbunden waren: die eine, die sich am Tatort abgespielt, und die längere, die zu der Tat geführt hatte – die Machenschaften des Mörders, sein Motiv. Anscheinend hatte sie das nicht vergessen.

»Miss Stanislaus, ich denke, wir suchen nach mindestens zwei Tätern. Es sind nicht weniger als zwei Männer nötig, um diesen Jeep vom Straßenrand in den Graben zu rollen. Einer davon is sehr stark, vermutlich der Mörder. Ich hab Lazar Wilkinson fast jede Woche in seinem Subaru-Jeep durch San Andrews cruisen sehn, er war fit und ziemlich muskulös. Sein Mörder muss also noch 'ne ganze Ecke stärker sein, denn ein Mann, der um sein Leben kämpft, entwickelt ungeahnte Kräfte. Lazar hat sich mit allen Mitteln gewehrt. Das können wir aus dem aufgewühlten Untergrund schließen.«

»Warum wolln Sie heut Nacht noch mal herkommen?«

»Weil es dann dunkel ist und dieser Mord bei Dunkelheit passiert ist. Alles deutet darauf hin, dass Lazar etwa zwei Stunden bevor der Busfahrer ihn gefunden hat – das war kurz vor 4.47 Uhr –, umgebracht wurde. Man kann das am Grad der Trübung der Augen erkennen. Wie gesagt, ich glaub, wir haben es hier mit einer Bestrafung und einer Warnung zu tun. Die Frage ist: Warnung an wen? Und warum?«

Als ich vor Miss Stanislaus' Haus hielt, kramte sie in ihrer Tasche und zog eine braune Papiertüte hervor. »Bisschen Maiskuchen. Besser, Sie waschen sich die Finger, bevor Sie ihn essen. Auch wenn's nich drauf ankommt, weil Sie ham ja Sand von 'nem Toten abgeleckt.«

Sie gluckste in sich hinein. Ich sah sie finster an, worauf die Frau erst recht lachte.

Nachdem sie ausgestiegen war, steckte sie noch mal den

Kopf ins Auto. »Missa Digger, wir müssen mit der Mudder von Laza Wilkins reden.«

»Woran denken Sie?«

»Ich denk, die Leute von Beau Séjour ham gesagt, die Frau hätt getreten und geflucht, aber niemand hat gesagt, dass sie geweint hätt. Villeich weiß sie, wer ihrn Sohn umgebracht hat, oder villeich weiß sie, weshalb.«

Ich sah das alte Feuer in ihren Augen, hörte geradezu, wie ihr Gehirn auf Touren kam. Auf einmal war ich froh, dass wir jetzt diesen furchtbaren Fall hatten, etwas, worüber wir uns in den nächsten Tagen den Kopf zerbrechen und uns streiten konnten und das uns helfen würde, die Zeit bis zu dem Verfahren zu überbrücken.

17

Der Mord an Lazar Wilkinson versetzte die ganze Insel in Aufruhr: von morgens bis abends Berichterstattung im Fernsehen und im Radio, dazwischen Höreranrufe, bei denen Laienprediger und andere Berufene den Mord als Beweis für die Gegenwart des Beelzebub beschworen, des Dämonenprinzen höchstselbst, der sich in den verdorbenen Herzen der Camahoer eingenistet hatte. Andere sahen darin ein Zeichen für die Wiederkunft des Herrn, was sie mit Zitaten aus dem Buch der Offenbarung untermauerten. Sie erfanden Sprüche, von denen sie behaupteten, dass sie Wort für Wort so in der Bibel standen. Ein Schmalspurpolitiker der Opposition sprach von einer Botschaft der höheren Mächte, die besage, dass die Bürgerinnen und Bürger die Pflicht hätten, seiner Partei bei den anstehenden Wahlen zu einem Erdrutschsieg zu verhelfen. Phantasten und Wahrsager hatten etwas Derartiges schon seit Jahren kommen sehen und warnten, das sei erst der Anfang.

Alle bezogen sie sich mehr auf die Umstände der Tat als auf den Mord selbst, mit Ausnahme eines Betrunkenen, der irgendwas ins Telefon nuschelte und mit der Bemerkung schloss: »Ihr seid ein Haufen Volltrottel.«

Ich nickte zustimmend und hoffte, sie würden ihn für den Rest des Tages auf Sendung lassen, doch leider würgte der Moderator ihn ab.

Also machte ich das Radio aus und mixte mir einen Camaho-Cocktail: drei Teile Bacardi, ein Teil Cinzano, Saft einer frisch gepressten Orange und eine Prise Zimt. Ich schob Bob Marleys »Guiltiness« in meinen CD-Player und stimmte mit ein, als er die ganzen verdammten Unterdrücker verwünschte, die ohne den Schatten eines Zweifels ihr Brot mit Sorgen essen würden – allen voran Red Pig, der Justizminister.

Am frühen Abend rief Malan an, er klang schlaftrunken. »Digger, was hör ich da?«

»Keine Ahnung, Malan Greaves, sag mir, was du hörst.«

»Is in allen Nachrichten, 'n Mord in Beau Séjour. Hast du dir das angesehn?«

»Wer soll sich da was ansehen? Wir haben keine Kriminalpolizei mehr. Hast du vergessen, dass du uns 'n Arschtritt verpasst hast?«

»Hör mal, Mann, das war nich …«

»Was? Nicht deine Idee? Willst du mich auch noch anlügen? Ich hab deinen Bericht an den Justizminister gelesen. Sag mir eins, bevor ich auflege: Warum? Sag mir den wahren Grund.«

Malan schwieg einen Moment. »Stell dir vor, du steckst in meiner Haut, Digger …«

»Nee, das will ich nich. Auf keinen Fall!«

»Digger, ich versuch hier, vernünftig mit dir zu reden.« Er klang auf einmal wehleidig. »Seit fünf Jahren arbeit ich in dem Department. Nach seiner Pensionierung sollt Chilman mir die Leitung übertragen, aber der Schweinehund kann nich loslassen. Er geht in 'n Ruhestand und lässt mich nich meinen Job machen. Gibt sich 'nen neuen Titel, Berater ohne Grenzen oder so 'n Scheiß. Dassis kein Posten, dassis Provokation! Warum bietet einer dir 'n Job an, gibt dir 'ne Position, aber keine Chance, deine Arbeit zu machen? Hä? Er beleidigt mich und untergräbt meine Autorität, wohin ich auch guck. Er setzt sich über jede meiner Entscheidungen hinweg. Und dann stellt er diese Frau ein, damit die sich auch noch in meine Angelegenheiten einmischt und allem widerspricht, was ich sag. Und ich lass mir das von ihm gefallen, weisde, weil ich keine Möglichkeit seh, mich dagegen zu wehren. Also, was soll ich deiner Meinung nach tun?«

»Den Job hinschmeißen. Kündigen! Zurück zum Grand Beach gehn und dein Marihuana vertickern wie früher, bevor Chilman dir 'ne Aufgabe gegeben hat. Statt eine ganze Abteilung kaputt und uns allen das Leben zur Hölle zu machen!«

»Digger, du hackst auf mir rum, und ich nehm's hin, weil wir zusammenarbeiten. Sonst ...«

»Sonst was? Würdst du herkommen und mich in meinem eigenen Haus erschießen, ja?«

»Okay, Digger.« Er senkte die Stimme. »Ich ruf dich wieder an, wenn du dich beruhigt hast.«

»Du hast deine Beförderung nicht erwähnt, Malan. Leiter des Einsatzdienstes!«

Er sagte nichts, legte schließlich auf.

Um 22.30 Uhr fuhr ich wieder nach Beau Séjour zum Tatort. Miss Stanislaus wartete auf mich an dem Grünstreifen vor ihrem Gartentor. Ich hatte sie angerufen und gebeten, etwas Praktisches anzuziehen. Sie hatte irgendetwas mit ihren Haaren gemacht, wodurch sie viel jünger aussah, und trug ein dunkles Jeanshemd und eine weite Hose mit Gummizug an den Knöcheln. Zum Ausgleich für diesen schockierenden Mangel an Farbe regenbogenbunte Leinenschuhe an den Füßen. Keine Handtasche.

»Wo is Ihr Selbsschutz, Missa Digger?« Sie schielte skeptisch auf meinen Gürtel. »Weil, Malan hat mir meinen abgenommen.«

Ich griff ins Handschuhfach und hielt ihr die Glock hin. Sie sah mich an, ließ die Hände gefaltet im Schoß liegen.

»Sie stecken schon so tief im Schlamassel, kann nicht viel schlimmer kommen. Und ich denk auch dran, dass Sie allein in dem Haus sind mit Daphne, nichwahr. Jedenfalls, wenn Sie damit erwischt werden, geht das auf meine Kappe. Ich hab sie Ihnen gegeben. Außerdem …«

»Außerdem?«

»Könnt ich mir vorstellen, dass Sie sich nackt vorkommen ohne Miss Betsy.«

»Weiß nich, was Sie meinen, Missa Digger.«

»Hängt davon ab, wie Sie's auffassen, Miss Stanislaus.«

»Missa Digger, ich hab nachgedacht. Ich denk, dass da 'ne Frau im Spiel war mit Missa Laza Wilkins. Wollen Sie wissen, wieso ich das denk?«

»Bin ganz Ohr.«

»Die beiden Vordersitze von dem ausgebrannten Wagen, dassis doch komisch irgendwie.«

»Kann Ihnen nicht ganz folgen.«

»Überlegen Sie mal, Missa Digger.« Sie gab einen Schnalzlaut von sich und lehnte sich zurück. Ich führte mir den Jeep vor Augen, die beiden auf gleicher Höhe justierten Vordersitze, bis ans Armaturenbrett herangeschoben. Sofort verstand ich, worauf sie hinauswollte, und war entsetzt über meine Nachlässigkeit und Malans Dummheit, diese Frau loswerden zu wollen.

Wie oft hatte ich Lazar Wilkinson in diesem Wagen gesehen. Er fuhr mit weit zurückgeschobenem Sitz, eingestellt für einen Mann von über eins achtzig, so wie bei mir oder Malan.

Überhaupt waren beide Sitze viel zu weit vorn, als dass irgendwer es hätte bequem haben können. Wer auch immer Lazar umgebracht hatte, hatte ihn entweder nie am Steuer gesehen oder ...

»Villeich hatten sie's eilig«, sagte Miss Stanislaus in meine Gedanken hinein. So was machte sie manchmal, und es verblüffte mich immer wieder.

Warum sollte jemand die Sitze eines Autos verstellen, das er anzünden wollte, es sei denn, sie waren schon so ungewöhnlich positioniert gewesen und ... Ich sah Miss Stanislaus an. »Sie meinen also, die Sitze waren umgeklappt, und die Täter haben sie aufgerichtet, bevor sie den Jeep angesteckt haben?«

»Mmh.«

»Und Sie denken, umgeklappte Sitze bedeuten Bett, und Bett bedeutet Frau für einen Schürzenjäger wie Lazar ...«

»Könnt auch 'n Mann gewesen sein ...«

»Nee! Gibt keinen Kerl auf Camaho, der es riskieren würd, neben einem anderen Kerl in einem Auto am Straßenrand entdeckt zu werden, schon gar nicht nachts.«

»Missa Digger, sieht mir so aus, als sollt niemand nich drauf komm, dass da 'ne Frau dabei war. Deshalb ham sie

Missa Laza Wilkins zurück zur Straße gebracht, ihm die Schuhe ausgezogen und sogar die Füße gewaschen, dann den Jeep angezündet. Ich würd sagen, Missa Digger, dass die Miss Lady im Auto was mit ihm angefangen hat und dann sein Tun da unterbrochen hat.«

»Ihr Tun, Miss Stanislaus, gehörn zwei dazu.«

»Dann hat sie ihn dazu gebracht, mit ihr an den Strand zu gehn.«

»Warum?«

»Aus Anstand, Missa Digger. Frauen ham viel davon, Kerle nix. Wahrscheinlich hat sie gesagt, dass sie sich nich wohlfühlt, da an der Straße, und lieber wohin will, wo's privater is. Kurzum, sie hat ihn annen Strand gelockt wie so 'ne Hyäne.«

»Sirene, Miss Stanislaus. Wie eine Sirene.«

»Piepegal, Missa Digger. Er is tot, oder? Also war sie 'ne Hyäne.«

Ich startete den Wagen und grinste sie an. »Jawohl, Mam. Ganz wie Sie meinen.«

Eine angenehme Nacht auf Camaho. Ein kräftiger Wind wehte vom Meer herbei und kühlte die Insel ab. Miss Stanislaus warf mir ein kleines Päckchen in den Schoß. Es roch nach Süßkartoffelkuchen.

»Missa Digger, ich glaub, alles, was ich gesagt hab, kommt hin, außer dem Teil, wo die Frau will, dass Missa Laza mit ihr zum Strand geht. Würd er nich sauer wern und nein sagen, frag ich mich? Würd er sich ihr nich aufzwingen? Ich mein, da drin in dem Jeep, und wie ihr so seid ...«

»Miss Stanislaus, nicht alle Männer sind so.«

»Nein?« Sie überlegte einen Moment. »Hm, das würd heißen, dass sie anners is als Missa Laza Wilkins' annere kleine Freundinnen. Sie muss 'ne Frau sein, die ihn hitzig macht.«

»Heiß, nicht hitzig.«

»Piepegal, Missa Digger. Villeich war's das erste Mal? Villeich hat sie 'n starken Willen und kriegt ihn dazu, zu machen, was sie sagt?« Sie sah mich mit schräg geneigtem Kopf an. »Missa Digger, mein Sie nich, wir brauchen mehr so Frauen auf Camaho?«

Ich hörte den Schalk in ihrem Ton. »Ist bisher alles nur Spekulation, Miss Stanislaus.«

»Weiß ich, Missa Digger. Aber gute Spekulatius!«

18

Ich setzte Miss Stanislaus bei der Brücke vor der Straße ab, die nach Beau Séjour hineinführte. Anschließend fuhr ich durch das Dorf und um ein paar Ecken, parkte schließlich unter einem Baum, der sich über die ganze Gasse wölbte.

Eines hatte ich Miss Stanislaus nicht gesagt, als sie mich fragte, warum ich so spät abends noch einmal hierher wollte, nämlich dass ich die Camahoer für Nachtmenschen hielt. Unser wahres Selbst kommt erst bei Dunkelheit zum Vorschein.

Wen hatte ich nicht schon alles an Orten und in Situationen erlebt, die selbst die Toten schockiert hätten – selbstgerechte Politiker, gottesfürchtige Ehefrauen, Feuer-und-Schwefel-Prediger, Karriereanwälte. Sobald es Nacht wurde, war das Richtige nicht mehr das, was die Gesetze vorschrieben, sondern alles, womit man ungestraft davonkommen konnte. Dinge, die den Leuten bei Tag nicht über die Lippen kamen, wurden im Dunkeln zum Hauptthema der Gespräche.

Ich hatte Lazars ausgebrannten Jeep an Ort und Stelle gelassen, weil er die Neugierigen anziehen und hoffentlich, im Schutz der Dunkelheit, gewisse Leute hervorlocken würde, die etwas über den Mord wussten. Auch Kriminelle wollten manchmal gern sehen, welche Wirkung ihr Werk auf andere hatte.

Im Ort war die Party los. Der Duft von gegrillten Maiskolben und gebratenem Schweine- und Hühnerfleisch wehte von zahlreichen Kohlebecken herbei. Frauen bewegten sich um ihre Feuer herum wie wohlbeleibte, geschäftige Geister. Die Nachricht von dem Verbrechen hatte sogar Schaulustige aus den Dörfern im Inland herbeigerufen. Noch ein paar mehr Morde auf der Insel, und die Binnenwirtschaft würde boomen. Keine Notwendigkeit mehr, reiche Ausländer mit Sünde, Sex und Sklaverei zu ködern.

Es dauerte eine Weile, bis ich Miss Stanislaus entdeckte, ganz am Rand des Getümmels, was mir gut in den Kram passte.

Ich war auf der Suche nach Jungen im Teenageralter.

Dazu brauchte ich nur auf einen der Imbissstände zuzugehen. Heranwachsende hatten immer Hunger und wurden von Essen beziehungsweise dem Geruch danach angelockt wie Bombofliegen von einer Leiche. Ich zwängte mich durch eine Gruppe von ihnen hindurch, bestellte einen gemischten Teller mit Mais, gegrilltem Schweinefleisch, Ziegen- und Hühnchencurry und stellte mich damit wie zufällig neben sie. Tatsächlich versiegte ihr Lachen und Schwatzen, und ich spürte ihre Blicke auf meiner Hand.

Nach ein paar Minuten verzog ich bedauernd das Gesicht und sprach sie an. »Das Essen hat so gut geduftet, aber ich hab zu viel gekauft. Wollt ihr mir 'n bisschen helfen?«

Sie lehnten zuerst höflich ab, bevor sie zuschlugen. Ich hatte schon Angst, sie würden damit abhauen, um alles irgendwo in Ruhe zu verschlingen.

»Hab gehört, hier is einer umgebracht worden?«, bemerkte ich.

Bestätigendes Gemurmel. Einer der Jungen erbot sich, mir die Stelle zu zeigen.

»Guck ich mir später an. Er soll 'n Playboy gewesen sein? Viele Freundinnen? Villeich war's ja eine von denen, aus Eifersucht, wisster?«

Glaubten sie nicht. Merle, die Mutter von Lazars Baby, war zu softy-softy und hatte Angst vor ihm. Linda ging kaum je hier runter zur Straße. Paula hatte noch 'n andern und bekam 'n Baby von dem. Die Neue, die er gehabt hatte, ah, die war einfach klasse.

»Issie von hier, die Neue?«, fragte ich.

»Nah. Ham wir noch nie vorher gesehn. Is erst vorletzte Woche aufgetaucht. Beste Schnitte, die Lazar je hatte. Echt schick.«

»Nicht so schick wie meine«, sagte ich lachend.

Vier Paar interessiert blickende Augen richteten sich auf mich. »Und wie sieht deine aus?«

»Erste Sahne, wisster. Haare schön hochtoupiert, tolle braune Augen. Nich groß, aber glatt und prall wie 'n Sternapfel. Und schlau.«

Sie hörten einen Moment auf zu kauen.

»Lazars Neue is ziemlich groß gewesen. Deine is drall, sagste? Die von Lazar is schlank, aber nich dürr. Zöpfe hat sie, und ihre Hosen sind knalleng. Voll nettes Lachen! Und hellbraun is sie.«

Der Junge sagte Letzteres, als sei es der ultimative Beweis für ihre Schönheit. Er war der Kleinste von den vieren, hatte kahle Stellen am Kopf und aß geräuschvoll, indem er sich die Sachen unters Kinn hielt und mit gebeugtem Kopf die Zähne hineinschlug. Eine lange noch nicht ganz verheilte Narbe zog sich von der einen Schulter bis zum Ellbogen.

»Wie heißt du?«, fragte ich.

»Eric«, murmelte er.

»Wassis da passiert, Eric?« Ich zeigte auf seinen Arm. Der Junge zuckte zusammen, als hätte ich ihn geschlagen, und sah mich mit großen, erschrockenen Augen an.

»Er is gefallen, fällt dauernd hin. Wir nennen ihn Tollpatsch.« Der Größte von ihnen stupste Eric an.

»Nennen sie dich auch Tollpatsch?«, fragte ich und blickte auf die schwarze Narbe, die von seiner Wade bis zum Fußknöchel verlief.

»Nee, das warn die Felsen da drüben.« Er zeigte mit ausholender Geste zum Strand. »Ich hab Spitzschnecken gesucht und ... na ja ...« Unsteter Blick. Große Zähne in einem schlaffen Mund. »Lazar is nich mehr. Willst du seine neue Freundin übernehm?«

»Dazu müsst ich sie mir erst mal ansehn«, sagte ich. Sie lachten, unterhielten sich dann weiter untereinander.

Eric war still geworden, seine Hand ruhte über dem Styroporbehälter, und er schien sich kein Wort von dem entgehen zu lassen, was seine Freunde redeten. Hin und wieder hob er den Kopf und sah flüchtig zu mir hin, dann zu dem gelegentlich anschwellenden Stimmengewirr und Gelächter hinter mir. Offenbar spürte er, dass ich ihn beobachtete. Als ich ihn anlächelte, hielt er meinem Blick einen Moment lang stand, sein Mund zuckte. Dieser Junge erinnerte mich an einen Schulkameraden, der immer alles gesehen und gehört und nie etwas vergessen hatte. Sein Spitzname war Radar.

Für mich stand nun fest, dass Miss Stanislaus recht hatte: In diese Sache war eine Frau verwickelt. Und der Junge hier hatte sie mir gerade beschrieben.

»Okay, zeigt mir, wo der Mann umgebracht wurde«, sagte ich.

Im selben Augenblick sah ich den jungen Mann schräg hinter uns. Groß und so schlank, dass er windschnittig wirkte. Ein wohlgeformter runder Kopf, gutaussehend. Es war seine ruhige Art dazustehen und zu uns herzusehen, die mich auf ihn aufmerksam gemacht hatte. Doch ich tat, als bemerkte ich ihn nicht.

Ich folgte den Jungs um den Platz herum. Aus dem Augenwinkel beobachtete ich, wie der hochgewachsene junge Typ sich durch das Gedränge schlängelte.

Ich nahm mein Handy heraus. Die Jungs spähten auf die Marke und das Modell, verloren aber sofort das Interesse, als sie sahen, dass es »ein olles Ding« vom Vorjahr war.

»Wartet mal kurz«, sagte ich und tippte eine Nachricht an Miss Stanislaus. *Treffen uns am Auto. 20 min. Schlüssel auf rechtem Hinterreifen.*

Yep, schrieb sie zurück. Ich musste lächeln.

»Leute, die Freundin verlangt dringend nach mir, ich muss los.«

Sie machten enttäuschte Gesichter. Ich drückte Eric einen Fünfdollarschein in die Hand. »Für mehr Essen, wenn ihr wollt. Bis dann!«

Ich drehte mich abrupt zu dem jungen Mann um und hielt direkt auf ihn zu. Erschrocken tauchte er wieder in der Menge ab. Ich knipste meine LED-Taschenlampe an.

Plötzlich brach er vor mir aus dem Gewühl heraus und rannte über das freie Straßenstück auf die Brücke zu.

Ich hielt den Lichtstrahl auf seinen Rücken gerichtet.

Der Junge war schnell und leichtfüßig, seine Canvasschuhe blitzten rhythmisch als helle Flecken vor mir auf. Sie machten kaum ein Geräusch. Während ich ihm hinterherspurtete, bewunderte ich seine Schrittlänge und Koordination. Nach einer Weile holte ich auf. Bestimmt hörte er mich näher kommen, doch er drehte sich nicht um. Dann erkannte ich an den ruckartigen Bewegungen seiner Schultern, dass ihm allmählich die Puste ausging, und kurz darauf hechtete er in das Gebüsch am Straßenrand. Ich folgte dem Knacken und Rascheln, bis es aufhörte. Und da stand er, auf einer kleinen, von hohen Büscheln aus Elefantengras eingefassten Lichtung, vornübergebeugt und keuchend.

Ich leuchtete ihm ins Gesicht, hielt ihn an einem Zipfel seines T-Shirts fest. Er hob den Arm vor die Augen und drehte den Kopf weg.

»Warum läufst du vor mir weg?«

Er schluckte schwer, schüttelte den Kopf. Ich gab ihm noch zwei Minuten zum Verschnaufen.

»Hast du was mit dem Tod von Lazar Wilkinson zu tun?«

Wieder schüttelte er den Kopf, kraftlos und erschöpft.

»Warum läufst du dann weg? Bei dem Mord ging's um Drogen, nichwahr?«

Er zuckte die Achseln, sah zur Seite.

»Hör zu, Junge, falls du's noch nicht kapiert hast, das Einzige, was gerade zwischen dir und dem Knast steht, bin ich. Ich hab beobachtet, dass du mich beobachtet hast, und will wissen, warum.«

Jetzt zitterte er vor Angst. Ich hockte mich vor ihn hin.

»Wie heißt du?«

Er murmelte etwas.

»Hab ich nich verstanden.«

»Jah-Ray.«

»Soll das 'n Witz sein? Hältst du dich für 'n Rasta-Gott, oder was? Sag mir deinen richtigen Namen.«

»Jana Ray.«

»Versuch's noch mal.«

»Jonathon Rayburn.«

»Danke! Was weißt du über den Mord, Jana Ray?«

»Nix. Als ich heut Morgen ausm Haus bin, hör ich als Erstes, dass Lazar tot is. Ich … ich …« Er wischte sich mit dem Handrücken übers Gesicht und senkte den Blick.

»Das hat dich mitgenommen. Warum?«

»Ich hab Lazar gemocht. Er hat mir manchmal geholfen. Hab bisschen Geld von ihm gekriegt für Essen und so Sachen.«

»Was für Sachen?«

»Klamotten und so.«

»Wofür hat er dich bezahlt?«

»Ich hab ihm geholfen, die Päckchen zu packen.«

»Päckchen mit was?«

»Ich hab nie reingeguckt.«

»Wassis in den Päckchen, Jah-Ray?«

»Gras, glaub ich.«

»Glaubst du oder weißt du?«

Er antwortete nicht.

»Hast du noch einen andern Boss außer Lazar?«

»Nah.«

»Du lügst! Lüg mich nicht an. Lazar is tot, also isses nich Lazar, dem du heute Nacht Bericht erstatten sollst. Wer hat dich geschickt?«

»Ich hab 'ne Nachricht gekriegt, dass ich aufpassen soll, was passiert, wenn die Polizei kommt.«

»Von wem?«

»Nummer war nich angezeigt.«

»Wie willst du dann Bericht erstatten, wenn du keine Nummer hast?«

»Die ham gesagt, 'n Mann kommt und checkt. Ham nicht gesagt, wer oder wann.«

»Woher haben die deine Nummer?«

»Lazar hat sie gehabt. Hat die Nummern von allen gehabt. Muss sie denen gegeben ham.«

»Wer sind ›die‹?«

Er senkte den Kopf, atmete immer noch schwer nach dem Spurt.

Ich schüttelte ihn. »Wer sind ›die‹?«

»Weiß nich. Leute von Kara Island, mit denen Lazar Geschäfte gemacht hat.«

»Woher weißt du, dass sie von Kara Island sind?«

»Er hat so was gesagt.«

»Wie oft haben sie die Ganja-Tour gemacht?«

»War nich zu 'ner bestimmten Zeit. Aber immer nachts.«

»Von hier aus?«

»Glaub ja.«

»Und wohin?«

»Nach Süden, Trinidad.«

Das passte zu dem, was ich über den Schmuggel wusste. Die Jungs von der Küstenwache nannten es den Dreisprung: ein kurzer Satz von Vincen Island nach Kara Island, dann ein Hopser nach Camaho zum Umpacken der Ware und Auftanken und schließlich der große Sprung südwärts nach Trinidad in einem von diesen Sprintbooten, die »Cigarette« genannt wurden.

»Okay. Sind alle hier in der Gegend im Drogengeschäft?«

Er schüttelte den Kopf. »Is Gras, keine Drogen.«

»Ach nee, und wassis Gras?«

Zum ersten Mal sah er mir ins Gesicht. »Ist schwer hier, die Leute müssen von was leben.«

»Du klingst wie mein Chef. Warum wurde Lazar umgebracht?«

»Villeich, weil er was gemacht hat oder nich gemacht hat? Keine Ahnung.«

»Was hat er gemacht?«

Jana Ray schüttelte wieder den Kopf. »Ich sag's Ihnen doch, keine Ahnung.«

Ich dimmte die Taschenlampe herunter und setzte mich zu ihm. »Irgendwas hier hat sich verändert, Jah-Ray. Stimmt's?« Ich dachte Miss Stanislaus' Worte auf Kara Island.

Er hob den Kopf, als würde er in die Nacht lauschen, und nickte. »Is anners.«

»Seit wann?«

»Seit jetzt. Neuerdings.«

»Inwiefern anders?«

»Andere Verpackung. Sah nich nach Vincen Island aus.«

»Was genau war anders?«

»Einfach anners. Schwerer, besser verpackt. Alles.«

»Und was haben sie damit gemacht?«

»Is nach San Andrews gegangen. Kleiner Lieferwagen. Weiß nich.«

»Hat Lazar das organisiert?«

Er zögerte, nickte dann.

»Du scheinst dir nicht sicher zu sein. Lazar und wer noch?«

»Nur Lazar.« Wieder dieser huschende Blick.

»Wann war das?«

Er runzelte die Stirn, sein Mund zuckte. »Letzten Dienstag, fünf Tage bevor ... bevor ...«

»Bevor sie ihn umgebracht haben«, sagte ich und sah ihn so grimmig an, wie ich nur konnte. »Was weißt du über die Frau?«

»Ich weiß nix über keine Frau.« Er klang gereizt. »Hab nur gehört, wie die kleinen Typen da Ihnen was vonner Frau erzählt ham.«

Ich leuchtete ihn mit meiner Lampe ab. Verwaschenes, löchriges graues T-Shirt, aber sauber, weite Hose mit nicht zusammenpassenden, ungeschickt angenähten Knöpfen am Schlitz. Der kaputte Reißverschluss, den sie ersetzen sollten, war noch zu sehen. Ein Paar Stofflatschen, an den Zehen abgewetzt. Ich richtete die Lampe wieder auf sein Gesicht. »Du gehst noch zur Schule, nichwahr?«

Er nickte. »Achte Klasse.«

»Wenn ich dich jetzt verhafte und wegen Beihilfe in dieser Sache anklage, ist Schluss mit Schule. Auf welche gehst du?«

»San Andrews Secondary.«

»In welchem Haus bist du?«

»Hume«, murmelte er.

»In dem war ich auch«, sagte ich. »Nimmst du an den Laufwettkämpfen teil?«

Er schüttelte den Kopf.

»Mach das, lauf für Hume. Der Rekord über zweihundert Meter wird bis heute von mir gehalten. Wenn du bisschen trainierst, kannst du ihn brechen. Warum machst du so was? Haben die dich irgendwie in der Hand?«

»Lazar hat gesehn, dass es schwer für mich is. Hat mir ab und zu 'n kleinen Job gegeben.«

»Verdienst du noch anderswie Geld?«

Wieder das Zögern.

»Red schon, ich hör dir zu.«

»Ich verkauf manchmal bisschen Gras.«

»Wo kriegst du das her?«

»Hier und da. Insel is voller Gras. Verkauf ich vor allem in der Schule.«

»Hör zu, Junge, steig sofort da aus. Du hast gesehen, was mit Lazar passiert ist. Dasselbe oder noch Schlimmeres blüht dir auch.«

Ich stand auf, bedeutete ihm, es mir nachzutun. Jana Ray sprang auf die Beine und sah mich an, seine Hände baumelten an den Seiten.

»Du lebst allein, nichwahr?«

Er nickte.

»Im Moment, Jana Ray, weiß ich nicht, ob ich dir glaub, weil ich dir glauben will. Aber ich lass dich gehen. Ich riskier meinen Job damit, verstehsde? Und ich hab noch 'ne Menge Fragen an dich, also sag mir, wo du wohnst.«

Ich nahm seine Daten auf, ließ ihn dort stehen und ging zurück zur Straße.

Miss Stanislaus saß auf der Rückbank, die Glock im Schoß. Sie stieg aus und setzte sich zu mir nach vorn.

»Sie ham lange gebraucht, Missa Digger. Was ham Sie rausgefunden?«

»Tut mir leid, Miss Stanislaus. Aber Sie hatten recht! Lazar Wilkinson hatte eine neue Freundin. Und ich hab sogar eine ziemlich genaue Vorstellung davon, wie sie aussieht.«

Unwillkürlich schüttelte ich den Kopf, suchte nach Worten. »Das Komische is nämlich, ich hab beim The Flare eine Frau getroffen, auf die die Beschreibung der Jungen hier genau passt. Schlank, ziemlich groß, hellbraune Haut, Zöpfe, enge Jeans … Sie war mit zwei Fremden unterwegs, wir hatten beinahe einen Zusammenstoß mit ihnen.«

Ich beschrieb ihr den Vorfall mit den beiden Surfertypen und der jungen Frau, die sie gepeinigt hatten.

Sie hörte mit der Hand auf der Pistole in ihrem Schoß zu, den Blick in die Ferne gerichtet. »Sie meinen also, Missa Digger, Sie sind den Leuten, die Missa Laza Wilkins getötet ham, schon begegnet?«

»Ich weiß nicht, was ich meine, Miss Stanislaus. Ist aber irgendwie seltsam, zu viel Zufall.«

»Wassis denn Zufall daran? Ich will Ihnen sagen, was Sie mir gerade gesagt ham, Missa Digger. Sie helfen einer Frau, die von zwei Männern misshandelt wird. Der eine Mann hätt Sie villeich erstochen, wenn Missa Malan nich rechtzeitig gekommen wär.«

»Na ja …«

»War's so oder nicht?«

»Mehr oder weniger.«

»Was passt Ihnen nich an dem, was ich sag? Dass Malan Sie gerettet hat?«

Ich schwieg.

»Sie ham mir gerade von zwei Ausländern erzählt, die keine Skrupel hatten, Sie umzubringen. Und Sie ham gesagt, es wär mehr als ein Mann nötig gewesen, um Laza Wilkins' Jeep in den Graben zu schieben, nichwahr?«

»Mmmh.«

»Und Sie sagen, die Frau im Flare hat haahgenau so ausgesehn wie die, die der Junge Ihnen beschrieben hat?«

»Mmmh.«

»Wo is da der Zufall?«

Ich zuckte die Achseln.

Miss Stanislaus bedachte mich mit einem klaren, strengen Blick. »Außerdem, hör ich nich immer von Ihnen, wenn was watschelt wie 'ne Ente und schnattert wie 'ne Ente, dann isses 'ne Ente?«

»Miss Stanislaus! Was reitet Sie denn heute Nacht?«

»Mich reitet gar nix, Missa Digger. Die Frau mit den Weißen da, Sie sagen, sie war wahrscheinlich aus Camaho?«

»Mmmh.«

»Meinen Sie, sie steckt in Schwierigkeiten?«

»Sah mir aus, als wär sie – wie soll ich sagen? Eine, äh, Lady of the night.«

»Das is 'ne Blume, Missa Digger.«

»Sie ist keine Blume, Miss Stanislaus.«

»Was issie dann?«

»Also, ich kann Ihnen sagen, wie Malan sie genannt hat.«

»Nämlich?«

»Eine Hure.«

»Okay.« Sie schniefte. »Und wie nennen Sie sie, Missa Digger?«

»Eine Überlebenskünstlerin. Sind wir doch alle. Außerdem hab ich einen jungen Mann namens Jana Ray getroffen.«

»Was ist mit ihm?«

Auf der Heimfahrt erzählte ich ihr von dem Jungen und was ich von ihm erfahren hatte.

»Und Sie ham ihn nich verhaftet?«

»Nah. Ich seh ihn wieder.«

»Sind Sie sicher?«

»Bin ich.«

»Malan hätt ihn verhaftet. Und das wär richtig gewesen.«

»Ich bin nicht Malan.«

»Ich hätt ihn auch verhaftet, und Sie sind auch nich ich. Er ist die einzige Spur, die wir haben.«

»Villeich war's falsch, Miss Stanislaus, aber ich hab auf mein Gefühl gehört.«

Wir sagten nichts weiter. Vor ihrem Haus saß sie dann

eine Weile reglos da, drehte sich dann zu mir um. »Also müssen wir drei Leute finden, Missa Digger, eine Frau und zwei Ausländer ...«

Sie lehnte sich wieder zurück, blickte geradeaus. »Mein' Sie, wir ham genug Zeit, den Fall aufzuklären, bevor ... bevor ...«

»Bevor was, Miss Stanislaus? Wir wissen beide, dass Sie Juba erschossen haben, um uns zu retten. Und mit Ihrer Hilfe werd ich's schaffen, das klarzustellen. Soll mal einer versuchen, mich aufzuhalten.«

Sie tätschelte ihre Handtasche und stieg aus, steckte dann den Kopf zum Fenster herein. »Missa Digger, manchmal machen Ihre Gefühle Sie dumm. Villeich hab ich Sie deswegen so gern. Meistens.«

Ich wartete, bis das Tapsen ihrer Schritte verklang und die Haustür zufiel.

»Danke!«, murmelte ich und fuhr los.

19

Ich saß auf dem Geländer meiner Veranda und ließ die Beine baumeln. Dachte an die Gesichter der Leute am Straßenrand in Beau Séjour und die Mauer des Schweigens, die sie umgab und die ich aus meiner Anfangszeit beim San Andrews CID kannte, als ich nach dem Polizisten suchte, der meine Mutter ermordet hatte. Als ich ihn endlich aufgespürt hatte, hatte Alzheimer sein Gedächtnis zerstört.

Wir Camahoer waren wie wandelnde Friedhöfe, sagte ich mir. Wir begruben unsere Toten in uns selbst und versuchten dann, sie dort drin am Leben zu erhalten. Vielleicht war es das, was manche mit Besessensein meinten. Keine Ahnung.

Früher am Abend war ich all die Anschuldigungen gegen Juba Hurst noch einmal in Gedanken durchgegangen. Seine Drogentransporte, die, wie Chilman sagte, ohne Bedeutung waren. Einen Einwohner von Kara Island des Schmuggels zu beschuldigen, wäre wie dem Wasser vorzuwerfen, nass zu sein. Nach Ansicht des Alten konnte sich dieser dreißig Quadratkilometer große sonnenversengte Felsen, auf dem er und Miss Stanislaus geboren worden waren, nur auf diese Weise in den schrecklichen Strudeln nördlich von Camaho über Wasser halten. Also schloss ich das schon mal aus. Die Anzeigen wegen sexueller Übergriffe auf Frauen und Jugendliche würde ich höchstens als letzte Möglichkeit verwenden. Dann waren da noch die Morde oder vielmehr Mordvorwürfe, die von Zeit zu Zeit zu uns gelangt waren – kaum mehr als Gerüchte. Sie konnten alle unwahr sein.

Ich dachte wieder an mein Gespräch mit Miss Stanislaus in Kathy's Kitchen, als sie vom Tisch aufgestanden war und mich hatte sitzen lassen. Sie glaubte, dass Juba ihren Großonkel aus dem Weg geräumt hatte, um das Grundstück des alten Mannes zu übernehmen. Ich hätte auf sie hören sollen, dann wäre vielleicht alles anders gekommen. Bisher hatte sie noch nie danebengelegen mit ihren Vermutungen.

Der Tod beherrschte meine Gedanken an diesem Abend. Das ging mir bei jedem Mordfall so. Das Bild von Lazar Wilkinson, wie er mit aufgeschlitzter Kehle am Straßenrand lag, hatte sich mir unauslöschlich eingeprägt. Auch die Erinnerung an meine Mutter trat stärker in den Vordergrund. Sie war ein Stein in meiner Brust, eine Kälte in meinem Bauch. Ich war ein Gefangener der Vorstellung von einer Frau, die bei den Vergewaltigungsaufständen 1999 von der Polizei dermaßen zusammengeschossen worden war, dass man es nicht gewagt hatte, ihre sterblichen Überreste meiner Großmutter auszuhändigen. Stattdessen hatte man sie spurlos verschwinden lassen.

Mein Geist spuckte Fragmente einer Stimme aus, Erinnerungsspuren wie meinen Kosenamen, Sugar Boy, eine Hand an meinem Nacken, ihr Atem in meinem Gesicht. Ich würde nicht schlafen können, bis ich sie wieder in mir zur Ruhe gebettet hatte.

Ich stieg ins Auto und machte mich auf den Weg zum Nordende der Insel, zu einer Klippe, die bei den Einheimischen Iron Pot hieß. Dort ragte eine Felsspitze hinaus in den tosenden Atlantik, gerade so breit wie mein Auto.

Eine Stunde später bog ich auf die ungeteerte Straße ab, die durch eine alte, windgepeitschte Kokosplantage führte. Mit steten 35 km/h fuhr ich die starke Steigung hinauf. Der Ozean toste in meinem Kopf, als ich das Plateau erreichte und in den zweiten Gang schaltete. Ich schloss die Augen und trat aufs Gas. Zählte bis acht, lenkte dann scharf nach links. Zählte bis vier, bremste und stand auf der schmalen Felsnase, zu beiden Seiten nichts als Abgrund und vor mir das weite, schimmernde Wogen des Meeres. Schweißgebadet saß ich da, fühlte das Heben und Senken meiner Brust, das Pulsieren meines Bluts. So blieb ich, bis etwas in mir zum Schweigen und wieder ins Lot kam. Dann fuhr ich nach Hause, um zu schlafen.

Bei meiner Rückkehr brannte Licht im Haus. Dessie wusste, wo der Ersatzschlüssel lag.

Sie legte ihr Handy weg, als ich hereinkam.

»Hab dich gerade angerufen«, sagte sie.

»War unterwegs«, sagte ich.

Sie schwang ihre Beine vom Sofa, legte mir die Arme um den Hals und bot mir eine Großaufnahme ihres Gesichts, nach dem sich unweigerlich alle umdrehten. Ihre Mähne hatte sie knapp über der Schulter lose zusammengebunden. Sie trug ein hellgraues Kleid aus einem weichen Stoff, dazu Clarks-Schuhe, die bevorzugte Marke der Reichen von Camaho, und sah schläfrig aus im Lampenlicht.

»Du schikanierst mich rum, Digger«, sagte sie. »Ich hab dir schon ein paarmal gesagt, dass ich das nicht leiden kann.«

»Ist der Job, Dessie. Tut mir leid.«

»Irgendwann reicht eine Entschuldigung nicht mehr.«

»Tut mir echt leid. Möchtest du was trinken?«

»Was Leichtes«, sagte sie. »Aber noch nicht jetzt.«

Ich wusch mir die Hände, zog mich aus und ging unter die Dusche. Dessie lehnte sich an die Tür, um mir zuzusehen. So begannen wir manchmal unser Liebesspiel – eine langsame Reise auf Umwegen zum Körper des anderen. Sie trocknete mich ab, wir streichelten uns, gingen wieder auseinander. Ich folgte ihr mit meinem Glas hinaus auf die Veranda, beobachtete, wie der Mond seinen kalten, gleichgültigen Bogen über das Tal zog, und genoss das leichte Frösteln in der frühmorgendlichen Kühle, weil es unser Verlangen nach Wärme weckte.

»Digger, was ist los mit dir?«

Ich erzählte ihr von dem Mord an Lazar Wilkinson.

»So was passiert hier?«, flüsterte sie schockiert.

Dessie und ihre Kreise lebten in ihrer eigenen Welt. Die ganze Insel konnte in die Binsen gehen, und sie würden es erst merken, wenn ihre Gewinne betroffen waren. Wurde es ihnen hier zu heiß, flogen sie nach Washington oder New York.

»Ich möchte reingehen«, sagte sie.

Sie griff nach hinten, und ihr Kleid glitt zu Boden, ein weiches graues Nest.

Ich hatte Monate gebraucht, um herauszubekommen, wie Dessie es am liebsten mochte, die lustvolle Geduld zu lernen, die damit einherging, das Rituelle, das Warten. Manchmal fragte ich mich, ob diese Art, sich zu lieben, eine Reaktion auf ihre Ehe mit Luther Caine war.

»Luther hat nicht mit mir geschlafen«, hatte sie einmal gesagt, »er hat mich genommen. Und wenn er mir nicht irgendwie wehtun konnte, war er nicht zufrieden. Sex war nichts, was wir zusammen machten, sondern etwas, das er mir antat. Hinterher habe ich mich nie heil gefühlt.«

Manchmal merkte ich, dass er zwischen uns stand. In ihrem Schweigen, besonders nach dem Sex, spürte ich seinen Schatten. Manchmal sprach sie mich mit seinem Namen an. Ich machte sie nie darauf aufmerksam.

Dessie war vor mir auf, ich hörte die Dusche laufen. Sie kam in einem meiner Hemden heraus.

Ich duschte auch und schlüpfte in ein Paar Shorts und ein Trägerhemd, auf dem vorn und hinten ein Cannabisblatt prangte. Sie merkte, dass ich sie ansah.

»Wie du mich anschaust, Digger, das schafft mich. Du kommst manchmal in die Bank und – du meine Güte!« Sie verdrehte die Augen. Das brachte mich zum Lachen.

Sie ging im Wohnzimmer herum und betrachtete die Fotos an den Wänden, strich über meine Schultrophäen und zeigte auf das Bild von dem Kind, das sich an die Frau schmiegte. »Dein Aussehen hast du von ihr«, sagte sie und drehte sich zu mir um. »Du sprichst nie über deinen Vater.«

Ich hatte ihr nicht gesagt, wer mein Vater war.

»Frühstück?«, fragte ich.

Ich kochte für Dessie, was ihre Dienstboten aßen – Essen, mit dem ich aufgewachsen war: eine Tasse heißen Camaho-Kakao, gedünstete grüne Bananen und Süßkartoffeln, eingelegten Salzfisch garniert mit Kokosöl, Tomaten, Frühlingszwiebeln, Knoblauch und grünen Peperoni, die ich aus meinem kleinen Garten hinterm Haus holte.

Sie stellte sich hinter mich, legte einen Arm um meinen Bauch und schmiegte ihr Kinn in meine Halsbeuge. Bewegte sich mit mir wie eine Tänzerin, ihr Atem an meinem Ohr.

»Digger, wann kommst du mit mir, meine Eltern besuchen?«

Damit lag sie mir seit Monaten in den Ohren.

»Warum?«

»Mein Vater sagt, er möchte dich kennenlernen.«

»Was hast du ihm über mich erzählt?«

»Er soll sich selbst ein Bild machen. Du tust es für mich – für uns.«

»Lass uns essen, Dessie.«

Wir hockten uns hinaus auf die Treppe, hielten die Teller auf den Knien. Sie aß mit den Fingern, weil sie wusste, dass ich es liebte, ihr dabei zuzusehen.

»Dessie, braucht ihr nicht jemand bei der Bank, der kleine Arbeiten für euch erledigt, Fotokopien macht, ausfegt, euren Marmorfußboden und den Empfangstresen wienert, so Sachen? Ich kenn einen jungen Mann, der genau der Richtige wäre für den Job.«

»Weiß nicht, Digger.« Sie setzte ihr Bankmanagergesicht auf. »Wir brauchen schon manchmal Leute. Sie bleiben nicht immer lange. Wie alt?«

»Achtzehn, neunzehn. Achte Klasse.«

Sie sah mich schräg von der Seite an. »Du kommst zum

Mittagessen, und ich finde einen Platz für deinen Freund. Abgemacht?«

»Besorg ihm zuerst den Job. Gleich Morgen? Ist dringend. Bitte!«

»Versprichst du's mir?«

»Ich versprech's dir.«

20

Am Montagmorgen um neun erhielt ich per Sprachnachricht die Anweisung, mich in San Andrews Central zur Arbeit zu melden. Sie kam vom Sekretariat des Justizministers.

Auf dem Weg dorthin rief Chilman an und sagte, er könne nicht in unser Büro, sie hätten die Schlösser ausgetauscht. Aber ehe er es dem JM überlasse, würde er die verdammte Bude lieber abfackeln. Es freute mich zu hören, dass der Alte in Kampfstimmung war.

San Andrews Central war an allen vier Seiten von Straßen umgeben. Ein graues, zweistöckiges Gebäude mit einem großen Vorhof und niedrigen Räumen, beleuchtet von kaltem, grünlichem Neonlicht. Von den nach Osten gehenden Fenstern blickte man auf den Marktplatz, der praktisch unter ihnen begann.

Das Ganze glich einem Bienenstock, ein Büro grenzte ans andere. Durch die Wände drangen das Husten und Grunzen von Männern mittleren Alters. Vier Sekretärinnen saßen in der hinteren Ecke eines Großraumbüros an ihren Schreibtischen und nahmen mit gestresstem Ausdruck

Anrufe entgegen oder versuchten hingekrakelte, schlecht geschriebene Berichte zu entziffern. Wir kannten die Kollegen hier als einen verschworenen Haufen, der die »Sünden« anderer Leute, auch anderer Polizisten, sammelte wie Rabattmarken und sie bedenkenlos als Zahlungsmittel einsetzte, damit über die Verfehlungen ihrer Verwandten und Sprösslinge hinweggesehen wurde.

Superintendent Gill zog einen Tisch samt Stuhl an den Rand des Gemeinschaftsbereichs. Ich fühlte mich wie ein Ausstellungsobjekt, sämtlichen Blicken ausgesetzt. Köpfe wurden zusammengesteckt, Bemerkungen gemurmelt: *Grünschnabel … Weichei … Tratte …* Besonders stieß ich mich an »Tratte«, eine Kurzform von Taschenratte – Chilmans Taschenratten. Doch ich tat, als hörte ich nichts.

Ich blätterte gerade durch eine Ausgabe von *Forensics Today* und machte mir Notizen, als ich jemand drohend über mir aufragen spürte. Es war Switch, der Typ, der mit seinen Kumpels mitten auf der Grand Beach Road gehalten hatte, um mich einzuschüchtern. Selten hatte ich so viel Bösartigkeit im Blick eines anderen Menschen gesehen. Das Seltsame war, dass mir das nichts ausmachte. Ruhig hielt ich seinem Starren stand.

Irgendwo im Gebäude glaubte ich, Malans Stimme zu hören, war mir dann sicher. Er kam aus einem der Büros am Ende des Korridors geschlendert und beschleunigte seinen Schritt, als er mich sah.

»Was geht, Switch?« Er klang entspannt, sein Ausdruck war es nicht.

Switch drehte sich halb zu ihm um. Malan hatte die Daumen in den Gürtel gehakt, die Schultern leicht zurückgenommen. Sie erinnerten mich an zwei räudige Straßenköter, die sich beschnupperten.

Switch nickte Malan zu und gab ihm die Hand, Malan schüttelte sie.

»Willst du später mitkommen, was trinken?«, fragte Switch.

»Meinetwegen.« Malan zuckte die Achseln.

Den Rest des Tages hing er bei Switchs Leuten herum, und gegen Abend war von Reserviertheit zwischen ihnen nichts mehr zu spüren.

Kurz vor Feierabend stand Malan mit den Männern am Ausgang. Seitenblicke zu mir von dem einen, den ich als Machete kannte. Er war klapperdürr, kleiner als die übrigen und hatte eine merkwürdige Kopfform. Sein Mund war ständig in Bewegung. Er trug Stiefel mit Stahlkappen, gemacht zum Treten und Knochenbrechen, die Sorte, die Schergen und Geldeintreiber schon zu Lebzeiten meiner Mutter trugen. Er dünstete Gemeinheit und Brutalität nur so aus.

Malan murmelte etwas und deutete mit dem Kinn auf die Toiletten hinten. Sagte zu den anderen, sie sollten draußen auf ihn warten.

Nach kaum einer Minute kam er zurück und blieb bei meinem Platz stehen. »Digger, trag deine verdammte Scheißwaffe«, zischte er wütend.

Dann warf er sich gegen die Schwingtür und war weg.

Gerade wollte ich ebenfalls gehen, als ich meinen Namen hörte. Superintendent Gill stand an der Tür zu seinem Büro und winkte mich mit gekrümmtem Finger zu sich.

»Heut hams alle auf mich abgesehen«, brummte ich.

Ein langer schwarzer Schreibtisch nahm den größten Teil seines Büros ein. Alles darauf fein säuberlich an seinem Platz, der ordentlichste Schreibtisch, den ich je gesehen hatte. Ein großer roter Band mit dem Titel *Shakespeares Tragö-*

dien stand in der linken Ecke, eine vollständige Ausgabe der *Encyclopaedia Britannica* auf einem Bord über seinem Kopf.

Der Superintendent hatte breite Schultern und dicke Finger; ein einzelner Goldring lugte zwischen den Wülsten hervor, konnte nicht mehr abgenommen werden.

Klare Augen in einem sehr dunklen Gesicht.

Er ließ sich in seinen Schreibtischsessel fallen und zeigte auf den Besucherstuhl.

»Ich hab noch keine Zeit gehabt, dich willkommen zu heißen. Und tut mir leid, dass ich mich bisschen im Ton vergriffen hatte bei unserem Telefonat neulich, nachdem du Officer Buso eingesperrt hattest. Du fühlst dich hier nich wohl, oder?«

»Nee.«

Er nickte. »Du bist jünger, als ich dachte. Auf den Fotos wirkst du älter. Diese Frau, deine Partnerin, is sie genauso?«

»Miss Stanislaus und ich sind gleich alt«, sagte ich.

»Ich hab die Fälle verfolgt, die du und Chilmans Tochter aufgeklärt habt. Gute Arbeit. Ich will ehrlich zu dir sein. Du siehst mir wie 'n anständiger Junge aus, nicht geschaffen für diesen Laden ...«

»Ich bin nicht so weich, wie ich aussseh, Sir.«

»Trotzdem! Was ich meine ist, ich hab keine Verwendung für dich. Ich werd dich keinen Nachtdienst schieben lassen, und ich werd dich nich mit den andern auf Streife schicken. Nach dem, was du mit Officer Buso gemacht hast, haben viele der Kollegen hier ein Problem mit dir.«

»Mit andern Worten, sie haben es auf mich abgesehen?«

Er rutschte auf seinem Sessel herum, nahm einen Tacker zur Hand und legte ihn wieder ab. Schob ihn herum, bis er genauso lag wie vorher. »Du brauchst deine Zeit nicht hier in Central zu verschwenden. Du brauchst nicht mal herzukommen. Kriegst trotzdem dein Gehalt wie immer. Sieh's als Urlaub an, bis ich mir was hab einfallen lassen für dich.«

»Wir arbeiten gerade an dem Mordfall Lazar Wilkinson, Sir, und was Sie sagen, klingt mir sehr nach eingeschränktem Dienst. Tut mir leid, das muss ich ablehnen.«

Der Mann lachte doch tatsächlich. »Du bist kein Vollstrecker. Malan Greaves, der passt gut hierher. Chilmans Tochter – tut mir leid wegen der Schwierigkeiten, die sie grad hat –, die klingt mir auch nach 'ner echten Vollstreckerin. Bei dir weiß ich nich, was du machst.«

»Hab ich Ihnen doch gerade gesagt, Sir.«

»Aber was genau, junger Mann?«

»Forensik«, sagte ich. »Hin und wieder auch ein bisschen Vollstreckung, wenn nötig.«

»Erzähl mir von dem Teil mit der Forensik.«

»Der Körper ist ein offenes Buch, Sir. In der Rechtsmedizin lernt man, es zu lesen.«

Er zog eine Grimasse und breitete ratlos die Hände aus.

»Ich könnt Ihnen zum Beispiel sagen, dass Sie auf der rechten Seite mal eine schwere Verletzung hatten, wahrscheinlich an den ersten beiden Rippen unter der Schulter. Das zeigt sich daran, wie Sie ihren Oberkörper bewegen, an ihrer Sitzhaltung und auch daran, dass ihr linker Schuhabsatz stärker abgelaufen ist als der rechte. Kurzum, Sie bevorzugen die linke Seite, obwohl Sie kein Linkshänder sind. Vielleicht ein Unfall oder ein Sturz? Und Sie waren noch ziemlich jung, als es passiert ist.«

»Wieso das?«

»Weil Sie sich sonst nicht so gut davon erholt hätten.«

»Achtundzwanzig«, sagte er.

»Wie kam's dazu?«

»Eine Schusswunde. Ein anderer Polizist. Wegen einer Frau.«

»Was ist aus der Frau geworden?«

»Sie hat mich geheiratet.« Er zog seine Schreibtischschublade auf und nahm einen Umschlag heraus, den er mir gab. »Ich, äh, hätte das zurückhalten können. Hab mich dagegen entschieden. Constable Buso wird nächste Woche Freitag vor Gericht erscheinen. Sorry, meine Sekretärin hat das aufgemacht. Ist bei uns so üblich.«

Ich überflog den Brief – eine Aufforderung von A.J. Whitney & Son, Rechtsanwälte, als Zeuge im Fall Buso gegen Camella Whyte auszusagen.

»Gehst du hin?«

»Ich geh hin«, sagte ich.

»Der Richter ist eine Frau. Die Zeiten ändern sich«, sagte er.

Ich stand auf und steckte den Brief ein.

Der Superintendent gab mir die Hand. »Pass auf dich auf«, sagte er. »Du hast doch eine Dienstwaffe?«

Ich überhörte das.

21

Morgens um 9.47 Uhr ging ich von Bord der *Osprey*. Ich blieb noch ein Weilchen auf dem Landungssteg von Kara Island stehen und beobachtete vier offenbar panische Besatzungsmitglieder einer Jacht, die mit den Strömungen um Blackwater kämpften. Am Hafen war es ruhig. Gedämpfte Stimmen schwirrten durch die Luft, und vier Hunde zankten sich um etwas, das sie gerade aus dem Gully am Straßenrand gezogen hatten.

Ich hatte mir ausreichend Zeit genommen, um Miss Stanislaus' Verwandte zu treffen und ihnen eine Aufgabe zu übertragen. Außerdem wollte ich mit Chief Officer Mibo sprechen. Wenn alles lief wie geplant, konnte ich am frühen Nachmittag wieder zurück auf Camaho sein.

Miss Stanislaus hatte ich nichts davon gesagt, dass ich wieder nach Kara Island fuhr, als ich sie angerufen hatte, um sie daran zu erinnern, die Glock geheim zu halten.

»Is nich wie Miss Betsy«, bemerkte sie. »Ich muss viel damit üben, Missa Digger, weil, die benimmt sich wie 'n Kerl.«

»Versuchen Sie's mit 'nem größeren Unterteller«, sagte ich lachend. Doch sie ließ sich nicht provozieren. »Missa Digger, wir müssen 'nen Fall aufklärn, und Sie nehm das nich ernst.«

»Ich arbeite gerade an Ihrem – wassis Ihnen lieber?«

»Beides«, sagte sie. »Und Sie ham versprochen, später mit mir zu Missa Laza Wilkins' Mudder zu fahrn.«

Damit wünschte sie mir einen guten Tag und legte auf. Miss Stanislaus hatte munter, geradezu fröhlich geklungen, aber ich ließ mich nicht täuschen. Das war ihre Art, die schreckliche Bangigkeit des Wartens auf das Urteil zu überspielen. Vor nicht allzu langer Zeit hatte ich etwas Ähnliches durchgemacht und wusste noch sehr gut, wie man sich dabei fühlte.

Dada wirkte kein bisschen überrascht, mich zu sehen, aber auch nicht froh. Ich fragte sie, was sie mit Juba gemacht hatten.

»Das Übliche«, antwortete sie knapp. Sie tat, als würden wir uns nicht kennen, und ich ärgerte mich über ihr Benehmen.

»Wie geht's Kathleen?«

»Gut«, sagte ich. »Sie hatte einen Großonkel, der nicht mehr unter uns weilt, nichwahr?«

»Koku, ja.«

»Miss Stanislaus hat gesagt, es wär was faul daran, wie er einfach so verschwunden is, isso?«

»Hat sie Sie geschickt?«, fragte Dada.

»Kann man so sagen«, antwortete ich.

»Hat sie oder hat sie nich?«

»Nein. Ich …«

»Wenn Kathleen Sie nich hergeschickt hat, ham wir nix mit Ihnen zu schaffen.« Dada brauchte sich nicht vom Fleck zu bewegen, um mir die kalte Schulter zu zeigen.

»Miss Stanislaus hat Grund zu der Annahme, dass Juba Hurst, der Mann, der Ihre Enkelin in den Selbstmord getrieben hat, hinter dem Verschwinden ihres Großonkels steckt. Zwei Jahre sind seitdem vergangen, und ihr hattet nicht den Anstand, ihr zu sagen, dass ihr Onkel tot ist oder vermisst wird. Zufällig weiß ich, wie sich das anfühlt. Hier drin.« Ich klopfte mir auf die Brust. »Außerdem droht ihr eine Mordanklage, ist euch das klar?«

In ihrer Miene zuckte es, doch sie verschloss sich gleich wieder.

»Ich brauch was Konkretes gegen Juba. Wenn er was mit dem Verschwinden des alten Mannes zu tun hatte und ich das beweisen kann, würde mir das helfen, Miss Stanislaus zu entlasten. Sie haben anscheinend kein Interesse daran, aber das heißt nicht, dass ich aufgebe. Guten Tag.« Ich wandte mich zum Gehen.

»Warten Sie.« Sie legte den Kopf in den Nacken und stieß einen langgezogenen, spitzen Klagelaut aus. Von irgendwo weiter hinten kam eine Antwort, dann noch eine. Stimmen näherten sich. Benna und zwei andere Frauen erschienen im Hof und warfen mir kurze, forschende Blicke zu.

»Frau, du hast ihn geärgert!«, rief Benna. Dada schien in ihrer Gegenwart in sich zusammenzuschrumpfen. »Wenn du so 'n Hass auf Männer hast, wieso hast du dann Kinner mit ihnen? Nich bloß eins, nee, fünf!« Sie wandte sich an mich. »Missa Digger, ich bin froh, Sie zu sehen. Was führt Sie zu uns?«

Ich wiederholte, was ich Dada gesagt hatte. »Und weil Miss Stanislaus davon überzeugt ist, bin ich's auch«, fügte ich hinzu.

Benna taxierte mich mit ihren hellen Augen. »So nah hat Kathleen Sie an sich rangelassen?«

Ich schüttelte den Kopf, und Benna hakte nicht weiter nach.

Dann erklärte ich, dass ich sie mit einer Aufgabe betrauen wollte. Ich könne nur ein paar Stunden auf Kara Island bleiben, sagte ich. Ob sie mich zu ihrem Friedhof führen würden, damit ich ihnen zeigen könne, was sie für mich tun sollten.

Wenn Juba wirklich hinter dem Tod des alten Mannes steckte, fuhr ich fort, hatte er ihn meiner Einschätzung nach nicht auf dem offenen Meer beseitigt. Dazu hätte er ihn hinaus zu den Strudeln und Strömungen von Blackwater fahren müssen, und das vermutlich bei Nacht. Das konnte ich mir nicht vorstellen.

Benna nickte zustimmend. Juba sei zwar ein Seemann gewesen, aber total wasserscheu, das wussten alle. Sie rümpfte die Nase. Außerdem hätte er nicht mal ein Boot steuern können, wenn sein Leben davon abgehangen hätte.

Die Frauen rückten ihre Headwraps zurecht und forderten mich auf mitzukommen. Dicht beieinander gingen sie vor mir her, ihre Unterhaltung durchsetzt mit Ausrufen der Fassungslosigkeit.

Diese Frauen, diese Ältesten, hatten die Stammbäume sämtlicher Einwohner von Kara Island und deren Verbindungen untereinander im Kopf, wie ich von Miss Stanislaus wusste. Sie gaben ihren Kindern immer noch Namen, die ihre Vorfahren vor ein paar Jahrhunderten von der anderen Seite des Atlantiks mitgebracht hatten. Sie kannten die Völker, denen sie angehört hatten, konnten es mit ihren Tänzen und Liedern beweisen. Sie bewahrten die Überreste der alten Sprachen, pflegten ihre Abstammung und errichteten Grabsteine für ihre Ahnen, die mehr kosteten als die Häuser, in denen sie wohnten. Dass einer aus ihrer Mitte einen alten Mann umgebracht und ihn spurlos hatte verschwinden lassen, war nicht nur ein Frevel, es war das Böse schlechthin. Vielleicht hatten sie Miss Stanislaus deshalb nichts davon gesagt, vielleicht fehlten ihnen die Worte für eine solche Tat.

Ich folgte den Frauen einen Hügel hinauf, der auf der anderen Seite zum Meer hin abfiel. Das Gras hier, die Büsche und Grabsteine waren derart gepflegt, dass der Ort beinahe fröhlich wirkte. Ich bat sie, mir ein Grab zu zeigen, das nicht weniger als anderthalb Jahre alt war und nicht mehr als drei. Und es sollte schmucklos sein.

Dada legte einen Augenblick den Kopf schräg, schien auf Stimmen darin zu lauschen. »Kwesi Jo«, sagte sie mit einem Winken, als wollte sie mir einen Nachbarn vorstellen.

Am Grab wies ich sie auf den Unterschied zwischen einer neuen und einer eingesunkenen Ruhestätte hin. Ich zeigte ihnen, wie aufgegrabener Boden nach ein, zwei Jahren aussah. Dann führte ich sie den Weg zurück, den wir gerade gekommen waren, und machte sie auf die Pflanzen aufmerksam, die sich als Erste auf einer ausgehobenen Stelle ansiedelten. Wenn auf einem Flecken viele Pflanzen wie diese hier wuchsen und er sich sichtlich von der Vegetation der Umgebung unterschied, sagte ich, sollten sie sich die genaue Lage merken und mich anrufen.

Benna revanchierte sich, indem sie jedes Kraut und Unkraut benannte, das ich ihnen zeigte, und mir erklärte, gegen welche Krankheiten und Beschwerden es half.

»Wie nenn Sie das?«, fragte die alte Frau.

»Ruderalpflanzen«, sagte ich.

Sie schüttelte den Kopf. »Ich mein das Wissen, was Sie da ham.«

»Forensik«, antwortete ich.

»Was hat er gesagt?«, fragte Dada.

»Verrennsich!«, sagte Benna.

Ich musste mir das Lachen verkneifen.

»Was grinst 'n so, junger Mann?«

»Hab nur gerade an jemanden gedacht. Ich wollte Sie noch um einen Gefallen bitten. Miss Stanislaus soll erst mal nicht wissen, dass ich hier gewesen bin. Nur zur Sicherheit, okay?«

Sie nickten im Chor.

»Und jetzt muss ich Mibo finden«, sagte ich.

Dada schnaubte.

»Was?«

»Is wahrscheinlich angeln«, sagte sie.

»War er in der Nähe, als Juba starb?«, fragte ich.

Benna schüttelte den Kopf. »War draußen aufm Riff, hat nach Lambi-Schnecken getaucht.«

»Sicher?«

»Ja, er hat mir noch am selben Tag welche verkauft. Hat mich sogar gefragt, wie's passiert is. Ich hab ihm gesagt, ich war nich dabei.« Benna schwenkte ihren Stock. »Wie ich es seh, is Mibo mehr Fischer als Polizist. Tag und Nacht isser draußen aufm Wasser. Ist der beste Bootsmann, den wir ham. Schade, dass er so verdammt gierig is.« Benna lachte in sich hinein und wollte nicht mehr sagen.

Ich verabschiedete mich von ihnen an der Ecke, an der Juba in der Nacht, als Miss Stanislaus ihn erschoss, aufgetaucht war. Dieser seltsame Tagesanbruch stand wieder vor mir, Juba dort auf der Straße, alle Viere von sich gestreckt, der Anblick eines ganzen Dorfs, das wie lautlose Schatten im Morgengrauen herbeikam.

Die Wache war ein Betonwürfel mit einem angebauten Hinterzimmer. Eine Frau in einem blauen T-Shirt mit dem Aufdruck »Der Karneval geht weiter!« saß am Empfang und bewunderte mit gespreizten Händen ihren blutroten Nagellack.

»Guten Morgen, ich bin DC Digson«, sagte ich und lehnte mich mit der Schulter an die offene Tür. »Ich suche nach Officer Mibo.«

Sie blinzelte träge, musterte mich aus dunklen Augen von oben bis unten.

»Officer wer?«

»Mibo! Ist er da?«

Sie schüttelte den Kopf. Ihre Augen mit den dick getuschten Wimpern taxierten mich erneut, und auf einmal wurde sie wachsam. »Sie sin der Officer, der Digger heißt, nichwahr? Ihr seid die, die ...« Sie stockte.

»Juba erschossen haben, wollten Sie sagen? Aus Notwehr? Genau deshalb will ich mit Officer Mibo sprechen. Wie heißen Sie?«

»Shirley, Verwaltung. Officer Mibo is vor 'ner Stunde gegangen. Arbeitet an 'nem Fall.«

»Wo?«

Shirley deutete vage hinter mich. »Annere Seite der Insel.«

»Sehen Sie mir ins Gesicht, Miss Shirley, und antworten Sie noch mal.«

Sie senkte den Kopf.

»Sie haben seine private Handynummer, nehme ich an?« Ich zeigte auf den Notizblock neben ihr und schob ihr einen Kuli hin.

»Moment.« Sie ging in das Hinterzimmer. Ich hörte das Klicken, als ein Hörer abgenommen wurde, das Tippen auf einer Tastatur, und öffnete die Tür. Ruckartig hob sie den Kopf, legte schnell auf. Ihre Haltung war starr, ihr Ausdruck feindselig.

»Was sollte ich nicht hören, Miss Shirley?«, fragte ich. »Ist für mich sonnenklar, dass ihr zwei was miteinander habt. Lieg ich falsch?« Sie wich meinem Blick aus.

»Ich hab seine Dienstnummer, aber er geht nicht ran. Wie ist seine Privatnummer?«

»Is privat«, sagte sie. »Ich darf sie nich …«

»Sagen Sie Officer Mibo, dass ich dringend mit ihm sprechen muss. Es ist wichtig. Er soll zugeben, dass seine Aussage über mich und Miss Stanislaus nur auf Hörensagen beruht. Richten Sie ihm aus, dass ich wiederkomme, wenn er sich nicht meldet. Meine Nummer hat er, aber ich gebe sie Ihnen noch mal, damit er nicht behaupten kann, er hätt sie verloren.« Ich marschierte zu ihrem Schreibtisch, nahm ein Blatt Papier und schrieb dick und fett meine Handynummer darauf.

Als ich ging, stand sie mit vor der Brust verschränkten Armen am Eingang. Ich spürte ihren Blick in meinem Rücken.

22

Ich wartete auf Dessie an dem hohen weißen Tor vor dem Grundstück ihrer Eltern. Es war immer wieder ein Erlebnis, sie oben an der gewundenen Auffahrt des alten Plantagenbesitzerhauses auftauchen zu sehen, dessen weiße Mauern zwischen hohen Königspalmen und alten Zedern gerade noch durchschimmerten.

Sie schwang eine Stofftasche in der Hand und trug weiche beige Lederschuhe zu einem schlicht geschnittenen, hellblauen Etuikleid, das schimmernd um ihren Körper floss.

»Was bedeutet dieser Blick?«, fragte sie.

»Möglichkeiten«, sagte ich lächelnd, während sie sich auf den Beifahrersitz fallen ließ und mir den Ellbogen in die Seite stieß.

Wir nahmen die lange Route zum Strand durch die Morne Bijoux Hills, gesäumt mit den vielgiebeligen Herrenhäusern alter Familien, die immer noch glaubten, dass die Insel ihnen gehörte. Dessie kannte sie alle. Ständig streckte sie ihre langen Arme aus dem Fenster und winkte irgendwelchen Leuten zu, die auf übergroßen Veranden in bunten Hängematten lagen oder auf Chaiselongues ruhten wie die Patienten einer Kurklinik.

Als wir nach Coburn Valley kamen, vertauschten sich die Rollen, und ich grüßte rufend alte Opas auf Eseln, Kinder mit Bündeln von Feuerholz auf dem Kopf oder junge Männer mit nacktem Oberkörper, die sich an alles lehnten, was ihrer Pose von armen, aber supercoolen Schluckern eine Stütze gab.

Am Grand Beach wimmelte es von Kindern und gehetztem Hotelpersonal, das überreich garnierte Cocktails – Hibiskusblüten und all so was – zu eingeölten, unter einer tückischen Sonne bratenden Touristen schleppte.

Dessie verdrehte die Augen und saugte an ihren Zähnen.

»Ist halt Sonntag«, erinnerte ich sie. »Und wir haben ein Kreuzfahrtschiff dort liegen.« Mit dem Kopf deutete ich auf das weiße Schiff, das wie eine fette Schnecke vor dem Hafen von San Andrews lag.

»Kein ruhiges Plätzchen hier«, sagte sie leise lachend, warf mir einen Arm um die Schulter und drückte sich mit ganzem Gewicht an mich.

»'s gibt was nach deinem Wunsch am anderen Ende. Komm, das Wasser wartet.«

Wir spazierten am Strand entlang, einen knappen Kilometer bis zur Nordseite der Bucht. Der Sand war dunkler hier, die See bewegter. Die Kinder der Gegend liebten diese Ecke, weil sie hier nackt von dem hohen Granitfelsen springen konnten, der in Ufernähe aus dem Wasser ragte.

Die Touristen dagegen wagten sich nie über den weißen Strand hinaus, noch nicht mal einer der Hunde, die um ihre Beine sprangen.

Wir ließen uns in den Sand fallen.

Etwa zweihundert Meter weit draußen schnitten zwei Motorboote mit Wasserskifahrern kreuz und quer durchs Wasser. Dessie blickte immer wieder zu dem schnelleren der beiden Boote hin, senkte dann den Kopf, buddelte mit den Fingern im Sand.

»Was hast du?«, fragte ich. Sie schlang die Arme um ihre hochgezogenen Knie, drückte die Brust dagegen. Wenn es nicht so ein heißer Tag gewesen wäre, hätte ich gedacht, ihr sei kalt.

»Rede mit mir.«

»Ich hab keine Lust mehr hierzubleiben, Digger. Lass uns gehen.« Sie stand auf, schüttelte das Handtuch aus, auf dem sie gesessen hatte, und stopfte es in ihren Beutel. »Komm schon!« Sie packte meine Hand.

»Wart mal, Dessie. Zuerst sagst du mir, was auf einmal los ist!« Doch ich sah ihren gequälten Gesichtsausdruck und gab nach.

Auf halbem Weg zum Auto machte eins der Sportboote einen Schlenker zum Strand, der Motor röhrte und wurde abrupt abgeschaltet. Als ich ein lautes Platschen hörte, drehte ich mich um und beobachtete den bleichen Schemen des Schwimmers unter Wasser, bis er auftauchte: ein großer Kopf voll dichter schwarzer Locken, ein breites, helles Gesicht, stark behaarte Brust und Arme. Dessies Mann – Luther Caine.

Luthers graugrüne Augen waren starr auf sie gerichtet, seine Lippen zusammengepresst wie Muschelschalen.

»Komm!« Dessie zog mich am Handgelenk.

»Steig ins Auto.« Ich machte mich von ihr los und warf ihr die Autoschlüssel zu, bereit, dem Mann entgegenzutreten. Luther bohrte seinen Blick weiter in Dessie. Er sah aus, als hätte er mit Haien gekämpft – zwei rote Striemen zogen sich über seine linke Schulter und den Arm. Ein Bluterguss am Hals, direkt unterm Ohr. Er hob die rechte Hand, worauf ein junger Mann über den Sand auf ihn zu gesprintet kam. Luther schwang den Arm in Richtung des Boots, der Junge sprang ins Wasser, kletterte an Bord und setzte sich ans Steuer.

Dann drehte Luther sich abrupt um und ging mit großen Schritten am Wasser entlang, ich sah seine Rücken- und Beinmuskeln arbeiten. Es war, als hätte er mich nicht bemerkt, als wäre ich gar nicht da.

Zurück im Auto drückte ich meinen Kopf gegen die Kopfstütze, rollte ihn dann zu Dessie herum. »Das nächste Mal läufst du nicht vor Luther davon, okay? Denn jedes Mal, wenn du wegläufst, ist das ein Sieg für ihn.«

»Dein Gesicht, Digger! Als du dich zu ihm umgedreht hast. Du meine Güte! Versprich mir eins: Guck mich nie so an.«

»Wie denn?«

Sie musterte mich seltsam eindringlich, runzelte dann die Stirn. »Als ... als wolltest du ihn umbringen. Als ... großer Gott! Die Seite kannte ich noch gar nicht von dir.«

»Warum will Luther dich immer noch kontrollieren, Dessie?«

Sie zuckte die Achseln, schlang die Arme um ihre Schultern. »Er denkt, ich weiß alles über seine beschissenen dunklen Geschäfte. Du bist Polizist, und ich hab was mit dir, also!«

»Erzähl mir von seinen Geschäften.«

Sie erschauerte und sah geradeaus. »Ich will nicht mehr über Luther sprechen. Ich hasse den Mann.«

Dessie wirkte in sich zusammengefallen, ein Schatten ihrer selbst. Ich hatte schon erlebt, wie Malan Frauen, mit denen er was hatte, allein durch einen Blick einschüchtern konnte. Hatte gesehen, wie sie nervös und unsicher wurden in seiner Gegenwart, besonders wenn sie mit einem anderen Mann zusammen waren. Doch nichts davon war so schlimm gewesen wie die Wirkung, die Luther auf Dessie zu haben schien.

»Schnall dich an, Dessie. Wir machen eine Rumshop-Tour«, sagte ich.

Das war mein Versuch, noch etwas von dem verdorbenen Sonntagnachmittag zu retten. Ich wollte Dessie wieder aufrichten. Schon das eine oder andere Mal hatte ich sie auf eine Spritztour entlang der East Coast Road mitgenommen, wo sich eine Kneipe an die nächste reihte, alle voller Würfel spielender oder sich über eine Partie Rommé streitender Männer. Wenn wir zusammen eine dieser klapprigen Kaschemmen betraten, blühte sie jedes Mal auf. Verhutzelte alte Männer hoben die Köpfe und starrten dieses samthäutige, feingliedrige Wesen in ihrem beduselten Zustand an wie eine Erscheinung, und je betrunkener sie waren, desto verzückter leuchteten ihre Blicke. Sie beglückte ihr Publikum mit einem Lächeln, während ich das Geld für die Getränke zum Mitnehmen herausrückte, die im Grunde nur ein Vorwand waren, um in einen der Rumshops hineinzugehen.

Auf der Heimfahrt dann hing der Kofferraum meines kleinen Autos durch von all dem Camaho-Lager und Malzbier, für das ich keine Verwendung hatte.

Später im Bett sah Dessie mir ins Gesicht. »Ich hätte nicht gedacht, dass du mich so sehr liebst, Digger.«

»Wovon redest du?«

»Luther, da am Strand …«

»Das nennst du Liebe?«

»Mir genügt's«, sagte sie kichernd.

»Erzähl mir von Luthers dunklen Geschäften.«

»Kann ich nicht«, sagte sie und rollte sich herum.

23

Lazar Wilkinsons Mutter war eine dunkelhäutige, knorrige Frau. Sie tat Miss Stanislaus' Beileidsbekundungen mit einem Schnauben ab und sah uns kaum an, warf nur hin und wieder verstohlene Blicke in unsere Richtung mit Augen, die die Farbe und den Glanz von Sauersacksamen hatten. Miss Stanislaus wedelte mit ihrem Taschentuch und tupfte sich die Stirn ab, scheinbar von Traurigkeit über den Verlust der Frau überwältigt.

Doch ich ließ mich nicht täuschen. Ihre Augen registrierten die Küche, die neuen Stützpfeiler aus Beton, die Bilder von Maria und Joseph und Jesus mit dem blutenden Herzen an der Wand gegenüber der halb offenen Tür.

»Ihr liebender Sohn, hat er bei Ihnen gewohnt?«, fragte Miss Stanislaus.

Dora Wilkinson fächelte sich das Gesicht und nickte.

»Die ganze Zeit?«

»Manchmal hat Lazar bei einer von seinen kleinen Freundinnen übernachtet, aber sein Zuhause is hier.«

»Was hat er gearbeitet?« Miss Stanislaus' Taschentuch kam zur Ruhe.

Miss Dora verzog den Mund und zuckte die Achseln. »Was mich angeht, is Lazar 'n guter Junge. War nie grob zu mir und hat mir geholfen.«

Miss Stanislaus lächelte sie freundlich an. »Ja, bestimmt sehn Sie das so. Was hat er gearbeitet?«

»Arbeit is Arbeit. Da hab ich mich nich drum gekümmert.«

»Und die Arbeit, um die Sie sich nich gekümmert ham, was war das?«

Die Frau räusperte sich. »Ich hab ihn nie gefragt, und er hat's mir nie gesagt, Miss Lady. Alles, was ich weiß, is, dass niemand das Recht hat, meim Jungen so was anzutun.«

»Wohl wahr«, sagte Miss Stanislaus. »Entschuldigen Sie, dass wir Ihnen noch mehr Kummer gemacht ham. Missa Digger und ich gehen jetzt.«

Zurück auf der öffentlichen Straße stopfte Miss Stanislaus ihr Taschentuch in den Ärmel. »Missa Digger, denken Sie dran, mich in … sagen wir zwei Wochen, villeich bisschen weniger, wieder zu der Frau hinzufahrn.«
»Ist Ihnen was aufgefallen?«
»Is nur so ein Gefühl, das ich hab. Is alles.«
Ich setzte sie in San Andrews auf dem Marktplatz ab und ging ein paar Einkäufe machen, bevor ich wieder nach Beau Séjour fuhr.

Ich parkte bei der kleinen Brücke vor dem Ort und bog von der Hauptstraße auf einen steinigen Weg ab. Vorbei an halb abgestorbenen Mangobäumen und welkenden Hibiskushecken folgte ich ihm bis hinauf zu einem kleinen Haus oben am Hügel.

Die meisten Häuser, an denen ich vorbeikam, befanden sich in verschiedenen Stadien des Ausbaus. Holzwände wurden durch Betonschalsteine ersetzt, hier und da gab es noch ungestrichene neue Veranden und Eingänge mit flatternden, bunten Streifenvorhängen.

Jana Rays Zweizimmerhütte stand ein Stück oberhalb davon. Ihre alten, unlasierten Bretterwände waren von Sonne und Regen geschwärzt, und ein hoher Bambushain neigte sich darüber wie ein zweites Dach.

Vorn gab es einen schmalen Garten mit welken Okrapflanzen und ein paar Tomatenranken, die mit Hilfe von in den Boden gesteckten Bambusstangen hochgebunden waren.

Dieser Kargheit zum Trotz gedieh nicht weit davon eine Bananenpalme, deren silbrig-grüne Blätter breit und behäbig vor Gesundheit im leichten Wind raschelten.

Über ein paar in den Boden eingelassene Steinplatten ging ich zur Rückseite der Hütte.

Ein Stromkabel hing schlaff vom Dachvorsprung und war am anderen Ende mit einem Nagel an einem von Ameisen befallenen Grapefruitbaum befestigt. Ein Paar Shorts und ein T-Shirt waren darüber geworfen. Von der Eingangstreppe war nur ein gefährlich aussehender Holzpflock in der Erde übriggeblieben.

Ich wickelte den Stoffstreifen ab, mit dem die Tür zugehalten wurde, und schob sie mit der Schulter auf, sah mich in dem Zimmer um: ein großer Mondkalender mit einem Bob-Marley-Poster darüber, links davon ein Schwarzweißfoto von einem versonnen blickenden Malcolm X.

Ein kleines, aus Bretterresten gezimmertes Küchenmöbel, darauf zwei Löffel, ein Küchenmesser, ein Emaillebecher, zwei Teller, gespült und übereinandergelegt. Fünf Finger grüne Bananen, eine halbleere Mehltüte, eine Bierflasche voll Bratöl. Ein Döschen Kondensmilch wie eine Insel in einer Schüssel voll Wasser, die Oberfläche bedeckt von ertrinkenden Ameisen, die an das süße Zeug gelangen wollten.

Bücher lagen aufgestapelt auf dem Boden, die Schulbücher in der einen Ecke, ein Haufen gebundener Wälzer in der anderen. Dazwischen eine ordentliche Reihe Westernromane von Louis L'Amour, ein paar Bücher von Earl Lovelace, eine kleine Sammlung Marvel-Comics, ein Gedichtband von Vladimir Lucien, ein karibischer Liebesroman von Nailah Imoja, Volksdichtung von Louise Bennett und Paul Keens-Douglas.

Ich stellte meine beiden mitgebrachten Einkaufstüten neben den Schulbüchern ab und setzte mich auf den Boden, blätterte durch die Wälzer, von denen jeder einen Schulbibliotheksstempel trug. Danach legte ich sie genauso wieder zurück.

Schließlich stellte ich die Tüten vor den Durchgang zu

dem anderen Raum, von dem ich annahm, dass er das Schlafzimmer war, und schob zwei Hundertdollarscheine zwischen die Seiten des dicksten Buchs. Ich riss eine Seite aus meinem Notizbuch und schrieb:
Geh weiter zur Schule, das ist Dank genug.
Hoffe, die Sachen passen.
Digger
P. S.: Schlag Histologie nach …

Ich hatte gut zwei Stunden in dem syrischen Laden in San Andrews verbracht und mit dem Inhaber gefeilscht und gescherzt. Das Ergebnis waren vier Baumwollhemden, ein Stapel Shorts und Unterwäsche, zwei Paar Lacklederschuhe, ein Paar anständige Turnschuhe und genug T-Shirts für ein Jahr. Außerdem hatte ich den Syrer beschwatzt, noch ein paar Toilettenartikel gratis dazuzugeben, indem ich alles, was ich sagte, mit inschallah würzte. Sehr zufrieden mit mir war ich mit zwei großen Tüten in den glühend heißen Nachmittag hinausgetreten.

Ich schloss Jana Rays Tür hinter mir, band sie wieder zu und ging zurück zur Straße.

24

Miss Stanislaus drängte fieberhaft darauf, mit den Ermittlungen im Mordfall Lazar Wilkinson voranzukommen. In manchen Momenten schlug ihr Drängen in Panik um, auch wenn sie das zu verbergen versuchte. Ich bemühte mich, sie damit zu beruhigen, dass uns noch drei Wochen bis zu dem Verfahren blieben, genug Zeit für einen Durchbruch.

Die Frau, nach der wir suchten, sagte ich, die vom Strand beim The Flare mit den beiden verdächtigen Männern, stammte wahrscheinlich aus einem der Küstenorte.

»Wieso das?«, fragte sie.

»Die Art, wie sie ins Wasser gewatet ist, um in das Dingi zu steigen, und wie sie sich an den Bug gesetzt hat. Ganz selbstverständlich. Sie ist mit Booten und dem Meer vertraut.«

Miss Stanislaus runzelte die Stirn. »Dassis alles?«

»Es braucht Übung und Erfahrung, um sich vorn in ein auf kabbeligem Wasser schaukelndes Boot zu setzen, ohne sich festzuhalten, nichwahr? Ich kann mir nicht vorstellen, dass jemand, der nicht von der Küste is, das so locker macht.«

»Möglich«, sagte sie.

»Ist unser einziger Anhaltspunkt«, sagte ich.

Von San Andrews Central aus hatte ich eine Beschreibung der jungen Frau und der beiden Männer an jede Polizeiwache geschickt, einschließlich des Postens auf Kara Island. Keine Hinweise, hieß es. Was seltsam war, denn auf Camaho haben sogar die Büsche Augen und Ohren.

Miss Stanislaus entschied, dass wir eine Fahrt über die holperigen Straßen der Insel unternehmen sollten, um nach der Frau zu suchen.

In den ersten Dörfern, in denen wir hielten, behandelten uns die Bewohner mit der Geringschätzung, die sie vermutlich allen Fremden vorbehielten – Leute aus San Andrews fielen ebenfalls in diese Kategorie. Manchmal ging die Feindseligkeit von ihnen aus wie ein Hitzeschwall.

Wir fuhren gerade nach Grenville Town hinein, als Miss Stanislaus mich bat anzuhalten. »Missa Digger, wir gehn das falsch an. Wir ham mit den falschen Leuten geredet.«

Sie stieg aus, betrat einen Laden und kam mit einer großen, zum Platzen vollen Papiertüte wieder heraus.

»Was haben Sie da drin?«

Sie hielt mir die offene Tüte hin. Süßigkeiten aller Art, vorwiegend Lollis.

Ich schüttelte den Kopf.

»Warten Sie's ab!« Sie lehnte sich zurück und blickte gelassen nach vorn.

Von da an hatten wir Mühe, uns die Kinder wieder vom Hals zu schaffen, die uns belagerten und uns alles erzählten, was wir ihrer Meinung nach hören wollten, um an ein paar Süßigkeiten zu gelangen.

In Menere Village erfuhren wir, dass Missa Geoffrey ein Baby mit seiner Schwester hatte und dass Miss Panadool zwei Boyfriends hatte, einen, der sie dienstag- und freitagabends besuchte, und einen, der nur einmal im Jahr heimkam, weil er sich den Arsch auf einem amerikanischen Kreuzfahrtschiff aufriss.

In Requin wurde spät in der Nacht viel »Sex gemacht«. »Un die glaum, wir wissen nix davon.« Der alte anglikanische Priester in Bacolet hatte die Mangobäume vergiftet, die hinter der Kirche wuchsen, und trank immer den gaaanzen Messwein. Er schlug seine Frau, wenn er besoffen war. Und der »Messikaner« in dem großen Betonhaus über Prickly Bay wurde von seiner Frau ausgesperrt, wenn er zu spät oder besoffen nach Hause kam. »Sie is von hier«, erklärten sie.

Ein- oder zweimal kam ein Erwachsener in den Pulk Kinder gestürmt und verscheuchte sie. Sie stoben auseinander wie eine Schar aufgeschreckter Hühner, versammelten sich aber gleich darauf wieder um uns. Ich hätte ihnen den ganzen Tag zuhören können.

Wir fanden den Wohnort der jungen Frau etwa auf halber Strecke die Ostküste hinunter. Ein kleines, namenloses Dorf auf einem Felsplateau über einem von Manchinel- und Mangrovenwäldern umgebenen Strand. Die Luft war frisch und sauber, das Meer so klar, dass man auf den Grund sehen konnte.

»Ich glaub, sie hat ein Baby«, sagte ich zu den Kindern dort. Sie wiesen uns zu einem Kalksteinpfad, der sich wie ein loser Faden zu einem Holzhaus mit ausgefransten, durch die Fenstern wehenden Vorhängen wand. Ein sonnenversengter Gemüsegarten davor war fast völlig von Kakteen und Minzgras eingenommen worden.

Eine Frau beugte sich über ein Becken voller Wäsche. Schlank, dunkelhäutig, blauer Headwrap, bunte Stoffbänder um ein Handgelenk, ein geflochtener Baumwollgürtel um das über die Hüften hochgezogene Kleid – eine Feuerbaptistin.

Miss Stanislaus war sofort wie ausgewechselt. Ihre Miene wurde weich, ihre Stimme rau vor Zärtlichkeit. »Schwester«, grüßte sie und machte einen Knicks. Ich war sicher, dass sie sich noch nie begegnet waren, aber diese Anrede besagte alles. Die Verbundenheit zwischen den Frauen, die der Religion meiner Großmutter anhingen, versetzte mich immer wieder in Erstaunen.

Die Unterhaltung zwischen ihnen war eine vertraute Angelegenheit: gedämpfte Stimmen, Berührungen an den Schultern, flatternde Finger, Gesten mit ausgebreiteten Händen.

Die Frau brachte ein Baby heraus und gab es mir. Ein Junge, fest und rund wie ein gut gekneteter Dumpling. Etwa zehn Monate alt und vollkommen zufrieden in meinen Armen.

Ich wiegte den Kleinen, während sie redeten, und dachte

an eine verflossene Freundin namens Lonnie, die ein Kind von mir hatte haben wollen, um sich vor Malans Nachstellungen zu schützen.

Wir befanden uns auf der offenen Atlantikseite der Insel, das Wasser in der Ferne war zyanidblau. Ein wütender Brecher nach dem anderen zerstörte sich auf dem Barriereriff zwischen dem Ozean und der Bucht.

Die Frau kam wieder heraus und nahm mir das Kind ab. »Wie geht's Ihnen, Missa Digger? Ich bin Philo.« Sie hatte wache braune Augen. Etwa fünfunddreißig, schätzte ich. »Ich erinner mich an Ihre Granny von den Versammlungstagen. Mutter Sheila Digson, nichwahr?«

»Stimmt«, sagte ich. »Miss Philo, haben Sie ein Foto von Ihrer Tochter?«

»Ah-hah«, machte sie und kehrte ohne Zögern mit dem Kind ins Haus zurück.

Sie brachte mir einen Stapel Fotos. Eins war von einem Baby, sein Kopf gebeugt unter einer Masse bunter Schleifen. Ein paar zeigten ein vorpubertäres Mädchen mit zwei langen Zöpfen, das ernst am Ende einer Reihe grinsender Kinder im gleichen Alter stand. Alle in Schuluniform. Auf den letzten beiden Fotos war die Frau zu sehen, an die ich mich von dem Abend im Flare erinnerte. Sie hielt ihr Baby in den Armen und blickte in die Kamera. Kein Lächeln, kein Posieren, einfach eine schmale Camahoerin mit geradem Rücken, die sich der Welt präsentierte, wie sie war.

Miss Stanislaus kam mit ausgestreckter Hand auf mich zu. »Ham Sie Ihr Portemonnaie da, Missa Digger?«

Ich reichte es ihr zusammen mit den Fotos. »Lassen Sie zehn Dollar drin, geben Sie ihr den Rest.«

»Den ganzen? Ich hab ihr schon gegehm, was ich hatt.«

»Den ganzen«, sagte ich.

Als sie zurückkam, legte sie mir eine Hand auf den Arm.

»Wissen Sie, was ich denk, Missa Digger?«

»Sagen Sie's mir.«

»Wie viele Einwohner ham wir auf Camaho?«

»Rund hunderttausend.«

»Eben.« Sie schniefte. »Camaho is zu klein, um arme Leute zu ham.«

»Was hat das jetzt mit unserem Fall zu tun?«

»Alles, Missa Digger. Glaum Sie mir.«

Wieder im Auto, zeigte sie auf ein ausladendes Plantagenhaus am Hang über dem Dorf, umgeben von alten Mahagonibäumen und Königspalmen.

»Vater von dem Baby«, sagte sie. »Anwalt namens Joe Carter. Miss Tamara hat fünf Monate für ihn gearbeitet. Er hat sie geschwängert. Als seine Frau es rausgefunden hat, hat sie sie gefeuert. Jetzt will er nix mehr von ihr wissen.«

»Erinnert mich an eine Geschichte«, sagte ich. »Mal von Olive Senior gehört?«

»Dassis keine Geschichte nich, Missa Digger, dassis wahres Leben auf Camaho. Das muss aufhörn.«

»Vielleicht hat Miss Olive genauso gedacht, als sie die Geschichte geschrieben hat. Okay, was haben wir rausgefunden?«

Die junge Frau hieß also Tamara, ihr Vater war ein ehemaliger Hotelier im touristischen Süden des Bezirks San Andrews. Er sei von der Insel geflohen, als Tamara noch klein war, sagte ihre Mutter. Sie sei ein gutes Mädchen, willensstark. Hatte versucht, das Haus des Anwalts anzuzünden, der sie mit dem Kind hatte sitzen lassen, und sein Auto mit Steinen beworfen, bis er ihr die Polizei auf den Hals hetzte. Sie wurde nur verwarnt, konnte danach aber im ganzen Umkreis keinen Job mehr finden.

Tamara fing an, tagsüber zu schlafen, um abends aus dem Haus zu gehen und erst in den frühen Morgenstunden zurückzukommen. Manchmal blieb sie tagelang weg, schickte aber immer über einen Busfahrer Geld für das Kind nach Hause.

Seit zwei Wochen hatte Miss Philo nichts mehr von ihrer Tochter gehört. Sie machte sich Sorgen. Hin und wieder sahen Nachbarn Tamara flüchtig in einem Restaurant oder Nachtclub in San Andrews, und sie berichteten ihr ausnahmslos davon.

»Vielleicht hatte sie genug von der Insel«, sagte ich.

»Nah.«

»Warum sind Sie da so sicher?«

»Sie hasst den Vater, Missa Digger, aber sie liebt das Kind. Is klar wie der Tag. Das zu machen, was sie macht, um ihr Kind durchzubringen, dassis Liebe.«

Miss Stanislaus bat mich, ihr noch einmal genau meine Begegnung mit Tamara und den beiden Männern im Flare zu schildern.

»Die beiden Ausländer ham sie immer noch, Missa Digger. Da bin ich sicher.« Sie sah mich besorgt an. »Mein Sie, sie steckt inner Klemme?«

»Ich *weiß*, dass sie in der Klemme steckt. Sie hat einen Mord zu erklären. Ich werd noch mal eine Suchmeldung rausgeben. Und für alle Fälle Caran benachrichtigen.«

Mein Handy brummte. »Digger!«

»Wer is da?«

»Ich, Malan. Habt ihr die Prostituierte schon gefunden?«

»Suchen noch.«

»Digger, ich find, du brauchst 'ne Pause. Wir fahrn Samstag nach Dog Island. Willst du mitkommen?«

»Hm, weiß nich.«

»Digger, ich hätt echt gern, dass du kommst.«
»Warum Dog Island?«
»Zeig ich dir dort. Außerdem, Sarona möcht dich besser kennenlernen. Kommst du?«
»Um welche Zeit?«
»Mittags, so gegen eins. Bring deine Freundin mit.«
»Mhmm.«
»Abgemacht?«
»Yep.«
»Vergisses nich, okay!«
»Nee. Bis dann.«
»Was hat der gewollt?«, brummte Miss Stanislaus missmutig.
»Das werd ich noch rausfinden.«
»Vorsicht, Missa Digger.«
»Mhmm.«

25

Wieder zu Hause, nachdem ich Miss Stanislaus abgesetzt hatte, fand ich Jana Ray auf meiner Treppe vor, einen Stoffbeutel neben sich und eine blaue Bauchtasche zu seinen Füßen.

Ich erkannte ihn kaum wieder. Er hatte die Haare frisch frisiert, sogar mit einem rasierten Designermuster an den Schläfen. Ein himmelblaues, langärmeliges Hemd, eine graue Hose und ordentlich gebundene Chucks. Am rechten Handgelenk eine neongrüne Casio-Uhr. Der Junge sah umwerfend aus.

»Jetzt auch noch unbefugtes Betreten, ja?«, sagte ich.

Er grinste breit. »Ich hab Ihnen was mitgebracht.«

Ohne den Strahl meiner Taschenlampe im Gesicht wirkte Jana Ray entspannt und selbstbeherrscht.

»Kann mich nicht erinnern, dir meine Adresse gegeben zu haben.«

Er griff in seine Bauchtasche und zog ein Handy heraus, eins von der billigen chinesischen Sorte mit zwei SIM-Karten-Schlitzen. »Im *Camaho Chronicle* war ein langer Artikel über Sie und äh, Miss … äh … DC Stan …«

»Stanislaus. Das ist schon 'ne Weile her.«

Er sah sich um, blickte hinauf zu den Mardi-Gras-Bergen. »Kleiner Ort hier.«

»Immer noch größer als der, aus dem du kommst.«

»Bei uns versperrn keine Berge den Blick aufs Meer.« Er grinste wieder, zog den Stoffbeutel zu sich heran und leerte ihn aus. Eine köstliche Auswahl der rarsten Früchte Camahos kullerte auf die Treppe: Gru-gru-Nüsse, Sternäpfel, Sapodillas und Mameys aus den Bergen, Wassermelonen, weißfleischige Guaven und kleine Stängel von Flusskrebs-Schilfrohr, die an den Bächen des Inselinneren gediehen, Rahmäpfel, Meertrauben und rote Pflaumen aus den Drylands im Süden.

»Wie lange hast du dazu gebraucht?«, fragte ich.

»Paar Tage. Mögen Sie so was?«

»Und wie. Du bist wohl einer, der nix annimmt, ohne was zurückzugeben, hm?«

Lächelnd senkte er den Kopf.

»Also, danke fürs Bedanken. Gefällt mir. Jetzt sag ich dir, wie's weitergeht. Ich werd dich jetzt reinbitten. Wir werden was essen, und dann mach ich meinen Job und vernehm dich.«

Ich ging hinein, hielt ihm die Tür auf. »Und ich will keine Lügen hören, sonst werden auch noch so viele Superfrüchte dich nich retten. Ich will Namen, alles, woran du dich erinnerst, was Lazar gesagt hat. Im Grunde will ich deinen Kopf von allem Wissen im Zusammenhang mit diesem Fall leeren, selbst von Sachen, von denen du nicht mal weißt, dass du sie weißt.«

Ich zeigte auf einen Stuhl und schenkte ihm was zu trinken ein. »Du bist achtzehn, also volljährig. Miss Stanislaus fand, ich hätte dich festnehmen sollen. Hab ich zwar nich, aber nix hält mich davon ab, das jetzt oder demnächst nachzuholen, verstanden?«

Er versteifte sich sichtlich. Dieselbe Unsicherheit und Verletzlichkeit wie neulich abends trat wieder zu Tage. »Als Erstes erzähl mir ein bisschen was von dir.«

Er berichtete von einer Mutter, die zu viel getrunken und seinem Vater nachgetrauert hatte, den er nur vom Hörensagen kannte. Sie hatte die ärztlichen Warnungen wegen ihres Alkoholkonsums ignoriert und war bei einem epileptischen Anfall gestorben. Es gab einen Onkel mit einem Laden nicht weit von seinem Dorf, für den er aber nicht existierte.

Er hatte sich selbst den Schulbesuch ermöglicht und sich mit Hilfe der Gelegenheitsjobs von Lazar ganz gut durchgeschlagen. Die Universität – darum kreisten all seine Gedanken. Studieren war ein Muss, denn … Er zeigte auf seinen Kopf. »Ich hab Pläne, Missa Digger. Noch ein, zwei Jahre, dann bin ich weg, ab zur Uni. Wolln Sie wetten?«

Nein, wollte ich nicht, sagte ich. Ob er sicher sei, dass Lazar in letzter Zeit keine neue Frau bei sich gehabt hatte?

Lazar war ein Hund, antwortete er, hatte jede Menge Frauen gehabt. Für ihn, Jana Ray, sei das nichts, dieser Lebensstil.

Ich fragte ihn, wieso.

»Is Verschwendung, Missa Digger. Und Verschwendung is nich gut. Aus meiner Sicht sind Frauen, hm, Ökosysteme. Greift man irgendwo ein, wirkt sich das auf 'n andern Teil aus. Is das, was Lazar und so Typen nich verstehn.«

»Und was sind Männer?«

»Auch Ökosysteme.« Er senkte den Blick, lächelte. »Nur nicht so komplex.«

»So denkst du?«

»Mhmm.«

»Du wirst Miss Stanislaus gefallen! Hast du irgendeine Idee, warum Lazar umgebracht wurde?«

»Lazar hat Geschäfte mit Leuten von überall gemacht. Von ganz oben bis tief unten. Könnt jeder von denen gewesen sein.«

»Wo ist ›überall‹?«

»Vincen Island, Kara Island … Ich hab die sogar von Europa reden hören.«

»Europa!«

»Hab ich gehört.«

»Du nennst mir keine Namen.«

»Ich weiß keine Namen.«

»Du hast Kara Island erwähnt. Ist dir schon mal ein Mann namens Juba Hurst untergekommen?«

»Ich glaub, Shadowman is von dort.«

»Wer ist Shadowman?«

»Was?«

»Du hast gerade von einem Shadowman gesprochen. Wer ist das?«

Eine plötzliche Veränderung hatte ihn überkommen – sein Mund war schlaff geworden, er schlang die Arme um sich, leichtes Beben in den Schultern.

»Du denkst, dieser Shadowman hat Lazar getötet?«

»Was?« Er schüttelte den Kopf, wandte den Blick ab.

»Wer hat ihn getötet, Jana Ray?«

»Ich sag Ihnen doch, ich weiß es nicht.« Seine Stimme klang plötzlich ein paar Lagen höher.

»Und ich sag dir, du hast 'ne ziemlich genaue Vorstellung. Was glaubst du also, wer Lazar Wilkinson umgebracht hat?«

»Wie gesagt, es könnt ...«

»Jeder gewesen sein, ja, ja. Kann es aber nicht. Jemand hatte ein klares Motiv, ihn beseitigen zu wollen, und ich denke, du weißt, wer.«

»Missa Digger, ich will einfach nur zur Schule gehn und studieren. Das machen, was ich mir vorgenommen hab. Ich will nix mehr damit zu tun haben.«

»Mit was nix mehr zu tun haben?«

»Da läuft irgendwas Großes, deshalb ham sie Lazar umgebracht. Villeich is er zu gierig geworden, villeich wollt er auch nix mehr damit zu tun haben.«

»Nix mehr mit was zu tun haben, Jonathon Rayburn? Mit was?!«

Jana Ray hatte sich in ein nervöses Wrack verwandelt, schwitzte stark. Ich schenkte ihm nach und sah zu, wie er den Sauersacksaft hinunterstürzte, das leere Glas auf dem Boden abstellte. Angst, dachte ich. Nein, Todesangst.

»Möchtest du noch was trinken?«

Er schüttelte den Kopf.

»Hör mal, Junge, du meinst, ich bin grob zu dir? Also, ich hab einen Kollegen bei der Polizei, der würde garantiert alles aus dir rauskriegen, und du würdest mit ein paar gebrochenen Knochen dafür bezahlen, dass du ihm die Zeit gestohlen hast. Du kannst dich also glücklich schätzen. Magst du Musik?«

Er zuckte die Achseln.

»Kennst du John Coltrane? Nein? Irgendwann erzähl ich dir mal von ihm.« Ich schob »A Love Supreme« in meinen CD-Player. Er hörte gebannt zu, mit gerunzelter Stirn, ganz Ohr.

»Mir gefällt die Struktur«, sagte er, stand dann auf und ging zu meinem Bücherregal. Mit ausgestrecktem langem Arm betastete er die Rücken, zog ein Buch heraus, strich über den Einband. Jetzt wirkte er ganz anders: ernst, konzentriert, erwachsen. Wie jemand, der etwas von Büchern versteht und ihren Wert schätzt.

»Phytochemie – kann ich mir das ausleihen?« Jana Ray zeigte mir das Cover.

»Das nicht.«

»Welches dann?«

»Keins davon.«

Er legte das Buch auf die Küchenarbeitsplatte. »Ich hab 'ne Frage zu Pflanzenchemie für meine Prüfung. Brauchen Sie das denn überhaupt?«

»Ist mein Buch, Freundchen, hab ich mir gekauft. Dein neues Ding, Leute mit Pflanzen vergiften?«

»Sie haben mir noch nix von sich erzählt.«

Ich gab ihm eine Kurzfassung, sprach von meiner Großmutter, die mich aufgezogen hatte, meiner ermordeten Mutter und dem Loch in meinem Innern seit ihrem Tod, der Sehnsucht nach so etwas wie einer Familie, die ich manchmal verspürte.

Er nickte verständnisvoll, seine Miene zugleich ernst und abwesend. Dann erzählte ich ihm noch, wie ich meine Stelle beim San Andrews CID bekommen hatte. »Chilman hat mir die Pistole auf die Brust gesetzt und mich gezwungen, bei seiner neuen kriminalpolizeilichen Einheit mitzuarbeiten. Klare Erpressung, kann man nicht anders sagen.«

Jana Ray fand das ziemlich komisch, ich immer noch nicht so recht.

»Hat er euch wirklich alle von der Straße aufgelesen?«

»So stellt er es jedenfalls gern dar. Genau wie du hab ich mich selbst zur Schule geschickt. Mein Vater wollte nichts von mir wissen.«

»Sie kennen Ihren Vater?«

Ich nickte.

»Wie ist er, Missa Digger?«

»Einer, der erst jetzt was mit mir zu tun haben will.«

»Weil was aus Ihnen geworden is?«

»Weil ich mich zu jemand entwickelt hab, den er gern seinen Sohn nennen würde. Wenn ich kleiner, dunkelhäutiger oder, was weiß ich, ein Dieb wär, würd er mich möglicherweise immer noch verleugnen.«

Es war schon spät, als Jana Ray auf seine neue Uhr sah und sagte, es sei Zeit für ihn zu gehen.

Ich bot an, ihn nach Hause zu fahren, doch er wollte sich nur bei Cross Gap Junction absetzen lassen, von wo aus er den Bus nehmen oder laufen könne.

An der Tür zögerte er. »Dürft ich mir nich doch das Buch ausleihen? Bei der Phytochemie geht's nicht nur um Gifte, so viel weiß ich.«

»Es war sehr schwierig zu bekommen ...«

»Ich pass gut drauf auf. Schwör's bei meinem Leben.«

»Ich nehm dich beim Wort, Wunderknabe. Wehe, wenn nicht. Los, fahren wir.«

Kurz vor Cross Gap Junction fiel mir etwas ein. »Was hast du am Samstag vor?«

Er zuckte die Achseln.

»Warst du schon mal auf Dog Island?«

»Hab davon gehört.«

»Wir ham da 'ne kleine Sause. Du würdest auch meine Freundin kennenlernen, sie leitet die Co-op-Bank. Ich hab sie gebeten, 'nen Job für dich zu finden.«

»Ich will keinen Job nich, Missa Digger. Danke, aber ich komm klar.«

»Du willst keinen Job!«

»Aber ich könnt trotzdem mitkomm, wenn Sie wolln.« Es klang, als würde er mir einen Gefallen tun.

»Okay, dann hol ich dich am Samstag ab.«

Ich sah ihm nach, während er aufrecht und leichtfüßig davonging, seine weißen Stoffturnschuhe in der Dunkelheit aufblitzten. Jana-Ray, Junge, Jüngling, schlüpfrig wie ein Flussaal. Miss Stanislaus hatte recht. Ich hätte ihn festnehmen sollen.

Vielleicht.

26

Am Freitagmorgen wachte ich mit einem Brummschädel auf. Die ganze Nacht waren mir alle möglichen Fragen im Kopf herumgeschwirrt.

Was steckte wirklich hinter dem Mord an Lazar Wilkinson? Warum erwürgte jemand sein Opfer, schnitt ihm dann noch die Kehle durch und stellte ihn am Rand einer öffentlichen Straße zur Schau? Wenn das eine Warnung an andere sein sollte, warum gleich eine so brutale?

Auf Jana Ray zu stoßen, war mir zuerst wie ein Glücksgriff erschienen, eine Chance, nützliche Antworten von jemandem zu bekommen, der für Lazar gearbeitet hatte. Doch schon meine kurze Befragung hatte aus dem Jungen ein stammelndes Häufchen Elend gemacht. Mir war klar, dass ich ihn möglichst bald dazu bringen musste, sich dem zu stellen, was ihm solche Furcht einjagte. Ihn dazu zwingen musste, es in Worte zu fassen, damit Miss Stanislaus und ich an die Wurzel des Übels gelangen konnten. Um sie auszureißen!

Merkwürdig, dass Jana Ray die Frau nicht kannte, die von den kleinen Jungs in Beau Séjour zusammen mit Lazar gesehen worden war. Und warum zum Teufel sollte eine junge Camahoerin sich mit zwei Ausländern zusammentun, um einen Camahoer, den sie kannte, auf solch grausame Weise umzubringen? Das ergab für mich keinen Sinn.

Meine Gedanken kehrten zu Juba Hurst und dem schnell näher rückenden Verfahren zurück. Ich sah Miss Stanislaus und mich vor ein paar Superintendents, dem Polizeichef und natürlich dem Justizminister stehen. Stellte mir vor, wie ich den Mord an Lazar Wilkinson ins Feld führte, an einem *unserer Mitbürger*, und betonte, dass es von *ausschlaggebender Bedeutung* sei, die beiden Fremden zu finden und festzunehmen, die mutmaßlich an dem *abscheulichsten* Mord, den Camaho je gesehen hatte, beteiligt waren. *Unvorstellbar* für mich, diese Aufgabe ohne die Hilfe und Unterstützung von Miss Stanislaus zu bewältigen. Im Übrigen, war ihnen denn nicht klar, dass eine Camahoerin, *Mutter eines kleinen Babys*, von besagten Verdächtigen wahrscheinlich als *Geisel* gehalten wurde? Doch je länger ich meine Argumentation im Kopf probte, desto weniger überzeugt war ich von ihrer Wirkung auf einen Haufen starrgesichtiger, übersättigter alter Säcke, darunter mein verdammter Vater.

Und selbst wenn es mir gelänge, Juba irgendein Tötungsdelikt anzuhängen – würde diese Art Rufmord an dem Kerl genügen, um Miss Stanislaus zu entlasten? Denn mehr wäre es streng genommen nicht, nur ein Rufmord zu dem Zweck, einem Tribunal aus alten Knackern vor Augen zu führen, wozu Juba Hurst fähig gewesen war. Noch lange kein Beweis dafür, dass Miss Stanislaus in Notwehr gehandelt hatte. Trotzdem, soweit ich es sah, wäre es mein stärkstes Argument, Juba einen Mord nachweisen zu können, und wahrscheinlich die einzige echte Chance, das Tribunal dazu zu bewegen, die Anklage gegen Miss Stanislaus fallen zu lassen.

Ich dachte an die Suche, mit der ich Benna und ihr Team betraut hatte, und mein Herz machte einen Satz.

Jetzt kam es nicht mehr nur darauf an, Koku Stanislaus zu finden, sondern ihn rechtzeitig zu finden – immer vorausgesetzt, Miss Stanislaus lag richtig mit ihrem Verdacht.

Ich schob diese Gedanken fürs Erste beiseite und machte mich bereit für den Prozess gegen Buso.

Das Gericht war ein Saal in einem der Regierungsgebäude in Canteen. Bei meiner Ankunft drängten sich zahlreiche Leute auf dem kleinen Platz davor, die meisten davon Jungen im Teenageralter, die irgendwelche Papiere in den Händen hielten und ziemlich verloren aussahen.

Superintendent Gill hatte recht gehabt: Der Vorsitzende Richter war eine Frau. Sie stammte aus Barbados, breites Gesicht mit herabgezogenen Mundwinkeln, von Respekt einflößendem Umfang und Auftreten. Die Richterin duldete keins der theatralischen Mätzchen des Verteidigers und beschied ihm, dass es in ihren Augen einer Tätlichkeit gleichkam, mit dem Finger aus nächster Nähe auf das Gesicht eines Zeugen zu zeigen. Überdies sei es verleumderisch, unangebracht und eine Missachtung *ihres* Gerichts zu unterstellen, dass das Opfer eine Hure gewesen sei.

Officer Busos Verteidigung griff auf überschwängliche Leumundszeugnisse von seinen Arbeitskollegen zurück, woraufhin die Staatsanwaltschaft seine Frau in den Zeugenstand rief. Sie zeichnete das Bild eines jähzornigen Mannes, der brutal zu seinen Kindern war und sie selbst beim kleinsten Ärgernis schlug und herumschubste. Sie habe die Scheidung eingereicht, sagte sie abschließend.

Ich wurde als Letzter aufgerufen und machte meine Aussage vor einem sehr still gewordenen Gerichtssaal.

Am Ende erhielt Buso keine Gefängnisstrafe, sondern wurde zu einer Geldbuße von 15 000 Dollar verurteilt. Außerdem musste er für den Unterhalt der Kinder des Opfers aufkommen, einschließlich ihrer Schulausbildung bis zum 14. Lebensjahr. Das Geld, erklärte ihm die Richterin, werde direkt von seinem Gehalt abgezogen. Damit ließ sie ihren Hammer niedergehen, und für mich war das besser als nichts.

Mehrere Gesichter drückten sich an die Fenster von San Andrews Central, als ich in den Innenhof der Dienststelle fuhr. Offenbar hatte sich das Urteil schon herumgesprochen.

Superintendent Gill wirkte überrascht, mich zu sehen. Malan lehnte an dem Wasserspender am anderen Ende des Gangs und hielt einen Plastikbecher an die Lippen, während seine Augen über meinen Körper wanderten, zweifellos, um zu prüfen, ob ich auf ihn gehört und meine Waffe angelegt hatte. Mit einem finsteren Blick zu ihm setzte ich mich an meinen Schreibtisch.

Einen von Chilmans Ratschlägen dagegen hatte ich beherzigt und mich mit dem Rücken zur Wand platziert, so dass ich jede Annäherung sofort bemerkte. Switch kam aus einem der hinteren Zimmer, Machete im Schlepptau. Skelo folgte mit ein bisschen Abstand und blieb beim Wasserkühler stehen, um ein paar Worte mit Malan zu wechseln. Ich rechnete mit ihrem üblichen hasserfüllten Starren, den mörderischen Mienen. Doch sie ignorierten mich, Switch und Machete stießen die Tür auf und gingen hinaus.

Gerade legte ich eine Merkliste mit all dem an, woran ich denken musste, wenn ich hinsichtlich Miss Stanislaus' Verfahren Fortschritte machen wollte, als die Männer zurückkehrten. Skelo ging an mir vorbei und stieß an der Tür fast mit Machete zusammen, der einen Becher in der Hand hielt und ihm absichtlich den Weg versperrte. Skelo saugte zischend an seinen Zähnen und schlug Machete den Becher aus der Hand.

Ich war schon aufgesprungen und von meinem Schreibtisch weggehechtet, als der Becher die Wand hinter meinem Stuhl traf.

Malan kam herbeigerannt. »Wassis hier los?«

Jede Unterhaltung in dem Großraumbüro erstarb, jeder Kopf drehte sich in unsere Richtung. Eine Telefonistin sog Luft durch die Zähne und sah Skelo voller Abscheu an.

Ich drängte mich an Malan vorbei und eilte zur Toilette, wo ich mein Hemd auszog und die Brusttasche abriss. Beim Wasserspender schnappte ich mir einen Plastikbecher, ging damit zurück zu meinem Schreibtisch und ließ das kleine Stück Stoff in die Pfütze auf dem gefliesten Boden fallen. Dann zog ich einen Schuh aus und schob es mit der Spitze in den Becher. Wenn Skelo etwas auf mich schleuderte, war es gewiss nichts Harmloses.

Als ich aufsah, waren Switch und seine Kumpane verschwunden.

Die Telefonistin eilte herbei, blickte auf den Becher in meiner Hand und fragte besorgt, was passiert sei.

»Alles okay«, sagte ich.

Superintendent Gill kam mit einer anderen Rezeptionistin aus seinem Büro. »Was ham die jetzt wieder angestellt?«, knurrte er.

»Nix passiert«, sagte ich.

Er sah den Becher an, sah mich an. »Was hast du da?«

»Weiß ich noch nicht.«

»Ich hab dir doch gesagt, dass du nicht herkommen sollst. Wieso …«

»Nicht ich bin das Problem, Sir. Warum geben Sie mir die Schuld?«

Er wirkte auf einmal beschämt, ratlos. Ich kehrte ihm den Rücken zu.

Mein Schreibtisch hatte ein Sprenkelmuster im Lack, wo die Tropfen darauf gefallen waren.

Ich nahm meine Tasche und verließ das Büro.

Die drei Männer standen zusammen am anderen Ende des Parkplatzes bei ihrem Dienstfahrzeug, hatten die Arme aufs Dach gelegt. Machete zeigte mir sämtliche Zähne, die anderen beiden taten, als sähen sie mich nicht.

Ich schloss mein Auto auf, legte den Becher auf den Rücksitz und stieg ein. Malan rief mich. »Digger, wassis passiert?«

»Werden wir noch sehen.«

»Wassis in dem Becher auf deim Rücksitz?«

»Werd ich herausfinden.«

»Wohin willst du jetzt?«

»Was sollen all die Fragen, Malan Greaves? Ich vertrau

dir nicht mehr. Du hast mich in diese Situation gebracht, und ich bau nicht darauf, dass du mir wieder raushilfst.«

»Digger, so war das nicht geplant.«

»Leck mich, Malan.«

Ich fuhr los.

Zu Hause stellte ich den Becher in die Küchenspüle, träufelte etwas Wasser aus dem Hahn darauf und ließ ihn einen Moment so stehen. Ich kramte nach einem Schwamm unter der Spüle und goss den Inhalt des Bechers darüber. Der Schwamm löste sich nach und nach zu einer schwarzen Masse auf. Säure – aus einer Autobatterie, schätzte ich. Wahrscheinlich Schwefelsäure.

Fünf verpasste Anrufe von Malan.

Der Mann war mir ein Rätsel – heißblütig in einem Moment, eiskalt im nächsten. Ich schenkte mir ein Glas Wasser ein und hörte meine Nachrichten ab. Dessie wollte sich später mit mir treffen. Miss Stanislaus fragte, ob ich was Neues im Fall Lazar Wilkinson hatte. Chilman gab nur ein schleimiges Husten von sich und legte auf.

Ich rief Malan zurück, der sofort abnahm. »Digger, die Bürotante hat mir deinen Schreibtisch gezeigt. Mit was ham die dich beworfen?«

»Schwefelsäure, aus 'ner Autobatterie. Bin mir sicher.«

»Monkey Juice?«

»So nennst du das?«

Er schwieg so lange, dass ich dachte, die Verbindung sei unterbrochen. »Wer von denen war das?«

Ich antwortete nicht.

»Wette, es war der Hirnkranke – der, den sie Machete nennen. Den hab ich im Auge! Okay, notier dir das.« Plötzlich klang er wieder ganz sachlich. »Die drei chillen gern in einem Spiellokal namens Rock Box in Willis, immer so gegen zehn, elf Uhr abends. Switch is so blöd wie du und trägt keine Pistole. Es heißt, er hätt mal aus Versehen seine kleine Tochter damit getroffen, seitdem nix mehr. Aber er hat immer paar Fischmesser dabei. Weißt du, wo das is?«

»Find ich schon.«

»Nimmst du die Irre mit?«

»Nee.«

Er schwieg wieder einen Moment, hüstelte dann. »Digger, ich hab den Deppen gesagt, sie solln dich in Ruhe lassen, weil sie keine Ahnung ham, was sie sich da einbrocken. Aber sie hörn einfach nich! Also! Wer nicht hören will, muss fühlen, nichwahr?« Er legte auf.

Ich warf mich aufs Sofa.

Meine Gedanken schweiften zu meinem einjährigen Fortbildungslehrgang in England ab, zu einer weißhäutigen Frau mit wunderschönen rotbraunen Haaren, die sich um ihren Kopf ringelten und mich an Hobelspäne erinnerten. Ich trug ein Bild von Nuala Quinn in mir, wie sie an ihrem Schreibtisch vor unserem aus neun Männern bestehenden Kurs saß. Wir kamen aus allen Teilen der Welt – Nordamerika, Mittlerer Osten, ein paar Westafrikaner und zwei Engländer, ein schwarzer und ein weißer – und wollten alle auf dem Gebiet der Forensik arbeiten.

Es war am Ende des Lehrgangs, die letzte Stunde bei unseren Dozenten. Alle kamen herein, beantworteten noch ein paar restliche Fragen, wir schüttelten uns die Hände und wünschten uns alles Gute.

Zum Schluss kam Nuala Quinn. Sie war eine Kriminologin, deren Vorstellung von Unterricht darin bestand, ausgedehnte, kaum vernehmbare Selbstgespräche zu führen, als wären wir gar nicht vorhanden. Die meisten meiner Mitstudierenden hörten nicht zu und beschäftigten sich mit anderen Arbeiten. Ich dagegen war fasziniert von der Denkweise der Frau und vermutete, dass sie das wusste.

An diesem letzten Tag sagte sie gar nichts, setzte sich hin und beugte den Kopf über ein schmales Buch mit dem Titel *Ein guter Mensch ist schwer zu finden*.

Ich war enttäuscht. Hatte auf irgendein tolles Schlusswort von ihr gehofft, einen granatenmäßigen Gedanken, den ich mit zurück nach Camaho nehmen konnte. Aber nix! Die verflixte Frau saß einfach da und las ihr Buch.

Am Ende dieses Nicht-Seminars sammelten alle ihre Sachen zusammen und strebten zum Ausgang. Ich blieb sitzen und verbarg meine Unzufriedenheit nicht.

Da machte sie den Mund auf, lächelte breit und fragte mit ihrem spöttischen, singenden irischen Tonfall in den Raum hinein: »Haben Sie schon herausgefunden, welcher Typ Sie sind?«

Die anderen blieben stehen, drehten sich um. Niemand sagte etwas.

Nuala Quinn hob die Hand und zeigte uns drei Finger. »Es gibt, grob gesprochen, drei Typen von Polizisten: den Fußsoldaten, den Priester und den Barbaren.« Sie legte ihr Buch auf dem Schreibtisch ab und stand auf. »Der Fußsoldat befolgt Befehle, denn er lässt gern für sich denken. Der Priester bewirkt nicht immer Gutes, meint es aber gut. Der Barbar ist« – sie warf ihre Haare mit einer kurzen Kopfbewegung zurück, so dass ihr Gesicht und ihr Hals freigelegt wurden – »der Wurm im Gebälk. Er verwirklicht sich selbst innerhalb der Strafverfolgungsbehörde. So viele Gelegenheiten, jemandem wehzutun, Schädel zu zertrümmern, Leben zu zerstören. Einer, der einen lebend in ein Einsatzfahrzeug wirft und tot übergibt. Das Gesetz ist ein Deckmantel für seine Gesetzlosigkeit. Welcher von denen sind Sie?« Sie nahm ihr Buch. »Und was haben sie gemeinsam, diese drei?«

Sie hängte sich ihre Schultertasche um und ging mit nachdenklichem Ausdruck zur Tür, als suchte sie selbst die Antwort auf ihre Frage.

»Kontrolle«, sagte ich. »Beziehungsweise der Wunsch, Kontrolle auszuüben.«

Sie sah mich an, lächelte und gab mir das Buch. »Mr Digson, Sie denken zu viel. Tut Ihnen nicht gut, wissen Sie.«

Nuala Quinn irrte sich. Wir waren immer alle drei – oder konnten es sein.

27

Um 23.32 Uhr hielt ich vor dem Rock Box. Ein langgestrecktes, schuppenartiges Gebäude mit einer großen, von bunten Glühbirnen umringten Terrasse, die auf einen Strand voller Felsbrocken hinausging. Die Außenwände waren mit Werbeplakaten für alkoholische Getränke tapeziert. Reihen von Klapptischen aus Holz mit Hockern drumherum. Switch, Machete und Skelo saßen in der hinteren rechten Ecke und hatten ein gutes Dutzend Bierflaschen vor sich stehen. Malan sah ich mit Sarona, die einen buntgemusterten Sarong trug und mir den Rücken zukehrte, in der Nähe des Eingangs.

Malan setzte seine Flasche an den Mund. Seine Lippen bewegten sich um den Rand, woraufhin Sarona prompt aufstand. Mit fließenden, schwingenden Bewegungen und direktem Blick kam sie auf mich zu, ging lächelnd an mir vorbei. Ich nahm einen Hauch ihres Parfüms wahr. Malan war mit einem Mal verschwunden.

Ich hatte die Terrasse halb überquert, als Switch mich bemerkte. Er starrte auf den Ledergürtel in meiner Hand, stellte sein Bier auf dem Tisch ab und murmelte etwas. Plötzlich war Skelo auf den Beinen, hager, spinnenartig in der schummerigen Beleuchtung, sein langer, schmaler Kopf schwankte auf seinem Hals. Er hatte sich eine Bierflasche geschnappt und schlug sie gegen die Tischkante, doch sie zerbrach nicht. Ich erledigte das für ihn. Er griff hinter sich an den Hosenbund, als meine Gürtelschnalle seine Schulter traf. Ich hörte das Knacken brechender Knochen. Er taumelte vorwärts, wollte mit der anderen Hand wieder nach seiner Waffe greifen, doch ich zertrümmerte sein Handgelenk, als er auf dem Boden aufschlug, dann sein Schulterblatt. Machete sprang auf den Tisch. Ich riss seinen rechten Fuß unter ihm weg, er landete auf dem Beton, und ich brach ihm den Oberarm, dann die rechte Ferse. Beide Männer lagen auf dem Bauch und stießen tiefe, röchelnde Schluchzer aus.

Switch hatte sich rückwärts in die Ecke gedrückt und irgendwo eine Eisenstange gefunden, von der Sorte, mit der Beton bewehrt wird. Vielleicht hatte er sie auch schon mitgebracht.

Um mich herum herrschte Panik, Stühle schabten über den Boden, im Lokal wurde eine Tür zugeschlagen. Switchs blitzende Raubtieraugen bohrten sich in mich. Eine neue Hitze stieg mir in den Kopf, ich taxierte ihn und griff das Ende des schweren Ledergürtels fester. In dem Moment ging Malan dazwischen.

»Schluss«, sagte er mit einem schmalen Lächeln, das Falten in sein Gesicht zeichnete. Ich ließ Switch nicht aus dem Blick und musste mich schwer beherrschen, um Malan nicht zur Seite zu stoßen und mich auf den Kerl zu stürzen.

Malan legte mir eine Hand auf die Schulter, die andere auf Switchs Brust. Switch ließ die Stange fallen. »Er hat grad deinen Arsch gerettet«, fauchte er.

»Nee«, sagte Malan, »ich hab deinen gerettet. Sonst hätt er dich kaltgemacht oder zum Krüppel. Du hast Digger nich ins Gesicht gesehn. Du kennst sein Gesicht nich. Ich kenn Diggers Gesicht. Ich hab euch gesagt, ihr sollt ihn in Frieden lassen – ihr habt einen gewaltigen Fehler gemacht. Jetzt setzt euch und trinkt was. Ich hab den Krankenwagen gerufen.« Er deutete auf Machete und Skelo. Machete wirkte bewusstlos. Skelo hatte sich vollgekotzt.

»Beim nächsten Mal bist du tot«, sagte Switch zu mir.

»Dann seid ihr alle auch ruckzuck tot«, sagte Malan. »Weil ihr's dann nich nur mit mir zu tun kriegt.« Er lächelte kalt. »Überhaupt, wenn die Irre mit Digger mitgekommen wär, wärt ihr jetzt sowieso alle hin. Könnt ihr glauben! Was trinkst du, Switch? Ich geb einen aus. Digger, bleibst du noch?«

Ich drehte mich um und ging zum Auto.

Sarona stand in der Nähe des Eingangs, halb verborgen hinter einer hohen Reihe Sauerampferpflanzen an der Seite des Gebäudes.

Sie sah aus wie ein Model unter der bunten Lichterkette, die am Dachvorsprung angebracht war. »Digger«, sagte sie.

Ich tat, als hätte ich sie nicht gehört.

28

Dog Island lag zwischen Kalivini Island und Coburn. Wenn es so etwas wie eine Drogenhauptstadt unter den Camaho-Inseln gab, dann war es Coburn. Eine Art Umschlagplatz für jede Sorte Marihuana, die auf den Antillen angebaut wurde. Es gab Typen hier, die allein durch Schnuppern die Stärke und die Herkunft jedes beliebigen Krauts bestimmen konnten, bis hin zu der genauen Region der Insel, auf der es angebaut worden war.

Solide Wohnhäuser aus Beton scharten sich um eine weite Lagune, ein Ruheplatz für Freizeitboote, die eher schwimmende Wohnwagen waren. Selbstgezimmert aus Teilen anderer Boote und mit trägen Dieselmotoren ausgestattet, mit deren Hilfe sie auf den Strömungen von Florida her nach Camaho trieben. Sie bildeten sozusagen die Unterschicht von Amerikas Bootswelt.

Dessie, Jana Ray und ich warteten am Landungssteg. Sie hatte den Jungen auf Anhieb gemocht, mir sogar zugeflüstert, er sei »sehr schön«.

Malan hatte angerufen, um Bescheid zu sagen, dass er und Sarona schon auf Dog Island waren und alles vorbereiteten. Spiderface, unser Bootsführer, würde uns am Anleger abholen.

Ich betrachtete die Häuser oben auf dem Hügel und fragte Jana Ray und Dessie, ob sie je von den »Akteuren« gehört hatten, Camahos ureigenen, selbstgezogenen Drogenbaronen.

»Wir sind stolz auf sie«, sagte ich.

Jana Ray warf mir einen Seitenblick zu und grinste. Der Kleine kannte mich schon ganz gut.

Seit ein, zwei Jahren gab es einen neuen Trend im Drogenhandel, fuhr ich fort. Minderjährige Jungen ohne Eltern oder ältere Geschwister, die auf sie aufpassten, wurden von der Straße aufgelesen und mit Booten raus aufs Meer geschickt, um das eine oder andere Päckchen verfeinertes Kokain abzuholen. Teil der Lieferkette, mit der die Touristen bei Laune gehalten wurden. Ob sie wüssten, dass Camaho die höchste Quote an wiederkommenden Feriengästen in der Region hatte? Tja, ich wettete, dass diese Päckchen dabei eine Rolle spielten.

Manchmal ging etwas schief. Ich erzählte ihnen von YouTube-Videos, auf denen wütende Venezolaner gekidnappte Camaho-Jungs mit Schusswaffen verprügelten und von denen, die diese Kids losgeschickt hatten, ihr Geld verlangten. Von einigen dieser Kinder hatte man nie wieder etwas gehört.

Dennoch verhafteten wir die Typen nicht, die diese Jungen hinausschickten. Wir ließen sie sich selbst zerstören.

»Weißt du, warum?«, fragte ich Jana Ray. Sein Blick wurde wachsam. »Weil das, was mit ihnen passiert, schlimmer ist als das Gefängnis. So viel Geld, und so wenig, was man damit anfangen kann. Sie können nicht mal richtig zählen, also bezahlen sie Schulkinder dafür, ihre Einnahmen zu addieren. Sie werfen das Geld zum Fenster raus. Wissen nicht, was sie mit sich anfangen sollen. Sie gucken sich paar Videos an, nehmen sich 'nen Filmstar zum Vorbild, der ihnen gefällt, und fangen an, wie er zu gehen und zu reden und sich anzuziehen, bis sie glauben, wie er zu sein.«

»Aber wieso verhaftet ihr die nicht?«, hakte Dessie nach. Sie hatte mir einen Arm um die Schulter gelegt und kraulte mir mit der anderen Hand den Nacken.

»Am Ende bringen sie sich um«, sagte ich. »Bis auf Bradley Grange, das war was anderes.«

Ich zeigte auf eine weiße Villa, die wie ein gestrandetes Schiff auf einer Landzunge über dem Meer thronte. »Er war ein Klassenkamerad von mir. Sein Vater hatte ihm 'n bisschen Verstand eingebläut, also baute er zwei Häuser auf dem Land seines alten Herrn. Man wusste nie, ob er da war, weil man nie Licht in seinem Haus sah. Clever konstruiert, wisst ihr, mit einem speziellen klimatisierten Keller, in den man nur reinkam, wenn man wusste, welche Türen man in welcher Reihenfolge öffnen musste. Es gab auch einen Swimmingpool auf dem Grundstück, den er aber unter einer Plane versteckte.«

»Was war anders an ihm?« Dessie bohrte ihr Kinn in meine Schulter.

»Na, vor allem war er nicht ganz ungebildet. Während die anderen Camaho-Jungs ihre Vorbilder im Kino suchten, war Bradleys Ideal seine Vorstellung von einem englischen Gentleman – breitkrempiger Hut, ihr wisst schon, Pfeife zwischen den Zähnen und das demokratischste Grinsen, das man sich denken kann. Er hörte sogar auf, mich Digger zu nennen.«

»Wie hat er dich dann genannt?«, fragte Jana Ray gespannt.

»Michael De-guude-Sohn.«

Der Junge schmiss sich weg. Auch Dessie schüttelte sich vor Lachen.

»Okay, ihr hattet euren Spaß, es reicht jetzt.«

Spiderface kam und fuhr in schwungvollem Bogen an den Anleger heran. Ich nahm Dessies Hand und half ihr beim Einsteigen. Jana Ray sprang an Bord.

»Erzählen Sie sie zu Ende, Missa Digger – die Geschichte.«

»Is keine Geschichte, is Tatsache.«

Jana Ray hob auffordernd die Hände.

»Tja, eines Montagmorgens in aller Frühe fanden wir Bradley ertrunken in seinem Swimmingpool, von dem eigentlich niemand etwas wusste.«

Ich hielt seinen Blick fest. Er sah weg.

Wir lagerten in einer kühlen, grasbewachsenen Höhle an einer Lichtung am Hang. Dessie warf immer wieder verstohlene Blicke auf Sarona und Malan, und ich fragte mich, was in ihr vorging. Sarona trug einen himmelblauen, um einen gelben Badeanzug gewickelten Sarong. Malan benahm sich kühl zu Jana Ray – die übliche Reserviertheit eines Polizisten gegenüber männlichen Jugendlichen –, aber nicht unfreundlich.

Irgendwann standen wir nebeneinander und blickten auf eine Landzunge, die sich etwa anderthalb Kilometer vor uns erstreckte. Er lächelte schmallippig. »Hübsche Frauen, alle beide«, sagte er. »Gefällt mir. Ich will kein Vergleich nich anstellen, weisde, aber ...«

»Wolltest du deshalb, dass ich Dessie mitbringe?«

»Nah, ich bin zufrieden mit dem, was ich hab. Bin wegen dem Bock hier.« Er zeigte auf eine Anhöhe über der Klippe.

Zuerst verstand ich nicht, was er meinte, doch dann fiel der Groschen.

Ich schüttelte den Kopf. »Nah.«

»Ich hab das SWS mitgebracht.« Er deutete mit dem Kinn auf das lange Futteral, das ein Stück hinter den Frauen am Stamm eines Manchinelbaums lehnte.

»Was willst du damit beweisen, Malan? Lass den verdammten Bock in Ruh.«

Er explodierte. »Leck mich, Digger. Ein Mann macht, was er will. Er will Ziegenfleisch, also kriegt er Ziegenfleisch.«

Schon seit Monaten redeten die Typen in der Armee und in San Andrews Central von einem Ziegenbock, den sie schießen wollten. Ein Dog-Island-Bock mit einer stolzen, gedrehten Hörnerkrone, den man aus zwei Kilometern Entfernung sah, wenn er sich vorm Himmel abzeichnete. Das Problem war, dass sie ein Boot besteigen mussten, bevor sie das Ziegencurry machen konnten, auf das sie so scharf waren, und deshalb war es bisher nicht dazu gekommen.

Vor einigen Jahren hatte jemand ein halbes Dutzend dieser Tiere auf der Insel freigesetzt. Sie verwilderten und gediehen ungestört auf dem spärlichen Grasbewuchs. Die Leute von Coburn behaupteten, die Männchen riechen zu können, vor allem in der Trockenzeit, und obwohl sie die Ziegen kaum je zu Gesicht bekamen, wurden sie doch durch die Trampelpfade an den Hügelhängen stets an sie erinnert.

Ein besonderes Alphamännchen war aus der Herde hervorgegangen. Abends kletterte es auf einen Felsvorsprung und blickte in den Sonnenuntergang, ein prächtiges, bärtiges Wesen, das während der halben Stunde, die die Sonne brauchte, um im Meer zu versinken, dort stand, seine Silhouette immer dunkler mit dem schwindenden Licht. Die Kinder von Coburn kamen heraus auf den Anleger, um das Tier zu bewundern, und manche blieben noch lange dort, nachdem die Nacht es verschluckt hatte, so lange, bis ihre Eltern sie riefen und aus ihren Träumen rissen.

Das wusste ich, weil ich den Ziegenbock selbst schon gesehen hatte und glaubte, das Gleiche zu fühlen wie die Kinder, wenn sie ihn dort mit geraden Beinen und erhobenem Kopf aufs Meer hinausschauen sahen. Eine lebendige Kreatur, eins mit ihrer Welt und sich selbst genügend.

Ich ging zurück zu Jana Ray, Dessie und Sarona. Die beiden Frauen hörten dem jungen Mann fasziniert zu, der über Seeigel und Seepferdchen sprach. Er hatte eine angenehme Sprechweise und eine ruhige, wohltönende Stimme, klang weder angeberisch noch arrogant. Nur begeistert von seinem Thema.

Er unterbrach sich, als Malan nach Sarona rief. Sie stand vom Gras auf und lief zu ihm.

Jana Ray sah mich forschend an.

»Was ist?«, fragte ich.

Er zuckte die Achseln, lächelte. »Dachte gerade, Ihnen is 'ne Laus über die Leber gelaufen. Diese Sarona hat mich gefragt, ob ich Ihr Bruder bin.«

»Und was hast du geantwortet?«

»Ich hab gesagt, wir sind, äh, Freunde. Also irgendwie, mein ich ...«

»Du hättest einfach ja sagen sollen.«

Sein Ausdruck wurde weich, er wusste nicht, wo er hinsehen sollte. »Cool«, murmelte er und lächelte zum Himmel hinauf.

Dessie döste mit dem Kopf in meinem Schoß. Jana Ray murmelte etwas davon, einen Spaziergang um die Insel machen zu wollen.

Mit ungutem Gefühl starrte ich auf die lange Gewehrtasche. Das Tier würde zwar weit weg sein, aber ich hatte Malan schon Menschen aus großer Entfernung mit diesem Gewehr erschießen sehen.

Er stand mit Sarona dort drüben am Wasser, sie an ihn geschmiegt und zu ihm aufsehend, während die Wellen um ihre Füße spülten.

Irgendwann musste ich ebenfalls eingenickt sein, denn das Geräusch von Spidermans Motor weckte mich. Dessie setzte sich gleichzeitig mit mir auf.

Sarona kam zu uns herüber, ihre kurzen Haare wie ein Heiligenschein vor der tiefstehenden Sonne. Ich konnte die feinen Härchen auf ihren Armen erkennen. Wieder dieser heimliche Blick von Dessie. Ich sah auf meine Uhr, dann zu dem Felsvorsprung hinauf. Malan holte die Gewehrtasche und ging auf eine Art primitiven Anleger aus Stein weiter vorn zu.

Die Sonne färbte das Wasser gerade gelblich, als der Ziegenbock erschien. Dessie folgte meinem Blick und schnappte nach Luft.

»Mein Gott«, hauchte sie. »Er ist ...«

»Wunderschön«, sagte ich. »Malan will ihn abschießen.«

Ihr Kopf fuhr zu mir herum. Ich war nicht sicher, ob ihre Miene Erregung oder Fassungslosigkeit ausdrückte.

»Was läuft?«, fragte Jana Ray und ließ sich neben mich fallen.

»Malan will einen Ziegenbock schießen.« Ich zeigte auf das Tier.

Jana Ray sah zu ihm hinauf, sah dann uns beide an. »Warum?« Ich hätte ihn umarmen können, weil er plötzlich so wütend war. »So was Sinnloses.«

Er versank in Schweigen, hob dann wieder den Kopf. »Wo ist er?«

Ich zeigte auf die kleine Mole. Jana Rays Blick schwenkte zu der Silhouette des Ziegenbocks hinauf, dann hinunter zu Malan.

»Zu weit weg«, sagte er lächelnd.

In dem Moment hörten wir das Krachen des M24. Sahen, wie das Tier sich aufbäumte und die Vorderhufe in die Luft schlug. Dann rutschte es über die Klippe, ein schwarzer Schatten, der unter Jana Rays empörten Schreien ins Leere stürzte.

Saronas Augen waren zwei dunkle Tümpel, ihre Lippen bewegten sich leicht. Unsere Blicke trafen sich, ich bemerkte ihre geblähten Nasenflügel, den zarten Flaum an ihrer Kinnlinie, das Perlmuttrosa ihrer Ohrringe.

Dessie regte sich hinter mir. »Digger, gehen wir ein bisschen spazieren.«

Ich folgte ihr durch ein Wäldchen landeinwärts. Sie lehnte sich an einen Baumstamm und winkte mich herbei. Ich ließ mich von ihr in die Arme nehmen.

»Alles in Ordnung?«, fragte ich.

Sie nickte, nahm meine Hand und legte sie sich auf den Oberschenkel. »Wenn du willst ...«

»Was ist los, Dessie?«

»Ich mag sie nicht. Hab nie gemocht, wie ...« Der Rest ging in einem Murmeln unter. »Mir gefällt nicht, wie sie dich ansieht, und mir gefällt nicht, wie du ...« Sie holte tief Luft, nahm meine Hand und stieß sich von dem Baum ab. »Lass uns zurückgehen.«

Malan und Sarona waren nicht da. Ich glaubte, Saronas Liebesschreie irgendwo in der Nähe zu hören, es konnten aber auch die Möwen sein.

Jana Ray lag auf dem Rücken, seine blaue Bauchtasche unterm Kopf, die Beine übereinandergeschlagen, und starrte in den Himmel.

Ich hockte mich neben ihn. Er sah mir ins Gesicht, ein fester, zorniger Blick. »Arschloch«, sagte er.

Es war nicht ganz klar, ob er Malan meinte oder mich.

29

Ich fuhr zu San Andrews Central, um mit Superintendent Gill zu sprechen. Er musste auf mich gewartet haben, denn er stand an der Tür, als ich kam. Auf der Wache ging es merklich entspannter zu und auf jeden Fall lauter. Die Sekretärinnen an ihren Schreibtischen führten eine angeregte Unterhaltung über Techtelmechtel-Männer und richtige Männer.

Der Superintendent machte ein finsteres Gesicht. »Digson, kommen Sie bitte in mein Büro.« Seine Stimme klang barsch und laut genug, um bis ins hinterste Zimmer zu dringen. Ich stellte mich auf eine Standpauke ein und folgte ihm.

Mitten auf seinem Schreibtisch stand ein Tablett mit einem Krug voll mit etwas, das nach Sorrel, gewürztem Hibiskustee, aussah, und zwei umgedrehten Gläsern.

Er manövrierte sich um den Tisch herum, setzte sich und sah mich an. Plötzlich hatte ich einen anderen Mann vor mir. Ein breites Lächeln zog sich über seine Miene. »Digson, mein Junge, willst du was trinken?«

Bevor ich antworten konnte, hatte er schon die Gläser genommen und schenkte ein, reichte mir eines. »Tut mir leid wegen dem Anschnauzer da draußen, ich musste den Schein waren, nichwahr.«

Er hob sein Glas. »DC Digson, deine Ankunft hab ich nicht gefeiert, aber ich muss deinen Abschied feiern.«

»Sie werfen mich raus?«, fragte ich lächelnd.

»Jawoll! Und ich« – er sprach gedämpfter – »danke dir zugleich. So, junger Mann!« Er wurde noch leiser. »Ich hab gehört, was du getan hast, aber nicht, was genau du mit gewissen unglückseligen Dreckskerlen gemacht hast, die in meinem Büro ungenannt bleiben sollen. Würdest du mich, nur ein klein wenig, mit ein paar der interessanteren Einzelheiten des Zusammentreffens erquicken, damit ich, mit deiner Erlaubnis natürlich, einige an die Ladys dort draußen weitergeben könnte? Sie sind sehr, sehr interessiert daran.«

»Keine Konsequenzen für meine Handlungen?«

»Doch natürlich«, sagte er lachend und zeigte auf den Tee. »Siehst du doch!«

Dann wurde er ernst. »Das Problem, das jeder Superintendent auf dieser Insel immer noch hat, sind die faulen Äpfel. Die finden sich überall. Ich hab so meine Theorie dazu, warum das so ist. Wenn du wie ich die Sechziger und Siebziger erlebt hättest, wüsstest du sofort, wovon ich rede. Die Machetes und Switches und Skelos bei der Polizei waren früher mal die Augen und Ohren und Waffen des Kerls, der geglaubt hat, dass diese Insel ihm gehört. Sie waren sogar« – er riss die Augen auf – »in der Mehrheit. Also, ich sag das nicht offiziell, und wenn du mich zitierst, werd ich's abstreiten, aber ich bin froh über dein kurzes Gastspiel hier und bedaure es, dich wegschicken zu müssen. Aber Chilly meint, er will dich raushaben aus meiner Wache, weil ich meine Fürsorgepflicht verletzt hätt.« Er lachte laut.

»Ich sag zu ihm, DC Digson braucht keinen Schutz von niemandem, meine Officers müssen vor ihm beschützt werden! Der Junge sieht zwar nich danach aus, aber is 'n echter Vollstrecker. Guck dir an, was er mit Buso gemacht hat! Und Machete und Skelo verschnürt wie zwei Krebse im Krankenhaus – und Switch, der jetzt Angst hat, zur Arbeit zu kommen. Also, ich seh das auch so, du musst gehn, sonst legst du mir noch ganz Central lahm.«

»Malan Greaves könnte Sie besser ins Bild setzen, Sir, wenn Ihnen das recht ist?«

Er grinste breit und stand auf. »Ich kenn die Details, der Inhaber der Kneipe hat hier angerufen und sich beschwert. Meinte, es wär wie 'n Actionfilm gewesen. Ich wollt nur deine Version mit seiner vergleichen.«

Er brachte mich zur Tür und legte mir die Hand auf die Schulter. »Chilman hat gesagt, wenn ich dich nicht hier rausschmeiß, kommt er und macht es selbst. Ich will mich nicht mit ihm überwerfen, weißt du. Also heißt es bye-bye für euch.«

»Malan auch?«

»Chilman hat ihn mir angeboten, und ich hab gesagt danke, aber nein danke. Nach der jungen Dame hab ich nicht gefragt. Wie läuft es da?«

»Welche junge ... oh, Miss Stanislaus!«

»Ist sie so schlimm wie du?«

»Schlimmer«, sagte ich.

Er schüttelte den Kopf. »Was macht Chilman da oben mit euch?«

»Wir ham kein ›da oben‹ mehr. Der Justizminister hat uns ausgesperrt.«

»Büro bewacht und mit Alarmanlage?«

»Glaub ich nicht.«

»Was hindert euch dann daran, da einzubrechen?«

»Sir, wollen Sie etwa andeuten ...«

»Ich deut gar nichts an, Officer Digson, ich denk bloß laut. Dieser Fall in Beau Séjour, an dem ihr arbeitet – dafür braucht ihr Ressourcen, nichwahr? Ressourcen, die wir hier in Central nicht haben?«

»Wir kommen schon klar ...«

»Nix da, ihr kommt überhaupt nicht klar! Darum geht's

ja! Ihr braucht Mittel und Material. Und um an Mittel und Material zu gelangen, geht man folgendermaßen vor: Man verschafft sich Einlass, tauscht das Schloss aus und lässt sich häuslich nieder.«

»Wär ich nie drauf gekommen, Sir. Guter Rat.«

»Ich geb keine Ratschläge nich, Digson. Ich denk nur laut.«

»Und ich hab nichts gehört, richtig?«

»Keinen Ton!«

30

Ich trank gerade eine Tasse heißen Kakao zum Frühstück, als der diensthabende Officer der Einsatzzentrale von San Andrews Central mich anrief.

»Wir ham grad 'nen jungen Mann ausm Meer gefischt, Missa Digger. Name is Jonathon Rayburn.« Ein Fischer habe ihn bäuchlings im seichten Wasser treibend gefunden, etwa zwei Kilometer von seinem Haus entfernt.

Mir krampfte sich der Magen zusammen. »Kann nicht sein«, sagte ich. »Wie sieht er aus?«

»Junger Mann, ziemlich groß, sehr schlank.«

»Kann nicht sein!«, brüllte ich. »Kommen Sie mir nich mit so 'nem Scheiß heute Morgen, weil ...«

»Sind die Angaben, die ich hier hab, Missa Digger! Paar Leute ham das Opfer identifiziert ...«

»Wo?«

»Cayman Beach. Ich hab schon Rumcake Bescheid gegeben.«

Ich legte auf, warf meine Tasse in die Spüle und rannte aus dem Haus.

Ein sonniger Dienstagmorgen, jede Menge Minibusse auf der Küstenstraße.

Schwer atmend kam ich am Cayman Beach an, konnte mich kaum auf den Beinen halten.

Man hatte ihn auf den Bauch gelegt, unbekleidet bis auf seine glänzenden gelben Shorts, die langen Arme an den Seiten, als würde er schlafen. Eine Narbe mit ausgefransten Wundrändern schlängelte sich aalartig vom linken Schulterblatt zum rechten unteren Rücken. Zwei Officers von der Bezirkswache Ost standen halb abgewandt von ihm und waren mit nickenden Köpfen ins Gespräch vertieft.

Rumcake, unser Rechtsmediziner, gab mir seine Notizen. Ich nahm sie mit zittrigen Händen. Der alte Mann leckte sich über die Lippen und kratzte sich die weißen, stacheligen Bartstoppeln, die an einen Seeigel erinnerten. »Be-dou-er-lich, Digson. Ous-ge-spro-chen be-dou-er-lich«, sagte er mit seinem englischen Akzent. »Schreckliches Chaos, Leben und Tod. Finden Sie nicht?«

Ich hörte ihn kaum. Seine wässerig grauen Augen waren auf eine Stelle hinter mir gerichtet. »Ich habe den Abtransport der Leiche veranlasst, wegen der Schmeißfliegen und allem. Hoffe, das ist Ihnen recht?«

Ein Wind blies von der See her und spritzte feine Gischt in mein Gesicht.

Rumcake hatte bereits die Körperkerntemperatur des Jungen mittels eines in sein Rektum eingeführten Thermometers gemessen. Den Todeszeitpunkt schätzte er auf nicht mehr als zwei Stunden vor seiner Ankunft, was gegen sechs Uhr morgens bedeutete. Ich zweifelte nie an seinen Feststellungen. Selbst mit schwerem Whiskyschädel analysierte er die Frische einer tödlichen Wunde oder einen Todeszeitpunkt mit einer beneidenswerten Exaktheit. Was in seinem Kopf vorging, war schneller als mathematische Berechnungen und besser. Während seiner fünfzig Jahre auf Camaho hatte er sein Wissen über Thanatologie immer mehr verfeinert. Der alte Weiße konnte die Einflüsse von Temperatur, Feuchtigkeit und Luftexposition beinahe auf den ersten Blick einkalkulieren und zu einem verlässlichen Ergebnis kommen.

Seine Schlussfolgerungen zum Tod des Jungen lauteten: Unfall. Todesursache: Ersticken durch Ertrinken.

Alle Anzeichen dafür waren vorhanden, der weiße Schaum um Mund und Nase, der aufgeblähte Bauch, einsetzende Totenflecken im Hals- und Brustbereich statt an den unteren Extremitäten.

Ich gab Rumcake sein Notizbuch zurück. Er hängte sich seine Schultertasche um und schnallte sie zu. Das verdammte Ding sah so ramponiert aus, dass ich mich fragte, weshalb die Schnallen überhaupt noch dran waren.

»Schöner Knabe, nicht wahr? Schreckliche Vergeudung. Das geht einem schon nahe, wissen Sie, besonders, wenn sie so jung sind. Kann ich Ihnen sonst noch mit irgendwas dienen, junger Mann?«

»Das ist alles, danke. Können Sie dem Leichenschauhaus sagen, sie sollen ihn dabehalten, bis, äh, das Department seine Freigabe bewilligt?«

Die weißen Augenbrauen kletterten an seiner Stirn empor wie zwei haarige Raupen, und er zeigte mir eine Reihe zigarrenfleckiger Zähne. »Wollen auf Nummer sicher gehen, was?«

»Ich stelle Ihren Befund nicht in Frage, Sir. Ich will nur … Sie wissen schon …«

Rumcake und ich waren schon so etwas wie ein Dauerwitz bei der Camahoer Polizei. Bevor ich dort angefangen hatte, hatten die Aussagen des Engländers vor Gericht als das Evangelium gegolten. Angeblich bezeichnete er mich in betrunkenem Zustand – quasi ein Dauerzustand – gern als einen Windhund von einem Inselburschen, der die erhabene Sache des Todes auf reine Chemie reduziere. Mir gegenüber jedoch war der Alte immer freundlich und hilfsbereit, und der Rest kümmerte mich nicht.

»Sie benachrichtigen die Angehörigen?«, fragte er.

»Ja, und danke noch mal. Sie erledigen den anderen Teil für mich – den Abtransport, meine ich?« Ich zeigte auf die Leiche.

Rumcake nickte. Seine wässerigen Augen musterten mich. »Ein Verwandter?«

»Sie wissen doch, auf Camaho sind wir alle miteinander verwandt.« Ich ging zurück zur Straße.

Weiter vorn sah ich die Männer vom Krankenwagen herbeikommen, zwei grimmig blickende Typen, einer mit der Bahre über der Schulter, der andere hinterdrein stolpernd. Eine kleine Menschenmenge folgte ihnen.

Ich machte den beiden Platz und erwiderte ihr Nicken, blickte dann zu der Gruppe dahinter. Etwa ein Dutzend Erwachsene, eine plappernde Schar Kinder und ein Knäuel Mädchen im Teenageralter. Ich pickte eine von ihnen heraus, eine Gutgebaute mit sorgfältig frisiertem Haar, ungefähr siebzehn, und winkte sie zu mir.

»Was denn?« Sie funkelte mich ungeduldig an.

»Du kennst Jana Ray, oder?«

Ihre Hand flog an ihren Mund. »Is … is das wirklich Jah-Ray da unten?« Ich blickte in ihr bestürztes Gesicht, atmete tief durch und nickte.

»War er oft dort, Miss äh …?«

»Nadine.«

»Ist er regelmäßig dort runtergegangen?«

Jetzt hatte sie es noch eiliger wegzukommen, sah immer wieder zu der Bucht hin. »Fast jeden Morgen, außer sonntags. Er is schwimmen gegangen, ich … wir ham ihn immer von da oben gesehn.« Sie zeigte auf eine Ansammlung von Holzhäusern am Hang. »Ich hab gehört, dass Jah-Ray was passiert sein soll, aber ich sag, er kann's nich sein, Jah-Ray schwimmt wie 'n Fisch. Ist er's wirklich?«

»Ja«, sagte ich. »Tut mir leid.«

Mit fuchtelnden Armen und hämmernden Fersen schoss sie davon, ihre Schreie schnitten durch die Luft.

Zu Hause setzte ich mich auf meine Treppe, schluckte gegen den Kloß in meinem Hals an und sah den schwarzen Kuhstärlingen zu, die sich in einem Pflaumenbaum auf der anderen Talseite balgten.

Ich kämpfte gegen den Druck in meiner Brust, das Pochen in meiner Kehle an, und gerade, als ich glaubte, mich im Griff zu haben, überkam mich die Erinnerung an Jana Ray auf Dog Island, außer sich vor Empörung, als er den wilden Ziegenbock sterben sah. Ich schlug die Hände vors Gesicht und weinte.

31

Vielleicht wollte ich Rumcakes Ergebnis betreffs der Todesursache einfach nicht wahrhaben. Doch seit dem Moment, als ich Jana Ray dort am Strand hatte liegen sehen, nagte etwas an mir, ähnlich wie wenn ich mich auf den Weg zur Arbeit machte und vergessen hatte, die Haustür abzuschließen.

Ich griff zum Handy.

»Hallooo! Missa Digger?«

»Miss Stanislaus, haben Sie warme Kleider?«

»Ich hab Kleider.«

»Warme, meine ich, wie fürs Wetter in Übersee. Haben Sie so was?«

»Missa Digger, wassis los?«

»Ich hol Sie heute gegen Mitternacht ab. Ziehn Sie sich warm an, okay?«

»Mhmm.«

»Und schlafen Sie ein bisschen auf Vorrat.«

»Mhmm.«

»Bis später.«

»Mhmm.«

Ich zog das untere Fach meines kleinen Kühlschranks auf und nahm ein paar Schalen, Sprühflaschen und Messbecher heraus, Teil des Zubehörs, das ich nach meinem Forensiklehrgang in England im Internet bestellt hatte. Dann breitete ich zwei Zeitungen auf dem Boden aus und setzte mich hin, um meine Vorbereitungen zu treffen.

Mit Rumcakes Diagnose konnte ich leben, aber seine Schlussfolgerung konnte ich nicht einfach so hinnehmen. Der alte Weiße hatte schon recht, was meine Einstellung betraf: Wenn die Trauer und die Rituale und der Schock über den Tod vorbei sind, sieht man, dass das, was von der körperlichen Existenz übrig bleibt, nichts als Chemie ist. Und ein ermordeter Körper begehrt gegen seinen Tod auf, wie ich immer zu Miss Stanislaus sagte. Er verzeichnet jede Sekunde seines Sterbens. Man musste nur wissen, welche chemischen Kniffe es anzuwenden galt, um eine Leiche zum Sprechen zu bringen.

Ich rief Daryl an, der in der Leichenhalle arbeitete. »Hast du heute Nachtschicht, Daryl?«

»Nein, Francis is heut dran.«

»Kannst du mit ihm tauschen?«

»Missa Digger, mein Sie unsereins will die ganze Zeit Tote angucken?«

»Etwa nicht? Kennst du Jonathon Rayburn?«

»Jonathon wer?«

»Jah-Ray. Netter Junge aus Beau Séjour.«

»Jah-Ray! Klar kenn ich Jah-Ray, warum sagen Sie nich gleich Jah-Ray. Ich und Jah-Ray verstehn uns.«

»Er ist tot.«

»Er is …? Missa Digger, das 'n schlechter Witz.« Seine Stimme wurde leise, wimmernd. »Ich glaub das nich. Wie kann das sein?«

»Das will ich heute Nacht rausfinden. Bist du da?«

»Ich ruf gleich Francis an.«

Miss Stanislaus hatte sich so dick angezogen, dass sie aussah wie ein überdimensionaler Teddybär. Ein tropischer, genauer gesagt, bei all den bunten Schichten um sie herum. Sie warf mir einen Blick zu, als wollte sie sagen: Wenn Sie vorham, mich zu verscheißern, passen Sie bloß auf.

Unterwegs setzte ich sie ins Bild. Sie wisse schon von dem Jungen, sagte sie, hatte es von Pet gehört. Ob ich mitgekriegt hätte, dass sie es im Radio gemeldet hatten?

Ich läutete an dem hohen Stahltor. Daryl kam in einem dicken Mantel und Stiefeln heraus. Ich sah auf die Uhr, kurz nach eins.

»Missa Digger«, sagte er gähnend, »Sie sin echt gekomm?«

»Schläfst du bei der Arbeit?«, fragte ich.

»Unsereins is halt müd. Tut mir wirklich leid um den Jungen. Die Leute sterm auf so blöde Art.«

»Daryl, sag Miss Stanislaus guten Abend.«

Daryl murmelte etwas Höfliches und führte uns hinein, sah sich dabei nach Miss Stanislaus um. Sie hatte diese Wirkung auf Männer, jedes Mal.

»Schrank drei, dritte Zelle von unten.« Er zog die schwere Tür auf.

Die Kälte schlug mir ins Gesicht. Miss Stanislaus zog die Schultern hoch, ließ ihre Schichten sich setzen.

»Bleiben Sie dicht bei mir«, sagte ich.

Sie nickte.

Daryl öffnete das Fach und zog den Wagen heraus. Er wirkte durcheinander, was ich verstand. Trauer ist ein Anpassungsprozess, bevor das Akzeptieren beginnt. Ich bat ihn, die Neonbeleuchtung auszuschalten, und gab Miss Stanislaus meine Diensttaschenlampe. »Richten Sie sie zur Decke.«

In dem diffusen Lampenschein sah ich das Weiße von Daryls Augen.

»Weißt du noch, was ich dir über deinen Beruf gesagt hab, Daryl?«

»Nah.«

»Diskretion.«

»Keine Sorge, Missa Digger. Ich bin die Diskretion selbst. Ich stell niemand keine Fragen über nix. Was macht ihr da mit Jah-Ray?«

»Sei still oder ich schick dich raus.«

»Wecken Sie mich, wenn Sie fertig sind.« Daryl verdrückte sich zur Tür hinaus.

»Missa Digger, Sie wein ja«, murmelte Miss Stanislaus und legte mir die Hand auf die Schulter.

»Nee, tu ich nicht.«

Ich hole die sechs Sprühflaschen heraus, die ich zu Hause vorbereitet hatte, reihte sie auf dem Boden auf und streifte ein Paar Neoprenhandschuhe über.

»Um Ihnen zu erklären, was ich jetzt tue, muss ich Sie zuerst verwirren«, sagte ich zu Miss Stanislaus. »Ich werde mit Jana Ray reden, und wenn er mir antwortet, wird es durch Licht sein.«

Sie trat von einem Bein aufs andere und nickte.

»Haben Sie sich je gefragt, wodurch Glühwürmchen leuchten?«

»Sagen Sie's mir.«

»Also, die Glühwürmchen verbinden einen Stoff namens ATP mit zwei anderen Substanzen, die nach dem Teufel benannt sind: Luciferin und Luciferase. Das tun sie dosiert, so dass ihr Hinterteil aufleuchtet wie der Blinker an meinem Auto. Das Ganze nennt sich Biolumineszenz.«

Ich nahm eine der Sprühflaschen. »Was ich hier drin habe, ist Luminol. Wenn das mit Blut reagiert, gibt es auch ein Leuchten ab. Ich hab noch einen anderen Indikator namens Fluorescein dabei, aber heut Nacht nehm ich Luminol. Wenn an dem Jungen irgendwo Blut ist, seien es auch nur die geringsten Spuren oder ein Bluterguss, wird die chemische Reaktion mir das zeigen. Das Leuchten dauert nur fünfundvierzig Sekunden, aber das sollte reichen, um ein paar Fotos zu machen. Können Sie mir folgen?«

Sie nickte.

»Ich werde mit der Vorderseite anfangen, von den Zehen bis zum Kopf. Wenn ich damit fertig bin, wird Daryl mir helfen, ihn umzudrehen. Dann mach ich das Gleiche noch mal, von den Füßen aufwärts. Wird schätzungsweise bis zum Sonnenaufgang dauern.«

Sie erschauerte, doch ich konnte nicht sagen, ob es an der Raumtemperatur lag oder an dem, was ich ihr gerade beschrieben hatte.

Dann begann ich mit der zähen, kräftezehrenden Arbeit: feine Spritzer entlang der Gliedmaßen und des Oberkörpers, Zentimeter für Zentimeter, immer wieder warten, dann weitermachen, stets mit der Befürchtung, ich könnte eine Stelle ausgelassen haben, weshalb ich hier und da noch mal einen Schritt zurückging. Ab und zu wackelte die Taschenlampe in Miss Stanislaus' Hand, aber größtenteils hielt sie sie ruhig. Als ich schließlich zu Jana Rays Gesicht kam, war mir die Kälte in die Knochen gekrochen.

Ich sah auf meine Armbanduhr – drei Uhr morgens – und streckte mich. »Miss Stanislaus, wollen Sie eine Pause machen?«

»Nah.«

»Holen wir Daryl.«

Ich öffnete die Tür zum Nebenraum. »Daryl, ich will ihn umdrehen.«

Daryl kam und wendete die Leiche mit einer flinken Bewegung aus den Schultern heraus.

»Jesus!«

»Nee, nix Jesus, das war ich, Missa Digger.« Leise lachend ging er wieder hinaus.

Nach weiteren drei Stunden in gebückter Haltung in einem auf vier Grad Celsius heruntergekühlten Raum wurde ich immer langsamer. Miss Stanislaus ließ die Taschenlampe sinken und faltete die Arme um ihren Oberkörper. »Villeich isses nich, was Sie denken, Missa Diggger? Villeich isses bloß ...«

»Nur noch der Hinterkopf jetzt«, sagte ich.

Wie die meisten jungen Männer in seinem Alter trug Jana

Ray die Haare an den Seiten und im Nacken raspelkurz und oben zu einem stylishen Schopf frisiert. Zuerst leuchtete ich seinen Kopf mit der Taschenlampe ab und fand kein Anzeichen für eine Hautblutung oder Quetschung, was aber noch nichts hieß.

Inzwischen war ich bei der letzten Flasche Luminol angekommen, und die war schon halb leer. Millimeterweise arbeitete ich mich vom Nacken aufwärts und hatte gerade eine Stelle neben dem rechten Ohr erreicht, als ich mich aufrichtete und Miss Stanislaus näher heranwinkte.

Sie beugte sich über den Toten, drückte ihre Schulter an mich.

»Sehen Sie was?«, fragte ich.

Sie schüttelte den Kopf. Ich sprühte noch mal etwas kräftiger und merkte, wie sie nach Luft schnappte.

»Und?«, sagte ich.

»Blaues Licht, nichwahr? Tiefblau.«

Ich hatte ihr nicht gesagt, mit welcher Farbe zu rechnen war.

»Jetzt wette ich mit Ihnen, dass wir auf der anderen Seite zum gleichen Ergebnis kommen.«

Ich drehte Jana Rays Kopf vorsichtig herum und sprühte. Und da war es, ein intensives, blaues Leuchten zwischen den kurzen Haaren, wie eine in der Sonne aufblitzende Welle. Ich bat Miss Stanislaus, die Lampe schräg zu halten, und besprühte die Stelle noch ausgiebiger, machte ein Foto mit dem Handy. Es war keine gestochen scharfe Aufnahme, aber sie würde es tun.

»Wollen Sie wissen, was ich daraus schließe?«, fragte ich.

Sie nagte an ihrer Unterlippe, machte dabei Kaubewegungen.

»Jemand hat Jana Ray ertränkt. Jemand mit großen, kräftigen Händen.« Zur Demonstration legte ich meine Hände von hinten um ihren Kopf und drückte ihn leicht nach unten. »Muss ihn so unter Wasser gehalten haben. Er hat sich gewehrt, klar hat sich der Junge gewehrt, und wie. Da, wo Daumen und Zeigefinger sich beim Runterdrücken in die Kopfhaut gebohrt haben, sind Abschürfungen vorhanden. Mit bloßem Auge nicht zu sehen, aber sie sind da.«

Sie berührte meinen Arm. »Missa Digger, Sie weinen wieder, und das macht mich fertich. Sie komm jetzt sofort mit mir raus!«

Draußen vor dem Gebäude war sie wieder ganz bei der Sache. »Was mich dran erinnert, 's wird Zeit, die Frau noch mal zu besuchen, die Mudder von Laza Wilkins. Wir wern wohl so 'n Durchsuchungsbeschluss brauchen, denk ich?«

Ich räusperte mich. »Wieso?«

»Weil ich den brauchen werd.«

32

Jana Rays Tod wühlte etwas in mir auf – eine nagende, tiefsitzende Wut und Hilflosigkeit. Superintendent Gill hatte recht, ich konnte nicht in Central arbeiten. Es war nicht sicher dort, die Arbeitszeiten waren zu reglementiert, und die Kollegen behandelten mich eher wie eine Kuriosität als wie ein Mitglied der Camahoer Polizei. Um die Morde an Lazar Wilkinson und Jana Ray aufzuklären, brauchte ich mein gewohntes Territorium: meinen eigenen Schreibtisch.

Am nächsten Abend gegen zehn brach ich in unser altes Büro ein. Ich hatte Caran angerufen, der mit seinem Team erschien.

Innerhalb einer halben Stunde waren wir drin. Die Abteilung wirkte regelrecht entweiht. Der Fotokopierer war ausgestöpselt und in die Mitte des Raums geschoben worden. Unsere Schreibtische hatte man umgestellt, der Wasserspender war weg, und das alte, kostbare Faxgerät, das wir für den Austausch von Dokumenten und Mitteilungen zwischen den Inseln benutzten, stand auf dem Boden neben dem Mülleimer. Miss Stanislaus' Vase war verschwunden. Immerhin war der Lagerraum, in dem wir Waffen, Munition und andere wichtige Dinge aufbewahrten, noch verschlossen. Wir hatten die Tür an zwei Stellen mit Riegelschlössern aus Titan verstärkt, und jemand hatte sich offenbar mit einem Gerät daran zu schaffen gemacht, doch sie hatten der Attacke widerstanden.

Ein zusammengerolltes Plakat mit dem fettgedruckten Namen des Justizministers darauf lag auf dem Boden. Stapelweise Wahlkampfflugblätter.

Caran kamen Bedenken, als er sie sah. »Digger, bist du sicher?«

»Bin ich«, antwortete ich. »Sieht aus, als hätte der JM uns nicht nur rausgeworfen, sondern gleich auch sein Parteibüro hier aufgemacht.«

Ich dachte an den Polizeichef und fühlte mich im Stich gelassen, schämte mich geradezu für ihn. Der ganze alte Groll meiner Kindheit kam wieder hoch. Zum zigsten Mal wünschte ich, er wäre nicht mein Vater.

Wir begannen, alles wieder so einzurichten, wie es vorher war.

Ich überprüfte, ob die Telefone noch funktionierten und die Nummer noch dieselbe war. Dann teilte ich Malan und Miss Stanislaus per Textnachricht mit, dass unser Büro von morgen Abend an wieder in Betrieb sein würde. Pet erklärte ich, dass ich Verdunkelungsvorhänge für die Fenster brauchte, weil ich vorläufig nachts arbeiten würde. Sie war ganz aus dem Häuschen vor Freude. Dann rief ich Chilman an.

»Hast du vor, deinen Job zu verlieren?«, fragte der Alte, aber ich hörte ihm das zufriedene Grinsen an.

»Was der JM sich da rausnimmt, ist illegal«, sagte ich. »Wenn Polizeichef Lohar nicht den Mumm hat, sein Amt gegen diesen Mann zu verteidigen, sollte er zurücktreten. Und das werd ich ihm genau so sagen.«

»Hast du auch vor, deinen Vater zu verlieren?«

»Ich hab keinen …« Weiter kam ich nicht. Auf einmal brachte ich kein Wort mehr heraus, musste schlucken.

»Okay, Digson, du bis fix und fertig. Klarer Fall.« Der alte Mann klang sanft. »Hat dir schwer zugesetzt, dass sie deinen kleinen Freund da umgebracht ham, nichwahr?« Er schwieg einen Moment. »Is noch 'n Grund mehr für mich, meine Abteilung am Laufen zu halten. Mach langsam, junger Mann.« Chilman legte auf.

Ich lehnte mich am Schreibtisch zurück und ging in Gedanken noch einmal durch, was Jana Ray mir über seine Verbindung zu Lazar Wilkinson gesagt hatte. Dass da irgendwas Großes im Gange war, stand für mich fest. Es hatte sich schon daran gezeigt, worüber Jana Ray nicht hatte reden wollen, an der bebenden Furcht, die ihn jedes Mal überkommen hatte, wenn ich ihn auf den Mord an Lazar ansprach. Und dann dieser Name – Shadowman.

Ich versuchte, mich an jede Minute mit dem jungen Mann zu erinnern – angefangen von unserer ersten Begegnung, als ich ihn in Beau Séjour im Gebüsch in die Enge getrieben hatte, bis hin zu dem Moment, als ich in Cayman Bay neben seiner Leiche gestanden hatte. Ich machte mir

Notizen und streckte mich schließlich auf dem Boden aus, um ein wenig zu schlafen.

Als ich den Kopf hob, strömte das Sonnenlicht durch die Fenster herein, und die Sekretärin des Justizministers stieg mit einer Rolle Plakate in den Armen aus ihrem Auto. Sie war klein und hatte ein längliches Gesicht mit den glasigen Augen eines Schafs. Dick eingemummelt für die arktischen Temperaturen im Büro des Ministers. Ich fragte mich, ob sie je lächelte.

Schnell nahm ich meine Tasche, ging hinaus und schloss die Tür hinter mir ab.

»Sorry, Miss, das Büro ist zurückbeschlagnahmt«, sagte ich. »Sagen Sie dem Justizminister« – ich betonte den ersten Teil der Amtsbezeichnung –, »dass wir im Moment zwei Mordfälle zu bearbeiten haben. Sie haben von dem Mann gehört, dem letzte Woche die Kehle durchgeschnitten wurde?«

Sie blieb so ungerührt wie ein Stein.

»Gestern wurde ein zweiter junger Mann ermordet, und die Presse wird fragen, was das San Andrews CID zu tun gedenkt. Wir wollen ihnen doch nicht sagen müssen, dass wir nichts unternehmen können, weil der Justizminister uns aus unserem Büro, unserer Arbeitsstätte, ausgesperrt hat. Wir wollen nicht, dass er öffentlich dazu Stellung nehmen muss.«

Ihr ausdrucksloser Blick glitt über mein Gesicht. »Wie heißen Sie?«

»Digger.«

Ich war auf dem Weg zum Marktplatz, als der Polizeichef anrief. »Michael, ich habe gerade mit dem JM telefoniert.«

»Ja, Sir, was ist mit ihm?«

»Nun, er hat gesagt …«

»Polizeichef Lohar, ich will nicht wissen, was der JM gesagt hat. Es wäre Ihre Aufgabe, sich vor uns zu stellen. Es wäre Ihre Aufgabe, uns vor ihm in Schutz zu nehmen.« Ich hatte eine solche Wut im Bauch, dass ich kaum sprechen konnte.

»Michael …«

»Nennen Sie mich nicht Michael, Sir! Sie lassen mich schon wieder im Stich. Sie haben sich als Vater nicht für mich eingesetzt, und Sie setzen sich als mein Vorgesetzter nicht für mich ein. Was soll ich da noch machen? Mein ganzes beschissenes Leben lang schon lassen Sie mich im Regen stehen, wenn ich Ihre Unterstützung brauche. Also hörn Sie auf …« Ich drückte auf »Beenden«, lehnte mich gegen ein Schaufenster und atmete ein paarmal mit geschlossenen Augen tief ein und aus, bis ich mich beruhigt hatte.

Als ich die Augen wieder aufmachte, fuhr ein weißes Auto langsam an mir vorbei. Switch saß am Steuer, ließ den Ellbogen zum Fenster raushängen und glotzte mich an mit seiner Fresse mit den ewig heruntergezogenen Mundwinkeln.

»Diesmal«, murmelte ich, »werd ich ihn mir richtig vornehmen müssen.«

Switch zog die Augenbrauen hoch, nickte und fuhr weiter.

33

Miss Stanislaus rief zweimal an, um mich an den Besuch bei Lazar Wilkinsons Mutter zu erinnern und ob ich ihr auch den Durchsuchungsbeschluss besorgen könne. Sie wolle keine Plastikfesseln, sie brauche die aus Stahl, sagte sie knapp und geschäftsmäßig.

»Handschellen aus Stahl sind mit den Mammuts ausgestorben«, erklärte ich. »Wie Sie wissen, werden heutzutage nur noch die aus Plastik verwendet. Hat sich noch keiner von befreien können.«

»Ich will Stahl«, beharrte sie.

»Warum, Miss Stanislaus?«

»Missa Digger, Sie schrein! Warten Sie's ab. Ende.«

Am späten Vormittag verließ ich das Büro, holte den Durchsuchungsbeschluss von Central ab und anschließend Miss Stanislaus.

»Wo sind die Handschellen, Missa Digger?«

»Kriegen Sie schon noch«, sagte ich.

In letzter Minute war mir eine Idee gekommen: So lange, wie Chilman schon im Polizeidienst war, hatte er vermutlich noch ein paar altmodische Metallhandschellen. Als ich ihn anrief und danach fragte, bot er sogar an, sie uns persönlich vorbeizubringen.

Bei unserer Ankunft in Beau Séjour stand sein altersschwacher Datsun schon an der Küstenstraße. Ich bemerkte, dass erstes Gras über die Scharte gewachsen war, die Lazars ausgebrannter Wagen am Straßenrand hinterlassen hatte. Boote dümpelten in der Bucht, die gleißende Mittagssonne hatte das Wasser in geschmolzenes Silber verwandelt. Der verlassene Strand mit den aufgetürmten schwarzen Felsen am Südende wirkte trostlos.

Chilman hielt die Handschellen zum Fenster raus. Miss Stanislaus schickte mich hin, um sie zu holen.

Die rumgeröteten Augen blickten mich an. »Was habt ihr vor, Digson?«

»Unsere Pflicht im Auftrag der Regierung zu erfüllen, Sir. Ist das in Ordnung?«

Er musterte mich von oben bis unten und grinste schief. »Digson, du bisn ...«

»Hund, Sir. Ich weiß.«

»Korrekt!«

Ich klapperte mit den Handschellen. »Danke für das Museumsstück.«

Er zwinkerte mir zu und tuckerte davon.

Miss Stanislaus ließ sie in ihre Handtasche fallen. »Missa Digger, wassis das Schlimmste, was 'ne Frau 'ner annern Frau auf Camaho antun kann?«

Ich überlegte. »Sie blamieren, Miss Stanislaus, Schande über ihr Haupt bringen.«

Sie warf mir einen Seitenblick zu. »Sie wissen zu viel! Sollen wir am Ball bleiben?«

Lazar Wilkinsons Mutter war gerade dabei, die Wäsche von der Leine zu nehmen. Die Frau nebenan, die gerade ins Haus gehen wollte, machte kehrt und stemmte die Ellbogen auf ihre Verandabrüstung, stützte das Kinn in die Hände.

Miss Stanislaus folgte Dora Wilkinson hinein, mit dem Durchsuchungsbeschluss wedelnd. Ich blieb im Vorgarten, von wo aus ich einen guten Blick ins Hausinnere hatte: ein Gasherd mit sechs Ringen, ein hoher weißer Kühlschrank, der oben noch in der Styroporverpackung steckte, Tüten voller Trockenwaren – in Großhandelsgröße – auf dem Küchenschrank. Im Wohnzimmer dahinter ein Flachbildfernseher auf einer Konsole aus Glas und Aluminium, eine Stereoanlage darunter. Vier weich gepolsterte Sofas um einen niedrigen Couchtisch, ebenfalls aus Glas.

»Miss Wilkins, ich hab hier einen richterlichen Beschluss, um Ihr Haus durchsuchen zu lassen. Je nachdem, was Sie sagen – aber Sie könn auch sagen, was Sie wollen –, werd ich Sie festnehmen müssen.«

Ich grinste in mich hinein. Diese Art von Rechtsbelehrung sollten die Kollegen mal hören!

Miss Stanislaus warf die Handschellen scheppernd auf die Küchenarbeitsfläche. Dora Wilkinson zuckte zusammen, als wäre sie geschlagen worden.

»Wer hat Ihnen das Geld für all die Sachen hier gegeben?« Die Frau starrte auf die Handschellen, und ich sah, dass sie schreckliche Angst hatte.

»Also ich … ich … niemand …«

»Sie brauchen mich gar nich erst anlügen. Lügen Sie mich an, führ ich Sie in denen hier ab.« Miss Stanislaus schüttelte die Handschellen vor der Nase der Frau. »Wenn ich Ihnen die anleg, Miss Lady, und die Leute Sie so sehn, wern Sie die Schande nie wieder los. Wo ham Sie das Geld her?«

»Weiß nich, von so 'nem Mann.«

»Was für 'n Mann, wie heißt er?«

»Weiß nich, er hat mich angerufen, hat gesagt, er überweist mir Geld, und das wär zum Trost für das, was mit Lazar passiert is. Er meinte, es tät allen leid. Sie würdn sich um ihre Leute kümmern, und er wüsst, wie schwer mich das getroffen hat, aber sie könnten halt nix mehr machen. Dann, am selben Abend, steht Shadowman vor meiner Tür und sagt, ich hätt jetz das Geld und müsst den Mund halten.«

»Können Sie mir und Missa Digger sagen, wie Shadowman aussieht?«

Die Frau sah sich um, als könnte sie belauscht werden. »War Nacht, als er kam. Ich … ich hab nich …«

Ihr Hals glänzte von Schweiß.

Miss Stanislaus knallte die Handschellen auf den Küchenschrank.

Dora Wilkinson erstarrte. »Hab gehört, er is 'n großer Kerl. Villeich größer als der Mann da.« Mit zittriger Hand zeigte sie durchs Fenster auf mich.

»Wo finden wir ihn?«

»Weiß ich nich. Ich schwör's bei Gott, ich weiß es nich.«

»Wie viel ham die Ihnen für das Leben Ihres Jungen bezahlt?«

Dora fuhr sich mit der Zunge über die Lippen und warf mir einen hilflosen Blick zu. Beinahe tat sie mir leid.

»Wie viel?« Miss Stanislaus nahm den Durchsuchungsbeschluss vom Schrank.

Dora Wilkinson murmelte etwas.

»Wie viel, sagen Sie?«

Sie murmelte wieder etwas.

»Zehntausend Dollar! So viel war Ihnen Ihr Sohn wert?«

Die Frau ließ den Kopf hängen, wirkte verhärmt und mitgenommen. Ihre Hände zitterten immer noch.

Miss Stanislaus sah kurz zu mir heraus. Ich sprang die Verandatreppe hinauf und trat ins Haus.

»Ihr Bankbuch, Miss Dora«, sagte ich und räusperte mich. »Ich will es sehen.«

Sie begann, leise mit den Füßen zu stampfen. Ich lehnte mich an den Schrank und streckte die Hand aus. »Das Buch?«

Dora Wilkinson rührte sich nicht.

»Okay, Missa Digger, wir sind hier fertig. Ich nehm sie mit.« Miss Stanislaus griff nach den Handschellen, steckte den Schlüssel ins Schloss und ließ sie aufschnappen.

»Ich hol's ja schon, ich hol's.«

Wir hörten sie in ihrem Schlafzimmer herumschlurfen.

Etwas scharrte über den Boden, dann das Rascheln und Flattern von Stoff. Sie kam mit einem kleinen grünen Büchlein zurück, das sie mir hinwarf.

Ich blätterte darin. »Zweiundzwanzigtausend, Mitte letzter Woche eingezahlt. Jetzt sind noch zwölftausend und zweiundvierzig Cent drauf. Die zehntausend, schätz ich, sind für all das draufgegangen?« Ich machte eine ausholende Geste.

Dora antwortete nicht, was ich auch nicht erwartet hatte.

Miss Stanislaus hielt das Bankbuch aufgeklappt, während ich die Seiten abfotografierte. Als ich fertig war, gab ich es der Frau zurück.

Miss Stanislaus berührte mich am Ellbogen, und wir gingen.

Mit der Hand an der Beifahrertür sah sie mich an. »Missa Digger, wie war ich?«

»Sie sind ein Naturtalent.«

»Dankefehr. Ich find, Sie warn auch nich schlecht.«

»Dankefehr, Miss Stanislaus!«

Sie zog die Plastikfesseln aus ihrer Tasche und schwenkte sie vor meiner Nase. »Mein Sie, ich hätt die Frau damit zum Reden gebracht?«

»Wie sind Sie draufgekommen, dass die versuchen würden, sie zu kaufen?«

»Menschenverstand, Missa Digger. Lazar war der Sohn von der Frau. Denen is klar, sie wird trauern und klagen und das bisschen, was sie weiß, in die Welt rausposaunen. Also tun sie was, um sich ihren Mund zu kaufen.«

Sie schwieg eine Weile, sah zu den Gipfeln der Belvedere Mountains hinauf.

»Missa Digger, sein Sie ehrlich. Mein Sie, das wird gut gehn?«

»Wovon reden Sie jetzt wieder?«

»Von dem, was mich in zwei Wochen und vier Tagen erwartet.«

»Sie meinen das Verfahren? Sie haben die Tage gezählt?«

Sie nickte.

»Miss Stanislaus, es muss gut gehen. Es wird gut gehen, ich sorg dafür.«

»Was ham Sie im Sinn?«

»Vielleicht find ich was raus. Vielleicht bettel und fleh ich. Vielleicht erpress ich wen. Keine Ahnung.«

»Das wolln Sie für mich tun?«

»Was glauben Sie?«

Sie zuckte die Achseln. »Villeich würd ich dasselbe tun.«

»Für …?«

»Missa Digger, ham Sie gern gebratne Brotfrucht? Ich hab bisschen in meiner Tasche für Sie.«

»Könnt ich mich gleich drauf stürzen.«

»Nee. Sie essen's im Auto.«

34

Der Hang, an dem mein Haus stand, stieg noch rund achthundert Meter bis zu einer gewaltigen Felsformation am Gipfel an. Ein paar Familien hatten ihre Häuser in der Senke direkt darunter gebaut, und ich fragte mich immer, wie sie ruhig schlafen konnten bei diesen Megatonnen von Granit, die sich über ihren Dächern auftürmten. Rock Top war ein karger Ort mit einer Reihe dürrer Gliricidiabäumchen, ihres Laubs beraubt und ständig von dem kühlen Wind geschüttelt, der vom Meer heraufblies. Doch ich saß gern dort oben in dieser Abgeschiedenheit, die mir half, einen klaren Kopf zu bekommen und das Dauerrauschen darin zum Verstummen zu bringen.

Ich ging meine mentale Liste durch und fühlte mich von den Dingen darauf mehr und mehr niedergedrückt.

Die alten Frauen auf Kara Island hatten noch kein Ergebnis, was die Leiche von Miss Stanislaus' Großonkel anging. Als ich das letzte Mal mit Benna gesprochen hatte, sagte sie: »Koku is nich in dieser Erde begraben, Missa Digger. Sonst hätt er sich mir schon zu erkenn gegeben.«

»Versteh ich nicht«, erwiderte ich. »Haben Sie denn gesucht? Ich meine, so richtig ...«

»Warum glaum Sie mir nich?«, fragte sie.

»Tu ich ja. Verzeihen Sie. Rufen Sie mich an, sobald ...«

»Gestern Nacht is mir was innen Sinn gekommen, Missa Digger. Nur so 'ne Idee.«

»Sagen Sie's mir.«

»Nah!«

»Benna, so helfen Sie mir und Miss Stanislaus nicht! Ich muss Bescheid wissen.«

Offenbar hatte sie mir meine Verzweiflung angehört, denn ihr Ton wurde sanfter. »Wir ham noch annere Inseln hier ringsum. Kara Island is nich die einzige, wissense.«

»Tun Sie Ihr Bestes, Benna. Bitte!«

»Ah-hah«, machte sie und legte auf.

Mir graute allein schon bei dem Gedanken an das Verfahren, bei der Vorstellung, wie Malan mit höhnischem Grinsen und abfälligem Blick auf Miss Stanislaus aus dem Raum stolzierte.

Als mein Vater, der Polizeichef, mich gefragt hatte, wie weit ich in der Sache zu gehen bereit sei, hatte ich ihm wahrheitsgemäß geantwortet. Ich würde so weit gehen, wie es nötig war, selbst wenn ich dabei meine Stelle verlieren sollte.

Alles nur wegen Miss Stanislaus? Nah ...

Wie Chilman gesagt hatte, roch das Verhalten des Justizministers nach der Art von Machtmissbrauch, die Menschen auf Camaho schon früher das Leben gekostet hatte.

Doch was konnte ich schon gegen jemand mit dem Einfluss des JM tun? Ich machte mir keine Illusionen darüber, wozu er fähig war. Pet kannte eine frühere Assistentin von ihm, die seine Avancen zurückgewiesen und gekündigt hatte. Ein paar Monate später war sie ernstlich erkrankt und musste zur Behandlung nach Kanada reisen. Der JM ließ ihren Pass beschlagnahmen, und ihre Schwester war gezwungen gewesen, sie mit dem Pass einer anderen Frau von der Insel zu schmuggeln.

Dann war da noch Jana Ray. Sosehr ich auch versuchte, den Jungen aus meinen Gedanken zu verbannen, sie kreisten doch immer wieder um ihn. Es gab so vieles, was ich nicht mehr aus ihm herausbekommen hatte. Er hatte zugegeben, für Lazar Wilkinson gearbeitet zu haben, war aber so verstört über die Veränderungen in dem Geschäft gewesen, dass er hatte aussteigen wollen. Der Verdacht lag nahe, dass diese Veränderungen zu seinem und Lazars Tod beigetragen hatten. Vielleicht sogar die Ursache waren. Keine Ahnung! Doch dass zwischen diesen beiden Morden ein Zusammenhang bestand, daran zweifelte ich kaum.

In meinem Forensik-Lehrgang in England hatte ich gelernt, dass es stets mehrere Ansätze bei der Untersuchung eines Verbrechens gab. Der naheliegendste war nicht immer der beste, und je nachdem, welchen man wählte, konnte man entweder in einer Sackgasse landen oder einen Durchbruch erzielen. Fürs Erste, beschloss ich, würde ich mich auf Jana Ray konzentrieren.

Ich stand auf, klopfte meinen Hosenboden ab und stieg den Hügel hinunter.

In den Häusern ringsum war alles still, als ich zu Jana Rays Hütte kam, das Meer weiter draußen mattgrau. Die kühle Bergluft, die sich nachts über das Dorf legte, war noch nicht von der Morgensonne erwärmt worden. Von irgendwo aus der Nähe ertönte das *Tschak, Tschak* einer auf Holz einschlagenden Machete.

Ich stieß die Tür auf und blieb einen Augenblick mitten in dem vorderen Zimmer stehen. Jana Rays Bücher stapelten sich wie üblich auf dem Boden, doch seine wenigen Küchengeräte lagen überall verstreut. Eine Kralle aus halbverfaulten Bananen am Fuß des Schranks, wimmelnd von Ameisen und Blattläusen. Eine kleine Geldbörse aus Stoff, aus der ein Fünf-Dollar-Schein herauslugte. Eine Schachtel Anchor-Streichhölzer, Haushaltsgröße, am Rand des Herds. Ich schob sie auf, leer.

Mein Blick fiel auf etwas, das wie eine Digitaluhr aussah, daneben eine Karte mit dem Aufdruck Amazon.com. Ich hob das Ding auf, hielt es dicht vor die Augen. Las: Thermometer/Hygrometer. Made in China.

Ich steckte es in meine Umhängetasche.

Dann knipste ich die Taschenlampe an und ging in das halbdunkle Schlafzimmer hinüber. Die Matratze auf dem Boden war aufgeschlitzt worden, die Kokosfasern lagen klumpenweise drumherum verstreut. Die Dielenbretter waren in den Ecken hochgehebelt worden. Ein kleiner Textilkoffer lag mit aufgezogenem Reißverschluss an der Seite. Ich schlug die Klappe um und holte den Wust der von mir gekauften T-Shirts und Unterwäsche heraus, verknittert, aber ungetragen. Tastete das Innenfutter des Koffers ab.

Als ich mich aufrichtete, entdeckte ich ein an der Wand lehnendes Buch, halb aufgeschlagen, offensichtlich beiseite geworfen. *Hydrokultur: Grundlagen und Praxis*. Dick, fester Leineneinband, teuer. Ein Werbeflyer für Amazon Prime steckte zwischen den Seiten. Auf der vorderen Umschlaginnenseite stand mit Hand geschrieben: *V. deinem Sternapfel.* Darunter, kaum erkennbar in dem Zwielicht, das Buch, das ich ihm geliehen hatte. Mit pochenden Schläfen von den Kopfschmerzen, die ich seit dem Aufwachen ignorierte, stand ich einen Moment still da.

Schritte draußen. Ich schloss die Augen und lauschte. Eine Frau ... schwer. Schnaufendes Atmen vom Bergaufgehen. Ich stopfte die Bücher in meine Tasche, lief zur Tür und machte sie auf.

Braune, flackernde Augen richteten sich auf mich. Sie stand barfuß an der Hangschräge über dem Eingang, eine rostige Machete in der Hand und leicht vorgebeugt, als wollte sie sich auf mich stürzen. »Der Junge is tot, warum könnt ihr ihn nich in Ruh lassen? Was macht ihr euch an seiner Hütte zu schaffen? Habt ihr noch nich genug Unheil angerichtet?«

Ich zückte meinen Ausweis und hielt ihn ihr hin. »DC Digson, San Andrews CID. Wen meinen Sie mit ›ihr‹?«

Sie trat von einem Fuß auf den andern und sah sich hastig um. »Männer! Scheißkerle! Stellen nur Böses an hier bei uns, und keiner kann sie stoppen. Ich wünsch mir 'n Gewehr gegen die. Die nehm Leute mit, Kinner, Esel ...« Der Rest blieb ihr in der Kehle stecken.

Mir schwoll der Kamm. »Ich brauche Namen, verdammt noch mal! Nennen Sie mir ein paar Namen!«

Die Frau wich seitwärts vor mir zurück, dann trommelten ihre Fersen einen schweren Rhythmus, als sie den Hang hinunterlief. Ich folgte ihr, als sie auf einen Weg durch eine Häusergruppe abbog. Ein paar ausgehungerte Streuner, nur Haut und Knochen und gefletschte Zähne, versperrten mir plötzlich den Weg, ihr wütendes Gebell tat mir in den Ohren weh.

»Ich komm wieder«, knurrte ich. »Wiederkommen werd ich.«

Ich ging zu Jana Rays Hütte zurück und machte die Tür hinter mir zu.

Dann rief ich Dessie an.

»Dessie, hier ist Digger. Wie geht's dir?«

»Digger! Ich bin so traurig wegen deinem jungen Freund.«

»Ich bin auch traurig, Dessie.«

»Wann sehn wir uns?«

»Dessie, ich ruf an, um dich um einen Gefallen zu bitten. Ich möchte, dass du ein Konto für mich überprüfst. Die Inhaberin ist eine Dora Wilkinson. Ich hab dir doch von dem Krawattenmord erzählt?«

»Es ist ständig im Radio darüber berichtet worden, Digger.«

»Also, Dora Wilkinson ist die Mutter des Opfers. Sie hat Mitte letzter Woche eine Zahlung über zweiundzwanzigtausend Dollar erhalten. Ich möchte wissen, von wo oder besser noch von wem das Geld überwiesen wurde.«

»Wart Digger, nicht so schnell. Sag mir noch mal den Namen.«

Ich tat es.

»Und du bist sicher, dass sie ein Konto bei uns hat?«

»Ja.«

»Leider ist das nicht ganz so einfach. Wir haben unsere Vorschriften, weißt du.«

»Dessie, ich könnt mir eine gerichtliche Verfügung besorgen, aber schnell und unkompliziert wär mir lieber. Bist du noch da?«

»Hast du die Kontonummer?«

»Moment«, sagte ich und klickte das Foto von dem Bankbuch an.

»09434. Ausgestellt auf Dora J. Wilkinson, Beau Séjour, Bezirk San Andrews.«

»Ich glaub, ich seh's.« Sie senkte ihre Stimme. »Hast du später Zeit?«

»Nah, tut mir leid. Lass mich wissen, was du rausgefunden hast. Fax es ans Büro, wenn du willst.«

»Ich schick dir 'ne SMS.«

»Danke, Dessie.«

Ein paar Minuten später rief sie wieder an. »Das Geld wurde von der Kundin bar eingezahlt, Digger. Nicht überwiesen.«

»Bist du sicher?«

»Natürlich.«

Ich lief hinunter ans Meer und setzte mich auf die Hafenmauer. Die Bucht war verlassen bis auf eine kleine Gruppe Jungen, die sich am nördlichen Ende gegenseitig nassspritzten. Jemand hatte eine schwarze Fahne an der Stelle aufgepflanzt, wo wir Lazar Wilkinsons Leiche gefunden hatten. Vermutlich seine Mutter. Die Häuser hinter mir am Hügel wurden nach und nach von der Morgensonne beschienen. Abseits davon, ein Stück weiter oben, stand Jana Rays Hütte. Von hier aus konnte ich nur das rostige Dach sehen, wie eine verschorfte Wunde in dem Grün.

Ich sprang von der Mauer und ging zum Strand. Das Geschrei der Jungen erstarb, ihre Köpfe drehten sich in meine Richtung. Langsam wateten sie aus dem Wasser und standen abwartend im Sand. Dünne Kids mit vorstehenden Schlüsselbeinen, narbigen Händen und Striemen an den Beinen und Schultern. Die wulstige Narbe, die sich quer über Jana Rays Rücken zog, kam mir in den Sinn. Die Jungen blickten mir mit halb offenen Mündern entgegen. An dem Abend, als ich mit Miss Stanislaus nach Beau Séjour zurückgekehrt war, hatte ich mein Essen mit zweien von ihnen geteilt. Derjenige, der Eric hieß, war nicht darunter.

»Sagt mir, woher ihr die Narben habt«, forderte ich sie auf.

Sie nahmen Reißaus, als hätten sie sich abgesprochen, wurden zu im Zickzack davonhuschenden Schemen zwischen den Bäumen.

Ich rief ihnen das Gleiche hinterher, was ich zu den Hunden gesagt hatte.

35

Miss Stanislaus und ich verabredeten uns im Büro, obwohl sie zuerst zögerte.

»Wir haben nicht viel zu verlieren«, sagte ich.

Ich wischte mit einem feuchten Lappen über die Schreibtische, besonders sorgfältig über ihren. Die übrigen Möbel hatte ich ebenfalls wieder an ihren Platz geschoben und den Schmutz auf dem Boden zusammengefegt. Die Flyer und Plakate des JM hatte ich in einer Ecke neben der Tür aufgestapelt, doch wie ich mich auch drehte und wendete, sie stachen mir ständig ins Auge. Also schaffte ich sie schließlich ins Lager.

Chilman traf vor Miss Stanislaus ein. »Digson, du siehst krank aus. Wann hast du zuletzt geschlafen? Alles anners hier«, grummelte er.

Miss Stanislaus kam eine Stunde später. »Büro is nich mehr wie früher«, murmelte sie. Ihrem Schreibtisch schenkte sie keine Beachtung, sondern nahm sich einen Stuhl und setzte sich mit Blick zum Fenster hin.

»Pet und Lisa fehlen«, sagte ich und behielt es für mich, dass Lisa nach Pets Meinung wohl nicht mehr zurückkehren würde.

Malan erschien am späten Nachmittag. Er steckte den Kopf zur Tür herein und winkte mich zu sich heraus. Das Kinn in die Hand gestützt, die Stirn gerunzelt.

»Digger, ich hab beschlossen, dass ich da unten in Central verschwendet bin.«

»Was willst du, Malan?«

»Der Boss da, Gill, hat gesagt, er wär immer noch nich mit dem Papierkram für meine Stelle fertig. Und« – Malan sah zur Seite – »Sarona meint, ich hätt genug Zeit und es gibt kein Grund, weshalb ich euch nich unterstützen könnt. Ich denk, Sarona hat recht.«

»Bist du sicher, dass Sarona hinter deiner Entscheidung steckt? Oder hat dich der JM angerufen und gesagt, dass er keine Verwendung mehr für dich hat?«

Malan konnte mir kaum ins Gesicht sehen. »Nah, ich hab ihn angerufen. Ich hab ihm gesagt, wir brauchen das Department, war ein Fehler, was ich gemacht hab. Ich hab ihm von dem Fall erzählt, in dem du ermittelst ...«

»Wir! Miss Stanislaus und ich.«

»Ich hab ihm gesagt, dass das sonst keiner kann und San Andrews CID drauf spezialisiert is ...«

»Und Miss Stanislaus?«

»Dassis das Einzige, wo er nich mit sich reden lässt. Er will das Verfahren, sagt er. Das annere geht erst mal in Ordnung.« Malan sah mich neugierig an. »Digger, was hat er gegen dich? Weil, der JM hat mir 'ne Menge Fragen über dich gestellt. Er wollt wissen, wo du wohnst, woher deine Familie stammt und sogar wie die Frau heißt, mit der du zusammen bist. Ich hab ihm nur von deiner Bourgeois-Freundin erzählt, der Manille-Tochter. Da hat er gestutzt, weil er weiß, dass er sich mit der Familie nich anlegen kann. Die ham ihn wahrscheinlich überhaups erst auf den Ministersessel gehoben. Und sie könn ihn ganz bestimmt wieder runterstoßen.«

»Warum lässt er die Sache mit Miss Stanislaus nicht fallen?«

»Wegen dir, glaub ich. Er weiß, dass sie deine Partnerin is und du dabei warst. Villeich denkt er, er kann dich irgendwie, äh, im-pli-ziern. Ich zeig dir was.«

Er zog ein Blatt Papier aus seiner Hosentasche, faltete es auf und hielt es mir hin. Es war eine ganzseitige Skizze eines liegenden Mannes. An den Schultern, den Oberschenkeln, den Knien, der Leiste und dem Brustbein waren Stellen eingekreist.

Malan legte den Kopf schräg, seine schwarzen Augen matt und glanzlos. »Mibo von Kara Island hat ihm das geschickt. Ich schätz mal, der JM hat ihn drum gebeten. Siehst du, was ich seh?«

»Sag's mir.«

»Dassis 'ne Karte von den Kugeln in Jubas Leiche. Guck dir mal die Einschüsse an. Denk dran, ihr habt gesagt, der Kerl wär 'n bewegliches Ziel gewesen und es wär noch dunkel gewesen. Merkst du was?«

Ich zuckte die Achseln.

»Digger, bist du blind?«

»Im Moment, ja.«

Er leckte sich über die Lippen und blinzelte mich an. »Du siehst das echt nich? Die Frau hat jede verdammte Kugel so exakt platziert, als hätt sie ihm die mit der Hand ins Fleisch gebohrt. Digger, die is fast so gut wie ich.«

»Fast?«

Das schien er nicht zu hören. Er starrte auf die Silhouette von Miss Stanislaus im Büro drinnen. »Wenn du dem Weib beigebracht hast, so zu schießen, spinnst du. Ich bring keiner Frau bei, was besser zu machen als ich.«

Ich wandte mich zur Tür. »Bist du jetzt fertig?«

»Der JM sagt, keine Frau kann so schießen, obendrein bei Nacht. Ich glaub ihm beinah. Er meint, dass sie Juba zuerst verwundet haben muss, und dann, nachdem sie ihn kampfunfähig gemacht hatte, is sie nah ran und hat kaltblütig den Rest erledigt. Er is zu dem Schluss gekommen, dass es 'ne Hinrichtung war, sie wollt sich rächen und hat das unterm Deckmantel des Gesetzes gemacht. Klarer Fall von Vor-sätz-lich-keit. Ich sag ihm, du warst dabei, bist Zeuge. Er meint, du lügst, Digger. Isses wirklich so passiert, wie du sagst?«

»Wenn du wieder mit deinem Boss redest, sag ihm, ich bleib bei meiner Aussage.«

»Ich weiß, dass der JM dich nich ausstehn kann, Digger. Aber is nich von der Hand zu weisen, was er sagt. Ich hab ihn bisschen besänftigt, weisde, aber er meint, er muss gegen das Department vorgehn, weil er in seiner Kabinettssitzung nich rechtfertigen kann, weshalb du und das Weib den Mann erschossen habt. Er hat mich gefragt, was für Beweise ihr habt, dass Juba ein Mörder is. Wusst ich nix drauf zu antworten.«

»Und was willst du mir nun damit sagen?«

»Ich sag nix, Digger, er hat das Sagen. So wie ich es seh, braucht der Minister Argumente fürs Kabinett. Also gib ihm die Argumente, weis nach, dass Juba 'n Mörder war, wie ihr behauptet.«

»Jetzt bin ich verwirrt«, sagte ich.

»Dein Problem«, sagte Malan. »Ich hab entschieden, euch nich zu helfen.«

Ich war nicht mehr wütend auf ihn. Was ich Malan gegenüber empfand, war schlimmer. Ich hatte das Vertrauen zu ihm verloren und jedes letzte bisschen Respekt. Er war eine Gefahr für sich selbst.

»Weißt du, Malan, was ich denk: Mal angenommen, es wär so passiert, wie der JM glaubt – villeich sollt jedes Mädchen auf Camaho sich 'n Beispiel dran nehmen. Nachdem ein Kerl, der zwei-, drei-, viermal so alt ist wie sie, sie vergewaltigt hat, macht sie sich gar nicht erst die Mühe, ihn anzuzeigen. Sie behält es für sich, bis es zu Gift in ihrem Herzen geworden is. Sie wartet ab, und wenn der richtige Zeitpunkt gekommen is, bestraft sie ihn selbst.«

»Du solltest dich mal hören, Digger, du redest wie 'n verdammter Krimineller.«

»Hab ich von dir gelernt«, sagte ich. »Kommst du mit rein, oder gehst du wieder?«

»Ich geh«, sagte er. »Is anners geworden da drin, nichwahr?« Er deutete mit der Hand aufs Büro.

»Tja, du leitest die Abteilung nicht mehr.«

»Also doch nix anners geworden. Gibst du mir 'n Schlüssel?«

»Du arbeitest hier nicht mehr.«

Doch dann dachte ich an DS Chilmans Rat. Ich fischte meinen Schlüssel aus der Hosentasche und gab ihn Malan, der ihn mir aus der Hand riss. »Ruf mich an, wenn du mich brauchst.«

Er schlenderte zu seinem Auto, schwang sich hinters Steuer und fuhr los, ohne sich noch mal umzudrehen.

Miss Stanislaus kam heraus, als ich gerade wieder hineingehen wollte. »Missa Digger, ich hab gesehn, wie Sie dem Mann 'nen Schlüssel gegeben ham. Ich werd nich mehr dasitzen und mir was von dem anhörn, nie mehr.«

»Ich auch nicht, Miss Stanislaus.«

»Dann hätten Sie ihm den Schlüssel nich geben solln.«

»Ihr Vater hat gesagt, ich soll ihn genauso behandeln wie vorher.«

»Wozu, Missa Digger? Wozu? Er meint's nich gut mit niemand. Warum stehn Sie noch zu ihm, obwohl Sie beinah draufgegangen wärn seinetwegen?«

»Miss Stanislaus...«

»Sie wärn beinahe draufgegangen und haben mir nix davon gesagt. Warum ham Sie mir nix gesagt?«

Ich zuckte die Achseln. »Ich hab's verkraftet.«

»Malan macht nur Ärger, er macht sich selbst Ärger.« Sie klang grimmig. »Eins sag ich Ihnen, Missa Digger, wenn Ihnen was passiert wär in dem Rock-Laden da, würd ich jetzt noch viel mehr in Schwierigkeiten stecken, weil ich nämlich nich hinter den Polizeikerlen da her gewesen wär. Sondern hinter ihm!«

Mit ein paar flinken Quickstepschritten ging sie um mich herum und zur Straße.

Ich stieg ins Auto und holte sie ein, hielt, öffnete die Beifahrertür.

Sie ging weiter, mit hoch erhobenem Kopf. Ich wiederholte die Aktion noch ein paarmal. »Wir müssen miteinander reden«, sagte ich.

Sie saugte an ihren Zähnen, warf mir einen flammenden Blick zu und ging weiter.

Ich sah ihr nach, bis sie auf der Straße zum Marktplatz verschwand. Ich fühlte mich so verlassen, dass ich beschloss, nach Hause zu fahren.

Auf der Old Hope Road, nicht mehr weit von meinem Haus, wurde ich zum Schritttempo gezwungen. Zu beiden Seiten standen Kinder und Teenager, die meine Ohren mit Spottversionen meines Namens attackierten: *Digger-Dagger, Digger-Bagger, Digger wer? Digger baggert!* Ich schob es auf die überschwappenden Aggressionen von einem Cricketmatch, das auf dem einzigen ebenen Straßenabschnitt im Dorf stattfand. Old Hope gegen Mont Airy.

Als ich endlich meine Haustür aufstieß, zitterte ich vor Erschöpfung. Ich mixte mir einen Drink aus Mauby-Saft mit einem Spritzer Rhum Agricole und schob *Journey to Addis* von Third World in meinen Player, wählte den Song »Fret not Thyself«. Biblische, beruhigende Worte, die mit so viel Geschichte befrachtet waren, dass ich an die alten Frauen von Kara Island denken musste.

Der Druck in meiner Brust stellte sich wieder ein und auch der Kloß in meinem Hals, den ich nicht loswurde, und dann die Beschämung, jedes Mal den Tränen nahe zu sein, sobald ich eine Pause machte, weshalb ich mir keine erlauben konnte.

Er erinnert Sie an Sie selbst. Miss Stanislaus' Worte, nachdem sie darüber hinweg war, dass ich Jana Ray an dem Abend in Beau Séjour nicht gleich festgenommen hatte. Es war mir nicht in den Sinn gekommen, und ich fand auch nicht, dass sie recht hatte. Jana Ray hatte mir nur wieder vor Augen geführt, was mir fehlte – eine Familie.

Ich hatte ein Foto von ihm gemacht, als wir auf Dog Island waren. Er stand mit dem Rücken zum Meer, seine blaue Bauchtasche baumelte in seiner Hand – ein hochgewachsener, schöner Jüngling, stolz und bettelarm wie ich einst. Jana Ray hatte seine Intelligenz hinter seiner schüchternen Zurückhaltung verborgen. Ein Athlet zudem, wie er im Buche stand, dessen Talent nicht so sehr vergeudet als viel mehr vernachlässigt worden war. Ich dachte daran, wie er mich herausfordernd angesehen und sich an den Kopf getippt hatte, als er bei mir zu Besuch war. *Ich hab Pläne, Missa Digger. Geben Sie mir ein, zwei Jahre, dann bin ich weg, ab zur Uni.* Für die Universität brauchte man Geld. Viel Geld. Jana Ray hatte sich einen Zeitplan gemacht und war so sicher gewesen, ihn einhalten zu können, dass er mit mir wetten wollte. Das brachte mich plötzlich auf eine Idee.

Am nächsten Morgen fuhr ich unter einem wolkenlosen Augusthimmel nach San Andrews. Der Tag kündigte sich heiß an. Im Büro hörte ich die Mitteilungen von den anderen Inselrevieren auf dem Anrufbeantworter ab. Wie es schien, hatten sie die Suche nach den beiden Weißen und Tamara, der Frau, die Miss Stanislaus und ich im Zusammenhang mit dem Mord an Lazar Wilkinson befragen wollten, aufgegeben.

Hier hat niemand nich 'ne Frau gesehn, auf die die Beschreibung passt. Is wahrscheinlich bei 'nem Mann.
Sie is jung, sagt ihr? Dann hat sie sicher 'n Freund. Findet raus, wo der Kerl ist, sie is wahrscheinlich bei ihm.
Ihr nennt euch Detectives? Wieso könnt ihr sie dann nich finden?
Ein paar klangen betrunken.

Ich machte mir eine Liste aller Banken in San Andrews, arbeitete im Kopf eine Route aus und ging zu Fuß in die Stadt. Wenn Jana Ray das Geld für ein Universitätsstudium zusammengespart hatte, sagte ich mir, hatte er das bestimmt nicht im Haus aufbewahrt. Ich machte die Runde bei allen acht Banken, doch die Antwort lautete immer gleich: kein Kontoinhaber des Namens Jonathon Rayburn. Dann fiel mir noch die Genossenschaftsbank ein, die in einem alten, vor kurzem ein wenig aufgehübschten Backsteingebäude an der Carenage saß. Wieder zeigte ich dem Kassierer am Schalter meinen Ausweis und fragte nach dem Chef.

Eine Frau mit steifer Haltung und geglätteten, dicht am Kopf anliegenden Haaren kam aus einem der hinteren Büros. Die Haut prall und glänzend wie eine Sternapfelfrucht.

»Entschuldigen Sie die Störung, Miss äh …?«

»Blackwood.«

Circa Mitte dreißig, kohlschwarze Augen.

»Ich bin DC Digson. Nur eine kurze Frage. Ein junger Mann namens Jonathon Rayburn, genannt Jana Ray. Ich möchte überprüfen, ob er ein Konto bei Ihnen hat.«

Ihr Blick schnellte von meinem Gesicht zu meinen Füßen und zurück. »Ja, hat er.«

»Sie kennen Jana Ray?«

»Wir kennen ihn alle.« Sie blickte zu der Reihe der Kassierer hin. »Es stand in den Zeitungen. Intelligenter Junge. Freundlich.«

»Ich hätte gern einen Kontoausdruck, sämtliche Bewegungen vom Zeitpunkt der Eröffnung seines Kontos bis zum letzten Mal, als er darauf zugegriffen hat.«

Leichtes Stirnrunzeln. »Mr Digson, ich glaube nicht …«

»Ich könnte eine richterliche Verfügung erwirken, Miss

Blackwood. Ich könnte ein großes Theater machen, so dass alle darauf aufmerksam werden, weshalb ich hier bin. Wollen Sie das?«

Ich sah ihrem entschwindenden Rücken nach, bis sie hinter einem hohen Raumteiler am Ende der Halle verschwand. Die Schalterangestellten behielten mich im Auge. Zweiunddreißig Minuten später kehrte Miss Blackwood mit einem Stapel Papiere in der Hand zurück, zeigte auf einen leeren Schreibtisch und ließ ihn darauf fallen.

Ich zog mir einen Stuhl herbei, spürte dabei die Anspannung in den Schultern von der Atmosphäre, die mein Erscheinen hervorgerufen hatte.

Mit dem Zeigefinger fuhr ich die rechte Spalte auf den Ausdrucken hinunter. Achtundzwanzigtausendzweiundneunzig Dollar und ein Penny, angespart in einem Zeitraum von zwei Jahren.

Ich tippte auf die Summe und sah die Frau an. »Zufällig weiß ich, dass das etwa das doppelte Jahresgehalt eines Büroangestellten ist. Jana Ray hat nicht gearbeitet, hat aber regelmäßig jeden Samstag etwas eingezahlt. Jeweils neunzig Dollar. Das ist noch leicht zu erklären, Miss Blackwood. Ein Spliff kostet dreißig Dollar – Jana Ray hat also jede Woche den Gegenwert von drei Spliffs auf die Bank gebracht. Dann aber, im letzten Dezember, verändert sich das Muster. Die wöchentlichen Einzahlungen steigen auf fünfhundert Dollar, dazu noch ein paar hundert hier und da. Schließlich« – ich zeigte auf die letzten beiden Einzahlungen – »eintausend Dollar und noch mal eintausend zehn Tage später. Zu Ihren Aufgaben gehört es doch, die Konten zu überprüfen, oder?«

»Das stimmt.« Sie ließ sich nicht aus der Ruhe bringen.

»Und was haben Sie für Schlüsse daraus gezogen – ein

bettelarmer junger Mann, der noch zur Schule geht, mit so viel Geld auf dem Konto?«

»Sagen Sie's mir, Mr Digson.«

»Sie hatten einen Verdacht, woher das Geld kommt, nichwahr?«

Im ersten Moment dachte ich, sie würde es leugnen. Sie bewegte kaum die Lippen, als sie antwortete. »Ich hab ihm gut zugeredet, sein Geld zu sparen. Hab das Konto für ihn eröffnet. Ich übernehme die volle Verantwortung dafür.« Bei all ihrer Selbstbeherrschung konnte sie es nicht lassen, kurz zu der großen Glastür mit der Aufschrift MANAGER hinzuschielen.

»Mein Job ist es, Geld zu verwalten und anzulegen, nicht ...«

»Auch Drogengeld?«

»Lassen Sie mich ausreden«, schnaubte sie. »Es war für seine Ausbildung gedacht. Haben Sie eine Ahnung, wie es ist, bettelarm zu sein, wie Sie es nennen, und sich allein durchs Leben schlagen zu müssen?« Sie warf einen Blick auf mein blaues Seidenhemd.

»Klären Sie mich auf, Miss Blackwood.«

Ihre Stimme wurde tief und heiser. »Im vergangenen Juni kam er mit einem kleinen Schulheft hier rein, das er, äh, mir zeigte. Darin hatte er eine Kostenaufstellung für sein Studium an der Universität in Trinidad gemacht, für die vier Jahre, die er brauchen würde: Studiengebühren, Miete, Bücher – und wie viel er noch sparen musste.« Sie räusperte sich, sah mich an. »Raten Sie mal, was er ausgelassen hatte.«

»Machen Sie's kurz, Miss Blackwood.«

»Kleider und Essen.«

»Sind Sie mit ihm verwandt?«

»Ich wohne ein paar Häuser unter ihm.«

Ich ließ die Wohnhäuser Revue passieren, die am Hang unterhalb von Jana Rays Hütte standen. »Blaues Betonhaus mit beiger Veranda, Garage auf der rechten Seite, ein Sauersackbaum daneben – ist es das?«

»Genau.«

Ich stand auf, schob die Ausdrucke in meine Aktentasche. »Alles, was Sie mir gesagt haben, ist schlüssig, Miss Blackwood. Ich hab es nicht auf Sie abgesehen, aber ich bin auch noch nicht fertig mit Ihnen.«

Auf einen Zettel schrieb ich meinen Namen und meine Telefonnummer. »Rufen Sie mich an, falls Ihnen noch etwas einfällt, von dem Sie denken, dass ich es wissen sollte.«

Sie begleitete mich zum Ausgang. Fixierte mich mit ihren achatschwarzen Augen. »Wenn Menschen in der Klemme stecken, tun sie alles, um da rauszukommen.«

»Meinen Sie, das weiß ich nicht?«

»Danke«, sagte sie.

»Wofür?«

Wahrscheinlich hörte sie mich nicht mehr, als sie über den spiegelnden Boden auf ihr Büro zueilte.

Ich trat hinaus in den glühend heißen Nachmittag. Ein Kreuzfahrtschiff lag an der lang in die Bucht hinausragenden Mole und ließ die Gebäude und Straßen ringsum zwergenhaft erscheinen. Bleiche Gestalten mit Strohhüten drängten sich auf den Bürgersteigen, Papageienmuster auf ihren bunten Hemden und Stolen. Ich betrachtete die Scharen von Fremden mit dem törichten Lächeln der Insulaner, die sie bestaunen sollten, ohne sich unter sie zu mischen. Ein junger, überaus muskulöser Camahoer mit kurzen, abstehenden Dreadlocks und schiefen Zähnen, den wir als Bad Talk kannten, erzählte den Touristen, was sie seiner

Meinung nach hören wollten – eine von ihm frei erfundene Geschichte der Insel und ihrer Bewohner. Seine Behauptungen waren teilweise so haarsträubend, dass ich versucht war, ihn zu verhaften.

Straßenverkäufer hockten unter Sonnenschirmen und verkauften Perlen und Muscheln und so ziemlich alles, was glänzte, wovon das meiste mir ebenso unbekannt war wie den Touristen. Vernünftige Einheimische suchten Zuflucht vor der Hitze in klimatisierten Ladeneingängen oder unter allem, was Schatten warf.

Ich rief Miss Stanislaus an, sagte ihr, dass ich möglicherweise entscheidende neue Erkenntnisse im Fall Jana Ray und wahrscheinlich auch Lazar Wilkinson hatte, und brachte sie kurz auf den neuesten Stand.

»Und Sie glaum immer noch, dass Jamma Ray ein Guter war?«, sagte sie.

36

Ich saß an meiner Küchenarbeitsplatte und nahm die Bücher heraus, die ich in Jana Rays Schlafzimmer aufgelesen hatte. Meines hatte er verschandelt. Nicht nur hatte er den Einband ruiniert, sondern sich auch einen Spaß daraus gemacht, die Seiten zu bekritzeln und zu bemalen. Am unteren Rand einer der vorderen Seiten kletterte eine Reihe von Strichmännchen etwas hinauf, das wie stufenartig angeordnete, riesige Kisten aussah, etwa zehnmal so groß wie sie. Auf der gegenüberliegenden Seite sah ich so etwas wie sechs schlecht gezeichnete umgedrehte elektrische Ventilatoren, über denen jeweils dieselbe Nummer stand. Ich konnte den

Anblick nicht länger ertragen. Jana Rays eigenes Buch war in bestem Zustand. »Mistkerl«, murmelte ich und warf das Ding beiseite.

Was zum Teufel hatte er überhaupt mit einem Buch über Pflanzenzüchtung ohne Erde gewollt?

Ich schob eine Chronixx-CD in den Player, mixte mir einen leichten Rumcocktail und ließ mich mit Jana Rays *Hydrokultur: Grundlagen und Praxis* nieder.

Darin gab es ein ganzes, mit zahlreichen Anmerkungen versehenes Kapitel über Pflanzengenetik und eine spezielle Cannabissorte namens Kush. Auf den letzten unbedruckten Seiten fand ich zwei eng beschriebene Spalten mit Notizen über medizinisches Marihuana und Techniken zur Extraktion von Cannabisöl. Als ich das Buch zuklappte, hatte ich eine ziemlich genaue Vorstellung davon, was Jana Ray vorgehabt hatte, und wenn ich mit meinen Schlussfolgerungen richtig lag, war der Junge sowohl ein Lügner als auch ein Genie gewesen.

Miss Stanislaus hatte recht, ich hatte Jana Ray überhaupt nicht gekannt.

Gegen fünf Uhr nachmittags zog ich mich um: eine Cargohose mit übergroßen Taschen, ein warmes Baumwollhemd, schwere Stiefel. Ich holte meine Remington heraus und wog sie zögerlich in der Hand. Irgendwie hatte ich nie eine Beziehung zu der Waffe entwickelt, im Gegensatz zu Malan, der mit seiner geradezu verwachsen war. Er fühle sich nackt ohne die große SIG Sauer am Körper, hatte er mal zu mir gesagt. Und Miss Stanislaus' Ruger – ich fragte mich, ob sie inzwischen besser mit der Glock zurechtkam – war für sie wie ein tödliches Schmuckstück, ohne das sie das Haus nicht mehr verließ.

In meiner Hand wog eine Schusswaffe schwerer als

ihr Gewicht. Sie warf mich aus der Bahn, war für mich das Ding, das meine Mutter getötet hatte. Nie war sie das, wonach ich als Erstes griff, um mich aus einer Notlage zu retten. Ich nahm meinen schweren Ledergürtel von dem Haken an der Schlafzimmertür und fädelte ihn durch die Schlaufen meiner Hose.

Die Nacht senkte sich langsam über Old Hope Valley. Ich hatte Werkzeug in meinen Rucksack gepackt, ein paar Dosen Sardinen, Kekse, eine Packung Kerzen, ein Multifunktions-Taschenmesser, einen Liter Leitungswasser, eine Fitnessmatte, die als Matratze dienen sollte, und Jana Rays Thermo-Hygrometer. Meine Remington R1 steckte im Außenfach.

Ich parkte drei Kilometer vor dem Dorf und lief zu Jana Rays Behausung. Dort zündete ich zwei Kerzen an, setzte mich auf den Boden und blätterte durch seine Schulbücher, während ich in die Dunkelheit dort draußen lauschte, die so dicht war, dass die Nacht mir wie ein lebendiges, atmendes Wesen erschien. Ein paarmal hob ich den Kopf bei den Geräuschen von Schritten auf dem Pfad unten. Ich legte die Remington in meinen Schoß, als ich neue Schritte den Hügel heraufkommen hörte, die ein paar Meter vor der Hütte anzuhalten schienen. Sie entfernten sich weder noch näherten sie sich, und das war so seltsam, dass sich mir die Nackenhaare aufstellten.

Kurz vor Morgen streckte ich mich auf der Matte aus und hielt ein Nickerchen, dann stand ich auf und aß etwas. Wenig später verließ ich die Hütte und machte mich auf den Weg in die Berge. Vor mir erhoben sich die Gipfel der Belvedere Mountains, zerklüftet und abweisend vor dem beinahe violetten Morgenhimmel.

Ich bahnte mir einen Weg durch Riesenfarne und Schilfrohr hindurch, durch Matsch, Kaskaden von Rankengewächsen und tiefdunkle Stellen, wo die Bäume des Waldes ihre Zweige miteinander verflochten. Auch Old Hope war ein Ort mit viel Wasser, Wind und Wald, und ich kannte niemanden in meinem Dorf, der oder die sich im Busch nicht zurechtfand.

Immer wieder sah ich auf das Thermo-Hygrometer.

Wonach ich suchte, war ein windgeschützter Bereich, aber mit guter Luftzirkulation, an einem dieser Berghänge, in dem die Temperatur um die 23 Grad und die Luftfeuchtigkeit zwischen 51 und 61 Prozent betrug. Nach einer guten Stunde sagte mir das Instrument, dass ich mich im richtigen Gebiet befand. Ich begann, um den Berg herumzuwandern. Zwei weitere Stunden später ging ich an einer steilen, steinigen Schlucht entlang, und auf einmal sah ich es vor mir – ein großer, zeltartiger Aufbau inmitten einer Lichtung. Durchlöcherte Plastikplanen, gestützt von Bambusstäben.

In dem Zelt gedieh ein Garten aus buschigen, dunkelgrünen Pflanzen mit Trauben von knotigen, violetten Knospen. Schön und seltsam zugleich, ihre Blütenstempel schimmerten bronzefarben in dem diffusen Licht. Die Pflanzen wuchsen in Beeten, bestreut mit zerriebenem Kalkstein, und hinter dem Zelt gab es eine Art Graben, in dem noch Reste von verbrannter Holzkohle zu erkennen waren. Eine Reihe von Bambusrohren hing über diesem Graben, die sämtlich in das improvisierte Gewächshaus führten, offenbar Jana Rays ureigene Erfindung, um Kohlendioxid zu der Anpflanzung zu leiten. Der Garten roch nach Kiefernharz.

Aufgrund von Jana Rays Aufzeichnungen vermutete ich, dass der pH-Wert des Bodens irgendwo zwischen 5,7 und 6 lag, die Temperatur im Wurzelbereich dieser Pflanzen etwa bei 20 Grad Celsius. Er hatte eine spezielle Sorte ertragreichen Kushs gezüchtet und eine Möglichkeit gefunden, es auf Camaho anzubauen. Das hier wäre, soweit ich es sah, seine erste Ernte gewesen.

Ich holte mein Handy heraus und googelte »Grammpreis für Kush«. Ergebnis: 375 bis 500 US-Dollar.

Teurer als Kokain. Kein Wunder, dass er kein Interesse an Dessies Jobangebot gehabt hatte.

Auf meiner Uhr war es 16.07. Mit der Pistole im Schoß setzte ich mich auf einen Haufen trockenen Laubs vor dem Gewächshaus und machte mir ein Sardinensandwich.

Kopf und Augen, sie sagten einem alles, wenn man wusste, worauf man achten musste. Das hatte ich von Miss Stanislaus gelernt. Ich dachte an Jana Rays ausweichenden Blick, als ich ihn mit Fragen bedrängt hatte, seine vorsichtige Wortwahl, als ich nachgebohrt hatte, um Genaueres über Lazar Wilkinsons Geschäfte zu erfahren, an seinen Gesichtsausdruck und die merkwürdig gekrümmten Schultern, wie um sich vor einem kalten Wind zu schützen. Dachte wieder an diesen wulstigen Striemen, wie ein Brandmal auf seinem Rücken. Die Jungs am Strand waren meinem Blick ausgewichen, als ich sie nach dem Ursprung ihrer Narben gefragt hatte, ihre Augen waren dunkel geworden vor Furcht, ehe sie davongerannt waren.

Ich nahm meinen Rucksack auf und kletterte in die Schlucht hinunter, folgte ihrem Verlauf, bis ich zu einer Gruppe Roter Baumwollbäume kam. Ein Einschnitt an der Seite führte mich zu einem Pfad aus schlammüberkrusteten Steinen, der sich zu einem Wald von tropfenden Farnen hinunterwand und um ihn herumführte. Ich kletterte weiter bis zu einem Felsplateau und einem Feld aus riesigen vulkanischen Brocken, durch das sich ein neuer schmaler Pfad schlängelte.

Ihm folgte ich, bis ich mich auf einem freien, laubbeschatteten Platz wiederfand, eingefasst von Mapou-Bäumen.

Ich trat in das Dämmerlicht und sah mich um: etwa zwanzig Meter lang, zehn Meter breit. Fünf riesige Kakaokörbe standen an einer Stelle zusammen, innen geschwärzt von Holzkohlestaub. Kleine Metallfässer, Töpfe und Pfannen lagen auf dem Boden herum. Sechs Flaschenfackeln, ein paar davon noch mit Kerosin gefüllt. In der Mitte zwölf Feuerstellen in einer Reihe, jeweils anderthalb Meter auseinander. Links von mir sieben Zwei-mal-zwei-Meter-Wellblechplatten von der Sorte, mit denen Dächer gedeckt wurden. Fünf grüne Plastikeimer, acht kurze Kanthölzer, an einem Ende abgehobelt, so dass sie wie Pfähle aussahen, vier Bindfadenrollen, braunes Packpapier, zwei alte Rucksäcke, ein ungeöffnetes Päckchen Kondome.

Als ich ein schweres Stück Segeltuch entrollte, kamen ein bemalter und verzierter Stock sowie eine Tamarindenpeitsche von der Sorte zum Vorschein, mit der grausame Eltern ihre Kinder züchtigten. Diese hier war dick und mit geflochtenen Zweigen versehen, gemacht, um blutige Wunden zu schlagen.

Ich nahm ein paar kleine Plastikbeutel aus meiner Tasche, schabte die Böden der Fässer und der anderen Behälter aus und tütete die Proben ein.

Plötzlich stellten sich meine Nackenhaare auf, ich hob den Kopf und griff nach meiner Remington. Wartete und horchte. Nichts als das leise Rascheln bewegter Blätter im Gebüsch.

Mit der Waffe in der Hand stand ich in dem Zwielicht, bis nur noch die Geräusche der Berge zu hören waren.

Der Wald versank allmählich in der Dunkelheit, und die Kälte der Höhe breitete sich aus. Ich wickelte die Peitsche in wilde Sigin-Blätter ein, legte sie mir quer über die Schultern und machte mich an den Abstieg, hielt bei jedem Rascheln an, bis ich wieder auf den Weg zu Jana Rays Hütte stieß.

Von dort sah ich noch mal zu diesen hohen, gleichgültigen Waldbergen auf, durchdrungen von seltsamen Lauten und einer rasenden Traurigkeit, die vielleicht nur ich hören konnte.

Ich rief Caran an und beschrieb ihm die Stelle. »Klingt nach 'ner Wahnsinns-Kokainfabrik, Digger.« Er klang skeptisch. »Bist du sicher, was die Größe angeht?«

»Willst du damit sagen, das ist nicht normal?«

»Nicht für Camaho, nee. Wir sehn uns das morgen an. Hat das was mit dem Wilkinson-Typ und deinem kleinen Freund zu tun, den sie umgebracht ham?«

»Bin mir noch nicht sicher. Sah jedenfalls so aus, als hätten sie's zu Ende gebracht, was auch immer sie da getrieben haben.«

»Vorsicht, Digger, Leute, die so 'n Geschäft betreiben, ham keine Skrupel, dich umzubringen.«

»Ich weiß.«

Ich trabte zu meinem Auto. Sobald ich zu Hause war, nahm ich eine Flasche mit einer hellbraunen Flüssigkeit von zuunterst aus meinem kleinen Kühlschrank, zog eins von meinen Notizbüchern aus dem Regal und fuhr mit dem Finger über eine der markierten Seiten.

Scott-Test:
Cobalt(II)-Thiocyanat, destilliertes Wasser, Glyzerin, Salzsäure, Chloroform.
Kokain färbt die Lösung blau.

Bemerkung: Mit Vortests dieser Art kann eine spezifische Droge nicht zweifelsfrei nachgewiesen werden, da weitere Substanzen eventuell zu falschen positiven Ergebnissen führen.

Ich leerte einen der Beutel mit den Bodensatzproben aus den Metallfässern in ein Becherglas.
Hielt es gegen das Licht.
Nix falsch positiv hier, Missa Scott. Ist blau, ist echt. Ist waschecht. Ist Kokain!

37

Eine Woche nach meinem Einbruch in unser altes Büro hatten wir den Betrieb wieder voll zum Laufen gebracht. Chilman hatte Malans abgeteiltes Zimmer übernommen, das vor seinem Eintritt in den Ruhestand schon ihm gehört hatte.

An diesem Morgen jedoch ließ er sich in unserem Gemeinschaftsbüro nieder und ruckte mit dem Kopf wie ein Truthahn, während er uns zusah und zuhörte. Miss Stanislaus tat wie üblich, als wäre er nicht vorhanden. Caran war mit seinem Team vorbeigekommen, nachdem sie die Kokainverarbeitungsanlage, die ich in den Bergen entdeckt hatte, inspiziert hatten. Er saß zurückgelehnt und mit ausgestreckten Beinen auf einem Stuhl, sein zimtbraunes Gesicht vor Sorge verkniffen. So hatte ich ihn noch nie gesehen. Seine drei Bush Ranger blieben stehen wie die Soldaten, die sie im Grunde waren, ihre Gewehre im Arm, undurchdringlich wie Stein.

Pet konnte den Blick nicht von Toya wenden. Carans Lieutenant war eine durchtrainierte junge Frau mit dunklen Augen, ernstem Gesicht und einem Remington Bushmaster ACR an einem Riemen über der Schulter. Ihr rechter Zeigefinger lag immer am Abzugsbügel. Die Einzigen, die je einen vollständigen Satz aus ihr herausbekamen, waren Caran, ihre beiden Kameraden und, nicht wenig beneidet von mir, Miss Stanislaus. Wir Übrigen wurden mit Grunzen und einsilbigen Antworten abgefertigt. Ich fragte mich, ob Toya Furore Menschen überhaupt mochte, abgesehen vielleicht von diesen vier.

Pet hatte ihren Job beim Zoll hingeschmissen. Als der Dienststellenleiter sie auf dem Handy angerufen hatte, hatte sie ihn wissen lassen, dass sie jetzt wieder »richtig« arbeite. Darauf musste er etwas Unfreundliches erwidert haben. »Sie wollen mich nich wieder zurückhaben, Missa Torville, das sag ich Ihnen«, kam es von Pet, »weil ich sonst nämlich einen von Ihrn Männern da wegen sexueller Belästigung anzeig.«

Damit hatte sie aufgelegt und uns angestrahlt.

»Wie heißt der Kerl, der dich belästigt hat?«, knurrte Chilman.

»Kein Kerl«, antwortete Pet.

»Wer dann?«

»Noch niemand, Missa Chilman. Ich hab nur vorgesorgt, weil es garantiert einer probieren wird.«

Chilman hatte an seinen Zähnen gesaugt und etwas gebrummt.

Jetzt zog der DS einen Stuhl in die Mitte des Raums, worauf wir wie gewohnt einen Halbkreis um ihn bildeten. Er fischte einen Kuli aus seiner Hemdtasche und das winzige Notizbuch, das er immer bei sich trug.

Als der Alte den Kopf hob und uns der Reihe nach ansah, war er wie ausgewechselt. Seine gelben Augen blickten durchdringend und aggressiv, seine ganze Haltung hatte etwas Schlägerhaftes, Motto: Komm mir jetzt ja keiner mit irgendeinem Scheiß – was mir immer einen gewissen Nervenkitzel verursachte, auch wenn ich den alten Hund zugleich dafür hasste. Ich stellte mich darauf ein, in die Mangel genommen zu werden.

»Okay, Digson, sehn wir uns an, mit was wir's zu tun ham. Zwei ermordete junge Männer in dem Dorf, durch das ich jeden Tag durchkomm. Nenn sie.«

»Lazar Wilkinson und Jonathon Rayburn, Sir. Ich denke...«

»Is mir im Moment scheißegal, was du denkst. Hast du rausgefunden, warum sie umgebracht wurden?«

»Ich glaube, wegen Drogen, Sir.«

»Du glaubst! Bist du jetzt religiös geworden? Zeig mir 'nen verdammichten Beweis.«

Miss Stanislaus rutschte unwillig auf ihrem Sitz herum. Chilman warf ihr einen finsteren Blick zu, worauf sie begann, ihre Fingernägel zu inspizieren.

»Wie Sie wissen, Sir, haben wir gerade das Camp ausfindig gemacht, in dem die ganzen Drogen aufbereitet wurden. Ich kann beweisen, dass es sich um Kokain handelt.«

»Und ich kann beweisen, dass ich zwei Hände hab! Sind nutzlose Informationen, Digson, es sei denn, du findest einen Zusammenhang zwischen der Fabrik da und den beiden Toten.«

»Kurz bevor er umgebracht wurde, hat Jana Ray zugegeben, dass sie Drogen umgeschlagen haben. Er hat bestätigt, dass Lazar Wilkinson ihn angestellt hatte. Und es ist ein und dasselbe Dorf, Sir. Ich seh nicht, wie die Morde nicht miteinander in Verbindung stehen können.«

»Inwiefern in Verbindung, Digson?«

»Wir arbeiten dran.«

»Nennst du das eine vernünftige Antwort?«

Ich zuckte die Achseln.

»Fassen wir zusammen: Zwei junge Männer sind tot, und ihr *denkt*, ihr habt rausgefunden, warum sie getötet wurden, aber ihr habt keine Beweise nich. Und ihr wisst nich, von wem. Richtig?«

Ich schwieg.

Chilman sah uns griesgrämig an, hievte sich von seinem Stuhl und ging zur Toilette.

Pet warf mir einen mitfühlenden Blick zu. Caran räusperte sich und rückte seinen Stuhl zurecht.

Der Alte kam zurück, setzte sich wieder. »Diese junge Frau und die beiden Weißen, hinter denen ihr her seid – was ham die getan, um euch auf sie aufmerksam zu machen?«

»Wir sind zu dem Schluss gekommen, dass Lazar Wilkinson von mindestens zwei Männern ermordet wurde und dass eine Frau dabei im Spiel war. Das hab ich Ihnen doch schon gesagt.«

»Sag's mir noch mal!«

Ich gab ihm eine kurze Zusammenfassung. »Außerdem hat ein Dorfjunge namens Eric mir die Frau beschrieben, die ein paar Tage vor Lazars Ermordung mit ihm zusammen gesehen wurde. Die Beschreibung passt auf die junge Frau, der ich mit den beiden fraglichen Weißen beim The Flare begegnet bin.«

»Ist also alles nur Spekulation?«

»Begründete Spekulation, Sir.«

»Wo ist der Unterschied, Digson? Warum hackt ihr alle auf diesen beiden Weißen rum – ich frag aus reiner Besorgnis um die Tourismusbranche.« Er schnitt eine Grimasse. Pet lachte.

»Mindestens einer von denen wollte mich umbringen oder schwer verletzen, Sir. Er ist mit dem Messer auf mich losgegangen, als ich ihm den Rücken zugekehrt hab. Mit andern Worten, die haben kein Problem damit, Menschen zu töten. Weshalb Miss Stanislaus auch befürchtet, dass die junge Frau bei ihnen, Miss Tamara, in Gefahr sein könnte.«

Das ließ ihn kurz stutzen. »Die wollten dich umbringen, sagst du? Wieso weiß ich nix davon?«

»Weil Sie nicht da waren, Sir.«

Pet hielt sich die Hand vor den Mund und ließ ihr Kichern in ein Hüsteln übergehen. Chilman bedachte sie mit einem vernichtenden Blick.

»Wir müssen sie wenigstens als Verdächtige ausschließen können«, sagte ich.

»Aber ihr wisst nicht, wie ihr sie finden sollt«, gab er zurück und wandte sich an Caran. »Die Fabrik da, die Digson im Busch gefunden hat, ist die wirklich so, wie er sie beschreibt?«

Ich hob protestierend die Hand. Miss Stanislaus sah mich streng an, worauf ich mich wieder zurücklehnte.

»Wir reden hier über Stoff im Wert von zig Millionen Dollar, den die da oben gekocht haben«, sagte Caran.

»Genau«, sagte ich zu Chilman. »Das ist 'n richtiges Labor in den Bergen da. Salzsäure, Schwefelsäure, Kaliumpermanganat, Ammoniak, was das Herz begehrt.«

Der DS starrte mich an, er wirkte verwirrt. »Und was machen wir jetzt?«

»Wir riegeln das Dorf ab«, sagte ich.

»Unmöglich«, sagte Chilman.

»Wieso?«

»Dort ist der Mann aufgewachsen, der dieses Land regiert. Sind seine Leute. Und falls ihr es noch nicht wisst, er is 'n rachsüchtiger kleiner Soundso. Er würde das San Andrews CID ruckzuck dichtmachen.«

»Offiziell sind wir sowieso schon dicht«, erwiderte ich.

»Und was machst du dann hier?«

»Das sin nich einfach nur zwei Typen, die bisschen Koch inner Küche spielen.« Caran klang beinahe flehend.

Bei seiner Rückkehr aus den Bergen hatte er mir eine Speicherkarte mit Fotos gegeben, die er gemacht hatte.

Chilman schmatzte laut mit den Lippen. »Trotzdem sag ich nein! Is Selbsmord.«

»Für wen?«, rief ich. »Wollen Sie lieber Camaho mit dem Gift überschwemmen?«

»Das Gift is nich für Camaho, Digson. Kann gar nich sein. Gebrauch deinen verdammichten Verstand. Was auch immer die da oben für Zeug hergestellt ham, is viel zu viel für so 'ne kleine Insel. Das wird hier nur durchgeschleust. Die jungen Leute, die hier verprügelt und umgebracht werden, sind jetzt nicht das Wichtigste. Die sind, was Obama in Amerika Kohllateralschaden genannt hat, nachdem er Bomben auf arme Schlucker in ihrm eigenen Land geworfen hat und dann meinte, 's wär 'n Fehler gewesen, er wär nur hinter den Theoristen her gewesen.«

»Terroristen«, sagte ich. »Nicht Theoristen.«

»Digson, krieg deinen Arsch hoch! Du stellst nich die richtigen Fragen. Das sind die richtigen Fragen …« Chilman schwang seinen Arm wie eine Machete. »Wo is die gaaanze Ladung hergekomm? Wer hat sie hergebracht und wie, wo ham sie das Zeug jetzt, wo schaffen sie's hin und so weiter!« Der Arm stoppte. »Bester Weg, um ihnen das Handwerk zu legen. Endgültig! Vergesst die beiden toten Jungs und das mit arme Leute in ihrm eigenen Haus einsperren! Konzentriert euch darauf.«

Er wankte im Zickzackkurs zur Tür und zog sie fest hinter sich zu. Von draußen warf uns der alte Hund noch einen gemeinen Blick zu, ehe er davonfuhr.

In der Stille, die Chilman zurückgelassen hatte, konnte ich das leise Klacken hören, wenn Insekten gegen die Fensterscheibe prallten, das Summen des Kühlschranks und des Fotokopierers. Das Streichen von Miss Stanislaus' Fingern über die Seiten meines verschandelten Buchs, das mitzubringen sie mich gebeten hatte, nachdem ich mich am Telefon bei ihr darüber beklagt hatte. Sie schloss das Buch und drehte ihren Stuhl zu uns herum.

»Warum seid ihr so scharf darauf, ein ganzes Dorf einzusperren?«, fragte sie.

»Alle dort ducken sich vor irgendwas«, sagte ich. »Ich hab noch nie so 'ne Angst gesehen. Und ich frag mich, was eine Frau, die ihren Sohn verloren hat, dazu bringt, ein paar tausend Dollar als Wiedergutmachung anzunehmen. Gier isses nich. Gleichgültigkeit auch nicht.«

»Was isses dann?«, fragte Caran.

»Das, was mit ihr passieren würde, wenn sie redet. Sie hat Angst.« Ich wickelte die Tamarindenpeitsche aus, die ich aus den Bergen mitgebracht hatte, warf sie auf den Tisch.

Pet gab ein Wimmern von sich.

Caran richtete einen dunklen, ausdruckslosen Blick auf die Peitsche, dann auf mich.

»Die hatten 'nen kleinen Sklavenbetrieb da oben«, sagte ich. »Ich könnte jetzt in das Dorf gehen und mehrere Jungen im Alter zwischen zehn und fünfzehn anhand ihrer Narben und Striemen herauspicken. Jana Ray hat auch dazugehört. Sie durften nicht müde werden oder einschlafen, weil diese Peitsche sie sofort aufgeweckt hat. Ich sag immer noch, sperrt das Dorf ab.«

»Wozu soll das gut sein?«, wollte Miss Stanislaus wissen.

»Wie Digger sagt, alle da profitieren von dem Geschäft«, antwortete Caran.

»Dassis nich, was ich ihn hab sagen hörn, Missa Karren. Ich hab gehört, dass sie Angst ham. Mein Sie nich, sie einzusperrn oder abzusperrn oder auf- und zuzusperrn wird ihnen noch mehr Angst machen?«

»Okay, Miss Stanislaus, wenn Sie das so sehn, stimm ich Ihnen zu. Digger, hast du den Mann identifiziert, der das Ding da gebraucht hat?« Er starrte auf die Peitsche und blickte dann abrupt auf, als hätten wir ihn bei etwas ertappt.

»Der ist so 'ne Art Aberglaube bei denen. Sie haben Angst, seinen Namen zu sagen, weil sie denken, dass er sie überall hört. Sogar Jana Ray. Aber den Kerl gibt's wirklich. Das ist der Beweis.« Ich schlug mit der Peitsche auf den Boden. »Möchte mal wissen, was die Camahoer immer mit den Peitschen haben! Immer isses ...«

»Du hast seinen Namen nicht gesagt«, bemerkte Caran. Wieder diese ausdruckslose Miene.

Ich dachte an die Dämmerung in den Bergen, als ich Augen auf mir gespürt hatte, die flüchtige Bewegung im Gebüsch, das Schlurfen schnell verklingender Schritte. »Shadowman«, sagte ich.

»Wohnt er im Dorf?«

»Nein.«

»Woher weißt du das?«

Ich dachte an die Frau mit der Machete, die mich an Jana Rays Tür zur Rede gestellt hatte. »Eine von den Dorffrauen da hätt ihn inzwischen längst vergiftet oder im Schlaf getötet, da bin ich sicher.«

Mit dem freundlichen Ton und dem schüchternen Kleinejungenlächeln, das er nur ihr vorbehielt, sagte Caran zu Miss Stanislaus: »Absperren oder nicht, jemand muss ihn fassen.« Damit stand er auf. »Ruft mich an, wenn ihr rausgefunden habt, wo er steckt.«

Caran umarmte mich auf Männerart und nahm Miss Stanislaus' Hand, als wäre sie eine Blume. Dann winkte er Pet zu und stieg mit seinem Team in den braunen Land Rover, den sie fuhren.

38

Wo is die gaaanze Ladung hergekomm? Wer hat sie hergebracht und wie, wo ham sie das Zeug jetzt, wo schaffen sie's hin...?

Chilmans Worte gingen mir im Kopf herum, doch am Ende kam ich immer wieder auf die Peitsche und die beiden toten jungen Männer zurück, die er uns zu vergessen riet.

Miss Stanislaus unterbrach meine Gedanken. »Missa Digger, ich hab beschlossen, dass Sie dringend mit mir reden müssen. Gehn wir frische Luft schnappen?«

Ich folgte ihr zu Kirans Food Palace, einem schmucklosen Restaurant, das wie eine Großküche angelegt war. Wir entschieden uns für einen Sitzbereich mit Blick auf die endlos lange Hafenmole, gebaut von den Chinesen, die ihre eigenen Arbeitskräfte mitgebracht und die arbeitslosen Einheimischen zu Zuschauern degradiert hatten.

Die Hafengegend pulsierte von dem Tuckern der Minibusse, dem Geschrei der Fahrer und dem Bienenstockgesumm der Einkaufsausflügler aus den anderen Bezirken, die sich anschickten, San Andrews wieder zu verlassen.

Miss Stanislaus setzte sich mir gegenüber. Sie stellte ihre Handtasche auf den Tisch und streichelte mir über die Wange. »Sie sollten sich mal sehn. Ihr hübsches Gesicht is ganz hart und bitter geworden, ehrlich!«

Sie nahm mein Buch aus der Tasche. »Missa Digger, Jamma Ray war schlau. So was hab ich noch nich gesehen. Wissense, ich hab mir gedacht, der junge Mann hätt Ihr Buch doch nich ohne guten Grund angerührt. Er hat sich Ihr schönstes Buch ausgeliehn, weil er damit gerechnet hat, dass Sie sich schrecklich ärgern und den Schaden genau begutachten würden, während Sie ihn verwünschen. Ein normaler Mensch würd so reagiern, aber nich Sie – Sie schleudern's einfach weg. Sie fragen sich nich, warum Missa Jamma Ray so was gemacht hat.«

Sie stellte das Buch aufrecht auf den Tisch und sah es blinzelnd an, als befände sie sich in einem stummen Gespräch mit ihm. Das Sonnenlicht fiel auf ihr Gesicht und ihre Hände, während sie es nahm und über die zweite Umschlagseite fuhr. Bei den Zeichnungen hielt sie inne, legte den Kopf schräg und lächelte mich flüchtig an. Ich ließ die Vorstellung über mich ergehen.

Schließlich legte sie das Buch flach auf den Tisch und klappte den Rückendeckel auf. Sie griff in ihre Tasche, holte eine Rasierklinge heraus und begann, die Innenseite des Deckels aufzuschlitzen.

»Nein, nein, nein!« Ich wollte ihr die Klinge aus der Hand reißen.

Sie hielt mich mit einem Blick zurück und zog das Papier ab, brachte ein kleines blaues Büchlein zum Vorschein. Ein Camaho-Reisepass, ein schäbiges Ding, nur halb so groß wie die früheren Pässe und nur noch halb so lange gültig – die neueste Masche der Regierung, um arme Reisende auszunehmen. Die Behördenquittung steckte noch darin, ich warf einen Blick darauf, dann auf das Passfoto, von dem Jana Ray mich offen und mit strahlenden Augen anblickte. Ich durchblätterte alle Seiten.

»Nie benutzt«, sagte ich. »Er hat ihn am dritten des letzten Monats bekommen. Hat die hundertfünfundzwanzig Dollar Aufschlag für schnelle Bearbeitung bezahlt.«

»Eine Woche bevor sie Missa Laza Wilkins umgebracht ham. Zwei Wochen bevor sie Ihrn Exfreund getötet ham.«

»Er war nicht mein ›Exfreund‹.«

»Er war ihr Freund, nichwahr?«

»Mhmm.«

»Und er is ex, oder?«

»Ja, schon.«

»Na also! Jetzt sehn Sie sich das an, Missa Digger.«

Sie schlug das Buch vorne auf und zeigte auf die Zeichnungen.

»Hab ich gesehen, Miss Stanislaus. So was hab ich auch in der Schule gekritzelt, wenn ich über was nachgegrübelt hab.«

»Sie ham Schiffe und so gemalt?«

»Alles Mögliche.«

»Nee«, sagte sie.

»Was, nee?«

Sie schlug die hintere Innenseite des Umschlags auf und

tippte mit dem Daumen auf die Zeichnung eines Boots. »Das Boot is dasselbe wie das vorn, nur anners.«

»Jana Ray war ein helles Köpfchen, aber zeichnen konnte er nicht, das ist alles.«

»Missa Digger! Ich will Ihnen was zeigen, aber Sie hörn mir nich zu!«

Sie legte den Zeigefinger auf die Bootszeichnung hinten. »Sehnse?« Dann blätterte sie zur vorderen Umschlaginnenseite. »Sehnse?«

»Nee.«

»Dasselbe Boot, stimmt's?«

»Weiß nich, Miss Stanislaus. Villeich konnt er 'n Boot nich anders zeichnen.«

»Dasselbe Boot«, blaffte sie. »Erkenn ich daran.«

Sie zeigte auf die Rautensymbole am Rumpf der beiden Boote, so klein, dass ich die Augen zusammenkneifen musste. »Vorderes Boot liegt tief im Wasser, hinteres hoch im Wasser – was sagt Ihnen das?«

»Boot beladen, Boot entladen.« Ich nahm ihr das Buch ab und blätterte zu der Reihe Strichmännchen, die eine Steigung hinaufkletterten, dann zu den sechs Ventilatoren mit jeweils der Nummer 7-557 darüber.

»Gut, nehmen wir an, Sie haben recht. Nehmen wir an, die Strichmännchen sollen die kleinen Kerle sein, die das Zeug in die Berge schleppen ... Was will er uns sonst noch sagen?«

Miss Stanislaus zog ein Taschentuch heraus und tupfte sich die Wangen ab. »Dass er gewusst hat, dass sie ihn umbringen wollen.« Sie nahm den Pass. »Er hat versucht zu fliehen.«

Einen Moment sah sie aus, als wollte sie weinen. Dann schloss sie die Augen, atmete tief durch und nahm sich zusammen. »Missa Digger, wir ham viel zu tun. Und ich brauch Zeit dafür.«

Mein Herz setzte kurz aus. Sie erinnerte mich daran, dass es bis zu ihrer Verhandlung nur noch zehn Tage waren.

»Ich arbeite dran, Miss Stanislaus. Jetzt muss ich aber erst mal wieder nach Beau Séjour.«

»Wegen dem Buch?«

»Ja, dem anderen, das er nicht vollgeschmiert hat. Und der kleinen Widmung da drin.« Ich berichtete ihr von dem handgeschriebenen *V. deinem Sternapfel.* »Weil ich nämlich verdammt sicher bin, wer das geschrieben hat.«

»Soll ich mitkommen?«

»Nein, das würde die Sache nur komplizieren.«

39

Am späteren Abend traf ich in Beau Séjour ein.

Ich wartete am Straßenrand, bis Miss Blackwood ihr Auto geparkt hatte und ins Haus gegangen war. Ließ ihr noch eine halbe Stunde Zeit, um zur Ruhe zu kommen.

Sie machte nicht auf, bevor ich meinen Namen genannt hatte, und selbst dann bemerkte ich zuerst noch eine Bewegung an der Jalousie vor einem der Fenster. Eine Minute später ließ sie mich herein.

Sie führte mich in ein kleines Wohnzimmer, sauber und aufgeräumt. Ein Mahagonitisch mit Platzdeckchen, geflochten aus Nadeln der karibischen Kiefer, eine Hängelampe mit großem Schirm darüber.

Stapelweise Liebesromane von Mills & Boon und Denise Robins in einer großen Vitrine. Ein paar Unterteller voll dekorierter Muscheln. Sie brachte mir ein Glas Sorrelsaft und setzte sich an das Tischende, sah mich mit ihren rätselhaften Augen abwartend an.

»Sie wissen, warum ich hier bin, nichwahr?« Ich zog meine Umhängetasche heran und öffnete sie, warf Jana Rays Buch auf den Tisch. »Das haben Sie ihm gekauft, stimmt's?«

Sie nickte.

»Und das hier auch?« Ihr Blick zuckte von meinem Gesicht zu dem Thermo-Hygrometer. Ihre Lippen bewegten sich lautlos, dann blinzelte sie einmal langsam. Ich legte das als ein Ja aus.

Eine neue Härte machte sich in mir bemerkbar. »Ich sag Ihnen eins, Miss Lady, versuchen Sie nicht, etwas vor mir zu verheimlichen, und, bei allem Respekt, erzählen Sie mir keinen Scheiß. Wieso fällt es Ihnen so schwer zuzugeben, dass Sie ihm das gekauft haben? Mit was halten Sie hinterm Berg?« Ich schnippte die Versandkarte von Amazon über den Tisch zu ihr hin. »Kann man leicht draufkommen, ich hatte bloß vorher keine Zeit, darüber nachzudenken. Jana Ray hatte keine Kreditkarte, konnte also nichts bei Amazon bestellen. Jemand musste das für ihn gemacht haben. Ich würd meinen letzten Dollar drauf verwetten, dass Sie das waren.«

»Er wollte ein paar Sachen, und ich konnte ihm helfen«, antwortete sie in ihrem Bankmanagerton. »Er hat nie um etwas gebeten, außer wenn er es wirklich brauchte, und selbst dann ...«

»Hat er es Ihnen irgendwie zurückgezahlt«, fiel ich ihr ins Wort. »Miss Blackwood, Jana Ray springt einem hier überall ins Auge.« Ich zeigte auf die polierten Muschelschalen, dann auf den Gru-gru-Ring, gemacht aus der Rinde der Macauba-Palme, an ihrem Zeigefinger. Schlug das Buch auf und drehte es zu ihr um. »Von deinem Sternapfel. Keine Unterschrift natürlich, aber das ist Ihre Schrift, nich-wahr?«

Sie antwortete nicht, drehte den Gru-gru-Ring herum.

»Also! Jana Ray war nicht nur irgendein Junge, dem Sie geholfen haben. Ich denke, Sie hatten ein intimes Verhältnis mit ihm. Will nicht sagen, dass Sie die treibende Kraft waren, keine Ahnung, es ist mir auch egal. Sie sind Mitte dreißig, haben eine gute Position und einen Ruf zu verlieren. Jana Ray war achtzehn. Ich versteh, dass Sie das nicht an die große Glocke hängen wollten. Nach meiner Ansicht hatte er mehr Verstand als ein Haufen großer Männer zusammengenommen. Liegt mir fern, Sie zu verurteilen. Was ich wissen will …«

Sie stand abrupt auf und ging in die Küche. Ich hörte das Seufzen der Kühlschranktür und das Gluckern von Flüssigkeit. Mit einem randvollen Glas Wasser kam sie zurück, stellte es an ihren Platz.

Erst da merkte ich, dass ich laut geworden war. »Entschuldigung«, sagte ich und setzte mich entspannter hin. »Ich meine nur, dass er hier und da etwas gesagt haben muss, Namen genannt, Sie wissen schon.«

»Sie haben recht«, sagte sie, die Stimme zu einem Flüstern gesenkt. »Er hat ständig über Lazar geredet, er mochte ihn. Diesen Shadowman dagegen hat er gehasst. Sagte immer, Shadowman wär eine Teufels …, äh, Ausgeburt des Teufels.«

Sie hatte sich so dicht zu mir vorgebeugt, dass ich ihre Haarpomade roch. »Die Leute hier nennen seinen Namen nicht. Sie glauben, dass er sie überall hören kann. Irgendwo an der Küste«, hauchte sie, »soll er wohnen, heißt es.«

Unversehens richtete sie sich auf und neigte den Kopf, als würde sie in die Dunkelheit draußen lauschen.

Ich begann ebenfalls zu flüstern. »Wann haben Sie ihn das letzte Mal gesehen?«

Sie schüttelte den Kopf. »Shadowman ...«

»Ich rede von Jana Ray.«

»Ach so. In der Nacht, bevor ihr ihn gefunden habt.«

»Dann haben Sie seine blaue Tasche?«

Sie nickte, stand seufzend auf und ging in ihr Schlafzimmer, von wo sie Jana Rays Bauchtasche mitbrachte.

Ich griff hinein und zog ein kleines Notizbuch heraus, das ich auf den Tisch legte. Dann betastete ich das eine Ende der Tasche. »Haben Sie eine Schere?«

Sie ging eine holen.

Vorsichtig schnitt ich den Stoff auf und fischte mit spitzen Fingern ein Samentütchen mit der Aufschrift »MM« und eine in Plastik verpackte Speicherkarte mit vier Gigabyte heraus.

»Das behalte ich«, sagte ich. »Hatte er sich irgendwie verändert in letzter Zeit? Ich meine, bevor er ...«

Sie schüttelte den Kopf.

»Sicher?«

»Außer, dass er, äh ...« Sie zupfte an ihrem Ärmel. »Er ist neuerdings fast jede Nacht zu mir gekommen, das fing vor drei, vier Wochen an.«

»Und vorher?«

»Einmal die Woche, manchmal auch zweimal. Je nachdem.«

»Je nachdem was?«

Sie wich meinem Blick aus. »Seine Arbeit ...«

Ich zog fragend die Augenbrauen hoch.

»Er wollte mir nicht sagen, was für 'ne Arbeit. Meinte,

es wär besser, wenn ich es nicht weiß. Das letzte Mal« – sie schüttelte den Kopf – »sah er aus, als wäre er durch die Hölle gegangen.«

»Er hat Sie also fast jeden Abend besucht?«

»Um zu reden oder zu schlafen.« Sie rieb sich den Arm, ihre Augen wurden groß und träumerisch, ihre Stimme klang auf einmal rauchig. »Als ob ...«

»Als ob?«

»Als ob er sich ...« Sie rang verlegen die Hände. »Verstecken wollte, wissen Sie.«

»Nein, weiß ich nicht.«

»In mir drin.« Sie brach zusammen, schlug die Hände vors Gesicht und wurde von Weinen geschüttelt.

Ich stand auf. »Tut mir leid, dass ich Ihnen so zusetzen musste.«

Draußen schloss ich die Tür hinter mir und stand eine Weile auf der Veranda, um die Nacht auf mich wirken zu lassen, die erfüllt war vom Schwirren und Zirpen der Insekten, dem Spucken und Seufzen der Wellen in der Bucht unten. Dann, ganz in der Nähe, ein Rascheln im Unterholz. Auf der anderen Straßenseite, kaum zu sehen vor dem Nachthimmel, stand der hohe dunkle Wall der Mangroven.

Ich klopfte an die Tür, ging ins Haus. »Haben Sie Freunde oder Verwandte, bei denen Sie eine Weile bleiben können? Je weiter von hier weg, desto besser.«

Sie verdrehte erschrocken die Augen zum Fenster. »Ist was passiert?«

»Packen Sie eine Tasche, nehmen Sie alles mit, was Sie brauchen. Schließen Sie ab, wenn Sie fertig sind. Ich warte.«

Die Frau griff zu ihrem Handy. Ich trat wieder hinaus in die kühle Nacht, horchte auf das Stakkato ihrer Stimme, die

Dringlichkeit darin. Als ich bis vierzig gezählt hatte, stand sie neben mir auf der Veranda.

»Golfplatz«, murmelte sie.

Ich nahm ihren kleinen Koffer und brachte sie zu ihrem Auto. Während sie sich anschnallte, stieg ich auf der Beifahrerseite ein. »Ich hab zwei, drei Kilometer weiter unten geparkt. Setzen Sie mich dort ab, ich fahre Ihnen dann nach.«

Alarmiert sah sie mich von der Seite an. »Sagen Sie schon, was ist los?«

»Nur so ein Gefühl.«

Ich folgte ihr die fünfzehn Kilometer zur Grand Beach Road, dann bergauf zum Golfplatz, vorbei an opulenten Bungalows mit großen Vorgärten voller Fächerpalmen. Tiefhängende Lampen beleuchteten warm die umlaufenden Veranden. Sie hielt bei dem letzten Haus.

Ein großer, karamellbrauner Mann, kahl wie eine polierte Kokosnuss, stand mit einem Hund an der Tür. Ich hatte eine Frau erwartet. Miss Blackwood zeigte in meine Richtung, worauf der Mann zu mir hersah und nickte.

Einen Moment sah ich noch zu, wie der eselsgroße Schäferhund freudig um Miss Blackwood herumsprang, dann hupte ich einmal und wendete.

40

Die Sonne war noch nicht aufgegangen, als ich begann, in Beau Séjour an Türen zu klopfen. Köpfe wurden herausgesteckt, schlaftrunkene Gesichter blinzelten mich an. Wenige gemurmelte Worte. Ich ging in die Richtung der zeigenden Finger, bis ich zu einem schmalen Grundstück mit einem kleinen, ausgebrannten Haus darauf kam. Etwa zehn Meter daneben stand eine noch kleinere Behausung, unbeholfen aus Holzfaserplatten zusammengenagelt. Ich klopfte an. Die Frau, die aufmachte, trug dasselbe Kleid wie an dem Tag bei Jana Rays Hütte. Ihr Anblick hatte sich mir eingeprägt: barfuß am Hang, eine rostige Machete in der Hand, ihr hasserfüllter Blick und die Frage, was zum Teufel ich im Haus des toten Jungen verloren hätte.

Sie starrte mich entgeistert an. »Mein Junge hat nix nich gemacht!«

Tapsende Schritte hinter ihr. »Bleib weg«, blaffte sie, jetzt hellwach, ihre flammenden Augen unverwandt auf mich gerichtet.

»Ich will nix von Ihrem Jungen«, sagte ich. »Ich will wissen, wo ich Shadowman finden kann.«

»Soweit ich weiß, is das Arschloch überall. Keine Ahnung, wo er wohnt.«

»Irgendwo muss er doch sein.«

»Er is 'n Teufel. Sehnse sich an, was er meim Kind angetan hat.« Sie griff nach hinten, und ein Kopf tauchte unter ihrem Arm auf. Eric, der kleine Junge, dem ich an dem ersten Abend nach Lazar Wilkinsons Ermordung ein paar Happen zu essen angeboten hatte, die er kaum hatte zum Mund führen können. Mit großen, feuchten Augen sah er zu mir auf. Ich betastete sanft seinen Arm. Ausgekugelte Schulter.

»Wie lange hat er das schon?«

»Über zwei Wochen«, sagte die Frau.

»Und Sie haben ihn nicht ins Krankenhaus gebracht?«

»Als ich's versucht hab, hat Shadowman uns das Haus überm Kopf angezündet. Mitten in der Nacht, als wir geschlafen ham.«

»Wenn die Schulter so verheilt, wird er sie nie mehr richtig gebrauchen können. Warten Sie.«

Ich rief die Ambulanz an.

»Digger, is noch früh am Morgen«, grunzte Pedro.

»Pedro, ich hab hier 'n kleinen Jungen in Beau Séjour. Kommt her und bringt ihn ins Krankenhaus.« Ich erklärte ihm das Problem und den Weg zur Hütte. »Aber still und leise, okay? Kein großes Tatütata.«

»Ich will kein Ärger«, sagte die Frau.

»Wie ich es seh, habt ihr den schon.« Ich sprach den Jungen an. »Sag mir, wo ich Shadowman finde.«

Irgendwo die Küste hinauf wohne er, in Victoria, glaubte Eric. Er beschrieb ihn als Mann mit »hartem Rücken«, stark, sehr stark. »Er hat kurze, knotige Haare und ein Tuch um die Stirn gebunden. Er sagt, is wegen dem Schweiß. Er schwitzt dauernd. Er ...« Eric konnte nicht weitersprechen vor Angst.

»Wie heißt er wirklich?«

»Sha ... Shadowman.«

»Der richtige Name.«

Er zuckte die Achseln. »Shadowman.«

»Warum wird er so genannt?«

Der Junge dachte einen Moment nach. Dann sah er mich mit dem ehrlichen, offenen Blick eines Kindes an. »Weil er 'n Schattenmann is.«

»Zieh dir was über«, sagte ich. »Ich fahr dich selbst hin.«

Ich rief Pedro an und sagte den Krankenwagen ab.

»Ich komm nich mit«, sagte die Frau. »Ich bin nich dafür angezogen, wo hinzugehn.«

»Sie werden ihn wahrscheinlich dabehalten«, sagte ich. »Vielleicht zwei Wochen.«

»Danke, Missa ...«

»Digger.«

»So heißen Sie?«

»Im Moment.«

Ich wartete, bis der Junge fertig war: dieselbe Hose und ein Hemd, das offenbar zu seiner Schuluniform gehörte. Ein Paar Gummisandalen. Er hatte einen Kamm in der Hand, warf einen zweifelnden Blick darauf und gab ihn dann seiner Mutter.

»Er hat keine Zeit zum Frühstücken gehabt«, sagte die Frau.

»Keine Sorge«, sagte ich. »Komm, junger Mann. Ich besorg dir erst mal was zu essen, und dann reden wir. Danach fahr ich dich ins Krankenhaus. Wär dir das recht?«

Er nickte, ohne mich anzusehen.

»Bist du sicher, dass Shadowman in Victoria wohnt?«

»Sicher weiß ich's nich. Is nur, was ich gehört hab.«

Ich ging mit ihm zum Good Fries Eat Inn in San Andrews, einem kleinen Lokal am Marktplatz. Unterwegs sah der Junge sich mit großen Augen um. Bei lauten Stimmen zuckte er zusammen, bei einem Auspuffknall in der Nähe machte er fast einen Satz. Ich sah den Schweißfilm auf seiner Oberlippe, sah, wie er seinen verletzten Arm hielt, und hatte Mitleid mit ihm.

Eric starrte auf die Essenstheke, dann in mein Gesicht. »Ich darf essen, was ich will?«

»Klar, was möchtest du?«

»Bisschen was von allem.«

»Kluge Entscheidung.« Ich zwinkerte ihm zu. »Dann muss ich jetzt hart verhandeln.«

»Ham Sie genug Geld?«

»Wolln's hoffen.« Ich ging zur Theke und erklärte der Frau mit der Schürze dahinter, was es sein sollte. Sie streckte die Hand aus, ich bezahlte. »Kommt sofort«, sagte sie und verschwand durch eine Tür hinter ihr.

»Kommt sofort«, sagte ich zu Eric, während ich mich an den Tisch setzte. »Warst du noch nie in der Stadt?«

»Ich mag die Stadt nich. Zu viel Krach und Gezanke«, sagte er.

»Und das stört dich, Krach und Gezanke?«

»Ich hab's lieber still.« Er schniefte und wischte sich die Nase mit der Hand ab.

»In den Bergen oben isses still, nichwahr?«

Eric sah mich an, als rechnete er damit, dass ich ihn jeden Augenblick schlagen würde. Für Kinder, die derart brutal behandelt wurden, war das wahrscheinlich der Normalzustand.

»Eric, ich möchte, dass du mir alles sagst, was du über Shadowman weißt. Ich will wissen, wer ihn besucht hat, wer Lazar Wilkinson besucht hat und wie Jana Ray zu den beiden stand. Ich will alles wissen, was du gesehen und gehört hast, seit sie dich gezwungen haben, die Belvedere Mountains mit 'ner schweren Last auf deinem Kopf raufzusteigen. Was ich meine, ist …«

Sein Blick zuckte zur Tür. »Ich … ich hab Angst, Missa Digger. Ich …«

»Eins versprech ich dir, Eric: Von jetzt an wird dich niemand mehr schlagen. Was auch immer da in Beau Séjour anders werden muss, wird anders werden.« Der grässliche Kloß in meinem Hals war wieder da. Ich atmete tief ein und bemühte mich, das Bild von Jana Ray wegzublinzeln. Eric sah mich groß an, sein Mund zuckte, und sein Kopf war leicht geneigt, als wollte er die Gefühlswallungen nachvollziehen, die durch mich hindurchgingen.

Die Tresenfrau kam mit einem großen Plastiktablett mit

dem »bisschen von allem« an unseren Tisch: gebratener und gedünsteter Fisch, eine kleine Schüssel mit Brotfrucht- und Kartoffelchips, eine weitere Schüssel randvoll mit Reis, Süßkartoffeln und gebackenen Kochbananen und als Krönung ein gegrillter Hähnchenschenkel.

Eric starrte einen Moment lang auf die Sachen, und nachdem er offenbar eine Strategie ausgearbeitete hatte, stürzte er sich zuerst auf den Hähnchenschenkel.

Mir war nach Weinen zumute, als ich diesem kleinen Jungen mit der verletzten Schulter zusah, wie er Mühe hatte, das Essen zu sich zu nehmen.

»Wie ist das passiert – das mit deiner Schulter?«

»Shadowman hat mich hochgehoben und geworfen.«

Ich verzog schmerzlich das Gesicht.

»Er is größer als Sie«, sagte Eric. »Er hat mehr Muskeln. Man hört ihn nich, wenn er kommt.«

»Machst du dir Sorgen um mich?«, fragte ich lächelnd.

»Mhmm.«

Als er eine Pause beim Essen einlegte, reichte ich ihm eine Papierserviette und stützte die Ellbogen auf den Tisch, sah ihm ins Gesicht. »Rede mit mir, Eric. Wie bist du da reingeraten?«

»Lazar«, antwortete er. »Er hat uns Geld gegehm, damit wir paar Sachen vom Boot in der Bucht rauf in die Berge tragen. Shadowman hat da oben auf uns gewartet und uns gesagt, was wir machen solln.«

Miss Stanislaus hatte also nicht danebengelegen mit ihrer Interpretation von Jana Rays Zeichnungen. *Boot beladen, Boot entladen ...*

»Wer war der Boss, Shadowman oder Lazar?«

Er zuckte die Achseln. »Nich Shadowman, nich Lazar.«

»Und woher weißt du das?«

Neues Achselzucken. »Shadowman hat Lazar nich leiden könn. Shadowman kann niemand leiden. Lazar hat Shadowman auch nich leiden könn, und das hat er ihm gesagt. Vor allem, wenn er uns geschlagen hat.« Der Junge sah mich hilfesuchend an. »Sie ham gesagt, Sie beschützen mich, nichwahr?«

»Ich versprech's dir.«

»Nämlich, Shadowman hat gesagt, er bringt uns um, wenn wir irgendwem sagen, was wir da oben im Loch machen.«

»So nennt ihr den Ort da in den Bergen – das Loch?«

Er nickte.

»Was war Jana Rays Rolle bei alldem?«

»Jah-Ray hat das Schütten und Mischen gemacht. Wir andern ham gekocht und gerührt. Shadowman hat Jah-Ray einmal seine Peitsche übern Rücken gezogen.«

Ich sah Jana Ray bäuchlings auf dem Strand liegen. Die im Tod blass gewordene Risswunde, die über seinen Rücken lief. Ich holte tief Luft, sah Eric in die Augen. »Warst du dabei?«

»Alle warn dabei. Jah-Ray is zwei Abende lang nich mehr gekomm. Jah-Ray hat keine Angst gehabt vor Shadowman. Shadowman konnt ihm keine Angst nich machen.«

»Was hatte Jana Ray getan, dass er ihn so geschlagen hat?«

»Shadowman hat Jah-Ray immer nach seinen Marihuanasamen gefragt, und Jah-Ray hat ihm die falschen gegehm. Villeich deshalb.«

»Und wassis passiert, nachdem Jah-Ray weg war?«

»Er is wiedergekomm.«

»Warum?«

»Weil der Stadtmann nach ihm gefragt hat, hat Lazar

gesagt. Ich hab gehört, wie der Stadtmann mit Shadowman geschimpft hat. Er hat gesagt, dass Jah-Ray der Einzige is, der das mit dem Mischen richtig kann. Und dass sie keine Zeit ham, jemand anders anzulernen.«

Ich lehnte mich zurück. »Wer ist dieser Stadtmann?«

»Ich hab ihn nie genau gesehen. War immer Nacht, wenn er kam. Einmal hab ich … ich hab gesehn …« Er blickte unsicher drein.

»Was hast du gesehen, Eric?«

Er zögerte, befeuchtete die Lippen mit der Zunge. »Ich hab seine Hand gesehn.«

Ich runzelte die Stirn.

»Er war in seim Auto. Lazar hat an der Straße gestanden und mit ihm geredet. Er hat seine Hand ausm Auto gestreckt und Lazar mitm Finger gedroht.«

»War aber Nacht, oder?«

»Mhmm.«

»Wie konntest du dann seine Hand sehen?«

»Mond hat geschienen, Missa Digger.«

»Wie lange war das her, als ihr Lazar tot aufgefunden habt?«

Er schüttelte den Kopf. »Weiß nich, villeich 'ne Woche, villeich …«

»Du kannst dich an keine Wochentage erinnern?«

Er schüttelte den Kopf.

»Oder an ein Datum?«

Wieder dieser Blick, als erwartete er, von mir geschlagen zu werden.

»Wie sah die Hand aus, Eric?«

»War doch dunkel, Missa Digger. Konnt nich so genau sehen.«

»Aber du hast gerade gesagt, der Mond hat geschienen.«

Er blinzelte ein paarmal.

»Okay, was *glaubst* du, wie die Hand ausgesehen hat?«

»Ich glaub, sie war hell.«

»Bist du sicher?«

»War doch Nacht, hab ich gesagt.«

»Eine Mondnacht«, beharrte ich. »Okay.« Ich lehnte mich zurück. »Willst du das noch aufessen?«

»Bin satt. Hätt nich gedacht, dass ich so schnell satt werden würd.« Er machte ein bekümmertes Gesicht.

»Noch eine letzte Sache, Eric, dann können wir gehen, versprochen. Möchtest du eine Pause machen?«

»Nee, lieber fertig werden.«

»Erzähl mir von dem Boot.«

Ich schätzte, dass ich angesichts von Erics Begabung, seiner speziellen Art, Informationen aufzunehmen und im Gedächtnis zu speichern, so viel wie möglich aus ihm herausbringen sollte.

Kinder seien die eigentlichen Wahrheitsquellen auf Camaho, weil sie noch nicht gelernt hätten zu lügen, hatte Miss Stanislaus zu mir gesagt, nachdem wir Tamaras Haus mit Hilfe der Kleinen auf der Straße ausfindig gemacht hatten. Weshalb so viele von den »großen Leuten«, besonders die, die etwas zu verbergen hatten, sich in ihrer Gegenwart unwohl fühlten, sie oft sogar fürchteten. Kinder, hatte sie schniefend bemerkt, seien eine Sippe für sich. Dann musste das Oberhaupt dieser Sippe, dachte ich, dieser kleine Junge mit der ausgekugelten Schulter sein, der hier vor mir saß.

Das Boot sei immer spät in der Nacht gekommen, sagte er. Lazar habe dann bei ihm zu Hause geklopft und ihn rausgerufen. So ein Boot hätte er vorher noch nie gesehen, wie zwei in einem hätte es ausgesehen. Er fand kaum die Worte, es zu beschreiben, weil es so ungewöhnlich war, aber mit Sicherheit war es schwarz und hatte keine richtige Kabine, sondern nur so eine Windscheibe, wie er es nannte.

Ich fragte ihn, wer außer ihm und den anderen Trägern noch dabei gewesen sei.

Eric blinzelte und verdrehte die Augen, als würde er in seinen eigenen Kopf gucken.

Jah-Ray, Shadowman, Lazar und die beiden Bootsführer.

»Wie haben die ausgesehen?«

Einer groß, der andere klein, der größere hatte einen engen Neoprenanzug an.

»Danke«, sagte ich. »Hast du gesehen, wie das Boot aus der Bucht rausgefahren ist?«

»Nah, aber ich hab's gehört von oben. Ich hab Jah-Ray gefragt, warum es so laut is, und er hat gemeint, es hätt sechs Motoren.« Er stand auf. »Sind Sie fertig, Missa Digger?«

Ich legte ihm sachte den Arm um die Schulter. »Komm mit, Eric. Wir gehen jetzt bisschen einkaufen.«

Ich brachte ihn zu einem der Läden in der Cranby Street, deren Waren bis auf den Bürgersteig hinausquollen. Von einem Ständer nahm ich ein paar Hemden, ein weißes, zwei blaue, außerdem ein paar T-Shirts und zwei Hosen. Letztere waren aus billigem synthetischen Stoff, aber besser als nichts. Ich schickte ihn in das kleine Kabuff, das als Umkleidekabine diente, und wartete, während er die Sachen anprobierte. Er kam in einem neuen Hemd und einer Hose heraus, beides falsch geknöpft, und wirkte frustriert. »Macht nichts, das liegt an deiner Hand«, sagte ich, kniete mich vor ihn und zog ihn richtig an. »Wo sind die alten Klamotten?«

Er deutete mit dem Kinn auf die Kabine.

»Du willst sie nicht mehr?«

»Nah.«

Ich bezahlte und trat mit ihm wieder in den blendend hellen Tag hinaus. Auf der anderen Straßenseite drehte jemand die Musik im Auto auf, und Eric zuckte zusammen.

Als wir zum Krankenhaus fuhren, saß er still neben mir und sah entspannt, geradezu zufrieden aus.

»Gehst du zur Schule?«, fragte ich.

»Manchmal, wenn Mammy das Geld hat.«

»Du musst zur Schule gehen. Gebrauch dein Supergedächtnis zum Lernen, du kannst's weit bringen damit. Hast du verstanden?«

Er nickte.

Mir kam ein Gedanke. »Das Auto, Eric, das von dem Stadtmann. Erinnerst du dich an das Kennzeichen?«

»Es hat keins gehabt«, antwortete er prompt.

Im Krankenhaus brachte ich ihn zur Aufnahme und sprach lange mit der Ärztin, die herunterkam. Sie untersuchte den Arm des Jungen und wirkte entsetzt. Er werde eine Weile dableiben müssen, sagte sie, mindestens zwei Wochen. Wahrscheinlich sei es nötig, ihm die Schulter zu brechen, um die Knochen wieder einzurichten … Sie sah kurz zu Eric hin und verstummte abrupt. »Warum haben Sie ihn nicht früher hergebracht?«

»Seine Mutter konnte es sich nicht leisten«, sagte ich.

»Das hier ist das allgemeine Krankenhaus, die Behandlung ist kostenlos.« Ihre Stimme klang vorwurfsvoll gepresst.

»Er hätte anders dafür bezahlen müssen«, erklärte ich. »Außerdem, Doktor, bin ich nur ein sehr besorgter Mitbürger, also sehen Sie mich nicht so an.«

Ganz schwindelig von den Informationen, die ich Eric entlockt hatte, kehrte ich ins Büro zurück. Ich grunzte ein Hallo in die Runde und eilte an meinen Schreibtisch, wo ich den Rest des Morgens damit zubrachte, alles aufzuschreiben. Als ich den Kopf hob, war schon Mittag vorbei.

Eine weitere halbe Stunde verging mit Recherchen über den Jungen beziehungsweise seine besondere Form der Erinnerung. Was ich fand, war: *Eidetisches Gedächtnis – die Fähigkeit, vorwiegend bildhafte Erinnerungen mit hoher Genauigkeit und Klarheit zu speichern ... nicht beschränkt auf visuelle Aspekte des Erinnerns ... schließt das Gehör mit ein. Festgestellt bei 2 bis 10 Prozent der Kinder zwischen sechs und zwölf Jahren.*

Ich legte den Kopf in den Nacken und konnte mein Glück kaum fassen. Dann zog ich meinen Stuhl zu Miss Stanislaus' Schreibtisch.

»Miss Stanislaus«, sagte ich, »ich hab entdeckt, dass Eric ein besonderer kleiner Kerl ist. Er is wie 'n Videorekorder. Dem zufolge, was er mir erzählt hat, suchen wir nach einem Boot, das seit mindestens zwei Wochen hier liegt. Er war eins von Jana Rays Strichmännchen, die die Kokainbase den Berg raufgeschleppt haben. Das Boot hat er als zwei in einem beschrieben – ich denk an einen Katamaran.«

»Erinnert er sich an die Leute auf dem Boot?«

»Ja. Jana Ray, Shadowman, Lazar Wilkinson und weitere zwei Männer, der Beschreibung nach die beiden Typen in Begleitung von Miss Tamara. Sie sind die Bootsführer.«

Miss Stanislaus wiegte sich in den Schultern. »Der kleine Eric war bei denen?«

»Ja. Und er hat einen Mann aus der Stadt erwähnt. Er konnte ihn nur undeutlich sehen, weil er im Auto saß und Lazar durchs Fenster hindurch beschimpft hat. Alles, was er gesehen hat, war eine Hand.«

»Eine Hand?«

»Eine Hand!«

»Was ist mit der Hand?« Sie lächelte mich mit hochgezogenen Augenbrauen an.

»Hellhäutig, hat er gesagt.«

Sie lachte prustend.

»Ich mein's ernst«, sagte ich.

»Wirklich?« Sie lachte wieder. »Da ham Sie ja 'n richtigen Wunderknaben.«

»Der Junge ist begabt.« Ich rollte meinen Stuhl zurück und stand auf. »Eins nach dem andern, Miss Stanislaus. Wir müssen diesen Shadowman finden. Eric sagt, er wohnt in Victoria, Miss Blackwood sagt, er lebt irgendwo an der Küste, und Jana Ray meinte, er wisse es nicht. Ich denke, wir sollten die ganze Westküste absuchen, von oben bis unten. Und dann...«

»Dann?«

»Wenn es stimmt, was Eric sagt, dann ist Shadowman nicht der Boss bei diesem Drogengeschäft. Aber ich will ihn haben – ich will den Kerl unbedingt.«

»Wissen Sie denn, wie er aussieht?«

»Groß und kräftig, kurzgelockte Haare, ein Tuch oder Bandana um den Kopf.«

41

Miss Stanislaus und ich nahmen die Eastern Main Road und fuhren auf Camahos nördliche Spitze zu, dann durch die blauen Vorberge des Mount Saint Catherine nach Westen. Ein ruhiger Tag, kühl durch die weiße Wolkendecke, die über der Insel lag, ein Tag, der mich an meine Kindheit erinnerte und an das wundersame Licht zu Ostern.

Wir fanden Shadowman nicht in Victoria. Niemand gab zu, ihn zu kennen, auch wenn ich bei einigen die Furcht in den Augen sah.

Auf halbem Weg die Küste hinunter, in Kanvi, sprach ich einen jungen Mann an, der auf einer Brücke über den von den Belvedere Mountains kommenden und durch den Ort strömenden Fluss saß. Er musterte uns von oben bis unten, schüttelte den Kopf und schlenderte davon. Miss Stanislaus sah ihm nach, als er auf die Häuserreihen nahe der Bucht zuhielt und zwischen ihnen verschwand.

»Er weiß es«, sagte sie mit tiefer, drängender Stimme. Ich folgte ihr in eine Gasse. Ein alter Mann, knochendürr und mit nacktem Oberkörper, setzte den Maiskolben ab, an dem er gerade nagte, und deutete mit dem Kopf zum Strand. Der Alte zwinkerte sogar dabei.

Miss Stanislaus eilte mir voraus. Ich sah einen knienden Mann etwa fünfzig Meter weiter vorn, der mit der flachen Hand gegen ein Boot schlug, als wollte er dessen Stabilität prüfen. Seine Rückenmuskeln bewegten sich schlangenartig unter der Haut, ein blaues Bandana saß um seinen Kopf. Miss Stanislaus war schon fast bei ihm.

Ich rief sie, spurtete los.

In dem Moment schoss der Kniende in die Höhe und schlug ihr ins Gesicht, dass sie lang hinfiel. Dann rannte er davon, den Strand hinauf und auf die Häuser zu, glitt durch die Gasse wie eine Spukgestalt. Ich lief ihm nach, bis mir Miss Stanislaus einfiel und ich kehrtmachte.

Sie lag schwer atmend im Sand, der Kopf auf einer Stelle voller Holzspäne, aus ihrem Mundwinkel rann Blut.

Ich richtete ihren Oberkörper auf und nahm sie in die Arme. Sie murmelte etwas.

»Nicht sprechen«, sagte ich, während ich die Nase in ihr

Haar drückte und sie festhielt. Dieser Schrei, den sie ausgestoßen hatte – ich wusste, dass durch den heftigen Schlag etwas beschädigt worden war. Ihre Lippen bewegten sich, doch es kam nur ein Gurgeln heraus.

Pet nahm sofort ab.

»Miss Stanislaus ist niedergeschlagen worden. Schick einen Krankenwagen.«

»Miss Stanislaus? O Gott, o Gott! Digger, im Ernst?«

»Schick den Krankenwagen, verdammt noch mal. Sofort. Kanvi Beach.«

Ein kurzes Schluchzen war zu hören, ehe sie auflegte.

Ich nahm Miss Stanislaus' Gesicht zwischen die Hände und sagte immer wieder dasselbe. »Es wird alles wieder gut, Miss Stanislaus. Es wird alles gut.« Sagte es, bis es wie ein Wiegenlied klang, und sah dabei ständig auf die Uhr.

Die Dorfbewohner kamen herbeigelaufen, eine ganze Versammlung von Kindern und Erwachsenen, immer näher rückten sie. Eine Frau und zwei junge Männer lösten sich aus der Menge und hielten auf uns zu.

»Bleibt weg«, fuhr ich sie an.

Murmelnd zogen sie sich zurück.

Mein Telefon brummte.

»Is Spiderface schon da?«

Da begriff ich, was Pet gemacht hatte. Ein Krankenwagen würde eine Dreiviertelstunde von San Andrews hierher brauchen, ein Schnellboot dagegen nur eine knappe Viertelstunde. Ich sah zum Meer und erspähte das Boot, das von Süden her eine rasante weiße Linie durchs Wasser zog.

Spiderface landete fast auf dem Sand, der mächtige Honda-Motor grollte. Er warf eine Luftmatratze heraus von der Sorte, auf der sich die Touristen sonnten, und wir legten

Miss Stanislaus vorsichtig darauf und hoben sie ins Boot. Spiderface wirkte bedrückt, konnte die Augen kaum von ihr abwenden, während er auf San Andrews zujagte.

Der Krankenwagen wartete schon an der Esplanade. Pet stand auf dem betonierten Strandweg und drückte ein winziges besticktes Taschentuch an ihren Mund.

»Ich übernehm das jetzt«, sagte sie.

»Entschuldige, dass ich dich angeschnauzt hab, Pet. Ich war ...«

»Ist mir doch egal«, blaffte sie. »Bringen wir Miss Stanislaus von hier weg.«

42

Ich ließ Miss Stanislaus mit der um sie herumspringenden Pet im Krankenhaus zurück und machte beim Marktplatz halt. Mit einer großen Tüte voll Gemüse und ein paar Pfund Butterfisch fuhr ich nach Hause. Ich wusch mir die Hände, duschte anschließend. Dann wusch ich mir noch mal die Hände, ehe ich zum Wohnzimmerschrank ging und mir einen Drink mixte. Ich brauchte etwas Starkes, um mich auf andere Gedanken zu bringen – Rhum agricole mit ein paar Spritzern Muskatnusssirup.

Danach holte ich die Remington heraus und brachte eine gute halbe Stunde damit zu, sie zu inspizieren, zu putzen und zu ölen. Ich steckte sie wieder in meine Umhängetasche und bereitete die Sachen zu, die ich gekauft hatte.

Am Abend ging ich in einem warmen grauen Baumwollhemd, einer Stoffhose und knöchelhohen Gymboots aus dem Haus.

Miss Stanislaus war wach, und eine kleine Schar junger Schwestern machte sich um ihr Bett herum zu schaffen. Sie hatten ihr aufgetischt, was das Krankenhaus so zu bieten hatte: eine Schale Tomatensuppe, einen Teller Reis mit einem Klacks Salat dabei und etwas, das wie Frühstücksfleisch aussah. Ich nahm ihr die Schale ab und stellte sie auf das Tablett.

»Sorry, Ladys, ich hab eine echte Mahlzeit mitgebracht.«

Ich nahm meinen Essensbehälter heraus und löffelte Fischbrühe in die Schale, die ich extra mitgebracht hatte. Schweigend wie Gefolgsleute sahen wir Miss Stanislaus beim Essen zu.

»Issie Ihre Freundin?«

Ich sah zu der Schwester auf, der größten von den vieren. Kleine, tiefliegende Augen. »Mehr als das«, sagte ich.

Sobald Miss Stanislaus fertig gegessen hatte, wurde ihr von einer anderen Schwester mit unglaublich akkurater Frisur und herrischem Blick eine Papierserviette hingehalten.

»Kochen kanner«, sagte Miss Stanislaus, als würde das etwas an der Rivalität zwischen mir und der Gestrengen ändern. Ihre linke Gesichtshälfte war geschwollen, doch abgesehen davon sah sie gut aus.

»Wo ist Daphne?«, fragte ich.

»Nixfungut«, murmelte sie. »Miffa Digger, ich kann nich spreffen.«

Ich schenkte ein Glas Saft ein und reichte es ihr. Sie schüttelte den Kopf. »Sind lauter gute Sachen drin, Miss Stanislaus. Waldfrüchte aus allen Teilen der Insel, wissense? Baut ruckzuck die Muskeln auf, auch an Stellen, wo Sie gar nicht wussten, dass Sie da welche haben. Nur ein paar Schluck, dann lass ich Sie in Ruhe.«

Sie verzog das Gesicht, zuckte vor Schmerz zusammen.

Plötzlich hielt sie mit dem Glas an den Lippen inne und musterte mich mit ihrem Röntgenblick von oben bis unten.

»Nah«, sagte sie.

Rasch stand ich auf.

»Nah!«, wiederholte sie und begann, sich aus dem Bett zu kämpfen.

Vier Paar Hände scheuchten mich aus dem Zimmer, eine der Schwestern murmelte: »Mistkerl!«

»Miffa Digger, bleim Sie. Komm Sie und reden Sie mit mir.«

Ich warf meine Tasche über die Schulter und eilte durch die Station. Am Ausgang sah ich DS Chilman in seiner Blechbüchse vorfahren. Mit einer Plastiktüte in der Hand zwängte er sich aus dem Ding.

»Was haben Sie da drin?«

»Is meine Sache, Digson.«

»Ich hoffe, nichts zu essen, weil sie schon was von mir bekommen hat.«

»Digson, verpiss dich.«

»Ich will mich nur vergewissern, dass Sie ihr nix geben, von dem sie noch kränker wird, verstehnse.«

»Bis du jetzt der verdammichte Arzt? Ich hab Obst da drin.«

»Das ist in Ordnung.«

»Vielen Dank, Sir!«

»Und bleiben Sie nicht zu lang, sie ist ziemlich müde, wissense.«

Chilman bleckte die Zähne. »Was auch immer ihr da am Laufen habt, euch hat's echt erwischt, kann ich nur sagen.«

Er wankte davon, hob dabei die Tüte über den Kopf und schüttelte sie. »Komm morgen und hol dir was ab.«

»Vielleicht«, sagte ich.

»Wie du meinst.«

Gerade wollte ich ins Auto steigen, als Malan kiesspritzend vorfuhr. Auch er stieg mit einer Tüte in der Hand aus.

»Bin froh, dich zu sehn, Digger. Überleg gerade, wie ich die Früchte hier zu dem Weib bringen kann.«

»Malan, du machst mich fertig! Sie wird nix von dir annehmen, so viel steht fest.«

»Wart auf mich«, rief er und marschierte auf den Eingang zu. Ich lehnte mich ans Auto, beobachtete ihn. Malan sagte etwas zu dem Sicherheitsmann dort und übergab ihm die Tüte.

Als er zurückkam, ließ er sich neben mich gegen die Karosserie fallen. Die Nacht war inzwischen hereingebrochen, die Stadt unten gelb beleuchtet von den Straßenlaternen.

»Gib mir 'n Update, Digger. Was läuft im Büro?«

Ich informierte ihn so knapp wie möglich.

»Hab die Absicht, wieder zur Arbeit zu kommen.« Es klang herausfordernd. »Ihr könnt mich nich ausschließen. Gill in Central sagt, er will mich dort nich haben, ich soll zu euch gehn.«

»Du hast 'n Schlüssel«, sagte ich. »Erwart nur nich, dass alles noch so is wie vorher. Wie geht's Sarona?«

»Saro is 'ne Ruhige«, sagte er. »Sie liebt das Meer. Ich hab Spiderface dazu gebracht, sie rumzufahren. Is ihr lieber als die Straßen. Saro hat mich was gelehrt, Digger. Wir sollten das Meer nutzen zum Rumkommen, nich die Straße. Is schneller und is schöner. Wir brauchen keine Autos.«

Mit verschränkten Armen blickte er zum Horizont, sprach leise. »Ich hätt Sarona schon vor langer Zeit kennenlernen sollen, dann wär 'n besserer Mann aus mir geworden. Sie is die erste Frau, der ich 'ne Liebeserklärung gemacht hab, stell dir vor.« Er schüttelte den Kopf und lachte in sich hinein. »Die erste Frau, die mir Widerrede gibt, ohne dass ich ihr den Mund verbieten will. Die erste, die ich jede Minute des Tages um mich rum haben will. Die Frau hat mich verhext, und mir gefällt's.«

Er saugte an seinen Zähnen, sah mich an. »Digger, ich hab beschlossen, auch 'n Fuß in Central drin zu behalten. Gill kann mich nich wegjagen. Ich hab Switch über dich herziehn gehört, weisde, er wollt seine neuen Kumpels dazu bringen, dich irgendwo ganz allein abzufangen. Also hab ich ihn vor denen zur Rede gestellt. Hab ihn dran erinnert, was er mir versprochen hat, nachdem du ihm und seinen Partner gezeigt hattest, wo's langgeht. Hab ihm gesagt, dass er Ruhe geben soll, dass er's nich übertreiben soll, sonst …«

»Sonst was?«

Malan wurde wieder leise. »Sonst würd ich ihn ein für alle Mal ausschalten. Nich wegen dir, Digger.«

»Sondern?«

»Wegen seim Versprechen, das er gebrochen hat.« Malan klingelte mit seinem Schlüsselbund und stieß sich vom Auto ab. »Bin weg.«

43

Jeder Ort auf dieser Insel hat seine eigene Stimme. Das hatte ich einmal zu Dessie gesagt, und sie hatte mich ausgelacht.

Ein Berghang mit der besonderen Art und Dichte seiner Vegetation machte ein Geräusch, wenn der Wind darüber wehte, das man nirgendwo sonst auf der Welt hörte. Hier oben, inmitten der Farne und Bambushaine und uralten, dickköpfigen Bäume, schienen die Belvedere Mountains zu weinen und zu klagen.

Ich war noch ein Kind, als meine Großmutter mir von dieser Welt erzählte, die nur die Buschfleischjäger kannten und die Schwarzbrenner, die den von ihr »Bergtau« genannten Rum machten. Die Belvedere Mountains waren ein Ort ruheloser Geister, einst bevölkert von den »Menschen über dem Wind« – Männern und Frauen, die, lange vor ihrer Zeit, von den Plantagen in der Ebene geflohen waren und sich ganze Dörfer und ein Straßennetz im Bergwald gebaut hatten. Maroons.

Hier, ein paar Meter oberhalb von Jana Rays Marihuanaplantage, deren Plastikabdeckung gespenstisch im Mondlicht schimmerte, fiel es nur allzu leicht, an die Geschichten meiner Großmutter zu glauben.

An einen Baum gelehnt saß ich da, meine Tasche auf dem Schoß, das warme Hemd gegen die Kühle bis obenhin zugeknöpft.

Ich musste eingenickt sein, denn als ich die Augen aufmachte, sah ich wässeriges Morgenlicht und einen feinen Dunst über der Vegetation weiter unten. Das Knattern der Plastikplanen hatte mich aus meinem Dämmerschlaf gerissen. Ein undeutlicher Schemen bewegte sich in Jana Rays Gewächshaus hin und her, beugte sich über eine Reihe von Pflanzen, richtete sich auf und ging zu einer anderen.

Dann trat er hinaus ins Freie, muskelbepackt und so dunkel wie der Stamm des Weißgummibaums neben ihm. Eine Weile stand er dort, hob den Kopf beim Stöhnen eines Bambusdickichts irgendwo in der Ferne.

Dann ging er um das Gewächshaus herum und untersuchte die Schläuche, die hineinführten, begann, Laub und

Brennholz zu sammeln. In einer der Feuergruben unter den Bambusrohren schichtete er das Material auf, begoss es mit Kerosin aus der gelben Ballonflasche in seiner Hand und warf ein brennendes Streichholz darauf. Flammen schossen empor, und er machte einen Satz rückwärts.

»Du wirst es nie rauskriegen. Du bist zu dämlich dafür«, sagte ich. »Du hast Jana Ray umsonst umgebracht, du verdammter blöder Scheißer.«

Shadowman fuhr herum, drehte hektisch den Kopf nach allen Seiten. Mit erhobener Pistole machte ich einen Schritt auf ihn zu, doch in dem Moment verschwand er. Nur noch ein Rascheln im Gebüsch weiter unten.

Mit gesenktem Kopf und hämmerndem Herzen drückte ich mich an einen Baum, den Finger fest am Abzug der Remington. Ein Grunzen hinter mir. Ich warf mich flach auf den Boden, genau in dem Augenblick, als etwas gegen den Baum krachte und die Rinde splitterte. Er stürzte sich auf mich, ehe ich wieder auf die Beine kommen konnte. Ein Hammerschlag auf meinen Kopf, und ich sah nur noch verschwommen, die Waffe entglitt meiner Hand. Dann klemmte sich ein Arm um meinen Hals, ich wurde nach oben gerissen, dann rückwärts, dann bergab. Meine Hacken gruben sich in den Waldboden.

Sofort begriff ich, dass Shadowman mich zu der Steilwand über der Schlucht schleifte. Ich machte mich eine Sekunde lang ganz schwer, zog die Beine an und stieß mein volles Gewicht gegen ihn. Er stolperte vorwärts, und während er sich noch fing, hatte ich mich schon befreit. Vielleicht erwartete er, dass ich weglief. Vielleicht war er an eine hastige, furchtsame Flucht gewöhnt. Doch ich warf mich auf ihn. Seine Arme schlossen sich um meine Mitte, und ich unterdrückte mühsam einen Schrei, als der Schmerz in Wellen durch mich hindurchschoss. Ich wurde emporgehoben, sah für einen kurzen Augenblick seine hochgezogene Oberlippe, seine zusammengekniffenen Augen und die hervortretenden Halssehnen, als er sich anspannte, um mich in die Schlucht zu werfen. In meiner Verzweiflung verpasste ich ihm einen Kopfstoß, fühlte ihn erschauern und ließ erneut meine Stirn gegen seinen Kopf krachen, spürte den Rückprall entlang meiner Wirbelsäule. Ein gurgelndes Stöhnen kam aus ihm heraus.

Ich befreite mich, rammte ihm die Schulter in den Bauch und sah ihn rückwärts wanken, mit dem Unterarm über das Blut auf seiner Stirn wischend. Dann war er plötzlich nicht mehr da.

Stolpernd ging ich zurück zu Jana Rays Gewächshaus. Es dauerte eine Weile, bis ich die Ballonflasche geleert hatte. Ich zündete ein Streichholz an und warf es in die Einfriedung, holte meine Waffe und begann, die Belvedere-Hänge hinunterzuhumpeln.

Als ich die Augen aufmachte, sah ich das vertraute Muster meiner Dachsparren und Malans Gesicht über mir. Ich lag auf dem Sofa.

»Wassis passiert?«, fragte ich.

Malan zog einen Stuhl herbei. »Du bist bei dir zu Hause, Digger. Bist ohnmächtig geworden. 'n Fahrer hat dich am Straßenrand gefunden. Hat sich gedacht, dass du schon länger da liegst. Hat San Andrews Central angerufen.«

»Weißt du, wie der Fahrer heißt?«

»Mokoman, glaub ich. Jetzt pass auf: San Andrews Central hat den Anruf an Pet weitergeleitet. Digger, so was hab ich noch nich gehört. Pet hat die in Central total zur Schnecke gemacht, das wär Fahrlässigkeit und so weiter. Die Telefonistin sagt, Pet wär gleichzeitig an einem andern Telefon gewesen und hätt den Krankenwagenfahrern Anweisungen gegeben, wie sie dich aufheben und einladen sollen. Die Telefonistin hat mich dann angerufen, und ich hab entschieden, dich selbst abzuholen.« Er stieß ein kurzes, zischendes Lachen aus und richtete sich auf.

»Wie geht's Miss Stanislaus?«, fragte ich.

»Lisa sagt, die Frau wird heut entlassen.«

»Lisa ist zurück?«

»Nee, Pet hat's ihr erzählt, und sie hat's mir erzählt.«

»Weiß Miss Stanislaus, was mit mir passiert ist?«

»Noch nicht. Pet sagt, sie kommt dich nich besuchen, bis sie sich beruhigt hat. Sie sagt, du hast dich wie ein Idiot benommen, weil du da oben hättst sterben können, ohne dass es wer mitgekriegt hätt. Sie sagt, du hättst Verstärkung mitnehmen müssen. Digger, da hat sie recht! Und der Doktor sagt ...«

»Doktor?«

»War 'n Arzt hier. Pet hat ihn hergeschickt, mit Anweisungen.« Malan kratzte sich den Kopf. »Jedenfalls lautet die Digganose, dass du mehr müde als vermöbelt bist – irgendwas mit Schöpfungszustand und Hirnerschütterung.« Malan gluckste. »Habt ihr das geplant, du und das Weib?«

»Schön, dass du deinen Spaß hast«, sagte ich.

Ich rollte mich vom Sofa. Das Zimmer rollte mit, und ich knallte auf den Boden, spürte einen stechenden Schmerz im Rücken.

Sanfte Hände halfen mir auf, ein Hauch von Parfüm.

»Immer schön langsam.«

Ich hatte gar nicht gemerkt, dass Sarona auch da war. Lächelnd dankte ich ihr.

»Malan sagt, jemand hat dich angegriffen? Geht es dir besser?«

»Glaub schon. Gehört zum Beruf.«

»Im Ernst?« Die Frage war an Malan gerichtet. Sie ging sanft mit ihm um, feinfühlig. Beinahe so wie Dessie mit mir. Manchmal jedenfalls.

»Digger trifft nie Vorkehrungen«, sagte Malan. »Mir wär so was nich passiert.« Sein Ton war leise, beruhigend, und sie schien zufrieden.

Ich zeigte zur Tür. »Woher hast du meinen Schlüssel?«

»Aus deiner Hosentasche«, sagte Malan. »Also, was is da mit dir im Busch passiert?«

Ich erzählte ihm alles, während ich mich auf die Beine rappelte und mir ein Glas Wasser einschenkte. Ich konnte kaum den Arm heben, jeder Knochen im Leib tat mir weh.

Malan klimperte mit den Autoschlüsseln, legte seiner Freundin den Arm um die Schultern und spazierte mit ihr zur Tür hinaus. Sie waren ein schönes Paar, er Muskat, sie Zimt.

Ich legte mich wieder aufs Sofa und unterdrückte das Bedürfnis, Miss Stanislaus anzurufen.

Allein im dunklen Wohnzimmer, ließ ich die abendlichen Geräusche von Old Hope über mich hinwegschwemmen: Kinder, die, solange es nur ging, draußen spielten, bis die Erwachsenen sie brüllend ins Haus riefen, der an- und abschwellende Vogelgesang im Tal, das Scheppern und Klappern von Türen und Fenstern, die geschlossen wurden.

Pet rief an. »Digger, geht's dir gut?« Sie klang sanft, fürsorglich.

»Viel besser, danke, Pet. Danke für alles.«

»K-kann ich dich besuchen kommen? Wenn du … ach, vergiss es.« Sie legte auf.

In solchen Momenten wurde sie zu einer anderen Frau.

Ihre Stimme verlor die Entschiedenheit und klang eine Oktave höher, die Unsicherheit darin war unerträglich. Ich hatte Miss Stanislaus nur ein einziges Mal mit ihr schimpfen hören, in einer Mittagspause, als ich gerade ins Büro zurückkam und zufällig ihr Gespräch auf der Toilette mitkriegte.

»Sie müssen ihn vergessen, Miss Pet. Was Frauen angeht, weiß Missa Digger nich, was er will.« Ich hatte meine Schlüssel auf den Schreibtisch geworfen, mich laut geräuspert und in meinen Fischburger gebissen.

Meine Gedanken kehrten zu Jana Ray zurück, der Schönheit und den vielversprechenden Talenten des Jungen und der Art und Weise, wie Shadowman ihn getötet hatte. Nicht nur, um das Ergebnis seiner Arbeit zu stehlen. Die Abdrücke an der Schädelbasis des jungen Mannes stammten von Shadowmans Fingernägeln, die sich in die Kopfhaut gegraben hatten. An den kleinen Schnitten war abzulesen, wie oft er seinen Griff um den Kopf des Jungen angepasst hatte. Mir graute bei der Vorstellung, dass Shadowman ihn ein- oder zweimal ganz kurz hatte Luft holen lassen, um das Ersticken hinauszuzögern. Beim dritten Mal hatte er Jana Ray lange genug hintergedrückt.

Verbrechen war nicht nur Schlechtigkeit, es war Vergeudung.

Im Kopf versuchte ich, all die Ereignisse und Eindrücke der vergangenen Tage zusammenzubringen: der erste Anruf von dem Busfahrer namens Mokoman wegen eines Toten am Straßenrand, die drückende Angst, die über dem kleinen Küstenort lag, die Hilflosigkeit und Empörung der Frau, die mich vor Jana Rays maroder Hütte zur Rede gestellt hatte, die Höhle in den Bergen, die von Eric »das Loch« genannt wurde. Die Botschaften, die Jana Ray in meinem Buch für mich hinterlassen hatte.

Seine Zeichnungen sprachen jetzt eine deutliche Sprache für mich. Wie Lazar Wilkinson hatte Jana Ray bis zum letzten Moment gekämpft.

Schleppende Schritte, die den Pfad heraufkamen und vor meiner Tür anhielten.

DS Chilman trat ein, ohne anzuklopfen, räusperte sich geräuschvoll. Er fummelte an der Wand herum, das Licht ging an.

»Ich hab Ihr Auto nicht gehört«, sagte ich.

»Bin im Leerlauf gefahrn, Digson. Hab nur noch zwei Liter Benzin, reicht grad bis nach Hause. Biet mir was zu trinken an, Junge.«

»Ich hab Saft.«

Er zog eine Schnute und ging ins Nebenzimmer, wo er eine Weile herumklapperte, um mit einer Flasche meines besten Vintage-Rums zurückzukommen.

»Easterhall X10«, schnaufte er. »Digson, du bis 'n kleiner Großkotz.« Mit einer Drehung seines Handgelenks war die Flasche offen. Ich ging in die Küche und holte ihm ein Glas.

Er schmatzte laut, zwinkerte mir träge zu.

»Der Unnerschied zwischen dir und mir is, dass ich kein Heuchler bin. Mir is Ehrlichkeit lieber. Rum is Rum. Ich trink ihn pur. Nich wie du, der du den heiligen Spiritus mit Kosmetik übertünchst. Du, Michael Digson, machst 'ne Hure aus dem verdammichten Gesöff und nennst es Cocktail.«

Chilman hob das Glas vor die Augen und sprach zu ihm. »Sag mir den wahren Grund, warum du gestern die ganze Nacht da oben in den Bergen mit 'ner Waffe in der Hand verbracht hast, 'ner Waffe, wohlgemerkt, die zu tragen dich bis dahin keiner von uns überzeugen konnt.« Er sah mir ins Gesicht. »Warum?«

»Weiß nicht, worauf Sie hinauswollen, Sir. Ich hab meinen Job gemacht.«

»Nee! Weil der Kerl Hand an Kathleen gelegt hat! Größter Fehler, den dieser Missa Shadowman machen konnt – eine Frau zu schlagen, an der dir was liegt. Meinst du, Kathleen weiß das nicht? Deshalb war sie so aufgeregt, als du ausm Krankenhaus raus bist.«

Ich ging zum Kühlschrank und schenkte mir ein Glas Wasser ein. Er verfolgte meine Bewegungen wie eine Katze, die eine Eidechse belauert.

»War das erste Mal, dass meine Tochter mich um was gebeten hat. Hat mich angefleht, dass ich dich davon abhalt, dich zu versündigen oder umbringen zu lassen. War das erste Mal, dass ich meine Tochter beinah weinen gehört hab.«

Er goss sich einen Rum ein, kippte ihn und zeigte mir sein grässliches gelbäugiges Grinsen.

»Also, ich hab ihr gesagt, wie's is. Hab gesagt, dass weder ich noch die ganze Polizei von Camaho was machen können, wenn Digger Digson der heilige Zorn gepackt hat. Er kann nich anders. Sie müsst einfach abwarten und hoffen und zu all den Orisha-Frauen beten, an die sie glaubt, dass er lebendig zurückkommt.«

»Sie putzen mich runter, weil ich meine Arbeit tue!«

»Nah, ich putz dich runter, weil du deine Arbeit schlecht gemacht hast! Wenn du sie richtig gemacht hättst, wärst du mit paar Officers da raufgegangen, hättst den Kerl in die Enge getrieben und ihn zur Vernehmung mitgenommen, weil er die Antworten auf alle Fragen hat. Hättst ihm notfalls ein Bein gebrochen. Hättst 'n roten Teppich für Shadowman ausgerollt, wenn's nich anders gegangen wär. Und der Fall wär in zwei Tagen abgeschlossen gewesen. Aber du bist hingegangen, um den Mann umzubringen, Digson, und wenn du ihm wirklich den Garaus gemacht hast, hast du auch dem Fall den Garaus gemacht.«

Der Alte stürzte noch einen Rum herunter und knallte das Glas auf die Küchenarbeitsplatte. »Was ich wissen will, is, wann du vorhast, sie loszulassen.« Er zeigte auf das Foto von meiner Mutter an der Wand.

»Lassen Sie verdammt noch mal meine Mutter aus dem Spiel.« Ich stand auf, ging hinaus in den Abend und schloss die Tür fest hinter mir.

Eine halbe Stunde später kam Chilman heraus. Er setzte sich neben mich auf die Treppe, seine alte Ledertasche auf den Knien.

»Guter Rum«, sagte er. »Bisschen zu gefällig villeich. Aber fein.« Er lehnte sich mit der Schulter an mich und stupste mich mit dem Ellbogen an. »Digson, meinst du, ich bin hergekommen, um dich runterzumachen? Meinst du, ich versteh das nicht? Ich hatte mal 'nen Partner namens Cello. Fünfzehn Jahre haben wir zusammengearbeitet. Haben's mit allem gemeinsam aufgenommen: Irre, Diebe, Killer, schlechtes Wetter, was du willst. Cello war der eine Mensch auf der Welt, von dem ich wusst, dass er für mich gestorben wär. Keine Frage. Für mich galt das Gleiche. Ich konnt ihn Tag und Nacht anrufen, wenn ich in Schwierigkeiten war, und er stieg von seiner Frau runter, bat sie um Entschuldigung und kam zu mir. Umgekehrt genauso. Meine Frau hat das nie begriffen. Sie kriegt mein Geld, sie hat Kinder mit mir gekriegt, und sie kriegt meinen Körper, aber sie meint, das, was Cello von mir kriegt, das muss sie auch haben. Ich sag ihr, dass ich ihr das nicht geben kann. Hängt mit dem Beruf zusammen, tritt ein, wenn du jahrelang zusammen Gefahren bestehst und weißt, dass du nur lebend davonkommst, weil der andere sein Leben zu deinem in den Ring wirft. Wenn du den Menschen verlierst, ist es, als hättst du 'nen Teil deines Gehirns verloren. Ich hab keinen Namen dafür, Digger. Alles, was ich sag, ist, du musst das bedenken. Behalt das fest im Auge, denn die Frau, mit der du dein Leben teilst, wird das nie verstehen.«

»Meinen Sie, das weiß ich nicht?«, sagte ich.

»Digson, was soll aus meiner Tochter werden?«, fragte er. Auf einmal war es ein müder, angstgeplagter alter Kerl, der mich da ansah.

»Ich tu mein Bestes, Sir.«

»Das weiß ich«, sagte er, legte mir die Hand auf die Schulter und kam mühsam auf die Beine.

Langsam ging er den Weg zur Straße hinunter. Sein Datsun sprang erschauernd an. Wir nannten ihn den Esel, weil Chilman beim Leben seiner Kinder schwor, dass die Karre ihn von allein nach Hause brachte. Ich hatte nie daran gezweifelt.

Meine Gedanken wanderten zu dem Tag, als Dessie mich zum ersten Mal mit Miss Stanislaus zusammen gesehen hatte, am Eingang der Feuerwache von San Andrews.

Am Abend war sie zu mir nach Hause gekommen.

»Erzähl mir von dieser Frau, Digger. Die heute bei dir war.«

Ich erzählte ihr von Miss Stanislaus. Dessie hörte zu, als würde sie meine Worte mit den Augen aufsaugen, einen Finger dabei an die Unterlippe gepresst. Dann wiegte sie sich auf dem Sofa vor und zurück, schlang die Arme um die Knie. »Digger, ich will die Wahrheit hören. Hast du eine Beziehung mit dieser Frau?«

Miss Stanislaus war für mich nicht »diese Frau«, erklärte ich. Ich dachte normalerweise auch nie über die Art unserer Zusammenarbeit nach, das wäre, als würde man mich fragen, wie ich zu meinem Kopf stand. Man denkt nicht über ihn nach, bis er einem wehtut. Und wenn er wehtut, unternimmt man etwas dagegen. So wie an dem Tag, als ein Marktverkäufer namens Cocoman Miss Stanislaus seine Machete an die Kehle gehalten hatte. Das war für mich in dem Moment nicht, als wäre eine Kollegin in Gefahr, es war, als wäre ich derjenige, den Cocoman in der Gewalt hatte.

»Dessie, ich kann das nicht beschreiben«, sagte ich. »Ich weiß nur, dass ich alles dafür tun würde, damit Miss Stanislaus nix passiert. Und ich bin sicher, sie würde dasselbe für mich tun.«

Dessie hatte geschnieft und das Gesicht in den Händen vergraben. Dann war sie aufgestanden. »Also habt ihr beiden eine Beziehung?«

»Du bist meine Freundin, Dessie. Nicht sie.«

»Mir wär's lieber gewesen, du hättest mir das nicht gesagt.«

»Mir wär's lieber gewesen, du hättest nicht gefragt. Es ist, als würdest du von mir verlangen, mich zwischen Luft und Wasser zu entscheiden.«

»Wer von uns ist Luft, Digger? Und wer Wasser?«

»Keine Wahl, Dessie. Beide sind lebenswichtig.«

»Digger, ich könnt alle möglichen Männer haben.«

»Dann geh zu allen möglichen Männern. Meine Gefühle für dich sind stark, aber deswegen werd ich nicht lügen.«

Ein paar Stunden später brachte ich sie zu ihrem Auto. Sie wirkte mitgenommen.

44

Ein Klopfen an der Tür riss mich aus meinen Gedanken. Ich schaltete den Herd aus, streckte mich und machte auf. Miss Stanislaus stand dort. Die spätabendliche Dunkelheit hinter ihr funkelte von Glühwürmchen.

Ich öffnete die Tür weit und ließ sie herein, musterte ihr Gesicht. Sie wirkte ruhig, doch ich spürte den Aufruhr in ihr.

»Was gibt's?«

»Ich hab beschlossen, dass Sie heut für mich kochen.«

»Gut abgepasst.« Ich zeigte auf die Töpfe auf dem Herd, dann auf einen Stuhl. Ehe sie sich setzte, fing ich einen Blick von ihr auf, befangen, fast schüchtern.

»Was macht das Gesicht?«, fragte ich.

»Gesicht is in Ordnung, Missa Digger. Und Sie?«

»Ich auch.« Ich stellte das Essen auf den Tisch. Sie zog ein Taschentuch aus ihrer Handtasche und schob es sich in den Ärmel.

»Ich hab gehört, er war hier, um mit Ihnen zu reden?«

»Er« war natürlich Chilman.

»Mhmm.«

»Was hat er gesagt?«

»Mögen Sie mein Salatdressing?«

Sie nahm sich von den geraspelten Möhren, tunkte sie in die Soße und probierte. »Schmeckt gut.«

Ich schob eine Country & Western-CD in den Player – sie mochte so was – und stellte die Musik leise.

»Missa Digger, Sie ham mir nie gesagt, dass Malan seine Frau verlassen hat.«

»Malan hat mir nie erzählt, dass er seine Frau verlassen hat, Miss Stanislaus.«

»Pet meint, die Frau ruft dauernd im Büro an, um mit ihm zu reden. Is nich richtig, jemand so viel Kummer zu machen. Deshalb seh ich mich auch nie so ganz als Polizistin. Weil nämlich …« – sie zischte geradezu vor Empörung – »… Polizisten das Richtige tun, weil sie dafür bezahlt werden. Ich tu das Richtige, weil es richtig is!«

»Deshalb sind Sie so aufgewühlt?«

»Ah-hah.«

»Sicher?«

Sie antwortete nicht.

Ich gab den gedünsteten Fisch in eine Schale, dann das gedämpfte Gemüse. Miss Stanislaus sah mich irgendwie vorwurfsvoll an. Also stand ich auf und holte zwei Servietten. Das besänftigte sie.

»Miss Stanislaus, Ihr Vater ist gestern Abend hierhergekommen, hat eine Flasche von meinem besten Rum getrunken und mich wüst beschimpft. Hat gesagt, ich hätt nich wie 'n Officer gehandelt, als ich hinter Shadowman her war. Es wär egoistisch gewesen, was ich gemacht hab. Das hat mich ziemlich getroffen, aber er hat recht. Das Einzige, was ich nicht akzeptier, is, dass ich damit die Ermittlungen in den Sand gesetzt hätte.«

»Er hat recht!«, sagte sie. »Woher ham Sie gewusst, wo Sie den Shadowman finden?«

»Ich hab vermutet, dass er Jana Ray wegen seiner Marihuanaanpflanzung umgebracht hat und ich ihn dort oben antreffen würde, wenn ich richtiglag. Jana Ray war ein Pluspunkt für die anderen, warum sollten sie ihn also ermorden? Es musste was anderes dahinterstecken. Jana Ray hatte ein Geschäft mit dem Verkauf von Marihuanaöl und Kush aufgezogen, damit kann man viel Geld verdienen. Shadowman war hinter seinen Pflanzen her.«

»Ich bin wirklich böse auf Sie, Missa Digger, dass Sie dem Mann allein hinterher sind.«

»Sie haben mir eine Frage gestellt, Miss Stanislaus, und ich versuche, sie zu beantworten.«

»Reden Sie weiter«, murmelte sie.

»Als ich Jana Rays Haus durchsucht hab, war das ganze Schlafzimmer auf den Kopf gestellt, aber nichts von den üblichen Sachen mitgenommen worden. Jemand hatte da drin nach etwas gesucht, und ich schätze, es war Shadowman, der es auf Jana Rays Samenvorrat abgesehen hatte.«

»Warum sind Sie da so sicher, Missa Digger?«

»Der kleine Junge, Eric, hat mir erzählt, dass Shadowman Jana Ray ständig wegen seiner Samen und Pflanzen bedrängt hat, ihn beschuldigt hat, ihm sterile Samen zu geben, weil sie nicht keimen wollten. Jana Ray hatte ihm offenbar nicht gesagt, dass die Pflanzen nur unter bestimmten Bedingungen gedeihen. Ich vermute, dass Shadowman ihm hinterherspioniert hat, um rauszufinden, was er genau macht. Dann muss er wohl auf die Idee gekommen sein, dass er dem Jungen die ganze verdammte Plantage eigentlich nur abzunehmen braucht. Das Ding ist, dass Jana Ray sie wahrscheinlich sowieso aufgegeben hätte, weil er ja schon geplant hatte zu fliehen. Irgendwie hat er geahnt, dass Shadowman ihn umbringen wollte. Er war ein sensibler Junge.«

»Sie mein, sind andere Leute, die Missa Laza Wilkins beseitigt ham?«

»Ja, der Mord an Lazar war was anderes. Ich glaube immer noch, dass Miss Tamara und die beiden Ausländer was damit zu tun haben.«

»Missa Jamma Ray – Sie sagen, er hätt kein Interesse an dem Marihuanakraut im Busch zum Rauchen gehabt, sondern an dem Öl. Was hat ihn daran interessiert?«

»Es ist ein Heilmittel gegen Epilepsie, woran seine Mutter gestorben ist. Das hab ich aus seinen Notizen erfahren.«

»Aber seine Mutter is tot!«

»Das funktioniert anders im Kopf mancher Menschen, Miss Stanislaus. Man will verhindern, dass es wieder passiert, dass es Leuten passiert, die einem wichtig sind. Man würde sogar töten oder sterben, um dafür zu sorgen, dass es nicht mehr vorkommt.«

Ich sammelte die Teller ein und tat sie ins Spülbecken.

Miss Stanislaus hielt ihre Hände unter das laufende Wasser. »Missa Digger, ich glaub, Sie ham Angst, dass der Job Sie zu eim schlechteren Menschen macht. Is aber villeich nich so. Villeich ruft der Job nur was wach, was Sie schon in sich ham.«

Ich folgte ihr hinaus auf die Veranda. Unten auf der Straße brauste ein Auto vorbei, ließ Stille und Dunkelheit hinter sich zurück.

»Was ham diese Drogenleute hier auf Camaho zu suchen, Missa Digger?«

»Camaho ist klein. Wir haben schon eine etablierte Schmuggelkultur, wir haben haufenweise junge Männer, die keine Arbeit finden. Wir haben Tausende von kleinen Buchten und Grotten, in denen man ein Boot verstecken kann. Und wir haben den passenden Charakter – die Heimlichtuerei liegt uns im Blut. Außerdem liegen die Absatzmärkte für die Drogen nicht weit weg. Trinidad ist praktisch nebenan, und sobald man an Kara Island vorbei ist, hat man freie Bahn bis rauf nach Florida und Miami. Was ich meine, Miss Stanislaus, und was Ihr Vater schon immer gewusst hat – Camaho ist reif für die Übernahme.«

Ich ging hinein zu meinem Bücherregal und zog das von Jana Ray bekritzelte Buch heraus. Miss Stanislaus folgte mir.

Ich schlug es auf und tippte auf die ersten beiden der sechs gezeichneten Ventilatoren mit den Ziffern darüber. »Das sind keine Ventilatoren, ich hab mich geirrt. Das sollen Propeller sein. Diese ersten beiden hier sehen anders aus. Keine Ahnung, warum, keine Ahnung, was die Zahlen darüber zu bedeuten haben, aber ich bin sicher, dass das Ganze irgendwie mit dem Boot zusammenhängt.«

Sie nahm das Buch und beugte sich stirnrunzelnd darüber. »Immer derselbe Motor, Missa Digger, einziger Unterschied is, dass die Propiller nich richtig auf die ersten beiden passen.«

Sie hob den Kopf und starrte ins Leere, als horchte sie auf etwas außerhalb des Zimmers. »Villeich müssen sie repariert werden?«

»Ich weiß nicht, Miss Stanislaus. Ich weiß nicht, ob es das heißen ...«

»Alles, was Missa Jamma Ray sagt, is wahr bisher«, fuhr sie mich an. »Warum misstraun Sie ihm auf einmal?«

Ich ließ sie stehen, ging hinaus auf die Veranda und blickte in die Dunkelheit hinter den Grapefruitbäumen und Bananenstauden, die mein Haus umgaben. Auf einmal begriff ich, dass Miss Stanislaus' Besuch und ihr Benehmen heute Abend mit den Wochen des Wartens auf das Urteil zu tun hatte, das über ihre Zukunft beim San Andrews CID entscheiden würde. Sie hoffte, dass ich ihre Befürchtungen verstand, ohne sie lang und breit erklären zu müssen.

Trotzdem wollte ich, dass sie es mir sagte. Miss Stanislaus war der einzige Mensch, den ich kannte, der die Wahrheit nicht vermeiden konnte, selbst wenn sie es versuchte.

Sie kam heraus, stellte sich neben mich.

»Missa Digger, ich mag meinen Beruf. Is das Beste, was mir passieren konnt. Und ich bin gut darin, nichwahr?«

»Große Klasse«, sagte ich.

»Wenn ich den Job verlier, würd ich nich tot umfallen. Aber ich will nich noch mein Broterwerb verlieren wegen eim Mann, der mir schon so viel genommen hat. Dann hätt alles kein Sinn.«

»Miss Stanislaus, wenn Sie gehen müssen, geh ich auch.«

»Villeich isses das, was die wolln?«

»Villeich, Miss Stanislaus. Keine Ahnung.«

45

Früh am Morgen rief Benna mich von Kara Island an. Sie begrüßte mich fröhlich und entschuldigte sich, auch im Namen der anderen, dafür, dass sie so lange gebraucht hatten. Gestern hätten sie Koku Stanislaus gefunden oder jedenfalls die Stelle, von der sie so gut wie gewiss seien, dass er dort liegen könnte.

Die Ausdrucksweise der Frau verwirrte mich jedes Mal aufs Neue.

»Liegen könnte?«, fragte ich. »Ihr seid nicht sicher?«

»Sind wir«, sagte sie. »Wir ham ihn nur nich rausgeholt.«

»Er ist, äh, immer noch vergraben?«

»Ja.«

»Woher wissen Sie dann, dass er es ist?«

»Wir wissen's«, sagte sie. »Wir ham unsre Arbeit gemacht, jetzt komm Sie und machen Ihre.«

Sie warteten auf mich am Anleger. An der Beach Street tummelten sich Grüppchen von Leuten, die sich, wahrscheinlich unbewusst, nach Alter zusammengetan hatten.

Offensichtlich hatten die Frauen die Neuigkeit herumerzählt.

Zwei Männer mit Gesichtern so ausdruckslos wie Schiffsplanken standen seitlich von Benna und ihrer Clique. Sie stützten sich auf Mistgabeln und Spaten. Ich begrüßte die Frauen, nahm ihre dargebotenen Hände und verbeugte mich. Die Angewohnheit meiner Kindheit kehrte so automatisch zurück, dass es mich überraschte.

»Komm Sie mit«, sagte Benna. Wie von Zauberhand geteilt, machte die Menge ihr Platz. Sie führte mich zu einem Esslokal auf der anderen Straßenseite namens Delna's Diner und hieß mich Platz nehmen.

»Ich hab Delna gesagt, dass Sie Hunger ham werden. Sie hat früher aufgemacht und was für Sie vorbereitet.«

»Wo genau auf der Insel haben Sie die Leiche gefunden?«

Sie schüttelte den Kopf. »Nich auf Kara Island. Essen Sie erstmal, dann zeigen wir's Ihnen.«

Schweigend sah sie mir zu, verfolgte aufmerksam jede meiner Bewegungen.

»Sie leben allein, nichwahr?«

»Stimmt«, sagte ich.

»Schon lange.«

»Woran merken Sie das?«

»Daran, wie Sie essen.«

Ich hob den Kopf und sah sie an.

»Macht ja nichts.« Sie lächelte. »Ham Sie Kathleen gesagt, dass Sie herkomm?«

»Nah. Wollte zuerst sichergehen.«

Sie nickte. »Kathleen war auf 'nem schönen geraden Weg, bevor Juba drauf gespuckt hat. So ein hübsches, hübsches Mädchen war sie! Und schlau! Sie hat uns immer zum Lachen gebracht mit ihrn Bemerkungen und den Fragen, die sie den Leuten an den Kopf geworfen hat. Schlagfertig sein musst man, um es mit ihr aufzunehm.« Sie beugte sich vertraulich zu mir vor. »Missa, äh …«

»Digger.«

»Ja.« Benna legte ihren Stock quer über ihren Schoß. »Wir hättn Juba schon vor langer Zeit ausm Weg räumen können. Er is 'ne schwere Last für uns gewesen all die Jahre. Aber war nich unsere Aufgabe. Gibt niemand hier, der nich gewusst hätt, dass Kathleen irgendwann wegen ihm zurückkommen würd. Und wenn's noch so lange dauert. Villeich hat's Juba sogar selbst gewusst.«

»Ich bin hier, um genau das Gegenteil zu beweisen, Benna. Lassen Sie das bloß niemanden hören, was Sie da gerade gesagt haben, vor allem nicht auf Camaho.«

»Ha, wundert mich nich! Die ham keine Kultur da auf Camaho und noch weniger gesunn Menschenverstand. Außer Ihnen villeich.« Sie zeigte mir eine Reihe kräftiger Zähne. »Komm Sie, wir ham Koku auf White Island gefunden.«

Ich aß das eingelegte Krebsfleisch mit Brot auf, bedankte mich bei Delna und folgte Benna zum Anlegesteg. Ein großes Holzboot war dort festgemacht. Die Frauen stiegen ein, dann die Männer mit ihren Geräten. Ich reichte einem von ihnen meinen Mordkoffer mit der Ausrüstung und kletterte als Letzter hinein.

Der Bootsführer fuhr uns südwärts, der Küstenlinie folgend. Nachdem wir die Südspitze umschifft hatten, drehte er nach Norden, und kurz darauf tauchten zwei kleine Inseln vor uns auf, die eine buckelig wie eine Schildkröte, die andere eine weiße Sandbank, teilweise von Vegetation bedeckt. An einem Ende ragte eine abgerundete, zehn Meter hohe Felsformation aus dem Wasser. Ich dachte an einen Oktopus, der sich stromlinienförmig zur Flucht streckte.

Die Frauen hatten die Köpfe zusammengesteckt und tuschelten miteinander. Wieder einmal merkte ich, wie sehr sie mich einschüchterten.

White Island war mehr Strand als Land und hatte den reinsten, weißesten Sand, über den ich je gegangen war. Sie führten mich eine leichte Steigung hinauf auf den »Kopf« des Oktopus zu, der Bootsführer vornweg, der seine Machete blitzend auf Äste und Lianen niedergehen ließ.

Schließlich traten wir in das kühle Zwielicht einer Lichtung zwischen Guajakbäumen, der laubbedeckte Boden vom Sonnenlicht gefleckt, das Brüllen der See in meinen Ohren. Ich ging in die Richtung, in die Bennas Stock mich wies. Alle Anzeichen waren vorhanden.

»Vielleicht ist er's nicht«, sagte ich.

»Er ist's«, sagte sie. Ich markierte das Rechteck, das die Männer ausheben sollten, und sie machten sich sogleich an die Arbeit – rasch, geübt, mit sparsamen Bewegungen.

Koku Stanislaus' Mörder hatte ihn in eine lange Stofftasche aus einem grob gewebten Material gesteckt, bevor er ihn in die Grube geworfen hatte.

»Fischtasch«, sagte einer der Männer.

»Was?«

»Fischtasch, nichwahr. Leute, die große Fische jagen, transportiern die da drin.«

»Kennen Sie jemand, der so was benutzt?«

Er zuckte die Achseln. »Die meisten Fischer ham eine. Tomas bestellt sie für uns.«

»Wer ist Tomas?«

»Alter Mann, hat 'nen kleinen Haushaltswarenladen hinter Delnas Lokal.«

»Wo bestellt Tomas die Taschen?«

Wieder ein Achselzucken. »Fragen Sie ihn.«

»Mach ich«, sagte ich. »Haben Sie auch so eine Fischtasche?«

»Na klar!«, sagte er.

»Wir ham hier noch zu tun«, mischte sich Benna ein.

Ich nickte und wandte mich wieder der Grube zu.

»Wird kein schöner Anblick sein«, warnte ich. »Villeich wollt Ihr alle jetzt lieber gehn?«

»Warum?«, fragte Dada.

»Okay.« Schulterzuckend nahm ich meine LED-Taschenlampe heraus. »Dann erklär ich euch jetzt, was ich mache. Zwischendurch werd ich möglicherweise die Hilfe von euch Männern brauchen. Und vielleicht solltet Ihr jetzt alle eure Nasen bedecken.«

Sie schienen mich nicht gehört zu haben.

Fliegen und Motten und danach Aas- und Raubkäfer hatten bereits erledigt, was weder Priester noch Gebete bewirken konnten: Koku Stanislaus seiner sterblichen Hülle entkleiden und sie der Erde zurückgeben.

Zuerst machte ich natürlich Fotos, dann leuchtete ich mit meiner Lampe die Tasche ab und hielt bei etwas inne, das wie ein Aufdruck an der Seite aussah. Die Buchstaben waren so verblasst, dass ich sie für Flecken gehalten hätte, wenn ich nicht mit der Taschenlampe ganz nah rangegangen wäre.

Ich wandte mich an Benna. »Ich muss ihn von unseren Leuten nach Camaho bringen lassen. Damit ich ihn richtig untersuchen kann.«

»Nah!« Die alte Frau wirkte erzürnt.

»Es muss sein«, sagte ich.

Benna schüttelte den Kopf und schlug den Stock gegen ihr Bein. »Koku fährt nich mehr übers Wasser nich. Er is genau da, wo er sein soll.« Sie schwenkte ihren Stock in einem Bogen, der den Wald, den Himmel, das Meer und das nahe Kara Island einbezog.

Ich dachte an Miss Stanislaus und dass sie wohl ähnlich empört wäre.

Trotzdem fiel es mir schwer, meinen Ärger zu zügeln. »Ist es euch lieber, wenn ich die Leiche entweihe?« Ich meinte das nur im forensischen Sinn, aber das würden sie nicht verstehen.

Benna erstarrte, kniff die Augen zusammen und bleckte die Zähne. Was auch gerade in der alten Frau vorging, es veränderte sie völlig. Jetzt verstand ich, warum die ganze Insel sich ihr fügte. »Hör zu junger Mann, versuch nich, mich zu verarschen, verstannen?«

»Verzeihung«, sagte ich. »Mit entweihen meinte ich nur, dass ich ein paar Sachen mitnehmen müsste.«

Sie ließ nicht locker, bohrte ihre hellen Augen in mich.

»Ich brauche die Griffe der Tasche. Der Reißverschluss könnte nützlich sein, und die Seite, auf der, wie ich glaube, die Marke aufgedruckt ist. Das müsste ich mitnehmen.«

Benna nahm eine entspanntere Haltung ein und gab den Männern ein Zeichen, die prompt loslegten.

Wie es aussah, musste jemand diese Tasche angehoben und getragen haben. Diese Person würde Spuren auf den Griffen hinterlassen haben. Irgendwo hatte ich einmal gelesen, dass DNA unter idealen Bedingungen mehr als eine Million Jahre erhalten bleiben könne. Das hier waren jedoch keine Umstände wie aus dem Lehrbuch. In Anbetracht des tropischen Klimas, des sehr durchlässigen Bodens, des flachen Grabs und der Tatsache, dass der alte Mann mehrere Jahre dort gelegen hatte, bezweifelte ich, irgendwelche Spuren von der Person, die ihn hergebracht hatte, isolieren zu können. Zumindest nicht forensisch einwandfrei.

Im Übrigen hatte es wenig Zweck, Proben zu entnehmen und sie vom Labor in Trinidad gründlich untersuchen zu lassen. Das würde Zeit kosten, und genau die hatten Miss Stanislaus und ich nicht.

Einer der Männer – klein, muskulös, buschige Brauen und schmale Augen –, der Vaz hieß, wie ich inzwischen wusste, reichte mir die ausgeschnittenen Teile der Tasche, um die ich gebeten hatte. Er hatte sie in ein Bündel Meertraubenbaumblätter gewickelt und schien begierig zu sein, sie aus der Hand zu geben.

Zwei, drei Stunden später, Nase und Mund immer noch mit einem Tuch bedeckt, richtete ich mich auf. Im Licht meiner LED-Lampe hatten sie Koku Stanislaus' Canvasgürtel identifiziert, den der alte Mann stets getragen hatte, wie sie sagten. Es gebe keinen zweiten wie den auf der Insel. Oder vermutlich überhaups irgendwo. Koku habe ihn lange vor meiner Geburt von seinen Jahren als Gastarbeiter in Aruba mitgebracht. Beim Anblick dieses Gürtels senkte sich ein drückendes Schweigen auf sie.

»Okay, ich bin hier fertig«, sagte ich schließlich. »Ihr müsst diese Stelle schützen, ist 'n Tatort.«

Mittlerweile hatte ich über zweihundert Fotos in meiner Kamera gespeichert. »Ich überlass das euch, bis ich meine Kollegen von Camaho rübergeschickt hab, damit die ihren Teil tun.« Mit einem Blick zu Benna: »Danach werden wir ihn euch, seinen Leuten, übergeben. Kommt mit, ich erklär euch, was ich gefunden hab.«

Sie folgten mir durch das Unterholz in den Schatten eines Meertraubenbaums am Strand. Ich zog die Speicherkarte aus meiner kleinen Casio-Kamera und schob sie in das Android-Tablet, das ich mitgebracht hatte.

Sie scharten sich um mich, während ich mich in den

Sand hockte und die Fotos auf den Bildschirm lud. »Seine Knochen und die Zähne und Gelenke geben uns Hinweise auf sein Alter und seinen Gesundheitszustand vor dem Tod. Er hatte starke, gesunde Knochen, aber seine Fingergelenke sagen mir, dass er an Arthritis litt, vor allem in der rechten Hand.«

Dada grunzte bestätigend.

»Dafür keine Probleme mit den Knien. Er war Anfang achtzig, vielleicht sogar älter.«

»Sie sagen, Sie könn sehen, was mit ihm passiert is?«, fragte Benna.

»Ja.« Ich fuhr mit dem Finger über das Bild von der Wirbelsäule. »Diese Knochen hier nennen wir Rückenwirbel. Wie ihr seht, hat jeder einzelne so zwei kleine Flügel an den Seiten, außer dem hier.« Ich zeigte auf die linke Seite des vierten Wirbels. »Der hier ist gebrochen. Das deutet daraufhin, dass etwas den alten Mann mit voller Wucht von hinten getroffen hat, so dass die Fortsätze abgebrochen sind.«

Ich zeigte ihnen ein Foto von der Vorderseite des Brustkorbs. »Der Gegenstand, der in seinen Rücken eingedrungen ist und den Knochen zertrümmert hat, ist nicht bis nach vorn durchgestoßen. Er hat zusätzlich eine der hinteren Rippen getroffen, aber weiter oben. Bei einer geraden Waffe wie einer Metallstange oder etwas Ähnlichem würde man erwarten, dass sie bis zum vorderen Rippenkorb durchstößt, doch hier wurde nur der hintere Teil getroffen. Ich frag euch, was kann mit solcher Gewalt in den Rücken eines Menschen eindringen, ohne vorne wieder rauszukommen?«

Ich hob den Kopf und sah sie an. »Es muss eine gebogene Waffe gewesen sein.«

Einer der Männer zog die Nase hoch, ein scharfes, rotziges Geräusch. »Haken.«

»Fischhaken«, sagte ein anderer.

Ich stand auf, stellte mich hinter den einen und deutete den Schlag an, der solche Verletzungen hervorrufen würde.

Eine der Frauen hielt sich die Hände vors Gesicht.

»Noch etwas: Die Bruchstelle zeigt, dass der Schlag mit der linken Hand ausgeführt worden sein muss.«

Eine Stille folgte, in der nur die am Sand leckenden Wellen zu hören waren.

»Juba hat den Haken in der rechten Hand gehalten. Immer«, sagte Vaz und sah sich bestätigungsheischend um.

»Hast du je gesehn, wie er ihn benutzt hat?«, fragte Benna.

Der Mann schüttelte den Kopf, die Vorstellung schien ihn zu bestürzen.

»Aber ich«, sagte ich. »In der Nacht, als Juba versucht hat, Miss Stanislaus und mich umzubringen. Als ich ihn kommen gesehen hab, hat er den Haken in der rechten Hand getragen. Aber als er mich niederschlagen wollte, hat er ihn in die linke gewechselt.«

»Wie geht's jetzt weiter?«, wollte Benna wissen.

»Kann sein, dass ich euch alle als Zeugen brauche.«

Benna nickte. Die anderen wirkten unsicher.

Dada verzog mürrisch das Gesicht. »Ich kann Camaho nich leiden, warum bringt ihr das Gericht nich her?«

Benna saugte Luft durch die Zähne. »Frau, du bist zu blöd!«

Einer der Männer lachte.

»Wir könn das nich für uns behalten«, murmelte sie. »Wir müssen's allen sagen.«

»Machen Sie ruhig, Benna. Sagen Sie's allen.«

»Sonst noch was, junger Mann?«

»Ja, ich möchte zu Missa Tomas. Und danach zu Officer Mibo – könnt ihr mir sagen, wo er wohnt?«

»Wird Zeit.« Benna nickte und wandte sich an die Männer. »Legt paar Zweige über Koku und lasst ihn wissen, dass wir wiederkomm.«

Die Männer eilten davon. Benna winkte mich ins Boot.

46

Tomas' Laden bestand auf den ersten Blick nur aus einem rechteckigen Loch, das in eine abblätternde braune Wand gehauen worden war. Ein Mann mit einem Gesicht verschrumpelt wie eine Rosine saß davor und lehnte den Kopf an die Türöffnung. Hinter ihm blickte ich in einen dunklen Raum, schmal wie ein Korridor, mit einem Sammelsurium von Angelgeräten zu beiden Seiten. Dem Alten schien die sengende Mittagssonne nichts auszumachen, kein einziger Schweißtropfen war an ihm zu sehen.

»Guten Tag, ich such nach Missa Tomas?«

»Bin ich«, sagte er und tippte sich auf die Brust. Dann musterte er mich ausgiebig von oben bis unten. »Was wolln Sie?«

»Ich hab ein paar Fragen«, sagte ich.

»Fragen bringen kein Geld. Wolln Sie was kaufen?«

»Ich will Antworten«, sagte ich.

»Hier wern Sie keine finden.« Seine Miene verschloss sich, er hätte mir ebenso gut den Rücken kehren können.

Ich öffnete meinen Koffer und nahm die Teile der Fischtasche heraus, in der Koku Stanislaus lag. Hielt ihm die abgeschnittenen Griffe hin. »Wissen Sie, zu was für einer Sorte Tasche die gehören könnten?«

Er antwortete nicht.

»Sie verkaufen doch Fischtaschen, nichwahr?«

»Wolln Sie eine kaufen?«

»Nein, ich will wissen, wer die hier bei Ihnen gekauft hat.«

Er blickte kurz auf meine Hände und lachte heiser. »Verdammt kleine Tasche«, sagte er. »Tragen Sie Ameisen damit rum?«

Seine Griesgrämigkeit erinnerte mich an DS Chilman oder Dada.

»Wir haben gerade die Leiche von Koku Stanislaus auf White Island gefunden. Jemand hat ihn ermordet und in so einer Tasche begraben. Das sind die Griffe davon.«

Er riss seine gelblichen Augen auf und starrte mich an. »Im Ernst?«

»Fragen Sie Benna«, sagte ich. »Koku ist vor zwei Jahren verschwunden, und ihr wollt mir erzählen, dass ihr nix davon gemerkt habt? Ist 'ne kleine Insel hier, auf der ihr lebt, kein Kontinent.«

Er schüttelte den Kopf. »Im Ernst?«

»Ja, Koku ist im Ernst tot. Ich hab Grund zu der Annahme, dass Juba Hurst ihn umgebracht hat.«

Der Alte leckte sich die Lippen und blinzelte mich an. »Koku is viel für sich geblieben. Er und ich, wir ham uns nie besonners verstannen. Die Leute ham gesagt, er wär nach Camaho gezogen, zu dem Mädchen, das er adoptiert hat – die, die zurückgekomm is, um Juba totzumachen. Ich hab der nie getraut ...«

»Aber ich! Ich war dabei, als sie Juba erschossen hat. Beantworten Sie jetzt meine Fragen?«

Er nickte.

»Stammt das aus Ihrem Laden?« Ich gab ihm die Taschengriffe. Sie bestanden aus einem festen Nylonmaterial und waren gepolstert. Schwarz jetzt von der Erde, in der sie so lange gelegen hatten.

Der Alte beugte sich darüber und befühlte das Material mit dem Daumen, brabbelte lautlos etwas, während er die Schmutzschicht abrieb. Als er aufsah, war sein Blick leer, seine Stimme leise. »Is nich von mir«, sagte er. »Fühlt sich teuer an. Is das der einzige Teil von der Tasche, den Sie ham?«

Ich griff in meinen Koffer und holte das Stück von der Seite heraus.

Tomas nahm es und fing wieder mit seiner Reiberei an. »Wie ich schon sag, is teuer. Is Hanf, das Material. Da drin ham Sie Koku gefunden, im Ernst?«

»Es wär Ihnen aufgefallen, wenn jemand so was mit sich herumgetragen hätte, nichwahr?«

Er schüttelte den Kopf. »Is anners als die annern, aber ich geh kaum ausm Haus. Kann ich nich sagen. Wie groß, mein Sie, war die Tasche?«

»Zwei Meter noch was«, sagte ich.

»So 'ne Tasche kauft man nur, wenn man Delphine jagt.«

»Es gibt Delphinjäger hier in der Gegend?«

»Die Leute von Eastward Island.«

Ich sah die Insel vor mir – ein paar Meilen vor Kara Island gelegen, mit großen Betonhäusern drumherum wie eine Festung.

»Wir essen keine Delphine.« Tomas hustete in seine Hand. »Aber die von Vincen Island zahlen gutes Geld für das Fleisch.«

»Zufällig weiß ich, dass Delphinfleisch giftig ist«, sagte

ich. »Sie nehmen Quecksilber aus dem Meer auf. Verschmutzung von all der Goldverarbeitung in Guyana, nichwahr.«

»Hinter wem sind Sie her?«, fragte der Alte. Er sah besorgt aus.

»Sie haben die Delphinjäger von Eastward Island erwähnt. Gibt's auf Kara Island niemand, der Delphine jagt?«

Er schüttelte mehrmals den Kopf, senkte den Blick auf seine Gummilatschen.

»Sagen Sie's mir«, forderte ich ihn auf.

»Keine Ahnung«, murmelte er.

»Ich weiß, dass Sie's wissen, Missa Tomas. Ich bin ganz Ohr.«

Wieder schüttelte er den Kopf.

»Okay.« Ich nahm ihm das Stoffstück ab. »Dann bitt ich jetzt Benna, die Information aus Ihnen rauszuholen. Ist Ihnen das lieber?«

»Der Einzige, den ich hier kenn, der Delphine jagt, is 'n Verwandter, und in meiner Familie würd niemand …«

»Reden Sie weiter.«

Er deutete mit einer knappen Handbewegung auf den Stoff. »Meine Familie hat damit nix zu tun.«

»Ich hör Ihnen zu, Sir.«

»So was würd Mibo nich …« Tomas verstummte.

»Missa Tomas, vom ersten Moment an, als sie die hier in der Hand hatten« – ich wedelte mit den Stoffteilen –, »haben Sie gewusst, dass das Mibos Tasche ist, nichwahr?«

Der alte Mann schmatzte mit den Lippen und blinzelte hektisch.

»Wie stehen Sie zu Officer Mibo?«

»Kind von meim jüngsten Bruder. Mibo ist das jüngste.« Er redete, als würde das alles erklären. Dann warf er mir einen verstohlenen Blick zu. »Weiß Queenie davon?«

»Wer ist Queenie?«

»Sie nenn sie Benna.«

»Was denken Sie, wo Mibo die Tasche her hatte?«

»Is 'ne Surfertasche, Missa, äh …«

»Digger! Sie haben sie für ihn bestellt, stimmt's?«

»In so was tragen die 'merikanischen Surfer ihre Bretter rum. Wir nehm sie für Delphine.«

»Sie haben meine Frage nicht beantwortet, Sir. Haben Sie die Tasche bestellt?«

Tomas schluckte und schüttelte weiter den Kopf. »Ah-hah«, machte er schließlich.

»Von wo?«

»Nich weit.«

»Von wo?«

»Miami. Weiß Queenie davon?«

»Nicht das von Mibo. Noch nicht.« Ich hockte mich vor ihn hin. »Was ich im Moment hab, ist eine Verbindung zwischen Ihnen und einer Tasche, in der Koku Stanislaus' Leiche liegt. Sie haben gesagt, Sie hätten sich nicht gut mit ihm verstanden, also hatten Sie vielleicht Ihre eigenen Gründe, ihn umzubringen. Das macht Sie zu einem Verdächtigen, Missa Tomas, mindestens. Es sei denn, Sie können was anderes beweisen, verstehen Sie …«

Der Alte sprang auf und marschierte durch die Tür, knallte sie hinter sich zu. Ich hörte mehrfaches Scheppern und Klappern, als würde er den Laden auseinandernehmen, doch ich blieb entspannt. Das Gute an Kara Island war, dass man nicht weit weglaufen konnte.

Tomas kam mit einer schwarzen A4-Kladde zurück. Er schlug sie auf und drehte sie zu mir um, schnaufte dabei. Noch nie hatte ich jemand so viel Empörung allein durch Schnaufen ausdrücken hören.

Ordentlich gezogene Linien, sieben Spalten: Name des Käufers, bestellte Ware, Bestelldatum, Anzahlung, Restzahlung, Datum der Anlieferung der Ware, Datum der Übergabe an den Käufer. Mibo hatte den gesamten Betrag im Voraus bezahlt und den Artikel drei Wochen und vier Tage später erhalten. Das war vor drei Jahren gewesen.

»Haben Sie die Rechnung des Lieferanten?«

Er ließ das Buch bei mir, stampfte wieder hinein. Ich holte meine Kamera heraus und fotografierte die Seite ab.

Tomas kam mit der Rechnung zurück. Die Lieferantenadresse lautete:

Surf Edge Supply

Miami Beach, FL

Preis: 269.95 US-Dollar.

»Teure Tasche«, sagte ich und fotografierte auch die Rechnung.

»Ein Sarg kostet mehr«, bemerkte der Alte. »Wissen Sie, wo Mibo wohnt?« Sein Gesichtsausdruck war jetzt grimmig, grimmig und rachsüchtig.

»Benna hat's mir gesagt«, antwortete ich.

Der Alte scheuchte mich handwedelnd weg. Er sah aus, als hätte er gerade Prügel bekommen.

47

Officer Mibo hatte sein Haus ein paar Kilometer außerhalb des Orts gebaut.

Es stand zwischen ein paar kleineren Wohnhäusern, die vielleicht ein Zehntel so groß waren. Die Villa roch noch nach Rohbeton und sollte wohl irgendwie römisch im Stil sein: Löwenköpfe auf den Torpfosten, eine breite, geschwungene Eingangstreppe mit Säulen, die zu einer Bogentür oben führte. Ein gepflasterter Hof mit vier Autos, darunter ein SUV. Ich fragte mich, was er damit auf einer dreißig Quadratkilometer großen Insel wollte.

Ich stieg die Treppe hinauf und klopfte an die große Glastür. Nach einer Weile tauchte Mibo auf, dünn wie die Dürre, die Haut so fest um sein Gesicht gespannt, dass ich seine Schädelform erkennen konnte. Er trug geblümte Shorts und Gummisandalen und hatte eine Fernbedienung in der Hand. Ein kinoleinwandgroßer Fernsehbildschirm schimmerte blau in dem Wohnzimmer hinter ihm.

»Guten Tag, mein Name ist Digger.« Ich zeigte ihm meinen Dienstausweis. Er kannte mich natürlich, aber ich wollte ihn durch mein Benehmen verunsichern. Mibo blinzelte und versuchte es mit einem kumpelhaften Polizistenlächeln. Ich reagierte nicht darauf, seine Miene gefror.

»Sie haben gehört, was mit Officer Buso passiert ist, dem Polizisten, den ich wegen fahrlässiger ...«

»Hab ich von gehört«, sagte er.

»Also wissen Sie auch, was ich mit ihm zu machen gezwungen war.« Ich blickte auf meine Uhr, dann auf seine Kleidung. »Es ist ein Uhr. Sind Sie in der Mittagspause?«

Er murmelte irgendwas von sich »nich so gut« fühlen heute.

Ich sah ihm in die Augen. »Vor ein paar Tagen hatte ich ein Gespräch mit dem Polizeichef. Officer Mibo, ich will Sie jetzt sofort auf der Wache sehen.«

Seine Augen quollen hervor, er leckte sich die Lippen. »Is was passiert?«

»Eine Menge! Und falls Sie Zweifel an meiner Befugnis hier haben, rufen Sie den Polizeichef an.« Ich hielt ihm mein Handy hin. Wie erwartet, verzichtete er. »Ziehn Sie sich was an, Mibo. Ich warte.«

Ich ging die Treppe hinunter und sah mich auf dem Grundstück um: Angelzeug, reichlich davon, zwei Schlauchboote hinten, ein schnittiges Speedboot mit einem großen Yamaha-Außenbordmotor.

Mibo kam heraus und knöpfte sich das Hemd zu, hatte noch den Gürtel offen. Die Frau, der ich zuvor schon auf der Wache begegnet war, folgte ihm hinaus auf die Veranda und starrte mich mit undurchdringlicher Miene an.

Mibo ging zu dem SUV. Ich zeigte auf den blauweißen Toyota am anderen Ende des Hofs mit der Aufschrift POLICE.

Wir fuhren schweigend. Ich hatte meine Remington nach Malans Art aufs Armaturenbrett gelegt, konnte Mibos Schweiß riechen. Der Mann hatte seinen Hintern fest in den Sitz gedrückt, das Kinn lag fast auf dem Lenkrad, die Ellbogen standen rechtwinklig davon ab.

»Officer Digger...«, begann er.

»Wir reden auf der Wache.« Ich hatte das alles im Kopf geprobt, angelehnt an Chilmans Methoden bei der Durchsetzung von Recht und Gerechtigkeit: *Den Gegner ständig aus dem Gleichgewicht bringen.* Doch als ich jetzt neben Mibo saß, der Lauf der Remington »zufällig« auf ihn zeigte und die Erinnerung an die sterblichen Überreste des alten Mannes auf White Island mich verfolgte, überwältigte mich die Wirklichkeit beinahe.

Als wir endlich die Wache erreichten, war ich miesester Laune. Ich dachte an die furchtbaren Auswirkungen, die Gier und Selbstsucht eines Einzelnen auf das Leben anderer hatten. Dachte an den Druck, unter dem Miss Stanislaus stand, nicht zuletzt wegen des Berichts dieses Mannes.

Ich ließ ihn vorangehen, hielt den Blick auf seinen Nacken gerichtet.

Ein alter Schreibtisch in einer Ecke, eine beschädigte Tastatur darauf, das Festnetztelefon, mit dem die Frau ihn bei meinem ersten Besuch hier zu warnen versucht hatte, ein Stoß Kugelschreiber und ein A4-Notizblock.

»Wo sind die anderen?«, fragte ich.

Er murmelte irgendwas von Urlaub. »Nettes Leben«, sagte ich. »Benna meinte, Sie wären einer der besten Seeleute hier auf Kara Island. Stimmt das?«

Er zuckte die Achseln.

»Officer Mibo, Sie reden nicht viel. Warum?«

»Sie gem mir ja keine Gelegenheit«, krächzte er.

»Jetzt geb ich sie Ihnen. Reden Sie!«

Er warf mir einen rotäugigen, hasserfüllten Blick zu. Ein Feigling, entschied ich, trotz seiner Körpergröße und seines Auftretens.

»Sie haben Angst, sich zu verplappern, weil Sie so viel zu verheimlichen haben, deshalb.«

»Ich hab gar nix nich zu verheimlichen. Weiß nich, wieso Sie herkomm und auf mir rumhacken!« Er bleckte die Zähne und glotzte mich an, und jetzt erkannte ich Bosheit in ihm.

Ich zog die beiden einzigen Stühle im Zimmer nebeneinander. »Setzen Sie sich, Officer Mibo. Ich will Ihnen ein paar Fotos zeigen.«

Er ging zur Tür.

»Wenn Sie jetzt rauslaufen, schieß ich Ihnen die Beine weg, ich mein's ernst!«

Mibo ließ sich auf dem einen Stuhl nieder, glotzte mich wieder an dabei. Es war schon ein spezieller Charakter nötig, um ein Polizist zu werden wie er – so viel von sich aufzugeben für Geld, für einen hässlichen Kasten von einem Haus, in dem ein kleines Dorf Platz gehabt hätte, und ein Auto, mit dem man kaum ein paar Kilometer weit fahren konnte, bevor man im Meer landete.

Ich schaltete das Tablet an und rückte so dicht an ihn heran, dass sich unsere Schultern berührten. Das gefiel ihm nicht, aber er konnte nichts dagegen tun, wenn er nicht vom Stuhl fallen wollte. Auch ein Trick, den ich von Chilman gelernt hatte.

Ich wischte durch die Fotos, beobachtete Mibos Gesicht aus dem Augenwinkel. Er blieb ausdruckslos. Bei der Aufnahme von dem Gürtel des alten Mannes hielt ich inne und fühlte, wie er krampfartig zuckte. Ich klickte auf ein Foto von dem Skelett in der Tasche. Wieder ein Zucken.

»Das ist Ihre Tasche, nichwahr?«

»Nah! Hab nie so 'ne Tasche nich gehabt.«

»Sind Sie sicher?«

»Na klar, ich ...«

Bei der nächsten Aufnahme verstummte er: die Aufzeichnungen von Tomas über den Geschäftsvorgang, die Rechnung. »Immer noch sicher?«

Mibos Unterlippe bebte.

Ich drehte meinen Stuhl herum, um ihm ins Gesicht sehen zu können. »Wenn Juba Hurst noch leben würde, hätte ich jetzt die Beweise, um ihn wegen Mordes lebenslänglich ins Gefängnis zu bringen. Ihre Beteiligung an der Tat und Ihre Verbindung zu Juba hätte ich vielleicht nicht mal rausgekriegt, wenn Sie nicht Ihren Arsch aus dem Fenster gehängt hätten, indem Sie einen hinterhältigen Bericht an den Justizminister und die Presse weitergeleitet haben. Warum?«

Sein Blick zuckte zur Tür.

»Laufen Sie, wenn Sie sterben wollen, Mibo. Nur zu.« Ich hob drohend den Finger vor sein Gesicht. »Demnächst ist das Verfahren. Sollte Miss Stanislaus dabei fertiggemacht werden, werden Sie erst recht fertiggemacht, das schwör ich Ihnen. Ich mach Sie so verdammt fertig, dass Sie wünschten, Sie wärn nie geboren worden. Ich sorg dafür, dass Sie nie wieder ausm Knast rauskommen, denn ich kann beweisen, dass Sie die Leiche des alten Mannes in einem Ihrer Boote nach White Island geschafft haben. Sie sind wahrscheinlich der Einzige hier, der es bei Nacht mit dem gefährlichen Gewässer da draußen aufnehmen kann. Und dann die Tasche – Sie mussten Ihre schöne teure Fischtasche nehmen, weil Sie sicher gemerkt haben, dass eine Leiche sich wehren kann. Vier schwere Gliedmaßen und ein Kopf, die einfach nicht so liegen bleiben, wie sie sollen. Eine Leiche hilft einem nicht dabei, sie zu heben oder zu bewegen, es ist, als würd sie Widerstand leisten. Wenn man sie zieht, ist sie schwer wie Beton, stimmt's? Und sie hinterlässt eine Schleifspur aus Blut oder Scheiße oder beidem. Also mussten Sie sie in Ihre Delphintasche packen. Das Erste, was man in der Rechtsmedizin lernt, Mibo – ein menschlicher Körper, ob tot oder lebendig, hat immer eine Geschichte zu erzählen.«

Meine Kehle war auf einmal so zugeschnürt, dass ich schwer schlucken musste.

Mibo rutschte auf seinem Stuhl herum. Ich sah die Anspannung in seiner Miene, die Angst. Mir schoss der Gedanke durch den Kopf, dass er wahrscheinlich den kommenden Tag nicht überleben würde, wenn ich mit Benna über all das spräche. Wie Chilman gesagt hatte, brauchten die Leute auf Kara Island keine Polizei. Regulierende Kräfte, die mächtiger waren als wir, regierten diese Insel, ein System aus Recht und Vergeltung, in das ich durch die alte Frau, die selbst ein mürrischer Knacker wie Tomas zu fürchten schien, einen flüchtigen Einblick erhalten hatte. Ich nahm einen von den Kulis und zeigte damit auf den Notizblock mit dem Briefkopf der Polizei von Camaho. »Ich will eine unterschriebene Aussage von Ihnen, in der Sie zugeben, dass all Ihre Behauptungen über Miss Stanislaus und die Anschuldigungen gegen sie auf Hörensagen beruhen. Mit anderen Worten, reine Erfindung sind! Sie werden erklären, dass Sie einen persönlichen Groll gegen Miss Stanislaus hegen – denken Sie sich was aus, wenn's sein muss – und keinen Grund haben, an unserem Bericht über die Ereignisse in jener Nacht, als Juba erschossen wurde, zu zweifeln.«

Ich stand auf und blickte auf ihn herab. »Wenn ich nicht zufrieden bin, lass ich Sie alles noch mal schreiben. Und danach hätt ich noch ein paar Fragen dazu, auf wessen Anweisung Sie sich über die Vorschriften hinweggesetzt und Ihre persönliche Meinung zu einem Polizeieinsatz direkt danach im Radio geäußert haben. Ich gebe Ihnen eine halbe Stunde Zeit.«

Erschöpft trat ich aus dem winzigen Betonkasten hinaus ins Freie. Die Hitze war erstickend, unerträglich.

Nach einer halben Stunde ging ich wieder hinein, meinen zusammengerollten Gürtel in der Hand.

Mibo hatte seine Aussage natürlich niedergeschrieben, für alle Fälle. Doch er würde sie mir nicht überlassen, wenn er es irgendwie verhindern konnte. Zu viel zu verlieren. Das war mir von vornherein klar gewesen.

Mit der Tastatur in der Hand stürzte er sich auf mich, schwang sie in mörderischer Absicht gegen meinen Kopf. Ich duckte mich und machte einen Rückzieher zur Tür, doch beim Anblick der erhobenen Waffe in meiner Hand war er es, der rückwärts stolperte.

»Okay, der Schrieb ist fertig«, sagte ich. »Jetzt zu unserer Unterhaltung.«

Ich verbrachte anstrengende drei Stunden mit Mibo, rang die ganze Zeit mit einem Lügner. Falschheit und Verstellung troffen so selbstverständlich aus ihm heraus wie der Schweiß, der ihm übers Gesicht lief. Doch ich lernte schnell, ihn zu durchschauen. Bevor er log, leckte er sich über die Lippen. Sein fest von der Faust umschlossener Daumen war ein sicheres Zeichen dafür, dass er bei der Frage, mit der ich ihn traktierte, dichtmachen oder Angst bekommen würde. Ich erfuhr viel durch das, was er nicht sagte. Miss Stanislaus wäre stolz auf mich gewesen.

48

Der Tod Juba Hursts habe so einiges »durcheinandergebracht«, sagte er. Juba habe eine Kokainverarbeitungsanlage auf dem Stück Land eingerichtet, für das er Koku Stanislaus getötet hatte, weil der alte Mann sich geweigert hatte, es ihm zu verkaufen.

Mibo bestätigte alles, was Benna mir erzählt hatte, und spuckte noch eine Menge mehr aus. Die Jungen, die Juba von Vincen Island als Hilfskräfte herübergebracht hatte, die Sprintboote, die spät nachts kamen, um das fertige Kokain abzuholen und nach Trinidad, Miami oder sonst wohin in Florida zu bringen. Bis die alten Frauen ihren Guerillakrieg gegen das Camp begonnen und Juba von Kara Island vertrieben hatten, weil es, in Mibos Worten, »all den Ärgerkram nich wert war«. Nein, das war es sicher nicht. Nach meiner Beobachtung hätte Kara Island die ganze Bande bei lebendigem Leib verbrannt, wenn Juba eine von diesen Alten auch nur angefasst hätte.

Jubas Tod hatte einiges durcheinandergebracht ... Was zum Teufel war »einiges«? Der Verarbeitungsbetrieb? Beteiligte Leute? Beides? Und wer waren »diese Leute?«

Ich machte einen Vorstoß. »Was war Jubas Verbindung zu Shadowman?«

Er zuckte die Achseln. »Cousin«, brummte er.

»Damit ist er aber auch Ihr Cousin, nichwahr? Shadowman stammt von Kara Island?«

Er nickte.

»Wie heißt er richtig?«

Er murmelte etwas.

»Okay, ich frag Benna.«

»Ronald Hurst«, sagte er.

Ich stand auf. Mibo fuhr zusammen, als erwartete er, dass ich ihn schlagen würde, und ich musste wieder an Eric denken. »Okay, Juba hat sich also auf Camaho eingerichtet, nachdem Benna ihn verjagt hatte. Das da oben in den Beau Séjour Mountains war Jubas Anlage, nichwahr?«

Er antwortete nicht.

»Hören Sie, Sie stecken schon richtig tief in der Scheiße. Sie sind nachweislich als Polizist an Drogengeschäften beteiligt und Mittäter bei einem der grausamsten Morde, die je hier auf Kara Island passiert sind. Tiefer geht's kaum. Es sei denn, ich sag Benna und ihren Leuten, dass Sie in den Mord an dem alten Mann verwickelt sind.«

Ich setzte mich wieder und beugte mich zu ihm vor. »Und falls Sie's noch nicht kapiert haben, Sie sind an Machenschaften beteiligt, wegen denen drei Menschen umgekommen sind: Koku Stanislaus, Lazar Wilkinson und ein junger Mann, den ich kannte.«

Ich rückte so dicht an ihn heran, dass er gezwungen war, sich zurückzulehnen und nur noch auf den Hinterbeinen seines Stuhls balancierte. »Sie kannten Lazar Wilkinson, nichwahr?«

Er nickte steif.

»Wer hat ihn umgebracht?«

Er winkte ab, schien die Antwort verweigern zu wollen, überlegte es sich jedoch anders und fing sich gerade noch auf seinem kippeligen Stuhl.

»Ich hab nur gehört, dass er gierig geworden is. Hat gemeint, Beau Séjour wär sein Territorium. Und er wollt keine Bezahlung für die Weiterverarbeitung der Fracht, er wollt eine Beteiligung.« Mibo klang entrüstet. »Der Arsch hat den Bossmann, äh … ich mein Juba unter Druck gesetzt und gesagt, er würd zu euch gehen und die ganze Sache auffliegen lassen.«

Er wischte sich den Speichel mit dem Handrücken vom Mund ab. Ich schob meinen Stuhl ein Stück zurück. »Mit ›euch‹ meinen Sie die Polizei? Sind Sie nicht auch Polizist?«

Mibo starrte mich an.

Ich stand auf und entrollte meinen Gürtel. »Also, wenn Sie denken, ich hätt Skrupel, Ihnen hier auf der Stelle die Gräten zu brechen, weil Sie nich auspacken wollen, beweis ich Ihnen gern das Gegenteil.« Unwillkürlich hob er die Hände vors Gesicht.

»Wie heißt der Bossmann?«, fragte ich.

»Ich hab nix von 'nem Bossmann gesagt.«

»Haben Sie wohl. Sie haben gesagt, Lazar hätte den Bossmann unter Druck gesetzt. Ich hab zufällig mitbekommen, dass er ein hellhäutiger Typ ist – wie heißt er?«

Er leckte sich die Lippen. »Ich hab Juba gemeint mit dem Bossmann.«

»Mibo, Sie lügen. Ich will Folgendes wissen: Woher kam die Kokapaste? Wer hat sie hergebracht? Wer hat Juba, Lazar und Shadowman die Anweisungen gegeben? Denn es liegt auf der Hand, dass die ganze Operation nach Jubas Tod weitergegangen ist, als wär nix passiert. Und ich will was über das Boot hören, von dem in letzter Zeit so viel die Rede war. Was wissen Sie über dieses Boot?«, schnauzte ich ihn an.

Er leckte sich über die Lippen, nickte.

So genau wisse er nichts über ein Boot, aber er habe davon *gehört*, ein Speedboot. Es sei von Venezuela nach Camaho gekommen, ein paar Tage nachdem Miss Stanislaus Juba erschossen hatte. Er habe *gehört*, dass es Kokainbase geladen habe. Juba, *glaubte* er, habe das Ganze organisiert. Und weil Juba keine Probleme mit irgendwelchen alten Frauen auf Kara Island riskieren durfte, hätte er vor einer Weile den Befehl erhalten, alles nach Camaho zu verlegen. Und ja, nach dem, was er von Shadowman *aufgeschnappt* hätte, sei es zu einer längeren Verzögerung gekommen, wegen irgendeinem Problem mit dem Getriebe.

»Was ist das Ziel dieses Boots, wenn es wieder von Camaho ablegt?«

»Es hat geheißen, Europa«, sagte er, ohne mich anzusehen. Ich dachte an Erics Beschreibung des Wasserfahrzeugs, bei dessen Entladung er geholfen hatte. Klein genug, um in die schmale Bucht von Beau Séjour gesteuert zu werden, keine Kabine, nur ein Windschutz. Eine Atlantiküberquerung in so einem Boot war Unsinn, und doch hatte Jana Ray das Gleiche gesagt.

»Unmöglich«, sagte ich.

»Is, was ich gehört hab«, erwiderte er.

»Wer hat Juba den Befehl gegeben, nach Camaho umzuziehen?«, fragte ich.

»Weiß nich. Hab nix davon gesagt, dass irgendwer wem was befohlen hätt.«

»Sie haben gerade gesagt, Juba hätte den Befehl erhalten, alles nach Camaho zu verlegen. Jemand muss diesen Befehl gegeben haben, Mibo.«

»Ich hab von 'nem Bossmann und 'ner Bosslady reden gehört. Aber ich hab da nich drauf geachtet.«

»'ner Bosslady'?«

»Hab nix von Bosslady gesagt.« Er schüttelte den Kopf, hielt ihn gesenkt.

Ich bohrte nicht weiter nach, denn er hatte die Fäuste um beide Daumen geklemmt.

Am Hintereingang der Wache ließ ich ihn stehen, mit fest vor der Brust verschränkten Armen.

»Du bist tot und weißt es nich mal«, rief er mir nach.

Und du bist im Knast, dachte ich. *Ich bin nämlich noch nicht mit dir fertig.*

»Wird's der Bossmann selbst tun?«, gab ich zurück.

Ich sah die Panik in seinen Augen und grinste.

49

Als die Fähre ins Blackwater abdrehte, schlugen die Kopfschmerzen, die ich in den letzten Tagen ignoriert hatte, voll zu. Ich stand an Deck und hielt mich an der Reling fest. Jedes Schaukeln und Schaudern des Schiffs fühlte sich zigfach verstärkt an. Alles verschwamm um mich herum, wurde flüssig. Ich übergab mich. Ging in die Knie und begann, auf allen vieren auf die Tür zum Innendeck zuzukriechen.

Ich weiß nicht mehr, ob ich es schaffte.

Als ich die Augen aufmachte, hatte das Schiff in Camaho angelegt. Ich lag auf einer Trage, ein Krankenwagen stand halb auf dem Bürgersteig der Esplanade, und eine Frau in einem hellgrünen Kittel beugte sich über mich. Ich erkannte in ihr die Ärztin wieder, die ich bei Miss Stanislaus im Krankenhaus gesehen hatte.

Irgendwo hinter mir hörte ich Chilmans Husten. Pet hatte eine Hand an meinen Hals gelegt.

»Ich bin Dr. Venfour«, sagte die Frau. »Wie fühlen Sie sich jetzt?« Sie hatte die melodiöseste Stimme, die ich je gehört hatte.

»Was ist passiert?«, fragte ich.

»Haben Sie gefrühstückt oder was zu Mittag gegessen?«, fragte die Ärztin.

Ich blinzelte sie an und nickte.

»Wann haben Sie zuletzt geschlafen?«

Ich dachte nach und zeigte ihr vier Finger.

»Vier was? Tage?«

Ich nickte.

»Sie haben seit vier Tagen nicht geschlafen!« Sie klang so aufgebracht, dass ich dachte, sie würde mich dort liegen lassen und zurück an ihre Arbeit gehen.

»Helft ihm hoch«, sagte sie.

Ich fühlte mich besser, als ich stand.

Chilman fuhr mich nach Hause.

»Wo ist mein Auto?«, fragte ich.

»Keine Sorge«, sagte er und zeigte auf mein Sofa.

Ich musste eingeschlafen sein, denn als ich mich umsah, war es dunkel draußen. Das Zuschlagen meiner Tür hatte mich geweckt. Chilman war lange dageblieben.

Ein noch warmer Topf Pasta stand auf dem Herd, dazu ein Pfännchen mit gekochtem Cornedbeef, aufgepeppt mit Knoblauch, Zwiebeln, Kirschtomaten und Ingwer. Eine kleine Schüssel Salat mit einer Scheibe Zitrone und einem Rumglas voll Olivenöl daneben.

Ein Zettel lag auf dem Topfdeckel.

Ruf mich an, wenn du auf bist. Ist wichtig.
P.S.: Ich hab mir eine Flasche geborgt.

Ich stellte mir vor, wie der Alte den Zettel geschrieben hatte, eine Flasche von meinem besten Rum unter den Arm geklemmt, und lachte kopfschüttelnd in mich hinein.

Am nächsten Tag im Büro nahm Miss Stanislaus die Nachricht vom Tod ihres Onkels still auf. Sie hatte die Hände im Schoß gefaltet, und die Tränen liefen ihr übers Gesicht. Pet war zum Mittagessen in die Stadt gegangen.

»Es tut mir leid«, sagte ich. »Ich glaube, es war Mibo, der Ihren Onkel raus aufs Meer gefahren hat.«

»Der hat nie was getaugt.«

»Nachdem die alten Frauen Juba verjagt hatten, hat Juba das Camp nach Beau Séjour verlegt, das war vor etwa drei Monaten. Shadowman ist mit Juba verwandt, richtig heißt er Ronald Hurst. Mibo behauptet, er selbst hätte Juba davon abgehalten, die Frauen anzugreifen, aber ich glaub ihm nicht. Miss Stanislaus, was sehen diese Leute in Benna?«

»›Diese Leute‹, das sind wir, Missa Digger.«

»Wer ist Benna?«

»Eine alte Frau, Missa Digger.«

»Sagen Sie's mir. Bitte.«

Ihr Schweigen wurde zu einer Mauer zwischen uns. Ich fühlte mich ausgeschlossen.

»Sie vertrauen mir nicht?«, sagte ich. »Ich hab das alles für Sie gemacht, Miss Stanislaus. Ich bin extra nach Kara Island gefahren, um Ihren Namen reinzuwaschen …«

»Ihrn Namen auch, Missa Digger.«

»Mir steht keine Untersuchung in den nächsten Tagen bevor.«

»Noch nich. Nach mir nimmt der Justizminister Sie aufs Korn.«

»Okay.« Ich zeigte auf meine Notizen. »Ich mach mal weiter. Mibo hat zugegeben, dass Juba eine Lieferung erwartet hat, die er weiterverarbeiten sollte. Er starb zwei Tage bevor diese Lieferung in Camaho eintraf.«

»Missa Digger, Sie hörn sich an, als wärn Sie sauer auf mich. Sind Sie sauer auf mich?«

»Ich bin dabei, Sie zu informieren, nichwahr?«

Sie murmelte etwas, schüttelte den Kopf.

»Miss Stanislaus, sind Sie nicht mehr daran interessiert?«

»Ich mag Ihren Ton nich, Missa Digger.«

»Ich mag Ihren auch nich, Miss Stanislaus.«

Abrupt schob ich meinen Stuhl zurück und stand auf. »Das Entscheidende ist, dass Mibo alle unsere bisherigen Vermutungen bestätigt hat: Wir haben ein Boot irgendwo an unserer Küste liegen, und Juba war an der Sache beteiligt, aber nicht die treibende Kraft dahinter. Er ist ein paar Tage vor Ankunft des Boots von uns erschossen worden, und trotzdem läuft das Geschäft weiter wie gehabt. Irgendein ›Bossmann‹ und eine ›Bosslady‹ stecken dahinter. Ich hab so meinen Verdacht, wer der Bossmann sein könnte. Warum sehen Sie mich so an? Hab ich Ihnen was getan?«

»Sie ham keine Gefühle, Missa Digger.«

»Sagen Sie nich immer, ich hätt zu viele?«

»Grad ham Sie mir gesagt, dass mein Onkel ermordet

worden is, als würden Sie über den Preis von Fisch reden, und jetzt reden Sie weiter, als wär nix passiert! Und dann beleidigen Sie mich, indem sie aufstehn und weggehn.«

»Ich hab gesagt, dass es mir leidtut, oder? Und ich bin nich weggegangen, ich steh hier vor Ihnen.«

»Wär besser gewesen, Sie wärn gegangen.«

»Herrgott noch mal! Ich kann's Ihnen aber auch nicht recht machen, was?«

»Nee, könn Sie nich!«

»Vielen Dank!«

Ich setzte mich an meinen Schreibtisch.

Sie funkelte mich noch ein paar Minuten zornig an, dann stand sie auf und ging.

Ich rief Chilman an.

»Digson, du klingst fuchsteufelswild! Wassis passiert?«

Ich erstattete ihm Bericht und endete mit Mibos Beteiligung an dem Mord an Koku.

»Das steht jetzt aber in keim Zusammenhang damit, dass ihr Juba erschossen habt.«

»Aber es steht in einem direkten Zusammenhang mit der Kokainfabrik, Sir. Und die Morde an Lazar Wilkinson und Jana Ray ebenfalls. Das kann ich bei dem Verfahren anführen. Der Rest ist Überzeugungsarbeit.«

»Und wer soll die leisten, Digson?«

»Ich«, antwortete ich.

»Geht nich. Red Pig sieht Argumente von dir als Provokation an.«

»Versteh ich nich, Sir.«

»Der JM kann dich nich leiden, Digson. Etwas an dir macht ihm Angst. Bei der ganzen Sache geht es vor allem um dich, schon seit eurem ersten großen Fall vor zwei Jahren, als ihr seine Beziehungen zu diesem Priester aufgedeckt habt.«

»Dann geb ich Ihnen die Unterlagen.«

»Dankefehr«, sagte er und legte auf.

Miss Stanislaus kam zurück, blieb kurz bei meinem Schreibtisch stehen und ließ etwas darauf fallen. Ich roch Fisch-Roti und sah auf, unsicher, was das zu bedeuten hatte. In ihren Augen stand eine Frage.

»Es ging schnell«, sagte ich. »Missa Koku wird kaum Schmerzen gespürt haben.«

»Okay«, sagte sie.

Ich hielt ihr eine Aktenmappe hin. »Ich möchte das mit Ihnen proben. Für das Verfahren.«

»Nah.«

»Sie wollen das nicht mit mir durchgehen?«

»Nah.«

»Es hilft, wenn Sie Ihre Aussagen vorher proben.«

»Man probt die Wahrheit nich, Missa Digger, man sagt sie.«

»Ihr Vater wird Ihren Fall morgen vertreten. Ich will, dass er halb betrunken dort erscheint.«

»Missa Digger, wissen Sie, was Sie da sagen?«

»Ja! Sein Verstand arbeitet schneller, wenn er angetrunken ist, viel schneller.« Ich rollte meinen Stuhl zu ihr herum. Sie betupfte sich die Stirn mit einem Taschentuch. »Miss Stanislaus, antworten Sie mir ehrlich. Wie fänden Sie es, wenn die Untersuchung morgen gar nicht stattfinden würde? Denn es wird für alle die Hölle werden.«

Das Taschentuch kam zum Stillstand. »Ginge das denn?«

»Keine Ahnung, ich könnt's versuchen. Aber villeich wolln Sie lieber kämpfen und sich verteidigen?«

»Ich hab von Anfang an gekämpft, Missa Digger. Hier drin.« Sie zeigte auf ihren Kopf. »Und es quält mich und macht mich müde.« Sie sah weg.

»Ich bin auch müde, Miss Stanislaus.«

Ich rief im Büro des Polizeichefs an und bat seine Sekretärin, ihm mitzuteilen, dass Mr Michael Digson auf dem Weg zu ihm sei. Sie sagte, er habe die nächsten zwei Stunden Termine. Ich sagte, ich würde warten.

50

Ein alter, holzgetäfelter Raum mit großen Fenstern. An der Wand Porträts von sämtlichen früheren Polizeichefs. Die Geschichte der Insel war in diesen Fotos enthalten: eine lange Reihe von weißen, steifen Kolonialherren, danach ein paar hellhäutige, aus Barbados stammende Mulatten, danach die »Mittelbraunen« und jetzt mein Vater, Kakao mit einem Schuss Milch. In ein paar Jahrzehnten würden sie wahrscheinlich obsidianschwarz sein.

Eine Parade von Männern in zu engen Anzügen und Hemdjacken mit Aktenkoffern in der Hand ging bei ihm ein und aus. Mein Vater hatte eine angenehme Baritonstimme, immer mit einer Spur Humor darin. Ich hatte das Gefühl, ihn überhaupt nicht zu kennen.

Schließlich mein Name.

Ich trat ein. Er zeigte auf den Stuhl ihm gegenüber. »Du siehst gestresst aus«, sagte er. »Was ist los?«

»Mir geht's gut«, sagte ich. »Ich hab ein paar Informationen für das Verfahren morgen mitgebracht. Sie sollten sie zum gleichen Zeitpunkt wie die anderen erhalten, ich weiß ...«

»Aber?«, unterbrach er mich lächelnd.

»Ich geb Ihnen einen Vorsprung, Sir.«

Ich legte die Akte vor ihn hin. Im Nu hatte er sich in sie versenkt. Es gefiel mir, wie er sich konzentrierte – die Stirn gerunzelt, die Augenlider wie halb geschlossene Jalousien, der Mund eine schmale Linie. Doch das würde ich ihm niemals sagen.

Als er fertig war, sortierte er die Papiere säuberlich zu zwei Stapeln. »Das hier«, sagte er und tippte auf den mit den Aufzeichnungen und Fotos über den Mord an Koku, »ist nützlich. Wichtig sogar. Das hier« – er schob den anderen Stapel mit meinen Notizen über die Fehltritte des Justizministers über den Tisch, »ist Selbstmord.«

Mein Vater lehnte sich zurück. »Das ist eine Bombe in deiner Hand, Michael. Wenn sie explodiert, gehst du mit drauf.«

Er stand auf und blickte auf mich herunter. »Ich hab's dir schon mal gesagt: Du kannst einen Mann in der Position des Justizministers vielleicht in Verlegenheit bringen und damit durchkommen. Aber Demütigung ist etwas anderes.« Er griff nach dem Stapel, den er gerade von sich geschoben hatte. »Das könnte der Opposition zum Sieg bei der nächsten Wahl verhelfen, sie würden's dir danken. Zugleich aber wüssten sie, dass du auch für sie eine Gefahr darstellst.«

»Hat der JM was gegen Sie in der Hand?«

Er setzte sich wieder. »Nein, Michael. Mein einziger Fehltritt bist du. Und du möchtest ja nicht, dass ich den publik mache, obwohl ich sehr stolz auf ihn bin. Also, du kommst nur zu mir, wenn du was willst. Was ist es diesmal?«

Ich sah ihm in die Augen. »Dass Sie Ihren Job machen und ihn nicht dem Minister überlassen, damit ich Sie respektieren kann. Ich, äh, möchte mit meinem Vater zufrieden sein. Und ich möchte, dass dieses Verfahren nicht stattfindet, weil« – ich zeigte auf die von ihm abgelehnten Aufzeichnungen – »ich alles benutzen würde, was mir zur Verfügung steht, um mich und Miss Stanislaus zu verteidigen.«

Er sah zum Fenster hinaus. Unser Schweigen dauerte mehrere Minuten.

Schließlich stand ich auf und sammelte meine Unterlagen ein.

Er riss sich aus seinen Gedanken, griff zum Telefon. »Sharon«, sagte er, »verbinden Sie mich mit dem Büro des Premierministers.«

Er legte auf und deutete auf die Papiere in meiner Hand. »Die behalte ich. Alle.«

Mit einem Nicken schickte er mich hinaus.

Zurück im San Andrews CID war mein Roti kalt geworden. Miss Stanislaus starrte darauf, starrte dann mich an und verzog ungehalten den Mund.

Das Bürotelefon klingelte, Pet nahm ab. Reichte es mir. Es war Sharon, die persönliche Assistentin des Polizeichefs.

Unsere Anwesenheit bei dem Meeting morgen sei nicht erforderlich, sagte sie.

»Nicht erforderlich – das heißt, es findet trotzdem statt?«

Sie zögerte, bat mich dann dranzubleiben.

»Michael? Es gibt ein Meeting, ich habe darauf bestanden. Aber es wird kein Verfahren geben. Und« – der Polizeichef klang kampflustig – »nur, damit du's weißt, ich lasse Officer Mibo heute verhaften!«

Ich gab die Neuigkeit an Miss Stanislaus und Pet weiter.

Pet fing an zu schniefen, Miss Stanislaus eilte zur Toilette.

Ich ging hinaus in den Hof und versuchte, meine Atmung unter Kontrolle zu bringen.

51

Chilman beschloss, seine »Truppe« herbeizurufen, um »die Köpfe zusammenzustecken«. Das schloss den Polizeichef ein. Ich sagte ihm, dass ich einen ganzen Tag brauchen würde, um meine gesammelten Informationen vorher durchzugehen und zu ordnen. Der Alte war einverstanden.

Mit einer Mischung aus Vintage-Rum und Kaffee neben mir, meinem Laptop und einigen Blättern karierten Papiers vor mir verbrachte ich den Tag zu Hause. Es galt, alles zusammenzufügen und nachzuprüfen, was ich bislang von Eric und aufgrund von Jana Rays Zeichnungen und Mibos Aussage erfahren hatte.

Als ich am nächsten Tag ins Büro kam, stand ein Tisch mit einem blütenweißen Tischtuch in der Mitte, darauf eine Auswahl von Speisen, die bewirkte, dass ich albern in die Runde grinste.

Conkies in Bananenblättern, süße Kartoffelkuchen, Kassavabrot, Maisbrot, Tania-Porridge, gefüllte Krebsrücken und Langusten, auf eine Art zubereitet, die Miss Stanislaus als ihre persönliche Spezialität beanspruchte: mariniert und gebacken, dann mit einer pfeffrigen Soße beglückt. Hin und wieder hatte sie mir schon ein bisschen von dem einen oder anderen zu kosten gegeben, aber noch nie die ganze Palette.

»Das alles für mich?«, sagte ich und vollführte einen Freudentanz um den Tisch, ehe ich Miss Stanislaus' Hand nahm und mich vor ihr verbeugte wie vor den alten Frauen auf Kara Island.

Chilman lachte meckernd. »Digson, du bis 'n Hornochse!«

Pet warf mir einen Seitenblick zu und schüttelte grinsend den Kopf. Miss Stanislaus flatterte wie ein Schmetterling. »Missa Digger, warum sin Sie so dumm? Sin nur paar Kleinigkeiten, nichwahr. 'n bisschen Licht nach all der Dunkelheit, die wir hinter uns gelassen ham.«

»Die Frau is obendrein 'ne Dichterin«, sagte ich. Ich holte Teller aus der kleinen Kaffeeküche hinten, gab den anderen zuerst und häufte dann meinen voll.

»Digson, dein Hirn sitzt in deim verdammichten Bauch.«

Ich schwenkte eine Languste vor Chilmans Nase. »Stimmt! Hummer und Langusten sind die einzigen Tiere, die 'nen Bauch haben, wo das Gehirn sein sollte.« Mit zurückgelegtem Kopf verschlang ich das ganze Ding auf einmal.

Caran erschien am späten Nachmittag samt seinem Team. Er stellte eine Tüte Mangos auf den Tisch, klatschte mich ab und nahm sich einen Stuhl.

Spiderface, unser Bootsführer, setzte sich mit gesenktem Kopf an die Tür und wirkte hibbelig. Er hatte gerade Malans Freundin Sarona mit dem Speedboot nach Grand Beach gefahren. Pet hatte die Hände auf der Tastatur, das Abbild der vielbeschäftigten Sekretärin, die keinen Blödsinn duldete. Carans Leute standen wie eine Skulpturengruppe in der hinteren linken Ecke zusammen.

Malan lehnte an der Tür. Wie der Zufall es wollte, war er vorbeigekommen, um Miss Stanislaus' Ruger zurückzugeben und »mal nach dem Rechten zu sehen«, konnt ihm ja niemand nich verbieten. In Wahrheit hatte ich ihn per Textnachricht über das Treffen informiert.

Der Polizeichef kam im Strandoutfit – Khakishorts, kurzärmeliges Hemd, Sandalen, ein kleines Handtuch über der Schulter. Er nickte in die Runde und setzte sich neben Chilman.

»Schieß los, Digson!«, sagte Chilman.

Wie üblich zog ich nach Django-Art die Augenbrauen hoch. »Soll ich?«

Wie üblich bekam ich ein säuerliches Grinsen zur Antwort.

»Also, es ist alles derselbe Fall«, begann ich. »Juba, Lazar Wilkinson, Jana Ray, die Drogenfabrik, die beiden Weißen und das Boot. Hängt alles miteinander zusammen. Wir ermitteln in einem einzigen Fall hier, und alles dreht sich um ein Drogenboot, das wir nicht finden können, aber finden müssen.«

»Was hast du bis jetzt?«, fragte Chilman.

»Vor fünf Wochen ist ein schwarzer Katamaran spätnachts in Beau Séjour gelandet und hat eine Ladung Kokainbase gelöscht, die nach Mibos Aussage aus Venezuela stammte. Zweck war es, das Zeug auf Camaho zu verfeinern und dann woandershin zu verschiffen. Zwischen der Ankunft dieses Boots und der Verarbeitung der Kokapaste wurden Lazar Wilkinson und Jana Ray ermordet. Lazar wahrscheinlich, weil er einen Anteil am Verkaufswert des Kokains wollte statt nur einer pauschalen Bezahlung. Andernfalls würde er mit der Sache zu uns gehen. Diese Drohung war meiner Ansicht nach das Motiv für seine Beseitigung – jemand, den Mibo als ›Bossmann‹ bezeichnet hat, hatte ein Problem damit. Der kleine Eric hat von einem ›Stadtmann‹ mit heller Haut gesprochen, den er dabei beobachtet hatte, wie er Lazar beschimpfte. Ich glaube, dass dieser Stadtmann und der Bossmann ein und dieselbe Person sind.«

Ich räusperte mich, holte Luft.

»Auf das, was meiner Ansicht nach hinter dem Mord an Jana Ray steckt, will ich jetzt nicht noch mal im Einzelnen eingehen, aber Miss Stanislaus und ich haben aus seinen Zeichnungen geschlossen, dass besagtes Boot zwei defekte Propeller hat, die repariert oder ersetzt werden müssen. Mibo hat bestätigt, dass es ein Problem mit dem Getriebe gab, wie er es nannte. Er wisse das von Shadowman, sagte er, also existiert ganz klar eine Verbindung zwischen den beiden. Ich vermute nun, dass dieses Boot immer noch hier liegt, und wenn das Boot hier ist, sind es auch die beiden Fahrer. Kurzum, wir suchen nach einem Boot, vollbeladen mit Kokain, das irgendwo auf dieser Insel auf den Ersatz zweier Propeller wartet.«

»Wie viele Motoren hat es?«

»Sechs.«

»Sechs! Digson, bist du sicher?« Der DS wirkte ungläubig, wandte sich an Spiderface. »Kannst du dir das vorstellen?«

Spiderface machte ein erschrockenes Gesicht. »Wenn Missa Digger, das sagt, Söhr.«

»Digger hat es gerade gesagt«, schnarrte Chilman. »Ich will hören, was du sagst.«

»Ich weiß nich, Söhr. Kommt mir bisschen komisch vor, Söhr.« Spiderface warf mir einen entschuldigenden Blick zu.

»Digson, ich brauch Tatsachen...«

»Wollen Sie den Fall übernehmen, Sir?«

»Was regs du dich jetzt so auf, he?« Chilman zeigte mit dem Finger auf mich.

»Weil gewisse Leute Missa Digger nich glauben, deshalb regt er sich auf!« Miss Stanislaus sprach verärgert zum Fenster. »Und all das Nichglauben macht dauernd Probleme. Missa Digger, bitte bleiben Sie am Ball.«

Ich blieb am Ball. »Was ich nicht zusammenbringe, ist, wie der kleine Eric das Boot beschrieben hat und was nach Mibo und Jana Ray sein Fahrtziel sein soll.«

»Nämlich?«

»Europa.«

»Wassis so verwunderlich daran?«

»So, wie ich Mibo und Eric verstanden habe, ist es ein Speedboot, das nur eine Windschutzscheibe als Wetterschutz hat. Damit schafft man keine Atlantiküberquerung von achttausend Kilometern. Könnte höchstens sein, dass sie unterwegs ein Rendezvous mit einem anderen Boot oder Schiff haben, das dafür ausgestattet ist, diese Strecke zurückzulegen.«

»Also suchen wir nach einem Schiff!«, sagte Chilman.

»Wenn's ein Schiff is, wieso findet ihr's dann nich?«, höhnte Malan.

»Ganz einfach«, knurrte Chilman. »Weil sie erst irgendwo weiter draußen auf See umladen.«

»Die Einzelheiten sind im Moment nebensächlich«, mischte sich Caran sanft ein. »Digger, red weiter.«

»Nach Erics Beschreibung ist das Boot eine Art Katamaran, gebaut für hohe Geschwindigkeit und Stabilität. Ich hab die halbe Nacht lang dazu im Netz recherchiert. Er hat gesagt, das Boot hätte keine Kabine, heißt also, keine Schlafgelegenheiten.« Ich warf den Bericht auf meinen Schreibtisch. »Aber selbst Drogenhändler müssen schlafen. Von Venezuela nach Camaho sind es rund achthundert Kilometer, das kommt eher hin, ist mit einem schnellen Boot bei Tageslicht in einem Tag zu schaffen. Der nächste Halt müsste demnach ebenfalls eine Tagesreise oder weniger entfernt sein, und das ist definitiv nicht Europa.«

»Also ham Mibo und der kleine Junge gelogen!«, rief Chilman.

Der Polizeichef räusperte sich. »Wenn es so ein Schiff gibt und internationales Gewässer betroffen ist – wir haben da ein Abkommen mit der amerikanischen Küstenwache. Wie ich höre, verfügen sie über Hubschrauber. Vor einer Weile, Anfang letzten Jahres, glaube ich, habe ich mich mit dem Drogenbeauftragten für die Region getroffen, einem Mister Cunningham ...«

»Nah!«

Das war Chilman.

»Bei allem Respekt, Edward – äh, Mister Polizeichef, ich denk nur an den Fall Dillon im vergangenen Jahr. Die Yankee-Küstenwache hat den Mann geschnappt, 'nen Staatsangehörigen von Camaho. Wir hatten sie gewarnt, dass er zu ihnen unterwegs ist, was sie dann schön untern Teppich gekehrt ham. Haben all das Geld und die Drogen beschlagnahmt – ich hab so meinen Verdacht, was sie damit gemacht ham – und die ganzen Lorbeern eingeheimst. Camaho ham sie nicht mal erwähnt. Alles, was ich gesehen hab, waren acht Weiße auf dem Titelbild einer Florida-Zeitschrift, die posiert ham, als wärn sie die Kinder von Tarzan, die den Affen grad paar Süßigkeiten abgenommen ham. Wir sind kein Anhängsel der amerikanischen Polizei. Wir hängen an niemands Tropf nich. Und wir gehen das Problem nicht richtig an. Wir, die Polizei von Camaho, müssen den Drogenheinis zeigen, dass wir sie stoppen können. Wir müssen ihnen zeigen, dass wir ihnen den Arsch versohlen, wenn sie sich mit uns anlegen, und zwar kräftig!«

»Und wie sollen wir das machen?«, wollte Malan wissen.

»Du meinst, wie zeigst du ihnen, dass du nicht nur bei einer Frau 'n Mann bist, meinst du das?«

»Das war 'ne Beleidigung, keine Antwort auf meine Frage«, brummte Malan. »Beantworten Sie meine Frage.«

»Ich entschuldige mich.« Chilman lächelte ohne eine Spur von Bedauern. »Die Antwort lautet: Wir nutzen die Pluspunkte, die wir von Geburt an haben. Vor Booten und Waffen hatten wir nämlich Grips! Wir ham immer noch Grips.«

Der Polizeichef verlagerte das Gewicht auf seinem Stuhl. »Wie gesagt, es gibt ein Abkommen zwischen den Inseln und den Amerikanern. Wir können uns nicht einfach darüber hinwegsetzen. Und der Justizminister wird diesmal erwarten, informiert zu werden.« Er sah mich vielsagend an. »Es ist auch seine Angelegenheit.«

»Nah!«, wiederholte Chilman.

Der Polizeichef stand auf. »DS Chilman, können wir kurz miteinander sprechen?«

Sie gingen hinaus in den betonierten Innenhof. Keine scharfen Gesten, keine aufgerissenen Münder, nur zwei alte Männer bei einem ruhigen Wortwechsel.

»Der JM wird davon erfahren«, sagte Malan.

»Und wer soll's ihm sagen? Du?«, fragte Pet.

»Nee. Aber er wird's erfahrn.«

»Bin sicher, dass irgendwelche *Leute*'s ihm sagen wern.« Miss Stanislaus sah ihn nicht mal an dabei.

Malan breitete die Hände aus. »Warum hackt ihr alle auf mir rum? Für was zum Teufel haltet ihr mich?«

»Willst du nich wirklich wissen«, sagte Pet.

Chilman kam wieder herein. Der Polizeichef blieb an der Tür stehen. »Das war's dann, Leute. Ich denke, wir haben alles besprochen. Wie ihr seht, bin ich nur auf einen Sprung vorbeigekommen. Ich hab immer ein offenes Ohr für die Meinungen von Officers vor Ort. Und da das ein formloser Meinungsaustausch war« – er zeigte auf seine Kleidung –, »wird auch nichts davon protokolliert.« Sprechender Blick zu Pet.

»Ist gelöscht«, murmelte sie ohne aufzusehen.
Schlaumeier, dachte ich. *Er will gar nicht zum Strand.* Ich konnte es mir nicht verkneifen, ihn kopfschüttelnd anzusehen, und war sicher, dass der Kerl mir zuzwinkerte.

»Was ich DS Chilman gesagt habe, ist Folgendes«, fuhr er fort. »Er setzt seine Abteilung erneut aufs Spiel, indem er darauf besteht, dass ihr alles eigenständig handhabt, ohne die der Regierung zur Verfügung stehenden Ressourcen. Wird's ein Erfolg, habt ihr eure Position gestärkt und euren Nutzen mehr als unter Beweis gestellt. Wird's keiner, na ja, hoffen wir einfach, dass es klappt. Mister Michael, kann ich Sie kurz unter vier Augen sprechen?«

Ich ging mit ihm hinaus in den Hof. »Das heißt Mister Digson, Sir. Niemand nennt mich Mister Michael, das klingt hässlich.«

»Du bist genauso empfindlich wie deine Schwester Lucia, Mister Michael. Also, soweit ich sehe, sind das alles nur Mutmaßungen.«

»Ist alles, wonach wir gehen können, Sir.«

»Nicht viel demnach.«

52

Ich fuhr durch Dessies Tor, parkte und betrachtete mich prüfend im Rückspiegel. Ein blütenweißes Hemd mit offenem Kragen, das Dessie selbst ausgesucht hatte, dazu eine sorgfältig gebügelte Hose.

Sie wohnten in einem dieser alten Kolonialhäuser, ganz aus Holz gebaut, überall Giebel und Erker und vorne eine Veranda mit Gitterwerk und Flügeltür. Es war so konstruiert, dass es viel Licht und Luft hereinließ, von einem sanft abfallenden Rasen umgeben, der hier und da von Hybridmangos, Zwergkokospalmen, Zwetschgen- und Kirschpflaumenbäumen beschattet wurde.

Mrs Shona Manille begrüßte mich auf der Treppe. Ihr baumwollweißes Haar war zu einem hohen Schopf frisiert, wie man es häufig bei Damen mittleren Alters in Hochglanzmagazinen sah.

»Michael?«, sagte sie. »Wir kennen uns ja bereits. Sie sind hübscher, als Dessie Sie beschrieben hat. Kann ich Ihnen etwas zu trinken anbieten?«

Ich betrat eine geräumige Diele mit glänzendem Holzfußboden. Sah einen Tisch, gedeckt mit einer Phalanx von blinkendem Besteck zu beiden Seiten der Teller.

Raymond Manille, der Vater, ein großer, schlanker Mann, hellbraun wie mein eigener Vater. Graugrüne Augen und nicht ganz europäische Haare, die wahrscheinlich durch lebenslanges aggressives Striegeln zu einer passablen Glätte gezwungen worden waren.

»Michael Digson?« Er gab mir die Hand wie bei einem Business-Meeting. Bohrender Blick in mein Gesicht, als würde er jede Pore begutachten. »Schön, dass Sie da sind.«

Dessie kam die Treppe herunter, sagte schüchtern »Hallo« und platzierte sich neben ihre Mutter. Offensichtlich war ich auf mich allein gestellt.

Raymond Manille wies mich zu einem Stuhl. Ich saß Dessie gegenüber, die mich kaum ansehen konnte.

Mrs Manille fächelte sich Luft zu, beklagte das Wetter und fragte mich nach meiner Arbeit.

Raymond Manille erkundigte sich nach meiner Ausbildung, wartete die Antwort nicht ab, sondern sah zur Tür und rief: »Mildred?«

Eine Frau mit Schürze rollte von irgendwo hinten einen Speisewagen herein und servierte uns Suppe.

»Bitte, Mister Digson«, forderte Raymond Manille mich mit einer Geste auf.

Das war natürlich ein Test. Ich war gut in Tests. Ich bereitete mich auf sie vor, hatte eben noch das Wichtigste unterwegs im Auto memoriert.

Die Reihenfolge des Bestecks richtete sich nach der Reihenfolge der Gänge, man begann von außen und arbeitete sich nach innen zum Teller vor. Ausnahmen: Das Buttermesser durfte auf dem Brotteller liegen und das Dessertbesteck über dem Teller, parallel zur Tischkante.

Gutes Essen immerhin – Kürbis und Süßkartoffeln von ihrem eigenen Gut irgendwo im Inland, zu einem unwahrscheinlich glatten Mus geschlagen. Gemüse, das vertraut schmeckte, aber fremd aussah in seiner dekorativ geschnitzten Form. Entgräteter und marinierter Fisch. Salat, der wie ein Blumenstrauß in einer polierten Holzschüssel prangte.

Mister Raymond fragte mich erneut nach meinem Beruf. »Verbrechensaufklärung«, antwortete ich. »Ich mache das seit drei Jahren.«

»Dessie sagt, Sie hätten sich in England spezialisiert? War das nicht recht anspruchsvoll?« Mrs Manille verschränkte ihre schönen Hände wie zum Gebet vor dem Gesicht, senkte ein wenig das Kinn und zwinkerte mir einmal langsam zu.

Ich legte mein Besteck ab, betupfte meinen Mund mit der Serviette. Dann hielt ich Mr Manille einen kleinen Vortrag über die Komplexität forensischer Pathologie, über Thanatologie und die entscheidenden Durchbrüche, welche die forensische Osteologie Vertretern meines bescheidenen Berufs ermöglichte.

»Einen Abschluss haben Sie aber nicht«, sagte er.

»Das stimmt, Sir. Noch nicht. Aber ich bin gut in meinem Beruf, und ich kann Englisch so korrekt sprechen wie sonst wer auf dieser Insel. Falls das ein Parameter ist, nach dem man einen Menschen beurteilen sollte.« Ich sah ihm ins Gesicht. »Mit Verlaub, Sir – ich dachte, ich bin hier zum Mittagessen eingeladen?«

»Entschuldigung«, sagte er. »Sie haben recht. Dessima ist meine einzige Tochter, vielleicht bin ich etwas überbehütend.«

Mrs Manille steuerte uns mit einer Reihe von munteren, mit Ausrufen durchsetzten Bemerkungen über Gartenarbeit in den Tropen und den Klimawandel durch den Rest der Mahlzeit.

Die ganze Zeit spürte ich Raymond Manilles Augen auf mir.

Er lud mich ein, mit ihm hinaus in den vorderen Garten zu gehen, machte mich auf die Cattleya-Orchideen und Schmetterlingsjasminbüsche aufmerksam, die so viel von Shonas Zeit beanspruchten.

»Digson, den Namen habe ich noch nie gehört. Sind Sie mit den Dobsons verwandt, denen aus Morne Bijoux? Dessie hat Ihnen sicher erzählt, dass sie mit Luther Caine verheiratet war, dem ehemaligen Manager der Camahoer Co-op-Bank? Er hat jetzt eine gut gehende Bootswerkstatt. Wir bedauern alle, dass es nicht funktioniert hat.«

»Sie meinen, weil der Mann Dessie zweimal beinahe in den Tod getrieben hätte? Verzeihen Sie, Sir, Sie stellen mich die ganze Zeit so hin, als wäre ich wegen Ihres Geldes hinter Ihrer Tochter her. Ich weiß nicht, welchen Eindruck sie Ihnen vermittelt hat, aber ich habe mein eigenes Haus, und ich habe Pläne. Wenn Dessie nicht den Mumm hat, auf eigenen Füßen zu stehen, dann verschwendet sie meine und Ihre Zeit, indem sie mir das hier zumutet, denn ich werde nicht mit einer Frau zusammen sein, deren Eltern über unser Leben bestimmen wollen. Vielen Dank für die Einladung, aber ich muss jetzt gehen.«

Shona Manille fing mich beim Auto ab. »Mister Digson, so ist er zu allen. Bei Luther war es genauso beim ersten Mal.«

»Dann sollte er langsam mal bessere Manieren lernen, oder? Ich lasse mir so was nicht bieten. Und was Familiennamen angeht, so sind wir allesamt auf einem Schiff hierhergekommen, soweit ich weiß, und das war keine Passage erster Klasse.«

Ich fuhr zu Dessie herum, die mir ebenfalls nachgelaufen war. »Und was war mit dir los am Tisch? Hattest du deine Zunge verschluckt? Bist du nicht in der Lage, für deinen Freund einzustehen?«

Mrs Manille entschuldigte sich und schwebte zurück ins Haus. Nach einer Weile rief sie mit ihrer singenden Stimme nach Dessie.

»Wart kurz, Digger, ja? Bitte.«

Es dauerte eine Zeitlang, dann kam sie mit einem kleinen, undeutbaren Lächeln auf den Lippen wieder heraus. »Er geht gleich weg. Zum Golfen. Mom bittet dich zu bleiben.«

Raymond Manille kam in Shorts, Polohemd und Sandalen aus dem Haus und richtete den Schlüssel auf seinen Hyundai. Der Wagen gab einen erschrockenen Laut von sich. Mit einem knappen Lächeln in meine Richtung schwang er sich hinters Steuer und rollte davon.

»Er hat zu Mom gesagt, er glaubt nicht, dass er dich mag, aber du hättest Mut.« Sie verdrehte die Augen. »Das hätte ich ihm auch sagen können. Er hätte mich bloß fragen brauchen.«

»Hättest du, hast du aber nicht«, sagte ich. »Dessie, ich muss los. Ich will mich noch mit jemandem treffen.«

Das Essen und das Gespräch mit Raymond Manille lenkten meine Gedanken wieder auf meinen Vater, den Polizeichef. An meine Geschichte mit ihm als seinem »außerehelichen« Kind oder vielmehr an das Nichtvorhandensein einer Geschichte.

Ihm war zu Ohren gekommen, dass Dessie und ich »miteinander gingen«. Wieder dieselbe alte Leier von ihm: Wenn sie wüssten, dass ich sein Sohn war, würde mir das helfen.

»Wobei helfen?«, hatte ich gefragt, als er anrief. »Ich trage den Namen der Frau, die sich krummgeschuftet hat, um mich großzuziehen. Keine verspätete Unterstützung von Ihrer Seite wird daran etwas ändern. Entweder nehmen sie mich, wie ich bin, oder zum Teufel mit ihnen.«

Nachdem ich von Dessie weggefahren war, rief ich Miss Blackwood an. Ob sie mit mir etwas trinken gehen würde. Sie reagierte zögerlich auf das Lokal, das ich vorschlug.

»Zu gewöhnlich für Sie?«

»Ist nichts, wo ich normalerweise hingehe. Wie wär's mit dem Saint Eloi in meiner Gegend? Heute Abend?«

Wir fuhren ein Stück nach Norden zu dem kleinen Restaurant mit freiem Blick auf Salt Point und den Flughafen. Um uns herum lauter Camahoerinnen mittleren Alters aus der Mittelschicht mit silbergetönten Dauerwellen und gefällig geglätteten Akzenten. Wir unterhielten uns bei einem Teller mit gegrillten Auberginen und Zucchini, frittierten Bananen und Brotfruchtscheiben.

»Kochen Sie?«, fragte sie.
»Die Leute mögen mein Essen.«
»Und wer sind ›die Leute‹?«
»Die, für die ich koche. Was macht der Golfplatz?«
»Ich bin wieder zu Hause, hab beschlossen, vor niemandem davonzulaufen. Wie läuft's mit den Ermittlungen?«
»Shadowman hat Jana Ray ermordet. Ich war hinter ihm her, er ist mir entkommen, beim nächsten Mal entkommt er mir nicht«
»Sie sehen nicht aus wie diese Sorte Polizist.«
»Wie soll ein Polizist denn aussehen?«
Miss Blackwood zuckte die Achseln und legte ihr Besteck ab. »Ich würde ihn selbst umbringen, wenn ich die Gelegenheit dazu hätte.« Sie schob die Serviette auf ihrem Schoß zurecht. »Ich war zehn Jahre lang verheiratet. Mein Mann hat mich an einem Sonntag verlassen. Das Letzte, was er zu mir sagte, war, dass ich kalt sei. Manchmal habe ich gehört, wie meine Mitarbeiter das Gleiche sagten. Und es stimmte. Dann ist Jana Ray auf meiner Veranda aufgetaucht und wollte mir Marihuanaöl verkaufen. Wär ein Heilmittel für alles, meinte er. Ich sagte, ich sei nicht krank und hätte auch nicht vor, es zu werden. Und dann sagte er ›bitte‹, und ich merkte, wie verzweifelt er war. Er kam wieder und dann, na ja, wurde Liebe draus. Bei ihm ...«
»Waren Sie nicht kalt, ich weiß. Ich möchte, dass Sie etwas für mich tun, Miss Blackwood. Haben Sie Freunde bei den anderen Banken?«
»Kommt auf die Bank an.«
»Camahoer Co-op? Nicht die leitende Managerin. Ich denke eher an jemanden auf Ihrer Ebene.«
»Ja-ha?« Sie war vorsichtig, beinahe misstrauisch geworden.

»Es hat mit Jana Rays Tod zu tun. Sie kennen Dora Wilkinson, Lazar Wilkinsons Mutter. Vor ein paar Wochen wurden zweiundzwanzigtausend Dollar auf ihr Konto überwiesen. Ich möchte überprüfen, woher das Geld kam. Und es gibt noch ein paar Konten, die ich mir ansehen will.« Ich riss ein Blatt von meinem Notizblock ab, schrieb die Namen darauf und schob es ihr hin. »Kennen Sie jemanden dort, der das für Sie tun kann, abgesehen von der Filialleitung?«

»Können Sie das nicht direkt machen?« Sie wirkte beunruhigt.

»Hab ich versucht.«

»Und?«

»Ich bitte Sie, das für mich zu übernehmen. Bitte! Wenn nicht für mich, dann für Jana Ray. Möchten Sie noch was trinken?«

Sie nickte und steckte den Zettel in ihre Handtasche.

Am nächsten Tag um die Mittagszeit klopfte eine smart gekleidete junge Frau an unsere Bürotür und fragte nach Mister Michael Digson. Ich erinnerte mich an ihr Gesicht – eine der Kassiererinnen in Miss Blackwoods Bank. Sie gab mir einen zugeklebten Umschlag, machte auf dem Absatz kehrt und ging wieder hinaus auf die Straße.

Drei getippte Zeilen:

Zahlung von LC Enterprise
(Kto. Nr. 105236) $ 22 000,00
Empfänger: D. Wilkinson.

Ich schrieb Blackwood eine SMS. *Danke! Wer verwaltet das Kto?*

Eine Stunde später antwortete sie: *Managerin.*

53

Es gab zwei Bootswerkstätten auf der Insel. Die eine, Blue Dolphin, gehörte einem Weißen in Easterhall. Eine freundliche einheimische Stimme teilte mir mit, dass Blue Dolphin vorübergehend geschlossen sei, weil Missa Dudleys Herz vor zwei Monaten einen Anfall bekommen habe und er noch zur Behandlung in England sei. Die andere war LC Enterprise, Inhaber und Betreiber Luther Caine.

Der gesellschaftliche Terminkalender von Camahos gehobenem Bürgertum hatte schon feste Einträge verzeichnet, bevor die Engländer die Insel für unrentabel erklärt und sie verlassen hatten: unter der Woche Geschäfte, freitags Cocktailpartys, samstags Tennis oder Golf, sonntags Lunchbuffet mit einem kurzen Bad im Meer zwischendurch.

Seit ich von der Vernehmung Mibos auf Kara Island zurück war, verfolgte mich eine Idee. Außerdem war es Freitagabend, ich war allein zu Haus, hatte aber keinerlei Bedürfnis, Dessie bald wiederzusehen. Im Grunde ärgerte ich mich mehr über sie als über ihren Vater.

Ich rief Miss Stanislaus an. »Wollen Sie fürs Wochenende meine Freundin sein?«

»Nah.«

»Dann nur für heute Abend.«

»Missa Digger! Wassis in Sie gefahrn?«

»Ich mein's ernst. Cocktailparty, Villa von Luther Caine, Ex-Manager der Camahoer Co-op-Bank. Ich möchte, dass Sie mich heute Abend an Ihrem Arm tragen.«

Ich schlug die Beine übereinander und horchte auf ihr Schweigen.

»Missa Digger, ich weiß nich, ob ich dazu Lust hab.«

»Okay«, sagte ich, »dann nehm ich jemand anders mit. Sie wärn halt meine erste Wahl gewesen, das ist alles.«

Ich legte auf und sah auf die Uhr. Fünf Minuten später brummte mein Telefon. Ich ließ es ein paarmal vibrieren, bevor ich ranging. »Oh, Miss Stanislaus! Lange nichts gehört. Wie geht's?«

»Missa Digger, Sie sind so albern. Is 'ne Cocktailparty sagen Sie?

»Ja.«

»Dann muss ich mich also feinmachen wie so feine Cocktailleute?«

»Ich hätt nichts gegen eine kleine persönliche Note von Ihnen.«

»Sie wern aber nich Ihrn hässlichen Gürtel da tragen? Sonst komm ich nich.«

»Heißt das ›ja‹?«

»Der Gürtel, Missa Digger?«

»Ich lass ihn zu Hause. Sie kommen mit?«

»Ah-hah.«

Um halb sieben fuhr ich von zu Hause los und wartete sieben Minuten vor Miss Stanislaus' Tür, ehe sie erschien.

Sie hatte ihre Haare aufgesteckt und die Stirn und das Gesicht freigelegt, wie ich es noch nie gesehen hatte. Ein dunkelblaues Kleid mit silbernem Besatz floss von ihren runden, vollen Schultern. Silberfarbene Schuhe.

»Sind Sie das?«, fragte ich. »Wo ist Daphne?«

»Sie is bei Miss Iona.« Miss Stanislaus glitt elegant auf den Sitz.

»Was ist das für ein Parfüm?«

»Meine Sache, Missa Digger.«

»Die Marke kenn ich gar nicht. Aber duftet trotzdem gut, sehr gut!«

Sie musterte mich kurz. »Sie sehn auch ganz gut aus. Sogar bisschen mehr als gut. Missa Digger, sollen wir am Ball bleiben?«

»Am Ball bleiben wollen wir, Miss Stanislaus. Und ich, DC Digson, werd mir heut Abend richtig Zeit lassen dabei.«

Luther Caines Haus thronte auf der Kuppe des Lavender Hill hoch über San Andrews. An diesem Abend, kurz nach Sonnenuntergang, lag das Meer still und weit unter uns wie ein riesiger, bernsteinfarbener See. Vereinzelte Flammenbäume standen auf dem Grundstück und wirkten wie übergroße Sonnenschirme mit ihren ausgreifenden Ästen, während ein blutroter Teppich aus ihren Blüten den Rasen bedeckte. Eine Reihe verkrüppelter Palmen begrenzte oben einen sich hangabwärts wellenden Hain aus Julie- und Ceylonmangobäumen. Wenn man sich das alles von Wasserskiunterricht leisten konnte, dachte ich bei mir, hatte ich definitiv den falschen Beruf.

Wir traten in das Gelächter von Frauen, das gedämpfte Dröhnen von Männern im selbstgefälligen Gespräch, den Geruch von gegrilltem Fleisch, das Klappern und Klirren von Silbergeschirr und Besteck.

In der hinteren Ecke des großen Wohnzimmers sah ich Passiflores Arielle, Luther Caines persönliche Assistentin, als er noch Chef der Bank war. Passiflores, eine dunkelhäutigere Ausgabe von Dessie, unterhielt sich gerade mit einer Gruppe hellhäutiger Mädchen und gestikulierte dabei anmutig mit ihren schönen Armen. Als sie mich entdeckte, erstarrte sie kurz, fing sich aber schnell wieder, nur dass ihre nachtschwarzen Augen jetzt immer wieder in meine Richtung zuckten. Auch andere Köpfe drehten sich mit einer Art beunruhigter Neugier zu uns um.

Ich legte Miss Stanislaus den Arm um die Schulter, die sich kühl wie Quellwasser unter meiner Hand anfühlte. Wir standen eine Weile an der Tür herum und betrachteten die hohe Decke und die schweren beigen Vorhänge an den Seiten der großen Panoramafenster.

Jemand musste den ersten Schritt machen. Luther Caine tat es. Hellhäutig, graugrüne Augen, prächtige Zähne – ein weißer Schwarzer. Hellblaues Leinenjacket. Passende Hose aus Rohseide, die den Bewegungen seines kräftigen Körpers wacker standhielt. Er nahm Miss Stanislaus' Hand und verbeugte sich, wobei ich bemerkte, dass die Kratzer und Striemen an seinem Handgelenk zwar verblasst, aber noch sichtbar waren. Miss Stanislaus deutete einen Knicks an, parierte Luthers Blick und strahlte.

»Mister Digson«, sagte er. »Wer ist die Schönheit?«

»Meine Partnerin.« Ich lächelte Miss Stanislaus an und sagte mit tiefer Schwarzenegger-Stimme: »Hoffen wir, das bleibt so.«

Das brachte ihn zum Lachen, ein kurzer, lauter Ausbruch, ehe sein Gesicht wieder ausdruckslos wurde und sein Blick kühl. »Sie sind natürlich willkommen, aber darf ich fragen, wer ...«

»Uns eingeladen hat?« Ich lächelte. »Niemand. Ich dachte, Sie haben bestimmt nichts dagegen, zumal unsere Wege sich derzeit so oft kreuzen. Bin nur neugierig, das ist alles.« Mit einer ausholenden Geste zeigte ich auf den Überfluss um uns herum. »Boote reparieren scheint ein einträgliches Geschäft zu sein.«

»Wir kommen zurecht.«

»Wir?«

Ich sah den Anflug von Gereiztheit in seiner Miene und merkte, wie Miss Stanislaus neben mir unruhig wurde. »Sie können gut mit Außenbordern umgehen, nichwahr?«

»Ich würde nicht damit werben, wenn ich's nicht könnte. Das wäre ...«

»Kriminell, ich weiß«, fiel ich ihm ins Wort. »Auch mit richtig schnellen Motoren?« Ich taxierte ihn mit schmalen Augen. Eine Veränderung machte sich bei Luther Caine bemerkbar, ein Röten des Halses über dem Hemdkragen, eine plötzliche Steifheit. Ich dachte an seinen Jähzorn, von dem Dessie so oft gesprochen hatte, als sie sich noch aus diesem Haus weggestohlen hatte, um sich in irgendeiner abgelegenen, geheimen Ecke der Insel mit mir zu treffen. Wir hatten keinen Sex gehabt damals, darum ging es nicht. Nur um eine Frau, die Trost und Erleichterung suchte, weil ihr Mann, dieser Mann, entschlossen war, ihr einzureden, dass sie nichts taugte.

Miss Stanislaus war jetzt ganz still neben mir, ein verträumtes Lächeln auf dem Gesicht, die Augen halb unter den Wimpern verborgen. Sie beobachtete Luthers Gesten, seine Mimik, alles. Durchleuchtete den Kerl.

»Sie haben mir nicht geantwortet, Luther.«

»Sorry – Digger, nicht wahr?«

»Sie wissen genau, wie ich heiße. Wir haben über schnelle Boote gesprochen«, sagte ich. »Es gibt da so eine Rechenaufgabe, an der ich knobele, wissen Sie. Wie viele Motoren braucht man, um an einem Tag von Venezuela nach Camaho zu kommen? Meinen Sie, sechs reichen?«

Miss Stanislaus' Finger bohrte sich in mein Kreuz. Ich packte mein hochgestochenstes Englisch aus. »Selbstverständlich, Bossmann, wenn Sie es vorzögen, dass wir von der Bildfläche verschwänden ...«

Sein Blick wurde für einen Moment glasig. »Nein, nein, Sie sind herzlich willkommen. Nehmen Sie sich was zu trinken. Leider haben wir schon gegessen.«

»Ein Drink genügt, danke. Vielleicht ein Panaché?«
»Und für die Dame?«
Miss Stanislaus wedelte mit der Hand. »Mangosaft, dankefehr.«
Luther Caines Gesicht entspannte sich zu einem scheinbar echten Lächeln. »Wäre Ihnen auch Maracujasaft recht, Miss, äh …?«
»K. Stanislaus. Maracujasaft is auch gut, dankefehr.«
»Wenn Sie mich dann entschuldigen würden. Muss mich ein bisschen unter die Leute mischen. Bleiben Sie, solange Sie möchten.«
»Werden wir«, sagte ich.
Ein junger Mann mit Fliege brachte uns die Getränke.
»Gibt's hier eine Toilette, junger Mann?« Miss Stanislaus gab mir ihr Glas und durchquerte das Zimmer, zog kleine Wellen aus abschätzig sich neigenden weiblichen Köpfen und einen Schwarm heimlicher männlicher Blicke hinter sich her.
»Und wer sind Sie?«, fragte eine Stimme.
Als ich mich umdrehte, sah ich ein weißes Kleid, eine Reihe gelber Raucherzähne in einem müden Gesicht mit Hängebacken und ein hohes, schmales Glas, umschlossen von blutroten Fingernägeln.
»Michael Digson«, sagte ich.
»Kann nicht sein«, erwiderte sie. »Ist der nicht an irgendwas gestorben?« Sie gab mir die Hand. »Merna, Luthers Schwester. Älteste. Arbeiten Sie für ihn?«
»Nein, warum?«
»Na ja« – sie holte angeschickert mit dem Arm aus – »all die neuen Gesichter, die mir dieser Tage begegnen, arbeiten für ihn. Ziemlich widerwärtig, manche davon, wenn ich das sagen darf.«

»Tut mir leid, das Niveau zu senken.«

»Sie doch nicht. Ganz und gar nicht, Mister Michael ...« – sie rülpste – »Jackson.«

»Digson.«

Ich hörte Merna jedoch nur mit halbem Ohr zu. Mein Augenmerk hatte sich auf den Rücken einer Frau mit kurzen schwarzen Haaren gerichtet, die mit so fließenden Bewegungen durch eine der Nebentüren hinausschlüpfte, dass sie wie eine Erscheinung wirkte. Die Abruptheit, mit der sie aufgestanden war, hatte mich auf sie aufmerksam gemacht. Ich fragte mich, wo Malan war, ob er wusste, dass seine Freundin hier war.

Zuerst war ich versucht, ihr nachzulaufen, besann mich dann aber eines Besseren und wandte mich wieder Merna zu.

»Hey, wenn Luther mehr solche wie dich einstellen würde, könnt ich noch mal Glück haben, wer weiß.« Sie lachte laut, und ein paar Köpfe drehten sich zu uns um.

»Sie haben was von widerwärtig gesagt«, bemerkte ich. »Mir kommen die Leute aber alle ganz in Ordnung vor.«

»Dieee doch nicht.« Sie ließ ihre Finger flattern und leckte die verschüttete Flüssigkeit aus dem Glas davon ab. »Das sind ... Fffroinde. Unsere Fffroinde. Ich hab die Arbeiter gemeint.« Sie fächelte sich mit schlaffer Hand Luft zu. »Ist was anderes. Nicht wie ...«

Sie lehnte sich ein Stück zurück und klimperte mit den Wimpern, wie um mein Gesicht klarer zu sehen. »Dieee, die sind wie, wie ...« Sie unterbrach sich.

Auf einmal stand Luther neben ihr, nur mit dem Mund lächelnd. »Komm, Merns, der Gentleman ist in Begleitung. Gehen wir ein bisschen frische Luft schnappen. Sorry, Digger.« Er lenkte sie zu der hinteren Veranda, hielt sie dabei so fest am Arm gepackt, dass die Sehnen seiner Hand hervortraten.

Miss Stanislaus kam zurück. Sie nahm mir ihr Glas ab und hielt es an die Lippen. »Ihre Freundin, Miss Dressy, is sie hier?«, murmelte sie und sah sich in der Gästeschar um.

»Nein, Miss Stanislaus.«

»Sind Sie sicher?«

»Ganz sicher. Warum fragen Sie?«

»War nur so 'n Gedanke.« Sie deutete mit dem Kinn auf die Leute. »Missa Digger, warum ham Sie mich hierhergebracht?«

Ich nahm ihre Hand. »Eventuell brauch ich Ihr Gedächtnis. Kommen Sie, gehen wir ein bisschen raus.« Ich führte sie zur Rückseite des Hauses. Gäste saßen im Garten auf Liegestühlen, kleine Tische mit Flaschen neben sich und Gläsern in den Händen. Dazwischen schimmerte ein Swimmingpool, blau wie die Augen eines Weißen, unter einer Reihe von Tageslichtlampen. Eine schmale asphaltierte Straße, an der zu beiden Seiten Autos standen, wand sich vom Temple Valley hinauf bis zu einem kleinen Platz unter einem riesigen Weihnachtsstern. Ein Freizeitboot von der Sorte, die zum Wasserskifahren eingesetzt wurde, stand dort im Trockendock auf einem Anhänger, eine Aluminiumleiter lehnte dagegen. Ganz rechts ein offener Schuppen, auf dem Boden eine große graue Plane halb bedeckt mit unförmigen Stücken, die wie rostige Maschinenteile aussahen. Eine Ansammlung von Seilen und Rollen.

»Miss Stanislaus, denken Sie, dieses Leben könnte Ihnen gefallen?«

»Ja, Missa Digger, aber mit anderen Leuten.« Sie sah zum Himmel. »So viel Licht hier oben, man kann kaum den Mond sehn. Sind Sie sicher, dass Sie nich hergekomm sind, um anzugeben?«

»Ich bitte Sie, mir zu vertrauen. Kein Grund zu sticheln.«

Wir gingen die Verandatreppe hinunter und schlenderten auf den Swimmingpool zu. Schritte hinter uns. Miss Stanislaus stieß mich mit dem Ellbogen an.

Luther Caine kam mit Passiflores an seiner Seite auf uns zu.

Die Frau strahlte übers ganze Gesicht. »Ich hatte noch gar keine Gelegenheit, Sie zu begrüßen, Mister Digson. Ist das Ihre ...«

»Partnerin«, sagte ich.

Passiflores gab Miss Stanislaus die Hand und musterte sie kurz, beinahe schüchtern. »Sehr hübsch«, sagte sie.

»Sie auch«, erwiderte Miss Stanislaus. »Woher kennen Sie Mister, äh, Digson?«

»Er war Kunde bei der Bank. Und Sie, Sie ...?«

»Wir sind zusammen.« Miss Stanislaus nippte an ihrem Saft.

Die Unterhaltung versiegte. Passiflores' Blick schweifte ständig zu Luther. Er hatte die Hände in die Hosentaschen gestopft und schien in den Anblick der dunklen, gezackten Silhouette der Grand Etang Hills vor uns vertieft zu sein.

»Wir gehen jetzt«, sagte Miss Stanislaus und kniff mich in den Arm. Sie stellte ihr Glas auf einem Tisch in der Nähe ab und tat das Gleiche mit meinem. »Dankefehr für die Einladung.«

Ich winkte lässig zum Abschied und ließ mich von ihr aus dem Haus ziehen.

Am Auto dann sah sie mich schief an. »Was wollten Sie da, Missa Digger? Der Mann kann Sie nich leiden und Sie ihn auch nich. Was wollen Sie im Haus von einem, mit dem seiner Frau Sie was ham?«

»Dessie hat gesagt, sie sind geschieden, Miss Stanislaus.«

»'ne Scheidung is 'n Stück Papier, Missa Digger. Sehn Sie nich, was das für ein Typ is? Der gibt nie her, was er für sein Eigentum hält. Der is gefährlich. Er hat Sie hinter Ihrm Rücken angestarrt, als wollt er Ihr Gesicht zu Brei schlagen.«

»Soll er's versuchen, soll er's ruhig versuchen ...«

»Sie reden wie 'n Mann, Missa Digger.«

»Ich *bin* ein Mann! Was zum Teufel erwarten Sie?«

»Im Moment versuch ich grad, Ihnen bisschen Verstand einzubläun. Also komm Sie mir nich mit so blödem Macho-Zeugs. Ham Sie mich deshalb mit hergenommen? Um dem Mann zu zeigen, dass Sie bei ihm reinschnein können mit einer ...«

»Hübschen Frau? Einer echten Frau? Wie Sie? Nein!« Ich sah ihr in die Augen. »Ich bin den Fall noch mal im Kopf durchgegangen. Ich weiß jetzt, dass das Geld für Dora Wilkinson von Luther Caines Konto überwiesen wurde. Und mir ist aufgegangen, dass sich bei der Sache alles um Boote dreht, schnelle Boote mit starken Motoren. Boote, die hin und wieder repariert und gewartet werden müssen. Nur zwei Personen auf dieser Insel haben geschäftlich mit solchen Booten zu tun, ein Weißer in Easterhall, der einen Bootscharter und Wasserskiverleih betreibt, und Luther Caine, der seine Bootswerft bei sich zu Hause hat. Ich wollte zu ihm, um ihn unter die Lupe zu nehmen.«

Sie schwieg lange, sah mich unverwandt dabei an. »Und was ham Sie gesehn?«

»Einen sehr nervösen Kerl, vor allem als wir hinten in den Garten gegangen sind und als ich ihn ›Bossmann‹ genannt habe.«

Sie nickte. »Is das alles?«

Ich zuckte die Achseln. »Nee.«

Sie taxierte mich. »Was ham Sie noch gesehn?«

»Eine Frau, die ich dort nicht erwartet hätte, und das hat mir zu denken ...«

»Hat nich den Eindruck gemacht, als hätten Sie sie gesehen, Missa Digger. Finden Sie das in Ordnung?«

»Ich versteh nicht, was Sie meinen, Miss Stanislaus.«

»Sie warn 'n andrer Mensch bei Missa Lufer Came«, sagte sie. »Sie ham sich bewegt und geredet wie die, Sie ham sogar so ausgesehn wie die, als Sie da mitten unter denen gestanden ham.«

»Ich hab als Kind Salz gelutscht wie Sie.«

»Dann liegt's Ihnen villeich im Blut?«

»Miss Stanislaus! Warum hacken Sie heute Abend so auf mir rum? Hab ich Ihnen was getan?«

Sie wich meinem Blick aus. »Entschuldigung, Missa Digger, ich glaub, ich ärger Sie, weil ich mich selbst ärger.«

»Womit hab ich Sie geärgert?«

»Ham Sie nich. Ich will nich mehr drüber reden.«

Auf dem Nachhauseweg überließ ich sie ihren Gedanken.

An ihrem kleinen Gartentor angekommen, stützte ich die Ellbogen aufs Lenkrad und sah sie an. »Miss Stanislaus, trotz allem fand ich's schön heute Abend.«

Sie betupfte sich das Gesicht mit einem Taschentuch, ihre Züge weich konturiert vom blauen Schein der Armaturenbrettuhr. Die Straße vor uns schimmerte blassgrau unter dem hellen, abnehmenden Mond.

»Missa Digger, ich glaub, is besser, wenn Sie jetzt nach Hause fahrn, und ich geh in mein Haus.«

»Klar«, sagte ich und beugte mich herüber, um ihr die Tür zu öffnen. Keine Ahnung, warum ich das tat, ich hatte es noch nie gemacht, vielleicht aus dem Wunsch heraus, noch einmal ihren Duft einzuatmen, der mich schon den ganzen Abend im Bann hielt.

Als ich mich wieder aufrichtete, traf etwas das Auto. Der Wagen schwankte, und es war, als würde die Nacht in meinem Kopf explodieren. Miss Stanislaus riss schützend die Arme vors Gesicht, ich schrak zurück, dass meine Schulterblätter sich in den Rücksitz bohrten, und spürte das Brennen von Glassplittern am Hals und an den Armen. Die Windschutzscheibe war stark eingedrückt.

Ich warf mich gegen Miss Stanislaus.

»Ducken Sie sich! Laufen Sie!«, schrie ich.

Dann schnappte ich mir ihre Handtasche, zerrte daran. Sie streifte den Schulterriemen ab, sprang hinaus und lief gebückt los.

Ein Donnerschlag erschütterte den Wagen, und diesmal gab die Windschutzscheibe nach. Noch ein Schlag, gefolgt von einem protestierenden Zischen, wahrscheinlich vom kaputten Kühler.

Geduckt hechtete ich nach draußen, landete auf dem Asphalt und sprang auf die Beine. Ich stürzte los, zählte fünf Schritte, riss den Ruger aus Miss Stanislaus' Tasche und wirbelte zu Shadowman herum, der etwa zehn Meter vor mir aufragte, einen großen Stein in der Hand. Ein langer, ihm fast bis zu den Knien reichender Sack hing um seine Schulter. Er warf den Stein nicht, sondern rollte ihn über die Straße auf mich zu, und natürlich bewegte ich mich seitwärts, um ihm auszuweichen. In dem Moment schnitt Miss Stanislaus' Stimme hinter mir durch die Dunkelheit. »Er hat eine Harpune, Missa Digger!«

Shadowman schwang den Sack herum und ließ ihn mit einer flinken Schulterbewegung zu Boden fallen. Er hatte die Waffe schon angelegt, als ich auf ihn schoss.

Der große Mann taumelte rückwärts, ich schoss erneut und sah ihn einen lebhaften Todestanz tanzen, ehe er umkippte und liegen blieb.

Dann kam die Stille, nur unterbrochen vom Zischen und Klacken des Wracks, das mal mein Auto war, dem Schrei einer Eule irgendwo über uns in den Hügeln und dem fernen Kichern der Möwen vor der Küste von Kalivini Island.

Miss Stanislaus tauchte an meiner Seite auf und legte mir die Hand auf den Rücken. »Das erste Mal?«, fragte sie.

Ich nickte.

»Is kein schönes Gefühl.« Sie entwand mir die Waffe. »Ham Sie Ihr Handy?«

Sie entfernte sich ein paar Schritte und hob ihre Handtasche auf, die ich auf die Straße hatte fallen lassen. Nahm ihr eigenes Handy heraus und rief die Leichenbergung an. »Hallo, Miss K. Stanislaus hier. Ein Verbrecher is grad erschossen worden. Könn wir bitte einen Leichensack für Tote ham?«

Ich sah zu meinem kaputten Auto hin. »Ich brauche ein Fahrzeug«, sagte ich zu ihr. »Meins ist hinüber.«

Miss Stanislaus wiederholte meine Worte, nannte unsere Koordinaten und beendete das Gespräch.

Sie zeigte auf etwas auf dem Grünstreifen – mein Handy. Ich holte es und setzte mich Schulter an Schulter mit ihr an den Straßenrand. Sie hielt den Blick auf ihre Füße gerichtet. Ich starrte auf den Toten, dachte daran, wie Miss Stanislaus Juba erschossen hatte, dachte daran, wie unbedenklich Malan seine SIG Sauer auf einen Menschen richtete und abdrückte. Ich fragte mich, ob ich mich irgendwann daran gewöhnen würde, und der Gedanke erschreckte mich.

Miss Stanislaus zeigte auf Shadowman. »Missa Digger,

ich hab Sie das schon mal gefragt, und Sie ham mir nich geantwortet. Sie und ich – meinen Sie, wir sind böse?«

»Ist nicht das, was ich denk, Miss Stanislaus.«

»Dasselbe ham Sie letztes Mal auch gesagt.«

Ich sah auf meine Armbanduhr und horchte auf Motorengeräusche in der Nacht.

»Ich will 'n Stück gehen«, sagte sie und sah zum Mond auf. Sie trat auf die Straße, hob nacheinander die Fersen an, um in ihre Schuhe zu schlüpfen.

»Wo wollen Sie hin?«, fragte ich.

»Irgendwohin.«

Ich deutete auf den Schemen auf der Straße. »Sobald die Bergung da is, komm ich mit Ihnen.«

»Nah!«, sagte sie.

Das Geräusch ihrer Absätze war noch eine Weile zu hören, bis es schließlich in der Dunkelheit verklang.

Ich lief ihr nicht nach. Eine Frau, die spät in einer Mondnacht auf Camaho allein spazieren ging, konnte möglicherweise einen Strolch dazu veranlassen, zudringlich zu werden. Doch sobald dieser Blick von ihr ihn traf, würde er es sich anders überlegen. Und falls nicht, na dann viel Glück.

54

Ich parkte den Dienstwagen auf dem Grünstreifen an der Hauptstraße und ging den betonierten Weg zu meinem Haus hinauf. An der Tür hielt ich an, hatte keine Lust reinzugehen. Ich ließ mich auf die Treppe fallen und sah zu, wie die Morgendämmerung über den Mardi Gras Mountains an der Nacht nagte, bis die Umrisse von Häusern und Bäumen aus der Finsternis vor Tagesanbruch hervortraten.

Meine Gedanken schweiften zu Dessie – ihr Atem auf meinem Gesicht, ihre Liebesseufzer, mein Mund, der nie genug von ihr bekam. Und mir wurde klar, dass Liebe manchmal nicht genügt, dass es andere Dinge, schreckliche Dinge gibt, die einen Menschen an einen anderen binden können.

Mein Handy brummte. Ich ging ran.

»Missa Digger.«

»Miss Stanislaus! Sind Sie immer noch unterwegs?«

»Eh-heh.«

Ich hörte das Klappern ihrer Absätze. »Gehen Sie auf Beton?«

»Eh-heh. Missa Digger, wir müssen miteinander reden.«

»Wo sind Sie jetzt? Ich komme und hole Sie ab.«

Das Klappern verstummte, ich hörte sie Atem schöpfen. »Nich notswendig, Missa Digger.«

Sie legte auf, doch ich hatte das seltsame Gefühl, sie immer noch zu hören. Blinzelnd sah ich zu meinem Weg hin und entdeckte ihre sich bewegende Gestalt zwischen den zerschlissenen Blättern der Bananenpalmen, die ihn säumten. Müde rappelte ich mich hoch und schloss meine Tür auf.

Miss Stanislaus blieb vor meiner Treppe stehen und sah zu mir auf, leicht keuchend von dem Aufstieg.

Ich hob den Blick zu den Mardi Gras Mountains, über denen der Himmel von den ersten Pinselstrichen der Morgenröte leuchtete.

»Kommen Sie rein, Miss Stanislaus.«

Sie folgte mir ins Haus. Ich machte das Licht an und sah die Erschöpfung in ihrem Gesicht, die Mattigkeit in ihren Augen.

»Wie weit sind Sie gelaufen?«, fragte ich.

Sie zuckte die Achseln.

»Sie ham beschlossen, um die halbe Insel bis zu mir zu laufen? Verrückt.«

»Missa Digger.«

»Kann das vielleicht bis später warten? Sie sehen halb tot aus, und ich halt mich auch kaum noch auf den Beinen. Mein Schlafzimmer gehört Ihnen fürs Erste. Kostet nix. Ich versuch mein Glück hier vorn.« Ich streifte meine Schuhe ab und warf mich aufs Sofa.

In dem Dämmerzustand vor dem Einschlafen hörte ich die Dusche laufen, dann das Peng meiner Schlafzimmertür. Zuvor hatte ich noch einen Entwurf meines Berichts im Kopf verfasst.

Ich verschlief den ganzen Tag und wachte vom Gezeter der Hühner in der Nachbarschaft auf, die ihre Schlafplätze aufsuchten. Geschepper von Eimern und Geknister von brennendem Feuerholz. Schon kam auch das Ultraschall-Fiepsen der Fledermäuse, die sich für ihre Raubzüge in einer mondhellen Nacht bereitmachten.

Als ich vom Sofa aufstand, saß Miss Stanislaus an meinem Küchentisch. Sie hatte zwei rote Schalen mit Tellern bedeckt, daneben standen zwei Tassen auf Untertassen.

Die Frau sah frisch und munter und hellwach aus. Ihre Kleider saßen an ihr wie frisch gebügelt.

Sie musste meine Gedanken gelesen haben. »Missa Digger, ich hab all meine Sachen gewaschen und getrocknet.« Sie stand auf, als wollte sie sich mir zeigen, fixierte mich mit ihren klaren Augen. »Sie nehm jetzt 'n Bad, nichwahr?«

Als ich geduscht und angezogen zurück in die Küche kam, hatte sie Süßkartoffeln, Pum-pum-Yams und halbreife Kochbananen gekocht, eine Kakaostange in einen Topf mit kochendem Wasser gegeben und den Kakao mit Zimt gewürzt. Sie hatte meine Tomatenpflanzen draußen geplündert und ein paar reife Exemplare gewürfelt und gepfeffert, sie zu fein mariniertem, leicht angebratenem Salzfisch hinzugegeben und die ganze verdammte Köstlichkeit mit Kokosöl beträufelt.

Ich fühlte mich an die Küche meiner Großmutter erinnert und wurde von Wärme und Dankbarkeit durchflutet.

Wir aßen schweigend. Ich beobachtete, mit welcher Bedachtsamkeit Miss Stanislaus das Essen löffelte und zum Mund führte, wie anmutig sie das Besteck hielt. Ein naiver Mensch mochte denken, dass diese reizende Frau kein Wässerchen trüben konnte.

Ein kleines Lächeln umspielte ihre Lippen. »Missa Digger, warum sehn Sie mich so an?«

Sie ließ ihren Löffel zwischen Daumen und Zeigefinger wippen, hob das Kinn zur Decke. »Sie ... Sie denken, 's is Schlechtigkeit, kriminelle Leute zu töten. Nichwahr?«

Ich schüttelte den Kopf. »Nein.«

Sie sah mich geradeheraus an. »Was denken Sie dann?«

Ich stand auf. Ihre Augen folgten meinen Händen, als ich den Tisch abräumte.

»Ich denke, ich weiß, warum Sie böse auf mich waren nach unserem Besuch bei Luther Caine und warum Sie mir nicht sagen wollten, warum.«

»Ich bin nur wegen einer Sache hergekommen, Missa Digger, nämlich um rauszufinden, ob Sie mich mit andern Augen sehn, nach dem, was ich mit Juba gemacht hab. Das ... das is mir wichtig. Sehr.«

»Juba war schon vor ein paar Wochen, warum fragen Sie mich das erst jetzt?«

»Wegen letzter Nacht. Ich hab gesehn, wie Sie das mitnimmt. Als würden Sie sich selbst hassen.«

»Miss Stanislaus, Sie haben damals mein und Ihr Leben gerettet. Heute Nacht habe ich Ihres und meins gerettet.«

»Dassis keine Antwort auf meine Frage.«

»Lassen Sie mich ausreden. Was ich meine, ist, es gibt keinen Digger und keine Miss Stanislaus in solchen Situationen. Wir sind dann nicht zwei getrennte Personen, sondern eins.«

Sie schüttelte den Kopf. »Ich bin meine eigene Pehssohn. Ich war schon immer meine eigene Pehsson.«

»Nein, sind Sie nicht. In dem Job sind wir das nicht.«

Wieder schüttelte sie energisch den Kopf.

Ich setzte mich, kribbelig vor Ärger. »Ist aber so«, erwiderte ich. »Da können Sie sagen, was Sie wollen.«

Eine Veränderung überkam sie, ihre Miene wurde ausdruckslos, dann sprühten ihre Augen Funken. Ich sah sie ausholen und drehte meinen Kopf so, dass ihre offene Hand von meiner Wange abprallte.

»Missa Digger, o Gott, ich … ich …« Miss Stanislaus streckte die verletzende Hand nach mir aus. Ich wich vor ihr zurück und zeigte auf das Foto an der Wand. »Nach meiner Großmutter sind Sie der einzige Mensch, von dem ich mir so was gefallen lass. Sind Sie bereit, nach Hause zu gehn?«

»Sie jagen mich weg?«

»Sind Sie's?«

Unter einem kühlen weißen Mond fuhren wir durch Old Hope, vorbei an kleinen Läden rechts und links, aus denen Neonlicht auf die Straße fiel. Hier und da rief einer der jungen Männer, die auf Kisten vor den Türen saßen, meinen Namen oder winkte. Ich hupte kurz und fuhr weiter.

»Sie ham sich von mir ohrfeigen lassen«, sagte sie. Die Frau schmollte doch tatsächlich vorwurfsvoll.

»Sie reden wie ein Kind, Miss Stanislaus. Dem Opfer die Schuld geben.«

»Ich weiß, wie schnell Sie reagieren, Sie hätten mich dran hindern können.«

»Und deshalb haben Sie's drauf ankommen lassen?«

Sie tätschelte ihre Handtasche. »Warum ham Sie sich von mir schlagen lassen?«

»Ich hätte das nicht sagen sollen, was ich gesagt hab.«

Vor ihrem Haus fuhr ich an die Seite. Es stand dunkel hinter der hohen Hibiskushecke. Der Asphalt vor uns schimmerte kahl und leer, keine Spur mehr von meinem zertrümmerten Auto oder dem Showdown mit Shadowman, abgesehen von den Felsbrocken am Straßenrand.

Ich deutete mit dem Kopf auf ihr Haus. »Kommen Sie klar allein da drin?«

»Kommen Sie klar bei sich?« Sie drehte sich zu mir um. »Missa Digger, er hat auf uns gewartet.«

»Ich weiß«, sagte ich. »Shadowman hat auf Anweisung gehandelt.«

»Ham Sie rausgefunden, von wem?«

»Ich sag's Ihnen, wenn ich sicher bin. Dauert nich mehr lang.«

Sie stieg aus, machte die Tür zu und steckte den Kopf durch das heruntergelassene Fenster herein. Ich blickte geradeaus. Merkte an ihrer Atmung, wie erregt sie war.

»Missa Digger, Sie solln wissen, is keine Gewohnheit.«

»Was ist keine Gewohnheit?«

»Ich hab noch nie 'n Mann geohrfeigt, weil er mich geärgert hat. Glauben Sie mir das?«

»Ja, Miss Stanislaus. Sie erschießen ihn höchstens.«

»Missa Digger, ich mein's ernst.«

»Ich auch.«

»Ich hab beschlossen, Sie nie wieder zu haun. Egal, wie sehr Sie mich provoziern.«

»Das ist sehr nett von Ihnen. Danke.«

»Gut Nacht, Missa Digger.«

»Gut Nacht, Miss Stanislaus.«

55

Auf meiner Uhr war es 2.14 morgens, die Zeit, zu der Dessie und ich uns gern an einen abgelegenen Strand stahlen, wo wir im Auto saßen und aufs Meer blickten, uns liebten oder ich ihr zuhörte, wenn sie sich unsere gemeinsame Zukunft ausmalte.

Heute Nacht würde ich nicht schlafen können, also mixte ich mir einen Muntermacher, weil mir gerade danach war: ein Eigelb, Crème de Noyaux, Anisschnaps und ein Spritzer Rhum agricole aus Martinique. Eis. Umrühren.

Aufrühren.

Aufruhr.

Wut.

Dessie!

Meine Kehle war wie zugeschnürt. In einem der Häuser weiter unten am Hang hatte jemand seine Anlage voll aufgedreht, und das Gewummer ging mir auf die Nerven. Ich atmete ein paarmal tief durch, setzte mich dann mit meinem Drink, Notizblock und Stift an die Arbeitsplatte in der Küche. Lehnte mich ein Weilchen zurück und brachte meine Hände zur Ruhe.

Dann machte ich mir Notizen, zeichnete Diagramme,

ließ die Klanglandschaft der Cocktailparty auf dem Lavender Hill am Abend zuvor Revue passieren, die kurze Zeit mit Miss Stanislaus in Luther Caines Haus, den Zauber ihrer Anwesenheit auf dieser Party, unter den schwatzenden Leuten. Sarona.

Ich fühlte mich ausgehöhlt und fiebrig, als ich ausgetrunken hatte. Nahm mein Handy und schrieb Dessie eine Nachricht.

Will dich sehn.

Prompt schrieb sie zurück. *Ich dich auch. Kommst du? :)*

Ok.

Ich holte sie an dem hohen Tor vorm Haus ihrer Eltern ab. Sie trug ein dünnes Kleid aus einem Stoff, der beim kleinsten Gliederzucken flirrte.

»Neue Stelle«, sagte ich. »Weiter nördlich.«

»Ist mir egal.« Sie lehnte sich an mich, legte mir eine Hand aufs Bein und ließ sie dort.

Wir fuhren durchs Temple Valley, bogen auf die Centre Main Road ab, kurvten durch schlafende Dörfer und über unbeleuchtete einsame Straßen, über die sich uralte Regenwaldbäume neigten. Es war, als wären Dessie und ich die einzigen Menschen auf Erden, umschlossen von der Nacht und dem steten Brummen des Wagens.

Schließlich nahm ich eine Abzweigung, die zum Meer führte, konnte schon sein Donnern gegen das Steilufer hören. »Dessie, ich möchte mit dir über den Fall sprechen, an dem wir gerade sind«, sagte ich. »Bist du in Stimmung dafür?«

Sie regte sich, als hätte ich sie aus einem Dämmerschlaf geweckt.

»Hab ich dir schon mal von den Vergewaltigungsaufständen erzählt und was mit meiner Mutter passiert ist?«

»Schon tausendmal, Digger. Du willst doch jetzt nicht davon anfangen?«

»Der Mann, der die Schülerin vergewaltigt hatte – weshalb meine Mutter und eine Menge anderer Frauen auf die Barrikaden gegangen sind, woraufhin die Polizei sie so übel zusammengeschossen hat –, dieser Mann war Justizminister, ehe er von dem derzeitigen Blödmann abgelöst wurde. Und er war der Vater deines Mannes.«

»Er ist nicht mehr mein Mann.«

Ich bremste oben am Ufer, wo ein kräftiger Seewind wehte. Vor uns, jenseits der schmalen Landzunge, das metallische Glimmern der Brecher und über alldem der blasse Mond.

»Dann lass es mich anders ausdrücken: Ich will wissen, was Luther Caine gegen dich in der Hand hat, dass du dich nicht von ihm losreißen kannst.«

Sie nahm die Hand von meinem Bein. »Herrgott, Digger. Du hast keinen Grund zur Eifersucht.«

»Eifersucht! Darum geht es nicht, Dessie. Vorgestern Abend ist ein Mann aus dem Dunkeln aufgetaucht und wollte mich und Miss Stanislaus umbringen. Wäre ihm beinahe gelungen. Er wusste genau, wo er uns antreffen würde und wann. Das war direkt nachdem wir von der Party bei deinem Mann zurückgekommen sind. Nur zwei Personen hatten Kenntnis davon, dass ich auf diese Party gehen würde, nämlich Miss Stanislaus und ich. Deshalb bin ich jetzt ein bisschen paranoid. Du warst an dem Abend auch dort bei Luther, stimmt's? Miss Stanislaus wusste es. Sie hat mir nicht gesagt, woher, aber sie hat mich gefragt, ob ich dich eingeladen hätte. Sie wirkte nicht sehr erfreut. Hat ständig ihre Nase in die Luft gereckt, wie sie das so macht. Sie hat mich zweimal gefragt, und ich hab gesagt, nein, auf keinen Fall bist du dort.«

Ich sah sie kurz von der Seite an. »Das hat mich ins Grübeln gebracht, Dessie. Dora Wilkinsons Konto. Ich hab dich gefragt, woher sie das ganze Geld hat, und du hast gesagt, es sei eine Bareinzahlung gewesen, keine Überweisung. Kurzum, du hast gelogen. Ich weiß inzwischen, dass es eine elektronische Geldüberweisung war, und ich weiß zufällig auch, dass du immer noch sein Geld verwaltest.«

Mit geschlossenen Augen lehnte ich mich gegen die Kopfstütze. »Okay, du wolltest also nicht, dass ich erfahre, wie eng du immer noch mit dem Kerl verbunden bist, obwohl du ihn so hasst, wie du immer sagst. Dir war klar, dass mein nächster Schritt gewesen wäre, den Auftraggeber der Überweisung zu ermitteln.« Ich drehte mich um und sah ihr ins Gesicht. »Hat Luther dir je erzählt, woher das Geld stammt?«

Dessie schwieg lange. Hier oben auf der Klippe, wo der Wind am Wagen rüttelte, fühlte es sich an, als könnten wir jeden Moment in die Luft gehoben und ins Wasser geweht werden.

»Dessie, ein Speedboot voll mit Drogen wird demnächst diese Insel verlassen. Wir können es nicht finden, aber wir sind sicher, dass es hier irgendwo liegt. Wir suchen nach den beiden Männern, die wir für die Bootsführer halten, aber auch die können wir nicht finden. Inzwischen bin ich überzeugt, dass Luther Caine alles über dieses Boot weiß – mindestens! Ich vermute, dass er zwei Motoren reparieren sollte – mindestens! Es muss Geld zwischen ihm und den anderen Beteiligten geflossen sein. Wenn du mir die Informationen, um die ich dich bitte, nicht gibst, werde ich sie trotzdem bekommen, aber ich hätte sie lieber von dir.«

Ich dachte, sie würde sagen, dass sie nicht wisse, wovon ich redete. Stattdessen sah ich die alte Angst in ihr, die sie immer so klein und verhärmt und furchtsam hatte wirken lassen, wenn sie anfangs darüber sprach, was Luther ihr antun würde, sollte er sie je im Auto mit mir erwischen. Ich erinnerte mich daran und hasste es.

Sie murmelte etwas in sich hinein, rang die Hände. »Er bringt mich um, Digger. Du kennst Luther nicht, er macht das.«

»Kann er nicht! Glaub mir. Was weißt du über das Boot?«

»Ende nächster Woche, hab ich mitbekommen, das ist alles, Digger...«

»Dann soll es ablegen?«

Sie schüttelte den Kopf. »Dann überweisen sie die letzte Zahlung. Das ist alles, was ich gehört hab. Das ist...«

»Wer sind diese Leute?«

Ich machte das Deckenlicht an, nahm ihre Hand und hob sanft ihr Kinn an, damit sie mir in die Augen sah. »Dessima Caine, hab ich dich in all den Monaten, die wir zusammen sind, je getäuscht? Hab ich dir nicht immer die verdammte Wahrheit gesagt, egal, ob sie dir gefällt oder nicht? Drei Menschen sind schon wegen dieser Sache gestorben, darunter Jana Ray, der Junge, den du so gemocht hast. Warum also schützt du deinen Mann?«

»Digger, Luther hat meine gesamten Ersparnisse in sein Geschäft investiert. Ich war mit ihm verheiratet und hab ihm vertraut. Dumm von mir. Und jetzt brauch ich mein Geld, weil ich unabhängig sein will. Er will es mir nicht zurückgeben, wenn ich nicht...« Sie rang nach Luft.

Ich nahm sie in den Arm und wartete schweigend, bis sie sich wieder im Griff hatte. Sie sah mich aus großen, feuchten Augen an. »Die Zahlungen kommen meist aus Venezuela.«

»Wie oft?«

»Jeden zweiten Monat. Die letzte war, hm, vor etwa zwei Wochen.«

»Keine anderen Zahlungen?«

»Noch eine Überweisung, und das war's, glaube ich. Digger, ich …«

»Ende nächster Woche, sagst du?«

Sie nickte.

»An welchem Tag?«

»Weiß ich nicht.«

»Und das Boot, Dessie, wo haben sie es versteckt?«

Sie schüttelte den Kopf. »Ich weiß nur von dem Geld, nichts über ein Boot. Digger, du musst mir glauben.«

»Okay«, sagte ich. »Dessie, ich möchte, dass du mir hilfst. Bitte.«

Sie nickte.

»Diese letzte Zahlung – du bist sicher, dass es die letzte sein wird?«

Wieder nickte sie.

»Sobald dieses Geld auf Luther Caines Konto eingeht, musst du mir Bescheid geben. Bitte!«

Auf der Rückfahrt hielt sie Abstand von mir, lehnte den Kopf ans Seitenfenster. Als wir vor ihrem Haus ankamen, blieb sie sitzen und sah mich mit suchenden Augen an. »Du hasst mich jetzt, nichwahr?«

»Das kann ich nicht, Dessie. Nenn mich dumm, wenn du willst. Es ist nur so, dass du nicht immer ein verlässliches Verhältnis zur Wahrheit hast, und das heißt für mich, dass ich mich auf unsicherem Boden bewege. Du tust, was du tun musst, um dich selbst zu schützen und vielleicht das zu verteidigen, was dir gehört oder dir wichtig ist. Das ist irgendwie verständlich. Keine Ahnung. Manchmal mach ich auch dabei mit.« Ich sah sie an. »Wie als du mir erzählt hast, dass du geschieden wärst, obwohl das nicht stimmt. Hast du geglaubt, ich könnt das nicht rausfinden? Ist nicht schwer. Ich brauch nur beim Standesamt nachzufragen.« Ich lächelte sie an. »Aber weißt du, ich wollte es gern glauben.«

Ich lehnte mich zurück und nahm ihre Hand. »Jetzt erzähl mir von Sarona.«

»Wieso glaubst du, dass ich irgendwas über diese Frau weiß?« Sie sah mich schief an, verärgert plötzlich, aggressiv.

»Ich meine, sie flüchtig auf Luthers Cocktailparty gesehen zu haben. Du warst auch da, und ich denke, dass du sie ganz gut kennst. Das hast du mir schon auf Dog Island verraten – weißt du noch, als Malan den Ziegenbock erschossen hat? Ich hab dir nicht richtig zugehört in dem Moment, aber du hast es mir gesagt.«

»Nein, ich ...«

»›Ich mag sie nicht. Hab nie gemocht, wie sie ...‹ Du hast den Satz nicht beendet, glaub ich, oder ich hab den Rest nicht mitgekriegt. Ist 'ne komische Art, über jemanden zu reden, dem du zum ersten Mal begegnest, oder? Was hast du nie an Sarona gemocht, Dessie?«

»Okay, es stimmt. Ich mag sie nicht.«

»Was hat sie mit Luther?«

»Das geht seit paar Jahren hin und her. Er ist sogar schon nach Venezuela geflogen, um sie zu sehen.« Dessie klang bitter. »Sie schläft mit ihm.«

»Soweit ich weiß, ist Sarona mit Malan Greaves zusammen«, sagte ich.

Sie verzog den Mund. »Das denkt er.«

»Sarona sollte Malan nicht verarschen. Er ist gefährlich, sogar für sich selbst.«

Dessie schnitt eine Grimasse und zischte vor Giftigkeit. »Sarona, dass ich nicht lache! Sie heißt Sandra Fernandez. Sie ist Luthers Geliebte, war es schon, als wir noch richtig verheiratet waren.«

»Woher weißt du, dass sie mit ihm schläft?«

»Ich bin eine Frau, Digger. Ich weiß so was.« Sie sah mir ins Gesicht. »Ich finde, du solltest es deinem Freund sagen.«

Ich schüttelte den Kopf. »Nah. Aber er wird's rausfinden. Ganz sicher.«

»Und dann?«

»Dann gibt's noch jemanden, der es auf deinen Mann abgesehen hat.«

Zu Hause warf ich mich aufs Sofa und wartete, bis DS Chilman seiner Empörung schnaufend Luft gemacht hatte.

»Digson, was glaubst du, wie viel Uhr es ist?«

»Fünf nach vier, Sir, morgens!«

»Ich hoffe, du hast einen verdammt guten Grund.«

»Hab ich. Ich will, dass Sie Luther Caine festnehmen lassen. Ich werde heute eine Hausdurchsuchung bei ihm beantragen. Es gibt gute Gründe für die Annahme, dass er mit dem Boot in Verbindung steht, nach dem wir suchen, und möglicherweise noch die erwähnten Motoren bei sich hat. Und ich schließe ihn nicht als Täter im Mordfall Lazar Wilkinson aus.«

»Hast du Beweise?«

»Das ist Sinn und Zweck der Durchsuchung, Sir.«

»Wir reden später weiter, Digson. Ich muss jemand anrufen.«

»Wen?«

»Deinen Vater«, sagte er.

»Den Polizeichef? Darf ich fragen, warum? Bei allem

Respekt, Sir, wir sollten mit diesem Fall umgehen wie mit jeder anderen Straftat auf Camaho.«

»Das ist nicht der springende Punkt, Digson.«

»Ich bring Luther Caine zur Strecke. Danach könnt ihr mich feuern, wenn ihr wollt.«

»Ich lass deinen Arsch auf der Stelle feuern, Digson! Willst du wetten?«

»Trotzdem, Sir. Ich zieh das durch.« Ich legte auf.

Chilman rief zurück. »Digson, wo hast du deinen Verstand? Kannst du den vielleicht mal gebrauchen? Du bist mit der Frau dieses Mannes zusammen, und jetzt willst du ihn verhaften.«

»Was hat das damit zu tun?«

»Du bist sogar mit deiner andern Frau bei ihm zu Hause aufgetaucht, um ihn zu belästigen.«

»Herrgott noch mal, Sir!«

»Digson, wenn du Luther Caine heute oder irgendwann einkassierst, ohne klare Beweise in der Hand, wird dich ein guter Rechtsanwalt vor Gericht wegen persönlicher Rachemotive in der Luft zerreißen und meine Abteilung auf den Prüfstand stellen lassen. Merk dir das: Manchmal braucht man einen langen Stock, um eine Schlange zu fangen.«

»Und manche Leute warten erst, bis ein Baum gewachsen ist, ehe sie den Stock schneiden, um die Schlange zu fangen«, gab ich zurück.

56

Ich wachte von einem Traum auf: eine Gruppe jugendlicher Camahoer auf Ninja-Bikes, den teuren Modellen, die betuchte Bürgersöhnchen sich kauften, um damit in knallheißen Lederanzügen auf einen Hügel mit Blick auf den Flughafen zu brettern und sehnsüchtig auf die einzige anständige Asphaltpiste dieser Insel hinunterzustarren. Meine Großmutter hatte mich gelehrt, Träume nicht zu missachten, denn sie handeln von dem, was uns bedroht oder ängstigt. »Is unser inneres Selbst, das da spricht und uns die Anworten auf all unsre Fragen gibt.«

Motoren. Ich sah auf die Uhr und rief Spiderface an, unseren Bootsmann, der genauso verrückt nach PS und Motoren war wie die frustrierten Biker von Camaho. Lautes Tamtam drang mir in die Ohren, als er abnahm. Garantiert eine Strandfete irgendwo mit jeder Menge Frauen, kehleverätzendem Rum und Männeressen – hauptsächlich Dumplings so lang und dick wie ein pummeliger Babyarm, gepökeltes Fleisch, Brotfrucht und jegliches Getier, was das Meer zu dieser Nachtzeit hergab. Ich wünschte, ich wäre dabei.

»Missa Digger, komm Sie! Wir sind in Levera.«

»Wer ist ›wir‹?«

»Alle von uns! Sogar Missa Malan mit seiner Prinzessin-Lady. Ich hab sie mit dem Boot hergefahrn. Besser als mitm Auto, wissense.«

»Was gibt's zu essen?«

»Dumplings, Salzfisch, Meeresfrü …«

»Such dir einen ruhigen Platz zum Reden.«

»Missa Digger, wissen Sie, was Sie mir da antun? Ich muss 'nen ganzen Hügel raufklettern für 'n ruhiges Plätzchen.«

»Dann kletter rauf. Ich warte.«

Ich hörte ihn schnaufen und vor sich hinbrummen, bis der Hintergrundlärm kaum noch vernehmbar war.

»Das reicht jetzt, Spider. Ist leise genug.«
»Jetzt bin ich schon oben auf dem Hügel.«
Ich hatte Jana Rays Zeichnungen abfotografiert und auf A4-Papier ausgedruckt. Jetzt griff ich nach der mit den seltsamen Propellern, über denen jeweils die gleiche Zahl stand.
»Spiderface, sagt dir die Nummer 7-557 was?«
»Sieben Bindestrich fünf, fünf, sieben? Nee. Was soll das sein, Missa Digger?«
»Wir reden hier über Boote, nichwahr?«
»Nee – ooh, Sie meinen 7557?«
»Ist dasselbe, oder?«
»Sie ham sieben Bindestrich gesagt! 7557 is was anneres. Is de Alien.«
»Der was?«
»De Alien, Missa Digger. Achtzylinder-Antriebskopf, Doppelauspuff, Aluminium-Motorblock, Kreislaufkühlung, 557 PS, 800 Gramm pro PS-Leistungsgewicht, ZF-Getriebe, Oktan-Scaler, Mehrpunkteinspritzung, elektrohydraulische Steuerung. Wiegt 450 Kilo. Und kost 'n Haufen Geld!«
»Ich weiß immer noch nicht, was das ist.«
»'n Außenborder, Missa Digger. Sie fragen mich doch nach Bootsmotoren, nichwahr?«
»An was für einem Boot würde man sechs davon anbringen?«
»Das solln die sechs Motoren sein, von denen Sie bei der Besprechung geredet ham?«
»Ja.«
»Nee!«
»Nee was?«
»Wer sollt so was machen?«
»Du beantwortest meine Frage nicht, Spider.«

»Sechs 557er an einem Boot! Das is kein Boot, Missa Digger, das is 'n Flugzeug.«

»Ich frag dich, ob das möglich ist, Spiderface.«

Er machte hm und ha, als würde ihn etwas quälen. »Ja, mit verstärktem Heckspiegel villeicht schon. Sicher kein kleines Boot, weil bei so viel Schubkraft hinten würd sich's überschlagen. Muss groß und schwer genug sein, um aufm Wasser zu bleiben.«

Er verstummte kurz, schien nachzudenken. »Hat das Department vor, so eins anzuschaffen? Weil, da helf ich gern bei. Ich wüsst sogar 'ne günstigere Möglichkeit, nur ein Motor, wissense. Bräucht man nich mal 'n neues Boot kaufen. Ein so 'n Motor an meim Boot, und sind hundertzwanzig km/h, wovon wir da reden. Oder nehmt 'nen Mercury Verado Pro 300. Der an meim Boot, da könnt ihr richtig mit arbeiten.« Er klang fast verzweifelt.

»Sagen wir, wir haben so ein Boot und wollen, dass es nicht gesehen wird – wie würden wir das anfangen, Spider?«

»Gibt kein Platz, wo man so 'n Boot verstecken könnt, Missa Digger. Selbst wenn man's zudeckt, irgendwer kriegt's raus. Leben schließlich auf Camaho hier. Also, wann kriegen wir den Motor?«

»Viel Spaß noch bei der Party, Spiderface. Und danke.«

»Missa Digger, wir reden drüber, ja?«

»Haben wir doch, oder? Danke noch mal.«

57

Ich wanderte die acht Kilometer von meinem Haus zu dem des Polizeichefs. Ein steiles Stück bergan auf schmalen Lehmpfaden, dann auf der anderen Seite hinunter und wieder hinauf nach Morne Bijoux und zu den Ansammlungen von ausladenden, weißgekalkten Villen, die das eine Ende des Hügels bekränzten. Chilman hatte mir eine Nachricht geschickt, dass mein Vater mich sehen wolle. *Sei nachsichtig mit ihm, Digson. Er hat auch Gefühle.*

Er saß auf der Veranda. Die Ehefrau stand hinter ihm, hatte die Arme um seine Schultern gelegt. Sie zog sich zurück, als sie mich sah.

Ich hatte Miss Stanislaus von dieser Frau erzählt, die mich nie eines Blickes würdigte, wenn meine Großmutter mich zum Betteln ans Gartentor meines Vaters schickte. Mir das Geld durch eine Dienstbotin geben ließ, damit ich nur nicht in seine Nähe kam. Immer verließ ich dieses Tor mit den Händen voller Münzen und dem Herzen hohl vor Demütigung. Und einer Sehnsucht, die ich durch Wut zu ersetzen lernte.

»Wie is die Ehefrau jetzt zu Ihnen?«, wollte Miss Stanislaus wissen.

»Sie verdrückt sich immer.«

Miss Stanislaus gab ein schmatzendes Geräusch von sich. »Is villeich Scham, die sie jetzt mit sich rumträgt? Villeich hat sie gedacht, dass zwei Mädchen keine Chance ham, Liebe von ihrm Vater zu bekomm, wenn der Sohn da is und alles für sich nimmt? Villeich wusst sie, wie Väter auf Camaho sind?«

Ich öffnete das Gartentor und ging hinein. Der Gärtner

rieb gerade Politur auf den blauen Daihatsu, der, wie ich inzwischen wusste, der Ehefrau gehörte.

»Du bist zu Fuß gegangen!« Er stand auf und gab mir die Hand. Was er danach sagte, hörte ich kaum, denn ich spähte schon durchs Fenster ins Haus, auf der Suche nach meinen Schwestern.

Sein Ausdruck veränderte sich, er kniff die Augen zusammen und lächelte.

»Was!«, sagte ich.

»Sie verstecken sich«, murmelte er grinsend und rief laut: »Michael möchte was zu trinken!«

Kreischen und Kichern und Füßescharren irgendwo im Haus. Eine Kühlschranktür wurde zugeknallt. Weiteres Gekreische. Die tadelnde Stimme der Ehefrau, und dann ein Wettrennen durchs Wohnzimmer, jede mit einem Glas Saft in der Hand. Lucia und Nevis reichten mir ihre Gläser. Ich nahm sie und versuchte, aus beiden gleichzeitig zu trinken.

Kaum hatte ich die Gläser auf der Verandabrüstung abgestellt, ging das Gerangel darum los, welche mich zuerst in den Würgegriff ihrer Umarmung nehmen konnte.

»Genug«, sagte ihr Vater schließlich.

Sie verschwanden so schnell wieder im Haus, wie sie herausgekommen waren.

»Also, ich hab was für dich.«

Er ging hinein und kam mit einem Schlüsselbund zurück, deutete mit dem Kopf auf das Auto, das der Gärtner poliert hatte.

»Sie leihen es …«

»Du hast kein Auto, ich schenk dir das da.«

»Das kann ich nicht annehmen, Sir. Ich spreche mit der Bank wegen …«

»Nimm es, Michael.«

»Es gehört Ihrer Frau, Sir.«

»Sie möchte, dass du es bekommst. Es war ihre Idee.«

Ich schüttelte den Kopf.

Die Mädchen mussten hinter der Verandatür gelauscht haben. Lucia schob sich neben ihren Vater, sie war schon so groß wie er.

»Dad, Michael will das Auto nicht von dir annehmen. Gib es mir.« Der alte Herr runzelte die Stirn. Nevis kam dazu, warf ihrer Schwester einen kurzen Blick zu und sagte: »Ja, Lucia soll es haben.«

Der Polizeichef wirkte verwirrt, beinahe jungenhaft in seiner Verunsicherung. Ich bemerkte eine Regung in ihm, sah, was für eine Schwäche er für seine Töchter hatte. Er ließ die Schlüssel in Lucias Hand fallen.

»Danke, Dad. Das Auto gehört jetzt mir.« Sie gab mir die Schlüssel. »Also bin ich es, die es dir schenkt, Michael.«

Dann flüsterte sie mir etwas ins Ohr. »Benimm dich, du verletzt ihn sonst.«

Die Schlüssel wogen schwer in meiner Hemdtasche.

Ich stand da wie ein Esel. Der alte Mann zuckte die Achseln und blickte über die hohen weißen Mauern seines Anwesens hinweg zu den Coburn Hills, kaute auf seiner Unterlippe.

Lucia machte Nevis ein Zeichen, grub ihre Finger in meinen Arm und lotste mich die Treppe hinunter.

»Entschuldigt uns, Leute. Michael macht eine Spritztour mit uns. Okay, Nevis?«

Hinter uns gab der alte Herr einen Laut von sich, halb Lachen, halb Husten.

»Wo wollt ihr denn hin?«, fragte ich.

»Irgendwo«, sagte Lucia.

»Okay, dann bring ich euch nach Irgendwo.«
Wir fuhren auf die Western Main.

Einer von diesen Abenden, an denen die untergehende Sonne einen gelben Nachglanz auf alles warf. Die Vögel waren noch draußen und machten einen Heidenlärm. Unterwegs drückte Lucia eine Taste, und das Dach glitt auf. Eine Decke der Stille lag über allem, jedes Geräusch drang klar und deutlich heran. Meine Schwestern drückten ihre Nasen an die Scheiben und starrten Camaho-Frauen an, die mit Kleinkindern auf den Schultern an der Straße entlanggingen.

»Sie bringen die Kleinen an die Luft«, sagte ich. »So nimmt die Liebesgeschichte mit Camaho ihren Anfang. Egal, wohin auf der Welt es sie später verschlägt, sie werden diese Insel nie vergessen.«

»Das hat Miss Merry auch gesagt.«

»Wer ist Miss Merry?«

»Mums Haushaltshilfe. Sie kocht für uns.«

»Ist das der neue Ausdruck für Dienstmädchen? Wie alt?«

»Weiß nicht.«

»Was weißt du dann über Miss Merry?«

»Sie ist unsere Haushaltshilfe, Michael.«

»Ist das alles, was du weißt? Wo wohnt sie?«

»Irgendwo an der Küste, glaub ich.«

»Kanvi«, sagte Nevis.

»Wollt ihr sehen, wie sie lebt? Wird Zeit, dass ihr eure Nachbarn kennenlernt. Außerdem ist heute Fisch-Freitag, da gibt's 'ne nette Fete in Kanvi.«

Ich hielt hier und da bei Buden am Straßenrand, drückte ihnen Geld in die Hand und schickte sie los. Sah zu, wie sie gebratene Maiskolben und gegrillten Fisch mit den Fingern aßen und ihre anfängliche Zurückhaltung in eine Scheißegalhaltung überging, als sie genüsslich das Essen verschlangen und die Verkäuferinnen mit ihren perfekten Zähnen anstrahlten. Ich ließ sie sich auf Felsen am Strand setzen und die bloßen Füße ins Wasser hängen, während sie in Mangos bissen und sich den Saft ableckten, der ihnen über die Arme lief.

Dann fuhren wir nach Kanvi, der Stadt, die niemals schlief. Die Luft knisterte von brutzelndem Fisch und Stimmengewirr. Ich leerte meine kleine Tüte voll Münzen in ihre Hände und stellte ihnen die Aufgabe, zu kaufen, worauf sie Lust hatten, aber mit der Hälfte des Geldes wiederzukommen.

Lächelnd und nickend und gestikulierend schlenderten sie durch die Reihen von Ständen, warfen ihre dicken Zöpfe zurück und feilschten, als hinge ihr Leben davon ab. Sie waren außer Atem, als sie zurückkamen, balancierten Tabletts voller Essen und hatten noch über die Hälfte des Gelds in den Taschen.

»Bereit, nach Hause zu fahren?«

»Wozu die Eile?«

Ich hielt am Strand und blickte mit ihnen aufs Meer.

»So lebst du, Michael?«

»Yep! Und vergnügt, wie übrigens die meisten Leute auf Camaho.«

Wir sahen zu, wie sich die Nacht über den Ort senkte. Ein paar Männer gingen gemächlich zum Ufer und warfen ein Netz ins flache Wasser. Auf einmal wimmelte es ringsum von Kindern und Erwachsenen mit Flaschenfackeln in den Händen. Der Sand wurde warm und golden, die Fackeln warfen Schatten über die halbe Länge des Strands. Ich fragte mich, ob die Leute das auch gemacht hätten, wenn Shadowman noch leben würde.

Ein junger Mann steckte den Kopf zum Fenster herein und winkte einem anderen weiter unten am Strand zu.

»Hey, Mann! Gib mir eine von den süßen kleinen Frauen, die du da drin hast, ne!«

»Wart«, sagte ich. »Ich hab noch was Besseres.«

Ich griff ins Handschuhfach, nahm meinen Revolver heraus und hielt ihm den Lauf unter die Nase.

Er machte einen Satz rückwärts, als hätte ihn was in den Hintern gestochen, wirbelte herum und flitzte davon.

Die Mädchen schüttelten sich vor Lachen. Ich zog die Augenbrauen hoch, verzog gangsterhaft den Mund und starrte sie finster an. Sofort ging es wieder los.

Draußen auf dem Meer tüpfelten die Lichter der Fischerboote die Dunkelheit. Dahinter die kaum sichtbare Masse eines riesigen Trawlers, wahrscheinlich aus China oder Südkorea. Wie immer drückte es mir auf die Stimmung zu sehen, wie die Leute am Strand wegen dieser Fischtötungsfabrik dort draußen ein fast leeres Netz an Land zogen.

Die Glühwürmchen hatten zu schwärmen begonnen, als wir nach Beau Séjour kamen, ein Nebel aus blinkenden Lichtern. Die schwarze Fahne, die Lazar Wilkinsons Mutter am Straßenrand aufgestellt hatte, stand noch.

Auf der Morne Bijoux Road begann Nevis ein Gedächtnisspiel. Sie hielt Lucia die Augen zu, und forderte sie auf, zu erraten, wo wir waren. Lucia lag immer falsch, Nevis immer richtig.

Die Außenstrahler am Haus tauchten den Rasen in Licht. Die Gestalt der Ehefrau auf der Veranda, mein Vater neben ihr, wartend.

Ich sagte mir, dass ich eines Tages einen Weg finden

musste, um Frieden mit dieser Frau zu schließen. Ich musste in mich gehen und ihr etwas anbieten, das sie mir, dem außerehelichen Kind meines Vaters, nie gegeben hatte. Aber im Moment war mir nicht danach.

»Michael, wir würden gern mal wieder einen Ausflug mit dir machen«, sagte Lucia.

Nevis sah mich von der Seite an und nickte.

»Jederzeit«, sagte ich.

Ich wartete, bis sie die Treppe hinaufgegangen waren, hupte einmal und fuhr davon.

58

Miss Stanislaus und ich saßen im Schatten eines großen Mandelbaums am Grand Beach und blickten aufs Meer. Teenager rannten im warmen Abendlicht an uns vorbei und warfen weißen Sand auf. Sie stürzten sich ins Wasser, wurden zu Silhouetten vor dem flammenden Sonnenuntergang. Jungen und Mädchen taten sich zu Paaren zusammen, versanken bis zum Hals im Wasser und begannen das alte heimliche Liebesspiel, die Köpfe zwei Handbreit auseinander, reglos wie Büsten. Während ihre Unterkörper unter Wasser äußerst geschäftig waren. Sie hielten sich für so schlau! Nur eine fromme Seele wie Miss Stanislaus würde nie darauf kommen.

»Miss Stanislaus«, sagte ich, »wissen Sie, was das beste Verhütungsmittel der Welt ist und obendrein nichts kostet?«

»Das Meer, Missa Digger.« Sie rollte ihre strahlend braunen Augen zu mir herum. »Sind Sie und Miss Dressy deshalb immer im Meer?«

Ich beschloss, das Thema fallenzulassen.

Sie zog ihre Sandalen aus, stellte sie ordentlich nebeneinander und räusperte sich. »Missa Digger, ich hab über meine Tochter nachgedacht. Ich hab Daphne nie erzählt, wie ich zu ihr gekommen bin. Früher hat sie mich dauernd gefragt. ›Wie heißt mein Vater, Mam? Wo wohnt er?‹ Sie wissen schon!« Sie räusperte sich erneut. »Ich hab's nie über mich gebracht, es ihr zu sagen. Eines Tages hat sie aufgehört zu fragen, einfach so, aber ich seh die Frage die ganze Zeit in ihrm Gesicht. Was kann ich ihr jetzt für 'ne Antwort geben, wenn ich's ihr irgendwann erzählen muss? Dass Juba Hurst ihr Vater war und ich gezwungen war, ihn zu erschießen?«

»An Ihrer Stelle würde ich einen Weg finden, es ihr zu sagen, Miss Stanislaus.«

Sie schwieg eine Weile, sprach dann ganz leise. »Missa Digger, nix auf der Welt macht mir so 'ne Angst wie das. Ich hab Angst, alles zu verderben. 's is, als wärn all meine Gefühle für mein Tochterkind reingewaschen worden, nachdem ich Juba aus meim Leben getilgt hab, und ich will, dass sie rein bleiben.«

»Is nur meine Meinung, Miss Stanislaus, sonst nix. Is Ihre Entscheidung.«

»Missa Digger, ich hab auch über Sie und Miss Dressy nachgedacht.«

»Was ist mit Dessie?«

»Ich möcht wissen, warum Sie an ihr festhalten. Weil, in Ihrm Kopf sind Sie fertig mit Miss Dressy. Vor allem, nachdem ihr Vater Sie beleidigt hat und sie Ihnen ins Gesicht gelogen hat, um den Namen von ihrm Mann zu schützen.«

»Sie reden Unsinn, Miss Stanislaus.«

»Ich red Sinn, und Sie verstehn mich ganz genau!« Sie war ein bisschen laut geworden.

»Okay, Sie mögen sie nicht ...«

»Wegen dem, was sie *is*, Missa Digger. Und sie mag Sie nich wegen dem, was Sie *sind*. Egal, was sie Ihnen erzählt, sie wird nie Kinner von Ihnen ham wolln. Warum also halten Sie an ihr fest? Sie sind nich ihr Dienstbote. Öffnen Sie Ihre Hand und lassen Sie sie los. Mit Miss Pet machen Sie dasselbe.«

»Ich mach gar nix mit Pet! Ich hatte nie eine Beziehung mit Pet.«

»Warum machen Sie ihr dann Hoffnungen mit Ihrm Gesäusel? Ich hör Sie die ganze Zeit. Sagen Sie Miss Pet, dass Sie nix von ihr wolln auf die Art. Machen Sie ihr das klar. Damit sie ihr Leben leben kann.«

Sie wurde von einem Sportboot abgelenkt, das eine Wasserskifahrerin zog. Es war ein wunderschöner Anblick. Die Skifahrerin war gut, das Wasser schimmerte unter ihr, als würde sie über einen See aus geschmolzenem Gold gleiten. Das Boot verlangsamte und schwenkte zum Strand, kam etwa hundert Meter von uns entfernt zum Halten. Der Fahrer sprang mit einer flinken, geschmeidigen Bewegung ins Wasser, befestigte eine Leine am Bug des Boots und führte es wie ein Pferd ans Ufer.

»Luther Caine«, sagte ich.

»Ich weiß«, sagte Miss Stanislaus. »Kenn Sie die Frau?«

»Mhmm.«

Sie sah mich aufmerksam an.

»Erzählen Sie's mir.«

»Sie nennt sich Sarona, und ich muss Ihnen sagen, Sie haben wahrscheinlich recht gehabt. Ich glaub nicht mehr, dass Tamara etwas mit dem Mord an Lazar Wilkinson zu tun hat. Ich denk, das hier ist die Frau, die die Jungen gesehen haben. Gibt noch ein kleines Problem dabei – sie ist auch die Frau, die Malan für seine Freundin hält.«

Ihr Mund zuckte. »Und Sie mein, wir kommen nich an sie ran wegen Malan und Lufer Came?«

»Doch, Miss Stanislaus, werden wir. Müssen wir.«

Sie wirkte nachdenklich. »Missa Digger, ich bin villeich die Einzige, die nich glaubt, dass es nur 'n Streit um 'ne Frau is, was Sie da mit Lufer Came am Laufen ham.«

»Sie haben Ihre Meinung geändert?«

»Mhmm.«

»Wann?«

»Als ich gesehn hab, wie er Sie anguckt und Sie in Gedanken umbringt. Der Mann sieht aus wie 'n Mörder, Missa Digger. Sie sagen dauernd, Sie wolln ihm das Handwerk legen, aber Sie gehn das an wie 'n Verrückter, der 'n Bulldozer fährt.«

»Ich brauch einfach Beweise.«

»Nach allem, was Sie mir erzählt ham, ham Sie die direkt vor Ihrer Nase. Schon die ganze Zeit.«

»Keine Ahnung, was Sie meinen.«

»Miss Dressy, Missa Digger.«

»Ich hab schon mit Dessie gesprochen.«

Sie streckte die Hand aus. »Dann gehm Sie mir die Beweise. Legen Sie sie mir in die Hand.« Abfällig schniefend blickte sie den Strand hinunter. »Sehn Sie, das mein ich, Missa Digger. Die Frau soll Ihnen den Beweis nich sagen. Sie soll Ihnen den *geben*!«

Miss Stanislaus stand auf und klaubte ihre Sandalen aus dem Sand. »Missa Digger, 's wird bald dunkel. Gehen wir ein Stück.« Sie zeigte auf den langgestreckten, bernsteinfarben leuchtenden Bogen der Bucht im letzten Abendlicht. »Und« – sie legte mir die Hand auf den Arm – »wir müssen immer noch Miss Tamara finden.«

Wir schienen schon eine Ewigkeit nach Tamara zu suchen. Es wollte mir einfach nicht in den Kopf, dass sie zusammen mit den beiden Männern so mir nichts, dir nichts verschwunden war. Die junge Frau hatte es geschafft, unsichtbar zu bleiben, obwohl die gesamte Polizei der Insel nach ihr suchte. Es war mehr als peinlich.

Tot oder Geisel? Oder einfach ein junges Mädchen, das sich für zwei Typen prostituierte, die kein Problem damit zu haben schienen, Leute umzubringen? Mir wurde bang ums Herz bei dem Gedanken an einen weiteren Mord. Ich war so gut wie sicher, dass sie die Fahrer des Boots waren, von dessen Existenz ich nun ebenfalls sicher wusste. Es wäre beladen und abfahrbereit, hätte schon längst abgelegt, wenn die beiden beschädigten Propeller nicht wären. Aber warum genügten vier Motoren nicht, um sie mit hoher Geschwindigkeit von Camaho wegzubringen? Im Flug, geradezu! Ich hatte über diesen Außenbordmotor recherchiert, den Spiderface »de Alien« nannte.

Achtzylinder-Antriebskopf, Doppelauspuff, 557 PS – hörte sich an, als könnte das Ding einen zum Mond schieben, nur eins davon. Aber sechs! Mit ein bisschen Rumgoogeln hatte ich den Hersteller gefunden: Seven Marine, Sitz in Germantown, Wisconsin, USA. »Der 7557 – der hochentwickeltste Außenbordmotor des Planeten.« Ich hatte die Firma über ihre Website kontaktiert und mich erkundigt, wie lange die Lieferung eines Ersatzteils nach Camaho dauern würde. Vier Wochen, sagten sie, via Bermuda.

Ich stellte eine grobe Berechnung an, addierte die Zeit bis zum Eintreffen der Ersatzteile zu den zwei Wochen, die sie nach Carans Schätzung gebraucht hatten, um die Kokainbase zu verarbeiten und den Stoff auf das Boot zu laden, plus ein bis zwei Tage, um die Propeller zu reparieren. Insgesamt etwas über sechs Wochen. Das Ergebnis entmutigte mich. Es war jetzt der zweite Tag der siebten Woche, bald würden sie auf und davon sein.

Und ja, Miss Stanislaus hatte recht, unabhängig von ihrer Rolle bei dem Ganzen mussten wir auch Tamara finden.

59

Dessies Mutter war im vorderen Garten und dekorierte eine weiße Liege aus Korbgeflecht mit ihrer Person, die Tänzerinnenfüße zierlich auf ein Blumenkissen gestützt. Ich parkte mitten auf der Auffahrt hinter Raymond Manilles Hyundai Genesis.

Mrs Manille schob ihre Sonnenbrille auf die Stirn und erhob sich geschmeidig, neigte den Kopf in Richtung des großen Erkerfensters hinter uns.

»Dessima, er ist da.« Sie klang vorwurfsvoll, und ich glaubte, auch eine Warnung an ihre Tochter herauszuhören.

Laut rief ich: »Ich will nicht zu Dessie, Mrs Manille. Ich würde mich gern ernsthaft mit Ihnen über Ihre Tochter unterhalten.«

Die Frau runzelte die Stirn. Ich hörte polternde Schritte auf der Treppe drinnen, dann erschien Dessie in einem hellblauen Trainingsanzug mit passendem Top. Armani natürlich.

»Digger«, rief sie, »kommst du mich besuchen?«

Ich lächelte ihre Mutter an. »Entschuldigung, ich habe Sie für Dessie gehalten.«

Sie lachte glockenhell. »Wenigstens ist er clever«, sagte sie und ließ sich wieder auf ihrer Liege nieder.

Ich folgte Dessie hinters Haus, wo der Rasen wellenartig

zu einem Gestrüpp aus Dornensträuchern und Amerikanischen Waldreben abfiel.

»Dessie, musst du deiner Mutter alles erzählen?«

»Ich hab ihr gesagt, dass du mich unter Druck setzt.«

»Ich bin hier, um mit dir reden.«

»Digger, ich will nicht über Luther reden.«

»Ich versuche nur, den Schaden zu begrenzen, Dessie.«

»Schaden für wen?«

»Für dich. Ich beabsichtige, zu Ende zu bringen, was ich angefangen habe. Ich brauche einen ausgedruckten Kontoauszug mit Luther Caines Kontobewegungen der letzten zwei Jahre.«

»Das kann ich nicht machen.«

»Dann muss ich mir einen Gerichtsbeschluss besorgen, und das bedeutet …« Den Rest ließ ich ungesagt.

»Er wird wissen, dass ich das veranlasst habe.«

»Er wird informiert werden, dass der Polizeichef es angeordnet hat.«

»Ich kann nicht.« Dessie klang nicht einmal verängstigt, nur müde. »Digger, ich will hier weg. Ich will meine eigene Wohnung. Ich will mein Geld von ihm zurück und das Geld, das ich mir von meinem Vater für ihn borgen musste. Wenn ihr mit ihm macht, was ihr mit ihm machen müsst, bekomme ich mein Geld nie. Meinst du, es gefällt mir …« Sie unterbrach sich, kaute auf ihrer Unterlippe.

Ich hätte ihr sagen können, dass sie meiner Meinung nach ihr Geld sowieso nie wiedersehen würde, doch ich breitete nur vage die Hände aus. »Alles, worum ich dich im Moment bitte, ist, darüber nachzudenken. Noch etwas: Ich brauche ein Foto von der Hinterseite des Grundstücks, da, wo der Swimmingpool ist, und zwar so, dass man den Schuppen darauf sieht.«

Sie schüttelte den Kopf. »Du willst, dass ich wieder dort raufgehe? Ich dachte, du hättest ein Problem damit!«

»Und du weißt auch, warum. Okay, okay, deine Entscheidung, Dessie.« Ich wandte mich zum Gehen. »Jedenfalls, wenn dieses Arschloch dir auch nur ein Haar krümmt, werd ich, werd ich …«

»Wirst du was?«

Ich blieb stumm.

»Sag's, Digger.« Sie stand in der Abendhitze mit einem Lächeln, das ich noch nie bei ihr gesehen hatte. Ihre Augen erforschten mein Gesicht, hielten bei meinem Mund inne. Aus irgendeinem Grund musste ich auf einmal an Miss Stanislaus denken.

»Digger«, sagte sie sehr, sehr sanft, »du bist stark, aber du bist auch schwach. Es ist heiß hier draußen, willst du nicht reinkommen?«

Ich schüttelte den Kopf. »Besser nicht, Dessie Manille.«

Am nächsten Morgen im Büro erhielt ich dreiundvierzig Screenshots von Luther Caines Konto, geschickt von einem neuen Gmail-Account.

Danke! Bitte lösch Gmail-Acc.

Bin nicht blöd, lautete Dessies Antwort.

Abends kam noch ein Foto. *Hat die Köchin gemacht.*

Eingehend betrachtete ich das Bild von dem Schuppen, an dessen Eingang etwas, das wie zwei große Abdeckplanen aussah, auf einem Haufen lag. Was auch immer an dem Abend der Cocktailparty damit abgedeckt gewesen war, war jetzt weg.

Ich lehnte mich auf meinem Bürostuhl zurück und sah zu Miss Stanislaus hinüber, die ihren Kamillentee trank.

»Sie sind mir schon eine«, murmelte ich.

60

Um sechs Uhr abends war ich wieder beim Polizeichef zu Hause.

Er nahm mich mit hinaus in den Garten, der in der letzten Abendsonne erstrahlte, und sah mich forschend an. »Ich nehme an, da du bei Chilly nicht deinen Willen bekommen hast, versuchst du jetzt, dich über ihn hinwegzusetzen?«

»Das Problem ist nicht, dass sich mir jemand in den Weg stellt, Sir. Sondern dass ich Schwierigkeiten habe, mit meiner Arbeit voranzukommen.«

»Aha, also *willst* du dich über ihn hinwegsetzen. Okay, Michael, ich hör dir zu, aber falls du von mir erwartest, über Chillys Kopf hinweg zu handeln, vergiss es.«

»Es geht um Luther Caine.«

Etwas veränderte sich in seiner Miene. »Okay, was ist mit Luther?«

»Wir suchen nach einem Boot, das demnächst von hier ablegen wird. Wir suchen nach den Leuten, die es mit einer Ladung reinsten Kokains im Straßenverkaufswert von zweiundzwanzig bis sechsundvierzig Millionen Dollar von hier wegbringen wollen. US-Dollar! Das beruht auf Carans Schätzung der Mengen, die diese Anlage in den Bergen produzieren konnte.«

»Das weiß ich alles. Hab ich schon hundertmal gehört. Was hat das mit …«

»Dazu gleich, Sir. Wir sind sicher, dass dieses Boot einen Motorschaden hatte …«

»Auch das hat man mir bereits gesagt, Michael!«

»Den Luther Caine beheben sollte.«

Jetzt stutzte er. »Du willst doch nicht andeuten ...«

»Er steht mit dieser Drogenladung in Verbindung und auch mit ein paar anderen davor. Ich habe klare Beweise. Außerdem weiß ich, dass Luther Caine dafür bezahlt wurde, zwei Motoren des Transportboots zu reparieren. Die Überweisung wurde in US-Dollar von einem Konto in Venezuela vorgenommen. Und ich habe den Beweis, dass er über seine Firma eine Zahlung an Lazar Wilkinsons Mutter angewiesen hat. Lazar Wilkinson war das Opfer in dem Krawattenmord.«

Ich unterbrach mich kurz, er sah mich abwartend an. »Ich habe ein Foto von Luthers Grundstück, von einem Bootsschuppen hinter seinem Haus. Miss Stanislaus und ich haben ihm einen Besuch abgestattet. Wie es aussah, hatte er zugedeckte Maschinenteile in diesem Schuppen. Diese Teile sind jetzt weg.«

»Michael, willst du behaupten ...«

»Ich behaupte nicht, Sir, ich stelle fest! Feststellen tu ich! Ich hab hier handfeste Beweise, und ich will wissen, warum niemand auf mich hört. Isses das, was es heißt, die Insel zu besitzen? Mit Geld und einem guten Namen geht man straffrei aus? Isses das, was Sie mir sagen wollen?«

»Michael!« Seine Augen sprühten Funken. »Du bist hier bei mir zu Hause, zeig etwas Respekt.«

»Okay.« Ich stand auf. »Soll heißen, ich kann meinen Arsch von Ihrm Anwesen schieben.«

Er packte mich fest am Arm. »Setz dich wieder, junger Mann. Setz dich!«

Ich setzte mich.

Er senkte die Stimme, wirkte so ruhig wie eh und je. »Berichte zu Ende.«

Ich konnte ihm kaum ins Gesicht sehen. »Ich hab Grund

zu der Annahme, dass das Boot noch hier ist. Es fährt mit sechs der stärksten Außenbordmotoren, die je gebaut wurden. Spiderface aus unsrer Abteilung weiß alles darüber. Nach seiner Einschätzung können sie damit leicht hundertsechzig Stundenkilometer erreichen, das heißt, selbst wenn wir sie hier wegdüsen sehen, schaffen wir's nicht, sie aufzuhalten. Natürlich wissen sie, dass sie schneller sind als wir oder als überhaupt irgendwer in der Region.«

»Du hast mir bisher nicht erklärt, warum du so sicher bist, dass diese Leute noch hier sind.«

»Ich warte auf Nachricht über eine abschließende Zahlung auf Luther Caines Konto. Das würde bedeuten, dass sie mit seiner Arbeit zufrieden sind. Danach werden sie abfahren.«

»Und du bist sicher, dass Luther Caine darin verwickelt ist?«

»Ja.«

Er wirkte bestürzt, als müsste er meine Worte erst langsam verdauen. »Ich kenne Luther, seit er ein kleiner Junge war. Er war dauernd bei uns zu Besuch. Seine Mutter ist eine entfernte Cousine von mir.«

»Auf einer kleinen Insel wie dieser sind alle miteinander verwandt.« Auf einmal fühlte ich mich erschöpft.

»Luther macht nichts, ohne sich abzusichern. Ich kenne ihn gut genug. Er könnte vorschieben, dass er nur sein Geschäft betrieben hat: Boote reparieren.«

»Kann er nicht. Ich habe Beweise.«

»Und dass er sich nach den Wünschen eines Kunden gerichtet hat. Du musst uns etwas liefern, das ihn ohne den Schatten eines Zweifels mit dieser Angelegenheit verknüpft, Michael.«

»Das hab ich alles hier!«

»Außerdem hast du ein Verhältnis mit Dessima. Luther wird anführen, dass etwas Persönliches dahintersteckt. Auf Camaho kann das die Geschworenen umstimmen, wie du weißt.«

»Besonders, wenn sie selbst von so weit oben auf dem Hügel kommen, stimmt's?«

Er wischte meine Bemerkung beiseite. »Im Ernst, Michael, glaubst du, dass du das durchziehen kannst?«

»Wir müssen die Fahrer des Boots schnappen.«

»Fakt ist, das habt ihr bisher nicht geschafft.« Er lehnte sich zurück und blickte an mir vorbei in die Ferne. »Ich werde mit Chilly reden. Und um ein bisschen abzuschweifen – Raymond Manille ist derzeit nicht gut auf mich zu sprechen. Er hat mich neulich angerufen wegen eines jungen Emporkömmlings, der bei ihm zu Hause war und hinter seiner Tochter her ist. Offenbar hat der fragliche Emporkömmling keine nennenswerte Familie, keinen anständigen Beruf und nur geringe Mittel. Er meinte, der junge Mann solle lernen, wo sein Platz ist. Das habe ich persönlich genommen. Hast du irgendwas zu ihm gesagt von wegen auf einem Schiff rübergekommen?«

Ich grinste. »Das hab ich zu seiner Frau gesagt.«

»Das hat ihn erst recht auf die Palme gebracht. Ich habe ihn darauf hingewiesen, dass der junge Officer damit nicht ganz unrecht hat.« Er gluckste in sich hinein. »Die freche Art hast du nicht von mir! Was macht das Auto?«

»Danke.« Ich zuckte die Achseln.

Er sagte eine Weile nichts, blickte wieder in den Garten. »Wenn dieser Fall abgeschlossen ist, will Chilly, dass du von hier weggehst. Er meint, du und diese hübsche Frau seid hier auf Dauer verschwendet. Ihr solltet eure Ausbildung voranbringen. Ich stimme ihm zu. So, jetzt überlass ich dich deinen Schwestern.«

Prompt kamen sie hinter einem hohen Hibiskusstrauch in der Nähe hervorgesprungen, mit breitem, schamlosem Grinsen.

»Ihr habt gelauscht!«, rief ich.

»Machen wir immer«, sagte Lucia.

»Was glaubst du, warum ich hier keine Meetings abhalte?« Der Polizeichef lachte.

Ich breitete die Arme aus und machte mich auf ihren Ansturm gefasst.

61

Malan nahm Tamara an demselben Morgen fest, als Miss Blackwood mir die Bestätigung schickte, dass eine Überweisung auf Luther Caines Konto getätigt worden war. Zehntausend US-Dollar. Die erste Zahlung, die Dessie mir unter mildem Zwang genannt hatte, belief sich auf zwölftausend US-Dollar. Das war wahrscheinlich für den Kauf der beiden Ersatzpropeller von dem Anbieter in den USA.

Eine Stunde später pingte Dessie mich an. *Geld eingegangen.*

Mein Herzschlag beschleunigte sich. Ich griff zum Telefon, um Chilman anzurufen, doch in dem Moment klingelte es.

»Digger, ich hab die Hure.« Malan.

»Wo ist sie?«

»In Central. Die Frau is 'n Miststück. Hat mir ins Gesicht gespuckt«, schimpfte er und legte auf.

Ein Officer, der gerade dienstfrei hatte, hatte Tamara erkannt, als sie gerade auf den Weg zum Haus ihrer Mutter einbog, und versucht, sie festzunehmen. Sie hatte ihm eins aufs Auge gegeben und ihn gezielt zwischen die Beine getreten, so dass er sich mitten auf der Straße vor Schmerzen krümmte. Er rief Verstärkung, ein Jeep voller Officers kam, die gezwungen waren, sich zurückzuziehen, andernfalls hätten sie auf die junge Frau schießen müssen, »um sie zu beruhigen«. Die Nachricht erreichte Malan in seiner Chill-out-Kneipe an der Carenage. Er trank aus, entschuldigte sich, setzte Sarona bei sich zu Hause ab und fuhr zu dem Dorf. Tamara widersetzte sich auch ihm, aber Malan erwiderte ihre Hiebe mit Ohrfeigen, bis sie zu seinen Füßen zusammenbrach.

Es gab zwei Hafträume in San Andrews Central. »Die Gruft« war für die Besoffenen, den Abschaum, die Ausreißer sowie eine Zwischenstation für Camahoer, die in das Gefängnis auf Edmund Hill überführt werden sollten. Eine eins neunzig mal eins zwanzig große Zelle, die nie saubergemacht wurde und nach allen erdenklichen menschlichen Sekreten stank. »Die Kammer« war für den einen oder anderen auf Abwege geratenen Bürger von San Andrews. Sie roch streng nach Jodoform und hatte eine Bank mit einer dünnen Polyestermatratze und einem Kissen darauf. Keine Decke. Malan sperrte Tamara in die Gruft.

Danach rief er mich an.

»Sie haben Tamara«, informierte ich Miss Stanislaus.

»Wo, Missa Digger?«

»In Central«, sagte ich. »Kommen Sie.«

»Nah«, sagte Miss Stanislaus.

»Sie wollen nicht mitkommen?«

»*Sie* kommen nicht mit«, erwiderte sie. »Ich mach das.«

Ich kannte diesen Ton. Mit finsterem Blick setzte ich mich wieder an meinen Schreibtisch.

Miss Stanislaus war den Tränen nahe, als sie zurückkam. Sie habe die Frau nicht weichklopfen können, sagte sie. Wenn Tamara überhaupt den Mund aufmachte, dann um alles abzustreiten. Sie wisse nichts über irgendein Drogenboot, was sollten dann die Fragen, wo das Boot war und wann es abfahren würde? Ja, sie hatte mit Lazar Wilkinson zu tun gehabt, na und? Das hieß nicht, dass sie etwas darüber wusste, was mit ihm passiert war.

Ebenso wenig wusste sie, wohin die beiden Männer sie gebracht hatten, weil sie ihr ein Handtuch über den Kopf gelegt und ihr nicht gesagt hatten, wo sie war. Von der Umgebung hatte sie nichts gesehen, weil die beiden sie nie aus dem Zimmer gelassen hatten, in das sie gebracht worden war, ohne ihr das Handtuch überzuwerfen.

Chilman, der kurz zuvor hereinspaziert war und zu wissen verlangte, »was hier läuft«, sprach durch mich mit Miss Stanislaus, fixierte mich mit seinen gelben Augen.

»Hast du der jungen Frau gesagt, dass wir sie nicht gehen lassen, bis sie die Informationen ausgespuckt hat?«, schnarrte er. »Hast du ihr klargemacht, dass sie der Beihilfe zum Mord verdächtigt wird und was das für sie bedeutet? Hast du ihr erklärt, dass sie ihr Kind nicht sehen darf, wenn sie uns weiter verarscht?«

»Ich glaub nich, dass sie lügt, Missa Digger. Wenn ich mich da täusch, täusch ich mich in allem«, antwortete sie ihm durch mich.

»Aber sie sagt auch nicht die Wahrheit, Miss Stanislaus, und die Zeit drängt«, betonte ich.

Pet legte ihr die Hand auf den Arm. »Wir müssen sie zum Reden bringen, Miss Stanislaus.«

»Villeich, wenn die Leute mal anfangen würden, ihr zu glaum, würden sie villeich kriegen, was sie wolln.«

Am späteren Abend, als wir immer noch alle im Büro waren, rief ein Rechtsanwalt namens Peter Sandiford an und sagte, er sei von besorgter Seite gebeten worden, Miss Tamara Crawford zu vertreten, weshalb er nicht nur das Recht habe, sie zu besuchen und zu beraten, sondern morgen Nachmittag auch einen Antrag auf Haftprüfung gemäß der Habeas-Corpus-Akte einreichen werde. Ob dem San Andrews CID die Bedeutung von Habeas Corpus bewusst sei? Ob er uns gleich morgen früh eine Kopie per Kurier zukommen lassen solle?

»Ich hab den Anwalt bestellt«, sagte Miss Stanislaus.

Chilman sah aus, als müsste er sich übergeben.

Ich verließ meinen Schreibtisch und ging nach draußen. Miss Stanislaus kam mir nach. »Missa Digger...«

»Warum!?«

»Sie hat ein Baby.«

»Das sie bei ihrer Mutter gelassen hat, um monatelang zu verschwinden!«

»Villeich redet sie ja mit Ihnen, Missa Digger.«

»Wird sie nicht.«

»Villeich weiß Miss Tamara nich, was sie weiß. Villeich könn Sie...«

»Miss Stanislaus, ich bin müde und hab die Nase voll. Ich hau ab.«

Bebend vor Frust fuhr ich nach Hause. Versuchte die nächsten zwei Stunden, nicht an den Fall zu denken.

Villeich, wenn die Leute mal anfangen würden, ihr zu glaum... Als ich auf meine Uhr sah, war es 23.03. Ich schrieb Miss Stanislaus eine Nachricht.

Will zu Tamara. Hole Sie in 30 min ab.

Sie wartete an der Straße. »Was wolln Sie mit ihr machen?«

»Ich werd keine Gewalt anwenden, Miss Stanislaus.«

»Gibt verschiedene Arten von Gewalt, Missa Digger.«

»Meine zwei jüngeren Schwestern haben mich auf eine Idee gebracht, wissense. Ist sechzehn Stunden her, seit Luther Caine seine letzte Zahlung erhalten hat. Meiner Schätzung nach wird das Boot im Morgengrauen oder beim nächsten Morgengrauen abfahren. Die Frau muss mit uns reden.«

»Warum im Morgengrauen?«

»Gerade genug Licht, damit sie was sehen, aber nicht genug, um leicht entdeckt zu werden. Sie können nicht bei Dunkelheit durchs Blackwater navigieren.«

»Woher wissen Sie, dass sie durchs Blackwater fahrn?«

»Sie werden mit der Drogenladung nicht zurück nach Venezuela fahren, das wäre Unsinn. Sie fahren weiter, wie Mibo gesagt hat. Und um irgendwohin weiterzufahren, muss man durchs Blackwater, auch nach Europa, obwohl ich das immer noch für verdammt unwahrscheinlich halte.«

Als wir in Central ankamen, lümmelte ein Uniformierter am Gitter der Zelle.

Bei unserem Anblick richtete er sich gerade auf. »Ich hab versucht, was aus der rauszukriegen«, sagte er mit Bühnengeflüster, schloss die Tür auf und trat beiseite.

»Warn bestimmt keine Informationen, was er von ihr kriegen wollt«, murmelte Miss Stanislaus.

Zum ersten Mal sah ich Tamara richtig deutlich. Sie strahlte Feuer und Wut aus, und mir fiel auf, wie muskulös sie war. Dann dieser Blick – funkelnd wie der einer Katze, wild und furchtlos, genau wie der ihres Kindes.

»Sieht nicht so aus, als würd sie mit irgendwem reden«, sagte ich dicht an Miss Stanislaus' Ohr.

»Versuchen Sie's?«

»Das is 'ne Kämpferin, die da.«

»Holn Sie mir 'n Glas Wasser, Missa Digger. Bringen Sie's, wenn ich Sie rufe.« Miss Stanislaus ging in die Zelle hinein.

Ich schlenderte zu dem Wasserspender hinüber, füllte langsam einen Plastikbecher in mehreren Schüben und spitzte dabei die Ohren in Richtung der Gruft. Miss Stanislaus' melodiöses Gezwitscher war eine Weile zu hören, dann die heisere, monotone Stimme der Frau. Miss Stanislaus lachte leise über irgendetwas, ein bellendes Husten von der Frau, gefolgt von einem Wortschwall.

»Missa Digger, ham Sie das Wasser?«

Ich betrat die Zelle. Miss Stanislaus zeigte auf Tamara, ich gab der Frau den Becher.

»Missa Digger, Miss Tamara will kooperieren, aber sie möchte, dass ich bei ihr bleib, während Sie sie vernehmen. Sie sagt, Missa Malan war sehr unhöflich, hat sie eine, äh ...« Sie blinzelte und sah auf ihre Hände.«

»Hure hat er mich genannt«, spuckte Tamara.

Miss Stanislaus nickte. »Ich hab ihr gesagt, dass sie recht hat, darauf zu bestehn. Und dass Sie sehr, sehr respeckvoll sein wern, Missa Digger.« Sie unterstrich das mit einem drohenden Blick.

»Klar«, sagte ich. »Ich bin von Natur aus respektvoll. Miss Tamara, ich möchte, dass Sie an die Nacht zurückdenken, als die Männer Sie von San Andrews abgeholt haben. Miss Stanislaus sagt, sie hätten Sie angewiesen, sich auf die Rückbank zu legen, damit Sie nicht sehen, wohin sie mit Ihnen fahren?«

Sie nickte.

»Dürft ich Sie bitten, die Augen zu schließen? Ist manchmal gut zum Erinnern. Ich kann Ihnen auch ein Taschentuch geben, falls Ihnen das lieber ist. Ist auch sauber.« Ich hielt ihr ein blaues Stoffviereck hin.

Sie schüttelte den Kopf.

Miss Stanislaus wirkte auch nicht überzeugt, aber sie musste die Verzweiflung in meiner Miene bemerkt haben. Sie nahm mir das Taschentuch ab und gab es Tamara, die es in ihrer Faust zusammenknüllte.

»Wie lange haben Sie in dem Auto gelegen?«

»Keine Ahnung.« Sie zuckte die Achseln.

»Okay, sind Sie je mit dem Bus nach Leapers' Town gefahren?« Das war der nördlichste Punkt der Insel, an den man mit einem Fahrzeug gelangen konnte.

»War länger.«

»Länger!«

Sie nickte.

»Hat sich die Straße irgendwann anders angefühlt oder angehört?«

»Straße is Straße.«

»Mein ich ernst, Miss Tamara.« Ich wiederholte die Frage.

Stirnrunzelnd richtete sie den Blick nach innen, überlegte. »Das letzte Stück war rumpelig.« Sie sah nicht mich an beim Sprechen, sondern Miss Stanislaus.

»Wie, rumpelig?«, fragte ich.

»Das Auto hat geholpert und gerumpelt.«

»Ist nicht scharf abgebogen davor?«

»Nah! Hat mich nur den ganzen Weg aufwärts rumgeschüttelt.«

»Aufwärts? Woher wussten Sie, dass es aufwärts ging?«

Sie verdrehte die Augen.

»Und dann?«

»Dann wurd's wieder flach, und das Auto hat gehalten. Wie gesagt, die beiden Pyul-Typen ham mir ein Handtuch übern Kopf geworfen und mich wo reingebracht.«

»Was heißt ›Pyul‹?«, wollte Miss Stanislaus wissen.

»Spitzname für Südamerikaner«, antwortete ich.

»Die ham Spanisch geredet«, sagte Tamara fast entschuldigend zu Miss Stanislaus.

»War es ein langes oder kurzes Stück bis zur Tür?«, fragte ich.

»Nicht lang.«

»Was ham Sie für Schuhe angehabt?«

Sie zeigte auf ihre Füße.

»Miss Tamara, würde es Ihnen was ausmachen aufzustehen? Ich möchte, dass Sie sich jetzt die Augen zuhalten, und ich führ Sie durch den Raum. Wär das okay?«

Miss Stanislaus berührte Tamara am Ellbogen. Tamara stand auf und drückte die Handballen in ihre Augen.

Ich legte ihr leicht die Hand auf die Schulter. »Wenn Sie das Gefühl haben, dass Sie so weit gegangen sind wie bis zu dem Eingang dort, sagen Sie's mir.« Ich führte sie durch die Zelle. »Worauf gehen Sie, Kies, Gras oder …«

»Pflastersteine.«

»Ganz bis zur Tür?«

»Mhmm.«

»Eine Treppe, Stufen?«

»Aus Beton. War 'ne breite Treppe.«

»Woher wissen Sie das?«

»Männer ham mich in die Mitte genommen.«

»Und als Sie drin waren, war der Boden auch aus Beton, nichwahr?«

»Nah, hat sich wie Holz angefühlt.«

»Holz! Sind Sie sicher?«

Sie nahm die Hände herunter, sah mich finster an.

Ich ließ sie da stehen und ging zum Fenster, spürte meine Anspannung in den Schultern. Als ich mich umdrehte, war Miss Stanislaus' Miene starr vor Konzentration, ihre Unterlippe eingezogen.

»Und in dem Haus, nehm ich an, haben die Sie nicht gradlinig gradaus geführt, stimmt's?«

Tamara schoss einen kurzen, interessierten Blick auf mich ab. »Stimmt, woher …?«

»Hab nur geraten«, sagte ich. »Als man Ihnen das Handtuch abgenommen hat, was haben Sie da gesehen?«

»'n kleines Zimmer. Klappriges altes Bett, das nach Mann gerochen hat. War dunkel da drin.«

»Warm oder kalt?«

»Das ganze Haus war kalt.«

»Wie hat sich die Umgebung draußen angehört?«

Sie sah mich fragend an.

»Sind Sie je durch den Sendall-Tunnel gegangen?«

Wieder dieser kurze, stirnrunzelnde Blick. »So 'n bisschen wie da. Wieso …?«

Ich zeigte auf das Fenster. »Was hören Sie da draußen?«

Achselzuckend zog sie die Mundwinkel herunter. »Verkehr.«

»Und was haben Sie in dem Haus da gehört?«

»Oh! Das Meer. Raues Meer.«

»Sind Sie sicher?«

»Bin ich.«

»Wozu haben die Sie dorthin gebracht?«

»Was denken Sie?«

»Ich denke gerade nicht. Sagen Sie's mir.«

Sie antwortete nicht.

»Reden wir über Lazar Wilkinson. Sie waren mit ihm zusammen, nichwahr?«

Sie schnitt eine Grimasse. »Lazar war zu grob und herrschsüchtig. Konnt ich nich mit umgehen.«

»Und die beiden Typen?«

»Lazar hat mich mit ihnen bekannt gemacht. Ich hab Geld gebraucht für mein Kind. Lazar hat dafür gesorgt, dass sie mich im Voraus bezahlen.«

»Erzählen Sie mir von dem Mord.«

Abrupt veränderte sich ihr Benehmen. »Was mein Sie damit? Geht's jetzt wieder los wie mit dem fiesen Kerl, der sich Polizist nennt und hierhergekomm is und mich geschlagen hat und wollt, dass ich so ein Papier unterschreib und gesteh!«

Miss Stanislaus beruhigte sie.

»Ich hätte noch eine Frage, Miss Tamara.«

Sie nahm eine Position ein wie ein Boxer, der sich bereit macht, einen Hieb abzuwehren. »Fragen Sie, ich brauch nich zu antworten.«

»Wie sind Sie da wieder weggekommen?«

»Sie ham mich an der großen Kreuzung bei Seven Falls abgesetzt. Von da bin ich gelaufen, bis mich jemand mitgenommen hat.«

»Das ist mitten auf Camaho, obendrein an einer Kreuzung. Die sind schlau. So ist's schwer zu sagen, aus welcher Richtung Sie gekommen sind. Danke«, sagte ich. »Sie können jetzt nach Hause. Ich erledige die Formalitäten.«

Sie sah mich überrascht an. Miss Stanislaus belohnte mich mit einem reizenden Lächeln.

»Aber denken Sie nicht mal dran, die Insel zu verlassen. Sie stehen unter Überwachung. Und Sie wissen ja, wie Malan ist, ich will nicht, dass er Sie noch mal schnappen muss.«

An der Tür drehte Tamara sich halb um und winkte Miss Stanislaus lässig zu. Ich bekam einen flüchtigen Blick von ihr. »Sie sind komisch«, murmelte sie. Ich winkte ihr lässig zu.

Lange, forsche Schritte durch den Innenhof, geschürzte Lippen, den Kopf mit den jetzt kurz geschnittenen Haaren hoch erhoben.

Miss Stanislaus beobachtete, wie ich Tamara beobachtete. »Ich seh, Sie mögen sie, Missa Digger.«

»Sie hat Eier, äh, ich meine, Mumm.«

»Sagen Sie mir, was Sie rausgefunden ham.«

»Ein altes Gebäude auf einem Hügel oder an einem Hang, am Ende einer ungeteerten Straße mit genug Platz davor für mindestens ein Auto. Eine Treppe, ich schätze aus Stein, die breit genug für mindestens drei Leute nebeneinander ist. Eine breite Treppe lässt auf eine große Eingangstür schließen. Kühl da drin – wissen Sie noch, die Frage mit dem Sendall-Tunnel? Der Tunnel ist in den Fels gehauen worden, deshalb schätze ich, es ist ein Natursteinbau. Alter Holzfußboden, der nicht mehr sicher ist, aber die beiden Männer kennen ihn gut genug, um die maroden Stellen zu vermeiden. Das deutet darauf hin, dass das Gebäude verlassen ist. Ich denk an eine alte Kirche, Miss Stanislaus, eine anglikanische oder katholische, denn ich wüsst keine andern Gebäude auf Camaho mit solchen Eigenschaften. Was nicht dazu passt, ist die Nähe zum Meer. Die einzige Kirche, die mir da einfällt, ist die katholische Kathedrale oben auf Leapers' Hill. Aber die wird die ganze Zeit benutzt.« Ich drehte mich zu ihr um. »Sieht aus, als ob sie gelogen hat.«

»Hat sie nich.«

»Warum verteidigen sie jemand, den sie kaum kennen?«

»Warum machen Sie jemand schlecht, den Sie kaum kennen, Missa Digger? Nur weil Ihnen kein so 'n Ort einfällt, heißt das nich, dass es kein gibt da draußen.« Sie nickte zum Fenster hin. »Villeich glaum Sie, dass Sie zu viel wissen, Missa Digger.«

»Und villeich glaum Sie, dass Sie immer recht ham!«

Im Auto schniefte sie und bedachte mich mit einem Seitenblick. »Wir sind villeich bisschen nervös, weil wir nich vorankommen. Missa Digger, kochen Sie heut Abend für mich?«

»Sie kommen zu mir?«

»Wohin sonst?«

»Sie haben nicht gefragt, ob ich Besuch erwarte.«

»Sie erwarten niemand. Miss Dressy is grad nich so gut auf Sie zu sprechen.«

Mein Handy brummte. »Digger, Glück gehabt mit der Hure?«

Ich gab Malan eine Beschreibung des Orts aufgrund von Tamaras Hinweisen. »Fällt dir dazu was ein?«

Er dachte kurz nach. »Nee, so was ham wir hier nich. Sonst wüsst ich davon.« Er murmelte noch etwas und legte auf.

An diesem Abend brüteten Miss Stanislaus und ich zwei Stunden lang über der größten Übersichtskarte der Insel, die wir hatten auftreiben können.

Schließlich gab ich es auf. »Wir liegen falsch, Miss Stanislaus. Haben schon die ganze Zeit falschgelegen. Gibt keinen solchen Ort. Tamara hat gelogen. Gibt kein …« Ein Gedanke schoss mir durch den Kopf.

»Warten Sie«, sagte ich und ging vors Haus. Ich starrte lange auf mein Handy, holte dann tief Luft und wählte.

Malan meldete sich knurrend.

»Kurze Frage, Malan. Ist Sarona bei dir?«

»Klar is Sarona hier! Scheiße, Digger, was …«

»Malan, ich muss dir was über die verdammte Frau sagen. Hör mir zu.«

»Wie hast du sie genannt?«

»Okay, okay. Sorry, villeich hab ich bisschen viel, äh, getrunken, weisde.«

Jetzt brüllte er ins Telefon. »Betrunken bisde! Und da rufst du mich an und fragst nach meiner Freundin?«

»Tut mir leid, Mann!« Ich legte auf, meine Ohren brannten vor Verlegenheit. Dann ging ich wieder hinein, ließ mich aufs Sofa fallen und starrte an die Decke.

Ein kühler Wind zerrte an meinem Hemd, als ich später draußen auf meiner Treppe hockte. Ich hatte zwischen Mutlosigkeit und etwas geschwankt, was sich wie ernste depressive Anfälle anfühlte, bis Miss Stanislaus meine Stimmungen satthatte und verlangte, nach Hause gefahren zu werden. Seitdem ging es mir noch schlechter.

Ich hörte die Fledermäuse über meinem Kopf durch die Luft schwirren, ihre Rufe manchmal so durchdringend, als würden Nadeln durch mein Trommelfell gestochen, und verfluchte nicht zum ersten Mal mein feines Gehör. Warum war Miss Stanislaus so sicher, dass Tamara die Wahrheit sagte über einen Unterschlupf, der offensichtlich nicht existierte? Zu der Karte hatte sie deutlich weniger Vertrauen gehabt. »Da ham sie nur Straßen und Berge drauf gedruckt. Nix vom Meer und nix vom Busch! Bin sicher, das warn keine Camaho-Leute, die die Karte da gemacht ham.«

Ich sah auf meine Uhr, kurz nach eins. Nahm mein Handy und rief Caran an.

»Caran, bist du wach?«

»Jetzt ja, Digger. Was gibt's?«

»Caran, ich such nach einem großen alten Steingebäude in der Nähe von rauem Meer. Großer Platz davor, breiter Eingang, Holzfußboden, auf 'nem Hügel ...«

»Hell House«, sagte er.

Hellon House. Ich verbesserte ihn nicht.

»Mein Gott!«, rief ich. »Du bist zu schade für diesen Bush-Ranger-Job, Caran!«

»Wassis los?«

Ich setzte ihn ins Bild. »Nenn es Logik, Bauchgefühl, gesunder Menschenverstand, was auch immer, Caran, aber alles sagt mir, dass dieses Boot abfahrbereit ist. Sie haben keinen Grund, noch länger zu bleiben. Heute Morgen haben sie Tamara gehen lassen. Sie hat uns den Ort beschrieben, an dem die beiden Fahrer sie festgehalten haben.«

»Okay, Digger, gib mir Instruktionen.« Ich hörte das Rascheln von Kleidung.

»Es ist jetzt Viertel nach eins. Wir treffen uns am Beginn der Straße, die zu dem Haus führt. Sagen wir um Viertel nach drei.«

»Hell House kommt hin«, sagte er.

»Voll«, sagte ich. »Ist mir einfach nich eingefallen. Sag Mary, es tut mir leid, dass ich dich nachts um die Zeit ausm Bett schmeiß. Ich muss noch Miss Stanislaus abholen und ein paar Anrufe machen.«

62

Hellon House lag an der äußersten nordöstlichen Spitze von Camaho, direkt am wild tosenden Atlantik. Ein gischttriefender hoher Felsen ragte davor auf, dessen Spalten und Vorsprünge von Krabben und ruhenden Seevögeln besetzt waren. Bei schlechtem Wetter wurde das Haus laut. Stürmische Winde rüttelten am Dach und wirbelten durch die breite Steinveranda mit Blick auf die rohe Gewalt der Wogen.

Doch auch nach zwei Jahrhunderten mit zahllosen Hurrikanen und dem endlosen Anbranden schwerer See hielt Hellon House die Stellung. Rechts unterhalb davon hatte das Meer eine kleine runde, von dicken Mangroven eingefasste Lagune ins Ufer gehöhlt. Um von der Seeseite dorthin zu gelangen, musste man von ihr wissen. Der Kiesstrand, zu dem sie führte, war weder vom Meer noch vom Haus aus einsehbar.

Das Haus hatte einmal einem Engländer gehört, nach dem es auch benannt war. Gerüchten zufolge hatte dieser Hellon, Sohn eines Plantagenbesitzers, irgendwann *König Lear* gelesen und beschlossen, diesem König nachzueifern. Hatte sich diesen großen Kasten auf den Klippen gebaut, wo die Möwen sein Publikum waren. Der Typ ging vor die Hunde. Ging die Wände hoch. Ging den Weg allen Fleisches.

Allerdings, sagte ich zu Miss Stanislaus, durfte man die Geschichte wohl nicht für bare Münze nehmen, denn wir Camahoer behandeln Geschichte und Geschichten wie Essen – wir würzen sie nach unserem Geschmack, je pikanter, desto besser.

Wir waren zu elft: Caran und seine drei Ranger, Malan, Miss Stanislaus und ich sowie vier Männer von der Küstenwache in einem Patrouillenboot der Guardian-Klasse, die sich achthundert Meter weit draußen auf dem kabbeligen Wasser damit abmühten, ihre schweren 12.7 mm Maschinengewehre auf die Ausfahrt der Lagune gerichtet zu halten. Ich hatte Malan angerufen, weil er Freunde bei der Küstenwache hatte. Als er mich zurückrief, waren die Officers in ihrem Boot schon unterwegs.

Mit unseren Diensttaschenlampen in den Händen rannten wir den Hang hinauf. Der Parkplatz vor dem Haus und die Eingangstür waren mehr oder weniger so, wie ich sie mir vorgestellt hatte. Malan und ich liefen in Zickzacklinien über die verrotteten Dielen und fanden das schmutzige kleine Schlafzimmer, das Tamara beschrieben hatte. Ich ging hinein. Das einzige Fenster befand sich etwa zweieinhalb Meter über mir, ein großes, in die Steinwand geschnittenes Rechteck, nachlässig mit Brettern vernagelt. Ein alter Sprungfederrahmen mit einer klumpigen Matratze stand direkt darunter. Am Bettende ein Häufchen aus verfilzten Zöpfen, in die ein zerbrochener runder Steckkamm verwickelt war. Eine flachgedrückte Zahnpastatube auf einem behelfsmäßigen Hocker in einer Ecke neben der Tür. Hinter dem Hocker vier leere Kondompackungen in einer Schachtel mit dem Aufdruck »Mañana«. Ich schnappte mir die Kondomhüllen und steckte sie in die Hosentasche.

Caran und sein Team schrien sich draußen etwas zu. Ich hörte, wie er nach mir rief, lief hinaus und bahnte mir durch ein Gestrüpp aus jungen Mangroven einen Weg zu ihnen.

Sie waren auf dem abschüssigen Strand. Toya hatte eine große LED-Taschenlampe mit Klebeband an ihrem Schutzhelm befestigt und ging auf dem Kies hin und her. Mit dem Lauf ihres Gewehrs zeigte sie auf zwei parallele Furchen, die von der Wasserlinie zum oberen Teil des Strands führten. »Motor-Katamaran«, sagte sie. Sie bewegte sich um die Furchen herum, richtete den Lauf auf eine spitz zulaufende trockene Stelle. »V-förmige Rümpfe, jeder Bug etwa vier Meter lang, das ganze Boot gut zwölf Meter.«

Dann kickte sie mit ihrem Stiefel in Richtung von zwölf Kokospalmenstämmen. »Darauf ham sie ihn zurück ins Wasser gerollt.«

Offenbar merkte sie, wie ich sie ansah, denn sie signalisierte subtil etwas mit den Augen und dem Kopf, eine unterschwellige Botschaft à la »Denk nich mal dran, verpiss dich«.

»V-förmig, sagst du. Was ist das Besondere daran?«, fragte ich.

»Mehr Geschwindigkeit, auch bei starkem Wellengang.«

»Was glaubst du, wann sie hier weg sind?«

»Vor einer Stunde etwa, höchstens zwei.« Sie zeigte auf einige Büschel des Salzgrases, das den Strand säumte. »Sind ziemlich frisch zerdrückt, ham sich noch nich wieder aufgerichtet.«

Ich schüttelte bewundernd den Kopf.

»Toya weiß, wovon sie redet«, sagte sie. »Hast 'ne Frau von Eastward Island vor dir, Digger. Seevolk, weisde. 'n echtes.«

Wir durchkämmten die Gegend, kämpften uns südwärts durch einen halben Hektar Mangrovenwald, weil Caran meinte, dass es weiter unten an der Küste noch eine zweite Lagune gebe. Es gab sie, und sie war verlassen.

Als wir zurückkamen, war es hell geworden. Malan stand am Strand und verabschiedete winkend die Küstenwache. Alles war von der Morgensonne überflutet, und doch blieb ein Eindruck von Ödnis und Trostlosigkeit. Ich fragte mich, wie Tamara diesen Ort überlebt hatte.

Malan sah dem Boot nach, bis es südlich nach San Andrews abdrehte. Kopfschüttelnd saugte er an seinen Zähnen. »Meinst du, wir ham sie verloren?« Er war übelster Laune und stierte mich an, als wäre ich es, der mit dem Drogenboot abgehauen war.

»Noch nicht. Sie werden nicht bei Tageslicht aufbrechen. Also schätze ich morgen früh, kurz vor Sonnenaufgang. Sie brauchen ausreichend Licht, um durch das tückische Gewässer zu navigieren.«

Toya nickte. »Kreuzsee obendrein und das Boko-Riff, falls sie wirklich nach Norden wollen.«

»Wollen sie«, sagte ich. »Sie sind von Venezuela raufgekommen.«

Malan steckte seine SIG Sauer ins Holster, sein Mund zu einem missmutigen Knoten zusammengezogen. »Ich verschwend hier keine Zeit mehr, ich zisch schon mal ab. Ruft mich an, wenn ihr mich braucht.«

Miss Stanislaus sah, wie ich Malan hinterhersah. »Woran denken Sie?«

»Wenn ich richtigliege, wird Sarona morgen nicht mehr hier sein. Sie wird mit dem Boot abfahren, mit dem sie gekommen ist. Oder es zumindest versuchen. Ich glaub nicht, dass er das weiß.«

»Und Sie sagen's ihm nicht?«

»Hab's gestern Abend versucht.«

»Und was ham Sie jetzt vor?«

»Weiß noch nicht, Miss Stanislaus.«

Chilman klang verhalten am Telefon. Malan hatte ihn bereits informiert.

»Wessen Idee war das, die Küstenwache einzuschalten?«

»Ich hab Malan drum gebeten«, antwortete ich. »Kam mir sinnvoll vor.«

»Tja, der Justizminister weiß jetzt Bescheid. Drangsaliert mich mit Anrufen, ich nehm nich ab. Ich hab das Büro dichtgemacht und Malan Greaves angewiesen, ihm ausm Weg zu gehn. Bist du sicher, dass das Boot morgen losfährt?«

»Ziemlich sicher, Sir.«

Er räusperte sich. »Wie stehn unsere Chancen, Digson?«
»Weiß nicht, Sir.«
»Digson, ich will dich was Pessöhnliches fragen. Dieser Luther Caine – du meinst, er könnt auch in die Sache verwickelt sein?«
»Ja, das hab ich doch von Anfang an gesagt.«
»Und er steht im Kontakt mit seiner Frau oder Ex-Frau?«
»Ja, und?«
»Wie viel redest du mit seiner Frau über deine Arbeit?«
»Nicht viel.«
»Wie viel is nich viel?«
»Sie weiß, was ich mache, Sir. Wenn ein Fall in den Nachrichten ist, will sie wissen, ob ich was damit zu tun hab. Is doch normal! Aber ich sprech nicht mit Dessie über meine Arbeit, falls Sie darauf abzielen.«
»Darauf ziel ich allerdings ab, denn für mich isses klar wie sonst was, dass diese Bootsleute von euerm Kommen gewusst ham. Nach dem, was Malan mir erzählt hat, haben sie Hell House Hals über Kopf verlassen.«
»Ich glaub nicht …«
»Du glaubst es nicht, aber du *weißt* nicht, was sie ihrem Mann erzählt hat oder nicht.«
DS Chilman legte einfach auf.
»Wassis passiert, Missa Digger?«
»Das war Chilman. Er ist sauer. Wir haben ihn enttäuscht.«
»Wir tun unser Bestes, Missa Digger, und unser Bestes is das Beste, was wir tun könn«, erwiderte Miss Stanislaus.
Ich blickte über die Parade der Brecher hinweg zu der Kette aus dunklen, in der Ferne verschwimmenden Felsinseln, an deren Ende Kara Island lag. Verständlich, dass die Bootstypen diesen Platz gewählt hatten, denn von hier

war die Distanz zwischen Camaho und Kara am kürzesten. Hinter Kara Island kam nur noch der offene Ozean. Blackwater war das einzige Hindernis.

Ich fühlte eine Hand an meinem Kreuz.

»Missa Digger, wissen Sie, was ich denk?«

»Sagen Sie's mir.«

»Wir ham eine letzte Chance. Denken Sie dasselbe?«

»Mhmm. Meinen Sie, die andern werden es versuchen wollen?«

»Missa Digger, sie wern bei allem mitziehn, was Sie sagen.«

Ich drehte mich zu der Gruppe um. »Okay! Miss Stanislaus und ich glauben, dass wir noch ein letztes Zeitfenster haben. Hört, was ich euch zu sagen hab.«

63

Langes Schweigen am anderen Ende, als ich Chilman erneut anrief.

»Sir, wir brauchen einen fahrbaren Untersatz. Ich überlege, ob wir die Küstenwache noch mal einspannen können.«

»Was habt ihr vor?«

Ich erklärte ihm unsere Idee.

»Wird nicht funktionieren.«

»Wissen wir nicht, solange wir's nicht versuchen. Villeich ham wir ja Glück. Ich bitt Sie, Ihren Einfluss, Ihre Kontakte oder was auch immer zu nutzen, um uns ein Boot der Küstenwache zu beschaffen. Wir brauchen das größte, das die haben. Sechs von uns werden mitfahren.«

»Irgendein anderes Boot tut's nicht?«

»Wir haben keine Zeit nich, um uns ein anderes zu suchen.«

»Ich seh mal, was ich tun kann.«

»Sehn Sie nicht nur, Sir, tun Sie's bitte. Wir verlassen uns auf Sie. Die sollen uns nicht später als um fünf heute Nachmittag in Leapers' Bay abholen.«

Als wir in Leapers' Bay ankamen, wurden die Spitzen des Saint Catherine Mountain gerade von den ersten Strahlen der Morgensonne getroffen. Caran ließ uns zusammengekauert unter einem Meertraubenbaum zurück, wo ein heftiger Wind an unseren Kleidern zerrte. Zwei Stunden später kehrte er mit einem Bündel wasserdichter Ponchos, einem großen Topf voll dampfendem Essen, vier Thermosflaschen mit heißer Schokolade, sechs Aluminiumbechern und zwei Laib Brot so groß wie Holzscheite zurück. Er sagte etwas zu seinem Team. Sie gingen mit ihm zu dem Jeep und halfen ihm, eine große Tasche herauszuhieven. Bildeten einen engen Kreis um ihn, als er sich in den Sand kniete und den Reißverschluss der Segeltuchtasche aufzog.

Waffen: AK-47er und ein weiteres gemein aussehendes Gewehr, das viermal so groß war wie die anderen und einen flachen, skelettartigen Schaft und eine lange Schnauze hatte.

»PKM«, sagte Caran, zu mir aufblickend. »Als die Amerikaner Camaho besetzt ham, ham sie die Regierung, die sie uns aufgezwungen ham, dazu gebracht, die Dinger abzuschaffen. Kommunistengewehre ham sie die genannt, weisde. Besser mit 'ner amerikanischen Waffe umgebracht werden, da haste wenigstens die Chance, innen Himmel zu kommen. Trifft dich aber 'ne Kommunistenkugel, fährste direkt zur Hölle. Nix gegen zu sagen!«

Ich platzte los, musste so sehr lachen, dass Miss Stanislaus mir auf den Rücken klopfte. Caran zwinkerte mir zu.

»Also, das hier sind echte Waffen, Digger! Männer wie mein Vater haben ein paar davon gerettet. Ham sie vergraben, weisde.« Er legte seine große braune Hand auf das PKM. »Gasdrucklader, Gurtzuführung, Open-Bolt-System. Zweihundertfünfzig Schuss pro Minute. Zielgenau bis zu achthundert Metern. Schießt bei jedem Wetter.«

»Was ist mit den Patrouillenknarren, die ihr alle habt?«

»Die sind nicht für 'n Krieg, Digger, die sind nur zum Vorzeigen in der Öffentlichkeit. Okay, ihr alle! Räumt auf und macht ein Nickerchen, der Sand is weich. Ich hab mit dem Laden an der Straße da drüben vereinbart, dass wir ihre Toilette benutzen dürfen.« Mit einem höflichen Lächeln wandte er sich an Miss Stanislaus. »Für die Lady hab ich einen Schlafsack mitgebracht.«

»Dankefehr«, sagte Miss Stanislaus. Ich warf ihr einen gespielt neidischen Blick zu, den sie ignorierte.

Mein Handy vibrierte.

»Halb sieben«, hustete Chilman. »Mehr konnt ich nich rausschlagen. Ich hab dem Einsatzleiter gesagt, dass er euch auf Gedeih und Verderb ausgeliefert is.« Der DS legte auf. Rief noch mal an. »Viel Glück euch allen, Digson.«

»Was hat er gesagt?«, fragte Miss Stanislaus.

»Woher wissen Sie, dass er's war?«

»Verrät mir Ihr Gesicht, Missa Digger.«

»Viel Glück, hat er gesagt.«

»Ah-hah.«

Die letzte Chance ... »Miss Stanislaus, ich lass Sie für ein paar Stunden hier bei Caran. Ich muss noch mal zurück nach San Andrews. Ist wichtig.«

»Woran denken Sie, Missa Digger?«

»An Sarona und Luther Caine.«

Ich sah auf die Uhr: 7.01. Rannte zu meinem Auto.

Ich fuhr stete siebzig. Mein Herzschlag beschleunigte sich.

Ich setzte mich an Pets Schreibtisch, schob meinen USB-Stick in ihren Computer und öffnete den Ordner mit meinen Dokumenten über Luther Caine. Ich druckte die aus, die ich von Dessie bekommen hatte, und brachte weitere zwanzig Minuten damit zu, Summen mit einem Filzmarker hervorzuheben. Anschließend steckte ich die Blätter in einen Umschlag.

Ich fuhr nach Süden zum Grand Beach. Dessie hatte mir mal erzählt, dass Luther immer früh dort unten war, um alles für seinen jungen Angestellten aufzubauen.

Diese Wasserskischule war natürlich eine Tarnung für das, was Luther Caine wirklich tat: die Kokainschieberei auf den Kleinen Antillen koordinieren sowie die Hochleistungsmotoren für die letzte entscheidende Etappe nach Norden tunen und reparieren. Sein Haus auf dem Lavender Hill war quasi ein Boxenstopp. Jeder Dummkopf sah, dass der Kerl seinen Lebensstil nicht damit finanzieren konnte, Leuten beizubringen, wie man übers Wasser glitt. Doch wir hatten uns angewöhnt, nicht hinzusehen. Geld gehörte so sehr zu ihm wie seine Klamotten, wie seine helle Haut, seine geraden Schultern und der zielgerichtete Blick. In den Augen der Camahoer musste Luther Caine nicht mal wirklich Geld haben, um vermögend zu sein. Er würde nie ins Gefängnis wandern, nie vor Gericht stehen, genauso wie sein Vater, der als Teenager ein Schulmädchen geschändet und ermordet hatte. Und was war mit ihm passiert? Er wurde nach Amerika geschickt und kam mit einem teuren

Uni-Abschluss zurück, der ihn am Ende zum Generalgouverneur machte.

Ich fand das schwer zu schlucken. Noch schlimmer war, dass mein Vater auch zu denen gehörte.

Luthers weißes Sportboot mit dem blauen Delphin an der Seite schaukelte im flachen Wasser. Dahinter in der Ferne San-Andrews-Stadt, aufgetürmt an den Rändern einer Halbinsel. Es war, als würde ich auf eine andere Stadt in einem fremden Land blicken. Einzelne Gestalten fleckten den kilometerlangen Strand, joggten oder gingen am Wasser spazieren.

Es war 8.47 Uhr.

Luther beugte sich gerade über einen Wasserski. Ich fummelte an meinem Handy herum, tat, als wollte ich telefonieren. Offenbar spürte er meine Gegenwart, denn er blickte plötzlich von seiner Arbeit auf. Ich betätigte den Auslöser. Graugrüne Augen richteten sich auf mich. Ein Nest aus drahtigen Haaren bedeckte seine Brust bis zu den Schultern, Beine eines Schwarzen, muskulös mit ausgeprägten Waden und einem gewölbten Hintern wie der Kopf eines Fragezeichens. Die Narben an seinem Arm und der Schulter waren immer noch deutlich zu sehen.

Seine Feindseligkeit, die er auf seiner Cocktailparty so gut kaschiert hatte, drückte sich jetzt in jeder kleinsten Bewegung aus.

Luther erwartete, dass ich etwas sagte. Ich ließ ihn warten.

»Was willst du?«

»Dich.«

Er grinste. »Ich bin nicht so veranlagt.« Mit verschränkten Händen reckte er die Arme über den Kopf und beugte den Oberkörper von rechts nach links. »Bist du meiner Frau überdrüssig?«

Luther ließ die Arme fallen und lächelte breit. Ich lächelte zurück.

»Brauchst du 'nen Rat? Kommst nicht mit ihr klar?« Er nahm sich einen anderen Ski vor. »Dessima ist wie 'ne schöne Mango. Aber das weißt du wahrscheinlich inzwischen, Gigolo. Nur leider, wenn man reinbeißt, ist sie voller Würmer.«

»Das hast du nicht gewusst, bevor du sie geheiratet hast?«

»Einen Fehler dürfen wir alle machen. Trotzdem gehört sie nicht dir. Wird sie nie. Würde sich nicht mal von mir scheiden lassen, wenn ich sie darum anflehen würde.«

»Glaubt ihr immer noch, ihr könnt Menschen besitzen? Die Zeiten sind vorbei, Luther. Endgültig.«

»Ich sag dir, was dir fehlt.« Er zeigte auf seine Schläfe. »Das da!«

»Ein großer roter Negerkopf wie deiner?«

»Hirn«, blaffte er. Jetzt hatte ich ihn geärgert. »Detective, dass ich nicht lache!«

Er ließ den Ski in seiner Hand fallen. »Ich hab gehört, sie hat dich Raymond Manille vorgestellt? Wette, er konnte dich nicht ausstehen. Ich geb dir 'nen kostenlosen Tipp: Raymond beschützt nicht Dessima, er bewacht ihre Eierstöcke. Er weiß, wenn 'n Straßenköter 'nen Dobermann begattet, macht das weder den Straßenköter oder den Nachwuchs zu 'nem Rassetier.«

»Noch«, verbesserte ich ihn. »Weder noch, Luther, nicht weder oder. Lern mal Grammatik!«

Mit wutverzerrtem Gesicht richtete er sich gerade auf.

»Vor ein paar Tagen ist ein Typ namens Shadowman nachts aus dem Dunkeln aufgetaucht, hat mein Auto zertrümmert und Miss Stanislaus und mich beinahe umgebracht, bevor ich ihn erschossen hab. Das war ein Fehler, den du da gemacht hast.«

Er zuckte die Achseln. »Berufsrisiko, schätze ich.«

»Genauso wie Lazar Wilkinson? Die Narben da an deinem Arm, hat er dir die beigebracht? Starker Kerl, Lazar, nichwahr? Der aufgewühlte Boden an dem Strand, wo ihr ihn umgebracht habt, hat mir verraten, dass er euch höllisch zu schaffen gemacht hat! Und wenn deine Venezolanerin – wie heißt sie, Sarona? Sandra Fernandez? –, wenn die nicht dafür gesorgt hätte, dass er euch gegenüber im Nachteil war, hätt er euch den Arsch aufgerissen. Er wollte keine Abfindung, er wollte einen Anteil am Geschäft, sonst würde er euch an die Polizei liefern. Und Lazar meinte es ernst, nichwahr? Also hast du ihm eine Falle gestellt und ihn umgebracht. Du konntest dich nicht darauf verlassen, dass Shadowman es so macht, wie du es wolltest, also hast du's selbst in die Hand genommen. Sag, wie ist es, einen Mann zu erwürgen und ihm nach Art kolumbianischer Gangster die Kehle durchzuschneiden? Als hättest du vergessen, dass wir hier nicht in den verdammten USA sind oder im Ghetto von Kingston! Das hier ist Camaho, und auf Camaho gibt's so blöde Leute wie mich und Miss Kathleen Stanislaus.«

»Du halluzinierst doch.«

»Ich habe Hautfetzen unter Lazar Wilkinsons Fingernägeln gefunden. Die Proben liegen in meinem Kühlschrank. Ich hab ein Reagenzglas im Auto, komm mit und spuck da rein, damit ich einen Test machen und dich ausschließen kann. Oder wenn das zu unfein für dich ist, dann spuck auf mich, bitte sehr!«

Dessie hatte mir mal beschrieben, wie Luthers Zorn in ihm hochkochte, bis er schäumte. Wie er knallrot wurde und schließlich explodierte. Ich beobachtete die Verwandlung und sein Ringen darum, sich zu beherrschen.

»Und was ist mit Jonathon Rayburn? Denkst du, ich lass dir das durchgehen?«

»Ich hatte nichts mit all dem zu tun, wovon du redest. Ich weiß nicht mal, wovon du redest.«

»Du hattest auch nichts mit Juba Hurst zu tun?«

»Wer ist Juba Hurst?« Er warf den Kopf zurück und zeigte mir seine Zähne. »Soll das ein Versuch sein, mich zu überrumpeln? Ich kenne niemanden, der so heißt.«

»Wenn du meinst, Bossmann.«

Ich wog den dicken A4-Umschlag in meiner Hand und warf ihn ihm vor die Füße.

»Lies das, sobald du kannst, Luther. Das sind die Aufzeichnungen über all deine Kontobewegungen der letzten vierzehn Monate. Und ich meine alle: Überweisungen von Konten in Kolumbien, Bermuda und Venezuela. Überweisung auf Dora Wilkinsons Konto, um sie zum Schweigen zu bringen, nachdem du ihren Sohn ermordet hattest. Dann die letzten beiden Zahlungen direkt von einem Konto in Venezuela im Auftrag einer Sandra Fernandez alias Sarona.«

Das Nächste, was ich sagte, war gelogen. »Und ehe du in die Luft gehst, ich hab das nicht von Dessie, sondern von der US-Drogenüberwachung, dem Büro für internationale Betäubungsmittel- und Strafverfolgungsangelegenheiten in Florida. Die sind hinter dir her. Sie wollen dich hinter Gitter bringen.«

Er rührte den Umschlag nicht an. Doch er war recht wortkarg geworden, hatte vergessen, welchen Ski er gerade bearbeitete, nahm mal den einen, dann den anderen.

»Apropos Straßenköter, Luther, weißt du, was ein Atavismus ist? Das hast du mit Juba Hurst gemeinsam. Hast du dich mal gefragt, woher seine Riesenhaftigkeit kam?«

Ich lächelte ihn an. »Vor zweihundert Jahren hat man Kerle wie ihn gezüchtet, wegen ihrer Muskeln und Körpergröße. Wie Maultiere, um schwere Lasten zu schleppen. Wie ich höre, gibt's in Kuba immer noch ein paar davon.«

Ich tippte mir an den Kopf. »Ach nee, dumm von mir! Du stammst ja von den Züchtern ab, schätze ich. Ich weiß, was du früher mit Dessie gemacht hast. Du hast die Grausamkeit deiner Vorfahren geerbt.«

Damit ließ ich ihn stehen und spazierte zum westlichen Ende des Strands. Im Schatten eines Meertraubenbaums hielt ich an. Luther Caine griff hastig nach dem Umschlag, riss ihn auf und wurde zu einem Abbild der Panik.

Lauf, Luther. Ich will, dass du wegläufst.

Ich hatte meine Gründe dafür, das Boot nicht zu erwähnen.

Straßenköter! Wen zum Deubel meinte der damit? Hm!

Ich wartete eine halbe Stunde, dann rief ich Dessie an. »Luther Caine hat sich bei dir gemeldet, nichwahr?«

»Und so früh! Ich ignorier ihn. Aber er gibt nicht auf!«

»Halt dich von ihm fern. Zumindest heute den ganzen Tag.«

»Was ist passiert?«

»Er hat schon früher versucht, dich umzubringen. Jetzt will er's erst recht, da bin ich sicher.«

»Warum, Digger? Ich versteh gar nichts mehr.«

»Dessie, schwörst du, dass du nicht genau weißt, wann dieses Boot losfährt?«

»Ich weiß es nicht! Warum sagst du, dass Luther mich umbringen will?«

»Halt dich einfach von ihm fern. Unter welcher Nummer kann ich deinen Vater erreichen?«

»Wieso willst du das wissen?«

»Ich werd nicht in der Nähe sein, um dich zu beschützen. Jemand muss deinem Vater Bescheid sagen.«

»Nein!« Sie legte auf.

Eilig fuhr ich zurück zum Büro. Um 9.30 Uhr rief ich bei Manilles Haushaltswaren an und hinterließ eine Nachricht bei Raymond Manilles persönlicher Assistentin. Innerhalb weniger Minuten rief er zurück. Ich nahm den Anruf nicht an. Offensichtlich war er besorgt.

Die nächste halbe Stunde brachte ich damit zu, das Foto, das ich von Luther Caine gemacht hatte, zusammen mit einem Foto meines Ausweises an zwölf E-Mail-Adressen zu verschicken.

Dann rief ich Spiderface an. Weil er Sarona in letzter Zeit ständig herumfuhr, hatte er vielleicht eine Ahnung, wo sie sein könnte. »Ist Malans Freundin bei dir?«

»Naah, Missa Digger. Die Prinzessin is shoppen. Ich hab sie an der Carenage abgesetzt. Später soll ich sie wieder abholen.«

»Wann ist später?«

»Gegen eins, Missa Digger.« Er klang verlegen. »Ich, äh, kann ich Missa Malan sagen, dass Sie nach ihr gefragt ham?«

»'s ist nich, was du denkst, Spider. Hab nur ein paar Fragen an sie. Aber ich halt dich nicht davon ab, es Malan zu sagen.«

Ich drehte zu Fuß eine Runde durch die Stadt. Eine halbe Stunde später erspähte ich Sarona auf dem Markt. Sie beugte sich gerade über einen Berg von Zimtäpfeln, eine beige Stofftasche um die Schulter gehängt. Breitkrempiger

Strohhut, ein weites, cremefarbenes Hemd, grüner Faltenrock, der ihr bis auf die Sandalen fiel.

»Hallo, Digger«, sagte sie, ohne den Kopf zu heben.

Sie ließ ein paar Münzen in die Hand der Verkäuferin fallen, richtete sich auf und lächelte – freimütig, unangestrengt, überzeugend. Dieses Lächeln hatte ich sie schon öfter an- und abschalten sehen, als würde sie einen Lichtschalter betätigen.

Dog Island fiel mir wieder ein, als Malan diesen Ziegenbock erschossen hatte. Noch Tage danach hatte ich Saronas Gesichtsausdruck vor mir gesehen, wie sie mich fixierte, neugierig darauf, schien es, welche Reaktion der Anblick eines ermordeten Tieres bei mir auslösen würde. Dessie hatte den Blick ebenfalls bemerkt und Saronas geweitete Pupillen, ihre geblähten Nasenflügel und den halb geöffneten Mund falsch ausgelegt. Es war keine Anziehung gewesen, sondern Erregung. Und ich machte mir nichts vor – dieser Blick hatte nichts mit mir als Person zu tun gehabt.

»Was hast du auf dem Herzen?«, schnurrte sie. »Denkst du dasselbe, was ich gerade denke?«

»Was denkst du denn, was ich denke?«, fragte ich zurück.

»Dass ich dich zuerst hätte kennenlernen sollen?«

»Ich bin schon vergeben. Ich war's, als wir uns zum ersten Mal gesehen haben, und bin es immer noch.«

»Du weißt, dass das nicht stimmt«, sagte sie leise lachend.

Die Augen der Marktverkäuferin schnellten zwischen uns hin und her, sie wirkte gebannt. Dabei war ich sicher, dass sie uns nicht verstehen konnte.

»Malan ist es ernst mit dir, und bei Malan ist ernst gleich gefährlich«, sagte ich.

»Und dir wär's nicht ernst mit mir gewesen?«

»Wann gehst du weg von hier?«

»Von hier?« Sie deutete auf den Marktplatz, ihre Mundwinkel jetzt leicht verkniffen. Steter, steter Blick.

»Verarsch mich nicht«, sagte ich. »Ich bin nicht Malan. Hast du ihm gesagt, dass du in Wirklichkeit Sandra Fernandez heißt? Dass du Geschäft und Bett mit Luther Caine teilst? Weiß er, dass Luther dich bei der Kriminalpolizei von Camaho eingeschmuggelt hat, um zu überwachen, was dort vor sich geht? Hast du ihn vorgewarnt, dass du ihn bald sitzen lässt und mit diesem Drogenboot abhaust, das ihr versteckt habt? Meinst du, die Leute hier auf der Insel sind blöd? Du hältst uns für Comicfiguren, nichwahr?«

Sie senkte den Blick auf ihre Tasche, sah dann stirnrunzelnd wieder auf. »So viele Fragen, und trotzdem sagen wir nicht viel.«

»Was ich zu sagen habe, wird einen Krieg zwischen Malan Greaves und mir auslösen. Er sieht dich mit andern Augen als ich.« Ein Lachen entfuhr ihr, sie hob ruckartig den Kopf. »Wollen wir uns irgendwo hinsetzen und reden?«

»Nein.«

Etwas an ihrer Haltung veränderte sich. Ich drehte mich um, und da stand Malan, den Mund zu einem hasserfüllten Grinsen verzogen. »Was hast du für ein Problem, Digger? Meinst du, du kannst mich über meine Freundin kleinkriegen? Scheiße, kannst du nicht!«

»Es ist nicht, was du denkst, Malan, aber du kannst es nicht anders sehen. Frauen sind in deiner Vorstellung nur für eins da, du kennst nix anderes.«

»Wenn du sie nicht in Ruhe lässt ...« Er griff nach hinten an seinen Gürtel. Saronas Ausdruck wurde interessiert und wachsam, genauso wie damals auf Dog Island.

»Vergiss es«, sagte ich, auf seine Schusshand zeigend.

»Wenn du mit der Waffe auf mich zielst, gebrauchst du sie besser auch. So oder so bist du tot, bevor es Abend wird, das garantier ich dir.« Ich sah ihm in die Augen. »Nur damit du's weißt, wir haben nach der falschen Frau gesucht.« Mit dem Kopf deutete ich auf Sarona. »Tamara hat nichts mit dem Fall zu tun.«

»Digger, verpiss dich.«

»Nicht, weil du es sagst, Malan, sondern weil ich ein Boot einzufangen hab. Mein Rat – behalt deine Freundin im Auge.«

Ich ließ die beiden stehen und ging zurück ins Büro.

Sarona sagte etwas zu Malan, dann hörte ich ihr samtiges Lachen.

Verdammte La Diablesse, murmelte ich. Wart's nur ab!

64

Am späten Nachmittag war ich zurück in Leapers' Town. Caran übergab das Kommando an Toya. Sie telefonierte mit Kara Island und sprach mit jemandem über ein Zwanzig-Fuß-Boot, mit V-förmigem Rumpf, falls sie eins hatten, und dem besten Außenbordmotor, den sie auftreiben konnten. Es solle aufgetankt und startklar sein, wenn wir auf Kara Island ankamen.

Danach wischte sie eine Stelle im Sand frei und malte etwas darauf, das wie ein großes Fragezeichen aussah. Der sogenannte Schwanz, sagte sie, sei achthundert Meter breit und habe kleine Felsinseln zu beiden Seiten. Das sei die Einfahrt ins Blackwater – ein übles Gewässer, sicher, aber niemand mit einem vernünftigen Boot umfuhr es, denn das würde einen mehrstündigen Umweg bedeuten, um die ausgedehnte Fläche der Riffe und »Felsköpfe« zu umschiffen.

Wenn wir uns auf Goat Island positionierten, würden wir frontale Sicht auf das herannahende Drogenboot haben, immer vorausgesetzt, wir lagen mit unserer Vermutung richtig.

Wir verließen Leapers' Bay unter einem bedrohlichen Himmel voll düster brütender, geschichteter Wolkenformationen.

»Wird 'ne Zeitlang dauern«, sagte der Käpt'n. Der Mann war so adrett gekleidet, dass er aussah wie ein Büroangestellter.

Das Meer war schwarz und grollend geworden, als wir eine Stunde später in den Blackwater-Kanal hineinfuhren, wo der Motor unseres betagten Boston Whaler es gerade mal so schaffte, den Kahn voranzutreiben. Kaum hatte er sich wieder aufgerichtet, wurde er schon von der nächsten Welle getroffen.

»Strömung«, sagte der Käpt'n.

»Goat Island.« Toya zeigte geradeaus. Etwa eine halbe Meile weiter vorn zeichnete sich in der Dunkelheit ein flacher, fladenförmiger Umriss ab, von dem verzweigte Kakteen turmartig aufragten. Zwischen Goat Island und unserem Boot brodelte das furchtbare Wasser des Devil Tooth.

Miss Stanislaus saß mit übereinandergeschlagenen Beinen ruhig da und pflegte ihre Nägel, in einen Regenponcho gehüllt und eine Plastikhaube mit Elastikband zum Schutz ihrer Frisur um den Kopf.

Der Käpt'n schwenkte scharf nach links, und das Boot schwankte stark und richtete sich wieder auf. Direkt vor uns lag Kara Island.

Toya ging nach vorn und sagte dem Käpt'n etwas ins Ohr, drehte sich dann zu mir um und zeigte mit ausgestrecktem Arm auf die Wasserfläche nordöstlich von Kara – der weite, offene Atlantik.

Nachdem wir angelegt hatten, versammelte Caran uns vorn an der Mole. Die Welt war vom Regen verschleiert.

Das Zwanzig-Fuß-Boot, das man für uns bereit gemacht hatte, war ein Fiberglasding, der Motor trug die Aufschrift Mercury Verado EFI 200.

Miss Stanislaus sagte, sie wolle hier zurückbleiben. Caran überhörte ihre Proteste, als er seinen beiden Männern befahl, bei ihr zu bleiben. Sie kam auf mich zu und sah mich mit einem dieser wortlosen, forschenden Blicke an, dann zog sie sich zurück, ohne die Augen von meinem Gesicht zu wenden.

Um 3.30 Uhr steuerte Toya Furore das Boot in die Dunkelheit, während Caran und ich auf einer Holzplanke saßen, die als Sitz diente. Ihre LED-Taschenlampe hatte sie wieder an ihrem Helm befestigt und eine lange Stange an der Steuerung angebracht, die es ihr erlaubte, vorn am Bug zu stehen. Ich blickte zu Caran hin, dann auf den Rücken der Frau, die leicht vorgebeugt stand und ihr Gewehr über die Schulter gehängt hatte. Caran nickte mir lächelnd zu, und ich dachte, dass ich einen Mann vor mir sah, der mit seiner Crew bis ans Ende der Welt gehen und ohne Bedenken sein Leben in ihre Hände legen würde.

Toya brachte uns zur Rückseite der Insel, lenkte uns ruhig und mit tuckerndem Motor durch die Wasserwege des Riffs, das die Insel halb umschloss. Schließlich schaltete sie den Motor ab und reichte mir stützend die Hand, als ich auf den Kiesstrand sprang. Wir halfen ihr, den Kiel des Boots zwischen zwei Felsblöcke zu ziehen.

Sie führte uns über die Anhöhe der Insel, zwischen Kakteen und Dornenbüschen hindurch, die es anscheinend darauf abgesehen hatten, uns die Augen auszustechen.

Dann waren wir auf der anderen Seite, bis auf die Knochen durchnässt, von Angesicht zu Angesicht mit der tobenden Brandung. Wir verteilten uns auf einem flachen Felsplateau, richteten uns ein und warteten.

Der Regen ließ so weit nach, dass wir die dunkel glänzende Wasserfläche an der Einfahrt des natürlichen Kanals ausmachen konnten. Ich atmete in tiefen Zügen, um meine Nerven zu beruhigen und das Gefühl der Vergeblichkeit zurückzudrängen.

Durch den Regenvorhang hindurch bemerkte ich einen ersten Schimmer der Morgendämmerung in der Richtung, in der ich Camaho vermutete. Dann einen Hauch von Farbe auf dem Wasser unter uns.

Wahrscheinlich irrte ich mich. Das Boot fuhr vielleicht ganz woanders hin. Wir hätten diesen Einsatz der US-Küstenwache überlassen sollen, wie der Polizeichef es wollte. Chilman! Dieser dickköpfige alte Ziegenbock, voll verdammter Dämonen, der sich unbedingt zum Narren machen musste. Und uns mit!

Ich sah auf meine Uhr. 4.30.

Um 4.36 Uhr spürte ich ein Vibrieren in der Luft.

Ich machte Caran und Toya mit erhobener Hand ein Zeichen, hörte das Klacken von Metall und sah Caran das große Gewehr an der Schulter anlegen, die Wange an den Lauf gepresst. Toya saß im Schneidersitz in einem Felsspalt und hielt den Gewehrschaft quer zwischen Schulter und Armbeuge. Ich entsicherte das AK-47 und atmete tief durch.

Es tauchte aus dem Morgendunst auf wie eine Geistererscheinung. Ein Schauder ungläubigen Staunens überlief mich, als das Ding Gestalt annahm. Schwarz, schnittig, einen hohen, weißen Gischtbogen von einer Heckwelle aufwerfend, schäumendes Silber vor dem blassen Himmel. Der Lärm, der von ihm ausging, zerriss die Morgenluft.

Und dann war es direkt vor uns. Carans Schulter zuckte krampfartig unter dem Rückstoß des PKM. Ich stemmte mich gegen den Felsen und stützte mich auf den Abzug. Toya saß gleichmütig da wie ein Buddha, senkte und schwenkte ihr Gewehr in dem Versuch, der Flugbahn des Speedboots zu folgen. Genauso gut hätten wir die Waffen in der Hoffnung auf einen Treffer zum Himmel richten können.

Ich machte vier Personen aus. Schwarze Pufferjacken mit Kapuzen im Schutz der gewölbten Windschutzscheibe. Eine schwarz behandschuhte Hand schoss hervor und zeigte auf die Wasserfläche westlich von Kara Island.

Wir hatten abgemacht, auf die Motoren zu schießen, wenn sie an uns vorbeisausten, doch die wurden von der schäumenden Wasserfontäne verborgen.

In dem Moment dachte ich, scheiß drauf, ich kann mir genauso gut kurz erlauben, das verdammte Ding zu bestaunen. Ihm beim Speeden zusehen, was zu erzählen haben hinterher: ein Dämonenboot mit hydraköpfigen Motoren, das übers Wasser flitzte wie ein Flugzeug.

Es hatte seine Wende nach dem Kanal beendet und richtete sich gerade aus für den großen Sprint zum offenen Meer. Das Röhren der Motoren klang ein paar Oktaven höher, der Bug hob sich weit aus dem Wasser.

Ich stand auf, wischte mir den Schweiß vom Gesicht, sah den ausgestreckten Arm an Bord seitwärts zucken und hörte etwas, das wie einen Schrei klang, hoch und schrill und furchtbar.

Die Person, zu der der ausgestreckte Arm gehörte, strauchelte wie von unsichtbarer Hand zurückgerissen. Dann kippte der Kopf des Fahrers nach hinten, und alles wurde weißes Wasser und Wirrnis. Das Boot drehte gegen einen Brecher, bäumte sich jäh auf und flog sekundenlang in Form eines Rückwärtssaltos durch die Luft. Die Motoren fuhren herunter wie bei einem landenden Flugzeug, und die Wellen der Kreuzsee begannen, einen wogenden, speienden Kampf um den Katamaran auszutragen. Er neigte sich und schwankte, bis er kenterte und von enormen Wellenbergen überspült wurde. Dann trieb er rasch mit der Strömung südwärts.

Caran war aufgesprungen. »Digger, wassis da grad passiert? Hast du getroffen?«

Ich schüttelte den Kopf.

Er richtete einen fragenden Blick auf Toya, die ebenfalls verneinte. »Kannst du gewesen sein, Chief.« Sie zeigte auf das große Gewehr.

Er kniff den Mund zusammen und starrte auf das sich hebende und senkende Wrack. »War ich nicht.«

»Vielleicht hat der Pilot einen Fehler gemacht«, sagte ich matt.

»Venezuela«, murmelte Toya. »Die Strömung trägt es dorthin zurück. Wenn die Küstenwache es nich vorher abfängt.«

Dann deutete sie mit dem Kopf in Richtung der Felsen über uns.

Wir packten zusammen und folgten ihr.

Eine kleine Menschenmenge hatte sich auf dem Landesteg versammelt. Die Leute schienen sich mehr für die Waffen in unseren Händen zu interessieren als für uns.

Miss Stanislaus lächelte mich an, wie um zu sagen: »Missa Digger, ham wir gut gemacht«.

»Ham wir gut gemacht«, sagte ich.

Sie lachte prustend. »Woher ham Sie gewusst, was ich denk?«

»Hab ich Ihnen angesehen«, sagte ich. »Aber ich bin noch nicht zufrieden, Miss Stanislaus.«

Sie wurde still, als hörte sie mir mit dem ganzen Körper zu. Dann legte sie mir eine Hand auf den Arm und drückte ihn.

65

Der Justizminister ließ uns mit auf dem Rücken verschränkten Händen hinter sich Aufstellung nehmen wie ein Schulchor, während das gesamte heimische Pressekorps die Kameras auf ihn richtete. Seiner Politik, seinem Weitblick, seinen Bemühungen, eine Polizei zu schaffen, die unter den anderen in der Region ihresgleichen suche, sei es zu verdanken, dass die Nation heute diesen Sieg feiern könne. Weshalb die Bürgerinnen und Bürger von Camaho am 13. Mai kommenden Jahres die Sicherheit des Landes nicht aufs Spiel setzen dürften, indem sie die Opposition wählten.

Man hätte meinen können, der JM sei persönlich dort draußen auf dem Blackwater hinter dem Boot her gewesen.

Ich wäre bestimmt nicht zu dieser Pressekonferenz erschienen, hätte Chilman mir nicht vorgeworfen, wieder einmal die Zukunft unserer Abteilung zu gefährden.

Hinterher bestellte der Minister uns in sein Büro. Ein gelbhäutiger Koloss, mehr Fett als Muskeln, der sich seitlich durch die Tür seines Büros zwängen musste. Die Klimaanlage arbeitete wie üblich auf Hochtouren, seine arme Sekretärin saß in mehrere Schichten eingemummelt da.

Chilman drängte sich an mir vorbei und stieß mir den Ellbogen gegen die Hüfte. »Digson, reiß dich zusammen!«

Der JM wischte sich die Stirn, richtete seine gelbsüchtigen, in Fettpolster gebetteten Augen auf uns und fragte, was denn da los gewesen sei. Wir fassten die Frage als rhetorisch auf und sagten nichts.

Für wen zum Teufel wir uns hielten?

Auch rhetorisch.

Ob wir vergessen hätten, dass wir ihn über die zuständigen Kanäle zu informieren hatten …

Ganz was Neues.

… insbesondere über so wichtige Einsätze wie den, den wir da so leichtsinnigerweise unternommen hatten? Und das umso mehr, als wir die größeren Zusammenhänge nicht kannten. Ob uns nicht bewusst sei, dass der Krieg gegen die Drogen eine Angelegenheit der gesamten Region sei? US-amerikanische Gelder flössen dafür, auf die Camaho nicht verzichten könne. Das Letzte, was irgendjemand wolle, sei – hier drohte er uns mit einem fetten Finger –, unsere Freunde in Nordamerika auf den Gedanken kommen zu lassen, dass wir solche Sachen im Alleingang durchführen könnten. Konnten wir nicht!

»Haben wir aber gerade«, sagte ich.

Miss Stanislaus, die sich einen Platz direkt hinter mir gesucht hatte, trat mich gegens Bein.

Unter diesen Voraussetzungen, fuhr der JM fort, sei es töricht vom San Andrews CID, diesen Einsatz als Erfolg zu bezeichnen.

»War es aber, Sir.«

Miss Stanislaus trat mich erneut.

Chilman räusperte sich. »Mister Minister, Fakt ist, dass wir denen das Handwerk gelegt haben. Ich will gar nicht dran denken, was es für Ihr persönliches Ansehen und Ihr Ministerium bedeutet hätte, wenn wir nichts unternommen hätten. Will mir gar nicht vorstellen, wie die Opposition die Tatsachen verdreht hätte und es so dargestellt hätte, als hätt der Justizminister die Ermittlungen behindert und sich der Justiz in den Weg gestellt.« Chilman hustete, nahm ein zerknittertes Taschentuch heraus und tupfte sich die Wangen ab. »Bei aaallem Respekt, den ich Ihnen schulde, Sir, hab ich doch grad den Eindruck, dass San Andrews CID vom Justizminister dafür getadelt wird, dass es eminent wichtige Arbeit geleistet hat.« Er hustete wieder. »Was mir jetzt Sorgen macht, Sir, ist, was der Premierminister denken wird, wenn ihm zu Ohren kommt ...«

»DS Chilman!« Der JM hob seinen Finger in die Luft. »Ich habe mich auf die Sichtweise Dritter bezogen, nicht auf die anerkennenswerte Leistung von Ihnen allen. Habe ich das vor der Presse dort draußen nicht ausreichend deutlich gemacht?«

Ich schüttelte den Kopf. »Nein, Sir, das haben Sie nicht. Wie, wenn ich fragen darf, soll die Sichtweise Dritter die Tatsache entkräften, dass das San Andrews CID nachweislich und effektiv den Auftrag erfüllt hat, für den wir in Übereinstimmung mit den Zielvorgaben der Regierung und der Polizeibehörde Camahos eingestellt wurden? Und warum, wenn ich weiter fragen darf, Sir, benutzen Sie diese Tatsache bereits für Stimmenwerbung im Hinblick auf Ihren Wahlkampf, obwohl Sie den Einsatz als Fehlschlag bezeichnen?«

Der Minister erstarrte, sein Kopf fuhr zu Chilman herum. »Das ist das Niveau des Personals, das Sie in Ihrer Abteilung einzustellen für angemessen halten? Was weiß der über die Zielvorgaben der Regierung? Hat er mir zugehört? Hat er irgendetwas davon verstanden? Und was macht er immer noch in meinem Büro?«

Der Aufforderung Folge leistend, entschuldigte ich mich und ging hinaus.

Ich hing im Hof herum, bis sie herauskamen. Chilman marschierte auf mich zu, zog mich auf den Rasen und drohte mir mit dem Zeigefinger. Ich ließ mir die Beschimpfungen, sogar die grobe Behandlung gefallen, als er mich gegen sein Auto schubste und mir den Finger fast ins Gesicht stach. Dann warf er einen schnellen Blick zu dem Fenster im dritten Stock hinauf, ließ sich in seinen Wagen fallen und schlug die Tür zu.

Ich spähte ebenfalls zu dem Fenster hinauf. Der JM war nicht mehr da. »Er ist weg«, sagte ich.

Der alte DS hatte den Kopf aufs Lenkrad gelegt und schüttelte sich vor Lachen.

Miss Stanislaus kam, klingelnd wie ein Weihnachtsbaum.

Chilman steckte den Kopf zum Fenster heraus. »Digson, wo hast du die Ausdrücke her? Du warst ein verdammichtes Jahr in England, und die schicken dich zurück, damit du unsern Arsch von neuem kolonisierst. Ich seh dich im Büro!«

»Missa Digger, hab ich Ihnen schon mal gesagt, dass Sie gar kein so schlechter Kerl sind?«

»Ein- oder zweimal, Miss Stanislaus, unter Vorbehalt.«

»Also, sind Sie nich. Sollen wir am Ball bleiben?«

»Am Ball bleiben wollen wir, Miss Stanislaus.«

»Missa Digger, Sie ham was im Sinn, nichwahr?«

»Villeich.«

»Bin sicher.«

66

Chilman entschied, dass wir den Fall in der Wache von San Andrews Central darlegen sollten. Er lud die Bezirksleiter der gesamten Insel ein, die Männer von der Küstenwache sowie ein, zwei große Nummern von unserer winzigen Armee. Ein langer Raum mit niedriger Decke, keine Fenster, Neonbeleuchtung. Das leise Summen der Klimaanlage.

»Is von nationaler Bedeutung«, sagte er zu uns.

»Is 'ne Schau abziehn«, murmelte Miss Stanislaus mir ins Ohr.

Wie zur Bestätigung rückte Chilman verstohlen an mich heran. »Digson, ich will, dass du denen die Fachausdrücke um die Ohren haust, aber so, dass sie noch mitkommen. Und keine Politik, okay?« Er verbarg sein Grinsen hinter einem Hüsteln und setzte sich ganz nach vorn.

Ich beschrieb detailliert die Vorkommnisse in dem Fall, machte dann eine zusammenhängende Erzählung daraus. Pet saß mit einem Notizblock auf dem Schoß im Gang.

»Folgendes sind die Fakten: Wir haben insgesamt neun Tote – drei Morde, zwei von Polizisten im Einsatz getötete Personen sowie vier mutmaßlich Ertrunkene, drei Männer und eine Frau. Beginnen wir mit Lazar Wilkinson. Lazar hat früher das Marihuana abgeholt, das Juba Hurst von Vincen Island mit einem Boot namens *Retribution* heranschaffte, und es nach Camaho befördert. Das war seine Beziehung zu Hurst, bis dieser vor drei Monaten beschloss, seinen Kokainverarbeitungsbetrieb von Kara Island nach Camaho zu verlegen, aus Gründen, auf die ich später noch zu sprechen komme. Zur Unterstützung bei dem Verarbeitungsprozess hat Lazar Wilkinson einen achtzehnjährigen

Jungen namens Jonathon Rayburn ins Spiel gebracht, auf den ich mich von nun an als Jana Ray beziehe. Jana Ray war ein begabter Schüler und den Drogenhändlern wegen seiner Chemiekenntnisse nützlich. Beim Purifizieren der Kokapaste werden unter anderem Schwefelsäure, Ammoniak und Kaliumpermanganat eingesetzt, um eine Reihe von Verunreinigungen abzutrennen. Jana Ray hat die Abläufe schnell gelernt.« Ich musste schlucken und räusperte mich.

»Es gibt klare Hinweise darauf, dass Lazar Wilkinson durch die Hand des Mannes starb, der die ganze Operation auf Camaho leitete. Lazar hat im Übrigen auch die Jungen rekrutiert, die die per Boot aus Venezuela kommende Paste kochten und verfeinerten. Er bekam eine Pauschalzahlung für seine Mitwirkung angeboten, lehnte das jedoch ab, weil er Beau Séjour als sein Dorf, sein Territorium ansah und daher einen Anteil am Verkaufswert des Kokains wollte. Was natürlich sehr viel mehr Geld für ihn bedeutet hätte. Er drohte damit, die Kokainküche mitten im Herstellungsprozess an die Polizei zu verraten, falls man nicht auf seine Forderungen einging. Der Mann, der die Unternehmung überwachte, wollte ein Exempel statuieren und alle, die möglicherweise noch auf die Idee kamen, ihm ihre Bedingungen zu diktieren, indem sie ihn mit der Polizei erpressten, in Angst und Schrecken versetzen. Was die aufgeschlitzte Kehle und die herausgezogene Zunge erklärt.«

»Wer ist der fragliche Mann?« Das kam von der Küstenwache.

»Luther Caine.«

Ein Moment des Schweigens, schnelle Blickwechsel.

»Sind Sie sicher?«

»Ich habe Beweise.«

»Wo ist Luther Caine jetzt?« Der Chef vom Bezirk Süd klang unbehaglich.

»Vermutlich tot. Er war einer der vier Personen auf dem Speedboot.«

»Doch nicht der Luther Caine aus …«

»Es gibt nur einen Luther Caine auf Camaho.« Ich genoss ihre Bestürzung und wartete, bis das Gemurmel abebbte.

»Haben Sie herausgefunden, wer die Frau war?«

»Eine gewisse Sandra Fernandez, die sich Sarona nannte. Venezolanerin, glaube ich. Lazar Wilkinsons große Schwäche waren Frauen. Meiner Vermutung nach hat diese Venezolanerin bei dem Mord an ihm mitgewirkt, indem sie ihn mit ihren Reizen köderte, so dass er überrascht werden konnte. Ihre Hauptaufgabe aber war es, alles im Auge zu behalten, einschließlich der Polizei, und dafür zu sorgen, dass die Lieferung ihren Bestimmungsort erreichte.«

»Wie passt Juba Hurst zu alldem?« Manus Maine vom, wie er behauptete, ursprünglichen CID Camahos, bis wir ihnen angeblich die Jobs weggenommen hatten. Sie wünschten uns den Tod.

»Bis vor einem Vierteljahr hatte Juba sein eigenes Kokainlabor auf der Ostseite von Kara Island. Um an das Grundstück dafür zu gelangen, hat er einen alten Mann namens Koku Stanislaus ermordet. Wenn die Kokainbase eintraf, verarbeitete Juba sie zu Koks, das er dann weiterverschiffte. Das ging eine ganze Weile so. Doch dann begannen ein paar ältere Einwohnerinnen von Kara Island, alles Frauen über sechzig, einen Guerillakampf gegen ihn, indem sie ihm jedes Mal, wenn er nach Vincen Island fuhr, sein Labor niederbrannten.«

Der ganze Raum grölte.

»Das ist lustig, bis man es mit ihnen zu tun bekommt«, bemerkte ich. »Man könnte sogar sagen, dass es die alten Frauen von Kara Island waren, die die Fabrik nach Camaho vertrieben haben. Sie war dort schon wieder voll am Laufen, als Juba, äh, den Tod fand. Es sieht auch danach aus, dass Luther Caine und die Frau unter Termindruck standen, denn das Boot hätte nicht so lange in Camaho liegen sollen. Zwei defekte Motoren haben sie aufgehalten.« Ich machte eine Pause, schöpfte Atem.

»Eins weiß ich sicher: Selbst wenn die Lieferung nicht *aus* Venezuela kam – bedenken Sie, dass auch Kolumbien, Peru und Bolivien das Zeug herstellen und Kolumbien gleich nebenan ist –, kam sie doch auf jeden Fall *durch* Venezuela und wurde von Venezolanern abgewickelt. Venezuela ist im Moment ein Ausgangspunkt für den Drogenschmuggel von Südamerika durch die Karibik zur Ostküste der USA und über den Atlantik nach Westafrika und Europa. Miss Tamara, die zeitweise für die Fahrer des Boots gearbeitet hat, hat bestätigt, dass sie Spanisch sprachen. Außerdem habe ich vier Kondomhüllen der Marke Mañana in Hellon House gefunden. Das Preisschild auf der Packung stammt aus einem Laden in Caracas namens díadiá.«

»Woher wissen Sie 'n das?«, fragte jemand.

»Google«, antwortete ich.

»Was 'n das?«, fragte eine andere Stimme.

»Googeln Sie es«, sagte ich.

Pet lachte laut.

»Das Boot ...«, hüstelte Chilman.

»Genau. Was nicht dazu zu passen schien, war der Bestimmungsort. Mit einem Zwölf-Meter-Katamaran und nichts als einer Windschutzscheibe gegen das Wetter schafft man es nicht nach Europa.«

Manus Maine hob die Hand, ich ignorierte es.

Der Leiter der Drogenfahndung wirkte verwirrt. »Ham Sie denn nun rausgefunden, wohin sie wollten?«

»Ja.«

»Aber wenn es nich Europa war ...«

Ich beschloss, ihn noch ein wenig mehr zu verwirren. »War es, Sir.«

»Dann hat irgendwo ein Schiff auf sie gewartet?«

»Nein, Sir.«

Ich ließ sie zappeln und holte mir ein Glas Wasser. Chilman wirkte entspannt und selig, Pet, als wollte sie mich umbringen.

»DC Digson, hörn Sie jetzt mal auf mit den Ratespielen und erklärn, was Sie meinen?« Manus Maine reckte aggressiv das Kinn.

»Falls Sie es noch nicht wissen, Missa Manus, Martinique gehört offiziell zu Europa. Sind Sie auf Martinique oder Guadeloupe, sind Sie in Europa. Fragen Sie mich nicht nach der Logik, aber so ist's. Martinique liegt zweihundertvierzig Kilometer von Camaho entfernt. Warum Europa? Tja, die haben da drüben fünf Millionen Leute, die dreißig Prozent der gesamten Kokainproduktion der Welt verbrauchen. Und sie sind bereit, mehr als das Doppelte dafür zu bezahlen wie die Amerikaner.«

»Noch mal zurück zu der Frau, Digger.« Wieder Manus Maine, jetzt im Duzmodus. »Du hast gesagt, das Boot wär im Morgengrauen im Blackwater gekentert, also war's nich hell da draußen. Außerdem, sagst du, hat's geregnet und die See ringsum war rau. Wie kannst du dann sicher sein, dass du 'ne Frau gesehn hast?«

»Ich hab ihren ausgestreckten Arm gesehen und eine Berechnung angestellt.«

Manus Maine lachte. Chilman zog die Augenbrauen hoch.

»Das nennt man Osteometrie.«

»Was 'n das?«, fragte Maine.

»Googeln Sie's.«

»Ist das alles?«, wollte Gill wissen.

»Ja, Sir, jedenfalls, bis wir die Leichen finden. Ich meine, wenn wir Glück haben. Sonst noch was? Ich bin nämlich müde.«

Malan kam von ganz hinten zu mir nach vorn und klopfte mir auf die Schulter. »Gut gemacht, Digger.«

»Gleichfalls«, sagte ich und ging hinüber zu Carans Einheit.

»Ihr seid nicht schlecht, ihr zwei«, sagte Toya, wobei sie mir und Miss Stanislaus zunickte.

»Ihr seid toll«, sagte ich.

»Ich weiß«, erwiderte sie, und die Männer neben ihr nickten, als wären das die ersten wahren Worte, die sie den ganzen Tag gehört hatten.

»Missa Digger, wo wolln Sie jetzt hin?« Miss Stanislaus war plötzlich neben mir.

Carans Team stand gelassen da und blickte beinahe mit Verehrung auf sie herab. Sie gab jedem die Hand. Die Männer schüttelten sie mit einer kleinen Verbeugung, während Toya die Arme ausbreitete, worauf die beiden Frauen sich umarmten, als würden sie seit Jahrhunderten im selben Haus zusammenwohnen.

Miss Stanislaus schubste mich mit dem Ellbogen ein Stück beiseite. »Wolln wir heut Abend bisschen frische Luft schnappen?«

»Ich brauch Schlaf, Miss Stanislaus. Ich fahr nach Hause.«

»So früh schon?«

»Mhmm.«
»Sicher?«
Ich tat, als hätte ich sie nicht gehört.

67

Wie ich Miss Stanislaus gesagt hatte, war ich noch nicht zufrieden.

Um Mitternacht schloss ich das Büro auf und ging ins Lager. Ich knipste das Licht an und stand eine Weile dort herum, musterte das Munitionsregal und den Boden. Das letzte Mal war ich nachts hier gewesen, als Miss Stanislaus sich bewaffnet hatte, um den Mann zu erschießen, der ihr als Kind Gewalt angetan hatte. Sie hatte gute Gründe gehabt, entschied ich. Ich stellte das Scharfschützengewehr dorthin zurück, wo ich es vorgefunden hatte – an seinen gewohnten Platz. In der Küchenecke trocknete ich mir die Hände ab, dann ging ich wieder.

Gegen eins war ich zu zwei Dritteln die Westküste hinauf und bog auf die holperige Lehmpiste ab, die zur Maran Bay führte. Das Meer glitzerte unter einem flachen weißen Mond, die Blätter der toten Meertraubenbäume um den Strand schwatzten im kräftigen Wind. Von dort ging ich auf die kleine Behausung zu, die aus grobem Treibholz gezimmert war. Eine Zeltplane als Dach, beschwert mit großen Steinen, damit der Wind sie nicht fortriss. Eine Reihe von Ölfässern an einer Seite, ein gebogenes Steigrohr, das über einen Wellblechzaun hinausragte. Rechts von der Hütte, teilweise mit einer Plane abgedeckt, der geschmirgelte Rumpf des Schnellboots, an dem Spiderface schon so lange baute, wie ich ihn kannte.

Ich öffnete die klapprige Tür, steuerte um einen alten Tisch herum und wich mit Hilfe meiner Handy-Taschenlampe ein paar halbkaputten Stühlen aus. Aufgestapelte, durchhängende Jutesäcke und Angelzeug an der Wand.

Das Schlafzimmer brauchte ich nicht zu suchen, ich ging einfach Spiders lautem Atmen nach. Drinnen zog ich an einer Schnur, die mit der Glühbirne direkt über den ihm als Bett dienenden Paletten verbunden war.

Er schlief mit dem Gesicht zur Wand und atmete tief und regelmäßig. Schon oft hatte ich Spiderface bei der Arbeit ein Nickerchen machen sehen, immer mit offenem Mund. Jetzt aber hatte er ihn geschlossen, und die Trapezmuskeln an seinem Rücken waren so angespannt, dass sie sich durch sein dünnes Trägerhemd abzeichneten. Ich nahm meinen Gürtel ab, machte einen Schritt rückwärts und trat gegen das Bett.

Er sprang von der alten Matratze auf und schob dabei mit einer geschmeidigen Bewegung die Hand unters Kissen, zog eine gemein aussehende Machete hervor. Die Schnalle meines Gürtels schoss nach vorn und traf das Blatt knapp über seinen Fingern, so dass die Waffe ihm aus der Hand hüpfte und scheppernd zu Boden fiel.

Er wankte rückwärts, fuhr blinzelnd zu mir herum.

»Ich bin's, Spiderface. Setz dich.«

Mit schlaffen Armen stand er da, sah hinter sich zum Bett. »Missa Digger, was hab ich gemacht? Ich hab g-gar nix...«

»Das entscheide ich, Spiderman. Ich hab gesagt, du sollst dich setzen.«

Er hockte sich auf die Bettkante.

Ich wickelte die schwere Lederschlange um mein Handgelenk und beugte mich zu ihm vor. »Wie lange kennen wir uns jetzt, Spiderface?« Ich tippte ihm mit dem Zeigefinger auf die Stirn. »Zwei Jahre, plus, minus ein paar Monate? So lange schippern wir schon zusammen durch die Gegend, nichwahr?«

Er faltete flehend die Hände. »Missa Digger ...«

Ich sah mich in dem Raum um. Die Wände waren mit ausgeschnittenen Fotos von Booten aller Art tapeziert, auf hoher See und im Hafen.

»Wie ich sehe, ist dein Boot fertig«, sagte ich. »Und du hattest sogar schon die Gelegenheit, es auszuprobieren!«

Er wischte sich den Mund mit dem Handrücken ab und mied meinen Blick.

»Komm«, sagte ich und legte ihm die Hand auf die Schulter. »Zieh dir was an. Wir müssen miteinander reden, gehn wir ein bisschen spazieren.«

»Der DS, äh, Missa Chilman ... Weiß er's?«

»Je nachdem, was du mir erzählst, muss er's vielleicht nicht erfahren.«

68

Ich blieb den ganzen Tag zu Hause. Als ich von Spiderface zurückgekommen war, hatte ich Dessie auf meinem Sofa vorgefunden. Sie warf ihre Kleider ab und schlüpfte zu mir ins Bett. Ich ließ sie gewähren. Hinterher zog sie sich wieder an und sagte, dass sie mit mir fertig sei, sie brauche Veränderung.

»Gut«, sagte ich.

»Ist das alles?«, blaffte sie.

»Nein, aber für den Moment genügt's. Jedenfalls ist dein Leben jetzt wieder rosig!«

»Soll heißen?« Sie hing an der Tür herum, sah mich missmutig an.

»Du hast dein eigenes Haus, groß genug, damit Dessie so leben kann, wie sie leben will. Jetzt, wo dein Mann fort ist, gehört alles dir.«

»Digger, wovon redest du?«

»Mach's gut, Dessie. Pass auf dich auf.«

»Digger, warum sprichst du so mit mir?«

»Du hast gesagt, du willst Veränderung. Ich akzeptier das. Was ist falsch daran? Falls du von mir erwartest, vor dir zu kriechen – das mach ich nicht!«

Sie wandte den Blick ab, rieb den Absatz ihres Schuhs am Sofabein, als wollte sie etwas davon abstreifen.

Dann richtete sie sich auf und starrte mich wütend an. »Arrogant!«, rief sie.

»Unvernünftig!«, entgegnete ich.

Beim Gehen trat sie meinen Glasschrank ein, sagte, ich sei nicht mehr der Digger, den sie kenne, und knallte die Tür hinter sich zu.

Am Nachmittag rief Miss Stanislaus an und fragte, ob ich jetzt mit ihr bisschen rausgehen wolle.

Ich sagte, dass ich später noch wegmüsse.

Sie wollte wissen, wann und wohin. Ich antwortete nicht.

»Wollte nur mal hörn«, sagte sie und legte auf.

Spätabends duschte ich und zog ein schlichtes weißes Baumwollhemd und enge Jeans an. Ich schnürte meine Convos, nahm meinen Gürtel vom Nagel und mixte mir einen Camaho-Cocktail. Legte Musik auf, Nancy Sinatras »Bang Bang (My Baby Shot Me Down)«, magisch und verträumt und so voller Sehnsucht, dass es mir die Kehle zuschnürte.

Ich schaltete den CD-Player aus und machte mich auf den Weg.

Durch die schnell vorrückende Nacht fuhr ich zum Jachthafen von San Andrews. Kurz vor dem Kreisel in Canteen verlangsamte ich und blickte zum Hafen und seinem Wald aus Masten hinüber. Camahos erste Hauptstadt war einmal hier, später aufgegeben, als die Briten feststellten, dass man sie um den Krater eines schlafenden Vulkans herum gebaut hatte, den das Meer in eine Lagune verwandelt hatte. Auf dem Hügel über dem sich kräuselnden Wasser stand die Ruine eines ausgebombten Hauses, von den Camahoern Dread House, Haus der Furcht, genannt. Ein Mann, den die Nation geliebt hatte, hatte die Insel von dort oben aus regiert. Eines Tages hatten ihn seine Parteigenossen in die große Eingangshalle dieser verfallenen Villa bestellt und ihn wissen lassen, dass sie ihn vernichten würden, wenn er nicht tat, was sie sagten. Fünf Tage später war er tot.

Ich hielt auf dem Grünstreifen gegenüber einem Restaurant mit Bar, das auf einem Ponton im Jachthafen schwamm. Dann duckte ich mich in eine schmale betonierte Gasse, vorbei an kleinen, schummerigen Wohnungen, die von riesigen Flachbildfernsehern und Gefrierschränken halb so groß wie die Zimmer erleuchtet wurden. Dubstep-Bässe und Soca-Musik wummerten durch die Luft.

Beaumont, der Bauch von Camaho: Häuser zehn Reihen hoch übereinandergestapelt und mit schulterbreiten Gassen dazwischen. Die Bewohner waren weder arm noch reich und konnten alles beschaffen, wonach es einen gelüstete. Sie hatten das beste Gras der Insel im Angebot und erkannten einen Gesetzeshüter mit verbundenen Augen. Eine besondere Sorte Camahoer, die in den Schattenregionen knapp außerhalb des Gesetzes gedieh.

Ich hatte genug gehört, um zu wissen, dass die Frauen dieses Viertel regierten, die den Aggressionen ihrer nomadisierenden Männer mit der ihnen eigenen grimmigen Fuckoff-Härte begegneten. Jeder, der dort nichts verloren hatte, war ein Eindringling oder ein Feind.

Frauen hockten auf den Brüstungen schmaler Betonveranden und starrten mit offen abschätzenden Blicken auf mich herab. Eine mit einem butterblumengelben Kleid und wild abstehenden Haaren beugte sich zu mir herunter und winkte mit gekrümmtem Zeigefinger. »Hey, Süßer, willst du bisschen Zucker?« Sie schob eine Hüfte vor und hüpfte mit dem Hintern auf der Verandamauer auf und ab.

Ich breitete lächelnd die Hände aus. »Danke für das Angebot, Miss. Würd ich schon wollen, nichwahr, aber leider hab ich Diabetes.« Ihr schallendes Gelächter brandete gegen meine Ohren.

Zweifellos gefiel es Malan hier, so wie es mir in Old Hope gefiel. Ich stellte mir vor, wie er sich als Junge mit schnellen Fäusten und flottem Mundwerk durch all den Mist gekämpft hatte, bis seine Gefährlichkeit zu einem Teil von ihm wurde wie sein Atem. Einmal hatte er mir gegenüber seine Mutter erwähnt und gesagt, dass ein Baum die Aufgabe, ihn großzuziehen, besser erledigt hätte. Dann hatte er sein zischendes, finsteres Lachen von sich gegeben. Ich fragte mich, was aus seiner Frau und seiner Tochter geworden war, sagte mir aber, dass mich das nichts anging.

Ich stieg die Haustreppe hinauf.

Noch ehe ich anklopfen konnte, hörte ich seine Stimme. »Digger, komm rein.«

Flinke dunkle Augen suchten meinen Körper ab, hielten bei meinen Hüften inne und kamen auf meinem Gesicht zur Ruhe.

Er trug khakifarbene Bermudashorts, ein schwarzes T-Shirt mit offenem obersten Knopf und Gummilatschen, die eine Nummer zu groß für seine Füße waren.

Seine SIG Sauer lag vor ihm auf dem Tisch, die Mündung zielte zur Tür.

»Biet mir einen Stuhl an, Malan.«

»Nimm dir einen«, sagte er. Er starrte mir mit einem Ausdruck ins Gesicht, den ich nicht durchschaute, aber es lag keine Herausforderung darin. Schließlich nahm er die Pistole und steckte sie in seinen Hosenbund.

»Digger, was willst du so spät in der Nacht?«

»Biet mir was zu trinken an, Malan. Das gehört sich so.«

Abrupt stand er auf und ging in die Küche.

Ich setzte mich. Malan kam mit einer geöffneten Flasche Malta und einem Glas zurück, stellte beides vor mich hin.

»Wassis los?«, fragte er.

»Macht's dir was aus, dich zu setzen?«

»Digger, geh mir nich auf 'n Geist. Sonst werf ich dich auf der Stelle raus, verstann?«

Mein Herz schlug schneller, mein Mund wurde trocken. Ich hatte gesehen, wie junge Männer auf der Straße ihm beim kleinsten Stirnrunzeln Platz machten. Barkeeper wurden nervös, wenn er sich über ihren Tresen lehnte, hier und da hatte einer sogar ein randvolles Glas fallen lassen. Auch war mir aufgefallen, dass ein bestimmter Typ Frau sich von diesem Auftreten angezogen fühlte. Doch ich kannte nur einen Menschen auf der Welt, der sich jederzeit gern einen Kampf mit Malan Greaves lieferte, und das war Miss Stanislaus. Insgeheim beneidete ich sie.

Ich nahm mir einen Moment Zeit, um die Wände zu betrachten. Sie waren kahl bis auf ein Foto von einem Stierkämpfer, der, dünn und starr wie ein Streichholz, einem verwundeten Stier auswich.

»Du hast einen Fehler gemacht«, sagte ich.

»Wovon redest du, Digger?«

»Gibt nur einen, der so schießen kann. Erinner dich, dass ich dich schon bei so einem Schuss beobachtet hab – damals, als du die zwei Typen von Vincen Island in ihrem Speedboot vom Top Hill auf Kara Island aus abgeknallt hast, nachdem sie die Bank in den Drylands ausgeraubt hatten. Und als du diesen Ziegenbock auf Dog Island abgeschossen hast, damit Sarona dich noch mehr liebt. Gewalt und Angst in die Liebe mischen, das kannst du. Ich bin sogar ins Lager gegangen, um mich zu vergewissern. Du hast das M24 zwar einigermaßen abgetrocknet, aber die Canvastasche war noch nass.«

»Digger, ich hab keine Zeit für …«

Ich schob das Glas beiseite und sah ihm in die Augen. »Wär mir lieber, du würdst die Klappe halten und zuhören, statt mir lauter Lügen aufzutischen. Ich hab grad irgendwie die Schnauze voll von Lügen.«

Er lehnte sich ruckartig zurück und zeigte mir ein knappes, trockenes Lächeln. »Na los, erzähl deinen Quark.«

»Ich schätze, dir fiel's wie Schuppen von den Augen, als wir Tamara aus den Ermittlungen ausgeschlossen haben. Und als diese Bootstypen offensichtlich wussten, dass wir im Anmarsch waren. Du bist nicht blöd, Malan, du hast dich daran erinnert, was ich dir auf dem Marktplatz gesagt hab. Dir ist klar geworden, dass die Frau, nach der wir suchen, Sarona sein muss. Und als sie dir dann gesagt hat, dass sie verreisen würde – vielleicht weil sie tatsächlich Gefühle für dich hatte, denn sie hätt auch einfach abhauen können … Villeich hat sie gedacht, dass es schlimmer wehtut, wenn sie einfach sang- und klanglos verschwindet, villeich …«

Malan sprang auf, drohte mir schwer atmend mit dem Finger. »Sag, was du zu sagen hast, Digger, aber komm mir nich auf die Tour, verstann. So was lass ich mir nicht von dir ...«

Ich stand ebenfalls auf. »Nimm deinen Finger aus meinem Gesicht, Malan.«

»Sonst was?«

»Wenn du nicht sofort deinen Scheißfinger wegnimmst, brech ich ihn dir, verstann? Danach kannst du mich erschießen, so wie du deine Geliebte erschossen hast.«

Er nahm seine Hand herunter und fing an, im Zimmer herumzugehen, beäugte mich dabei wie ein Boxer.

»Was ich sagen will, is, die Frau war 'n Spitzel. Miss Stanislaus und ich waren hinter Tamara her wegen der Beschreibung, die ich von dem kleinen Eric und seinen Freunden in Beau Séjour bekommen hatte. Ich hab mich auch täuschen lassen, denn ohne die Zöpfe und mit kurz geschnittenen, schwarz gefärbten Haaren sehen sich die beiden zum Verwechseln ähnlich. Saronas Job war es, der Polizei den Puls zu fühlen. Wenn ich's mir recht überlege, hatte sie womöglich auch was mit dem Mord von Shadowman an Jana Ray zu tun. Schließlich hatte sie Jana Ray mit uns, also der Polizei, zusammen gesehen und muss sich gedacht haben, dass er genug wusste, um die ganze Sache auffliegen lassen zu können. Ich schätze, Sarona hatte so was schon öfter gemacht, sie war ziemlich gut darin.«

Ich sah Malan ins Gesicht. »Du hast geschnallt, dass sie dich benutzt hat, und wolltest es ihr heimzahlen. Was tust du also? Du zwingst Spiderface, sein Leben zu riskieren und dich mitten in der Nacht auf eine Klippe zwischen Kara und Goat Island zu fahren. Er musste dir schwören, das für sich zu behalten. Und du wärst auch fast damit durchgekommen, nur dass du diesen einen Fehler gemacht hast: Du hast Sarona zuerst erschossen, dabei hättest du zuerst auf den Mann am Steuer schießen müssen. Aber du wolltest auf Nummer sicher gehen, wolltest sie unbedingt erledigen, weil sie dich zum Narren gehalten hat. Mit anderen Worten, deine Gefühle haben die Oberhand über deine Ausbildung gewonnen.«

Er stand reglos da, die schwarzen Augen auf meinen Mund gerichtet.

»Du hast die Frau erschossen«, sagte ich und zeigte auf mein Ohr. »Ob du's glaubst oder nicht, trotz all des Regens und des Getoses im Blackwater hab ich Sarona schreien gehört, als deine Kugel sie getroffen hat.«

Malan lehnte sich gegen sein verglastes Küchenfenster und sah zur Decke.

Ich setzte mich wieder. Der Schweiß kribbelte in meinem Nacken, die Nacht war auf einmal stickig.

Er verzog das Gesicht zu einem verkniffenen, schmaläugigen Lächeln. »Dafür kann mich niemand anklagen. Ich werd nix zugeben. Aber sagen wir, irgendwer zeigt mit dem Finger auf mich. Vor Gericht würden die Spuren nur ergeben, dass ich meinen Auftrag erledigt hab. Der Auftrag war, das Boot aufzuhalten. Niemand kann was anderes beweisen. Also versteh ich nich, was du hier willst.«

»Dir klarmachen, dass du mich nich für dumm verkaufen kannst.«

»Meinst du, das weiß ich nicht? Digger, du und das Weib, ihr habt's drauf. Meinst du, ich beneid euch nich manchmal, wenn ich seh, wie ihr zwei zusammen eure Gehirne anstrengt? Meinst du, das macht mir nix aus, dass wir beide am Anfang so 'n gutes Team warn, und kaum is die aufgetaucht, schlägst du dich auf ihre Seite? Aber! Seit ich so klein war« – er hielt die Hand ein paar Zentimeter über die Tischplatte –, »hab ich, Malan Greaves, entschieden, dass ich an erster Stelle komm. Ich! Alles andre kommt nach mir. Ich halt mich an die Regeln, so gut ich kann, aber Malan Greaves geht vor. Kann ich nix gegen machen.«

Er warf mir einen erbitterten Blick zu. »Hast du dich mal gefragt, warum Chilman uns ausgewählt hat?«

»Anfangs ja …«

»Dann nicht mehr? Bist du immer noch nich drauf gekomm? Er is kein Talentsucher nich, er is 'n verdammter Dämonenjäger, weil er selbst einer is, 'n Dämon.«

»Ich weiß nicht, worauf du hinauswillst, Malan.«

Er tippte sich an den Kopf. »Was ham du, ich und das Weib gemeinsam, Digger? Denk nach!« Er war laut geworden und verzog das Gesicht, als hätte er Schmerzen. »Das Loch! Das ham wir gemeinsam. Das Loch in unserm Kopp drin. Deine Mutter is weg, du weißt nich, wo sie is, du weißt, dass du sie nie finden wirst, aber du suchst trotzdem weiter nach deiner Mutter. Die Stanislaus hat ihre Seele von 'nem Kerl zerstört bekomm, und jeder Mann, den sie umbringt, is er.«

»Und du?«

»Das willst du nicht wissen.«

»Will ich doch.«

»Ich sag's dir nicht, Digger. Verpiss dich aus meinem Haus und tu, was du tun musst.«

Er blinzelte und drehte sich schnell weg, aber ich hatte noch die Tränen gesehen.

Ich ließ ihn allein, während er durch sein Spiegelbild im Fenster hinaus in die Nacht starrte.

Malan, knallhart, bad Cop, weinte! Malan Greaves, den seine Mutter als kleinen Jungen bei dem Mann zurückgelassen hatte, vor dem sie weggelaufen war. Der Mann hatte sich keine neue Frau als Ersatz für seine Mutter gesucht, weil der kleine Malan ihm genauso dienlich war – bis Malan dem Kerl ein Messer in den Hals rammte und ging.

Malan Greaves, der alles daransetzte, sich selbst zu beweisen, dass er nicht das war, was der Mann aus ihm gemacht hatte. Der sich seiner Männlichkeit immer noch nicht sicher war.

Und er dachte, ich wüsste es nicht. Pet wusste es, unsere Büro-Pet, die alles wusste.

Es fällt schwer, jemanden zu hassen, wenn man so viel über ihn weiß. Wenn man das Ende der Schnur gefunden hat, an dem man nur zu ziehen braucht, um das große harte Knäuel aufzuwickeln, für das die Person sich ausgibt. Man lässt es entweder bleiben, oder man zieht daran und sucht das Weite und hofft bei Gott, dass man davonkommt. Das hatte ich Sarona bei unserer letzten Begegnung auf dem Markt zu sagen versucht.

Zurück auf der Straße räusperte ich mich und spuckte in die Dunkelheit, bemerkte eine weibliche Gestalt rechts auf dem Grünstreifen, knapp außerhalb des Lichtkegels der Straßenlampe. Mein Herz tat einen Sprung. Miss Stanislaus, die Haare unter einem schwarzen Headwrap, dunkle, weite Hose und ein passendes Oberteil. Angezogen für die Nacht und Heimlichkeiten.

»Was machen Sie hier?«, fragte ich.

Chilmans Auto ratterte unüberhörbar um die nächste Ecke. »Dasselbe wie Sie, Missa Digger.« Sie zeigte auf Malans Haus. »Ich muss sagen, ich bin schon bisschen vor Ihnen hier gewesen.« Sie blickte kurz zu dem Restaurant im Hafen hin und beantwortete die Frage, die mir auf der Zunge lag. »Is nur wegen Malan, dass Sie so 'n saures Gesicht ziehn. Ich hab gesehn, wie Sie immer wieder zu ihm hinguckt ham. Und im Büro ham Sie zweimal die Schublade mit den Handschellen aufgemacht und zweimal wieder zugemacht. Sie ham das nich mal gemerkt, glaub ich. Außerdem wollten Sie nirgends mit mir hingehn, so oft ich auch gefragt hab. Also hab ich zwei und zwei zusammengezählt! War nämlich kein bisschen nett, wie Sie ihn angeguckt ham.«

»Ich versteh die Logik nicht, Miss Stanislaus.«

»Na, ich hatt recht, nichwahr? Möcht nur wissen, warum Sie halb nackt zu Malan sein Haus gehn müssen.«

»Ich bin nicht halb nackt.«

»Aber so gut wie. Machen Sie das nie wieder, Missa Digger.« Sie sah mich finster an. »Nich bei ihm. Ich hab's Ihnen schon paarmal gesagt, manchmal benehm Sie sich dumm.«

Sie schwang ihre kleine Handtasche nach vorn und ließ den Ruger hineinfallen. »Komm Sie, Missa Digger, heut Abend gehen wir piekfein essen. Ich hab uns 'n Tisch reserviert.« Sie nahm meinen Arm und führte mich über die Straße.

Mein Handy brummte, ich ging ran.

»Digson, ich hab dir nie die Geschichte mit dem Engländer und dem Tigerbaby zu Ende erzählt. Willst du den Rest hörn?«

Er musste irgendwo angehalten haben, denn ich konnte seine Karre nicht mehr hören.

»Ich bin ganz Ohr, Sir.«

»Der Tiger leckt also das Blut von dem Engländer, und der weiß, dass er bald noch mehr davon wollen wird. Er schickt seinen Diener los, ihm die Pistole zu bringen. Der Diener braucht lange, um die Waffe zu suchen. Man könnt villeich meinen, dass er seinen Herrn hasst, weil der über sein Leben bestimmt, man könnt auch meinen, dass er Angst hat, zurück in das Zimmer zu gehn. Jedenfalls bringt er schließlich die Pistole, und rate, was passiert?«

»Der Tiger frisst sie beide.«

»Nah, der Engländer erschießt den Tiger. Was lernst du daraus, Digson?«

»Keine Ahnung! Manchmal muss man zerstören, was man liebt, um seine eigene Haut zu retten?«

Er schwieg einen Moment. »So hab ich das noch nie betrachtet.«

»Wie denn?«

»Was geboren wurde, um zu töten, wird töten. Eines Tages wird es versuchen, dich umzubringen. Eventuell musst du ihm zuvorkommen.«

»Ham Sie Ihre Waffe dabei?«, fragte ich.

»Natürlich hab ich sie dabei.« Er hustete ins Telefon und legte auf. Dann hörte ich wieder das Rattern seines Motors. Chilman hatte kein bisschen betrunken geklungen.

Miss Stanislaus und ich betraten den Jachthafen. Ein Lokal reihte sich ans andere, der Duft von Fisch und Meeresfrüchten – gegrillt, gebraten, gedünstet und weiß Gott was noch alles – hing in der Luft.

Ich folgte ihr zu Silvio's, einem Restaurant, das ganz poliertes Holz und klingelndes Silberbesteck war und auf einem kleinen Anleger stand.

Als wir am Tisch saßen, lehnte sich Miss Stanislaus zu mir herüber und fragte mit gedämpfter Stimme: »Wassis zwischen Ihnen und Malan passiert?«

»Ich musste dem Tigerbaby klarmachen, dass ich ein wachsames Auge auf es habe.«

»Sie wolln's mir nich sagen?«

»Ein andermal. Ich hab Hunger, bestellen wir.«

Sie schmatzte mit den Lippen und kniff die Augen zusammen. »Missa Digger, ham Sie sich mal gefragt, warum Missa Malan mir ausm Weg geht?«

»Sagen Sie's mir, Miss Stanislaus.«

»Wern Sie auch nich sauer?«

»Kommt drauf an. Also?«

Sie legte eine Hand auf das weiße Tischtuch. »Also, Missa Malan weiß, dass Sie zuerst aaall Ihre Finger und aaall Ihre Zehen zählen würden, bevor Sie ihn erschießen. Derweil – paff! – sind Sie tot. Ich dagegen!« Sie sah sich in dem Raum um, der von warmem Kerzenlicht durchflutet und dicht bestückt mit den wippenden Köpfen reicher Einheimischer und Touristen war. Dann tupfte sie sich zierlich die Lippen mit der weißen Stoffserviette ab. »Bei mir hat er kein Zweifel, dass ich abdrücken würd.«

Sie breitete die Serviette über ihren Schoß. Als sie wieder aufsah, hatte sie einen seltsamen Ausdruck in den Augen. »Ihr Gesicht, Missa Digger, als Sie diesen Shadowman erschossen ham.«

»Was ist damit?«

»Sie machen jetzt wieder das gleiche Gesicht. Denken Sie an Lufer Came?« Ihr Lächeln war leicht spöttisch.

»Luther Caine ist meinetwegen mit dem Boot untergegangen, Miss Stanislaus. Hier auf Camaho wär ich nicht an ihn rangekommen, also hab ich ihm Angst eingejagt mit den Beweisen, die ich ihm gezeigt hab. Ich hab ihn damit auf das Boot getrieben.«

»Wie das?«

»Ich hab ihm gesagt, dass ich von all seinen Machenschaften weiß und dass die Amerikaner hinter ihm her sind.«

»Aber Sie ham nich gewusst, dass das Boot absaufen würd.«

»Nein, ich hatte für alle Fälle die französischen Inseln informiert. Sie hätten auf es gewartet.«

»Und Miss Dressy?«

»Dessie geht's gut. Sie hat gesagt, dass sie mit mir fertig is. Ich hab gesagt, okay, und dann hat sie meinen teuren Glasschrank kaputt gemacht.«

»Wann hat sie mit Ihnen Schluss gemacht?«

»Na ja, direkt nach, äh, unserm letzten Beisammensein. Miss Stanislaus, kann ich Ihnen was sagen?«

»Sagen Sie's mir.«

»Werden Sie auch nicht sauer?«

»Kommt drauf an, Missa Digger.«

»Ich zerstör lieber mich selbst, als dass ich das zerstör, was ich liebe, oder jemand anderem erlaub, es zu zerstören. Und ich denk dabei nicht nur an Dessie. Verstehn Sie mich nicht falsch, Miss Stanislaus.«

Sie nickte, blickte auf ihre Hände und nickte erneut.

»Missa Digger, Miss Dressy wird zu Ihnen zurückkommen. Isses das, was Sie wollen?«

»Wie Sie mal zu Pet gesagt ham – villeich weiß ich nich, was ich will. Oder villeich weiß ich's und weiß nich, dass ich's weiß.«

Sie runzelte die Stirn, schüttelte den Kopf und verzog säuerlich den Mund. Das brachte mich zum Lachen.

Dann strahlte sie mich plötzlich an. »Ich hab mit Daphne geredet, wie Sie's mir geraten ham. Ich hab ihr alles erzählt. Bevor ich halb fertig war, wollt sie sich Betsy ausleihn und hingehn und Juba Hurst erschießen. Ich sag ihr, er is schon tot. Sie sagt, sie will ihn trotzdem suchen und erschießen.« Sie lachte glucksend. »Missa Digger, warum sind Kinder so verrückt?«

»Das Essen steht vor uns, Miss Stanislaus. Sollen wir am Ball bleiben?«

»Am Ball bleiben wollen wir, Missa Digger.«

DANK

Mit Dank an Ed Wood, den Verleger von Sphere, ohne dessen Ratschläge zu Aufbau und Vorgehensweise dieses Buch nicht in vollem Umfang so realisiert worden wäre.

Ich bin Jeremy Poynting für sein wunderbar scharfsinniges Feedback zu Dank verpflichtet und dafür, dass er mich auf diesen Weg geführt hat.

Und meinem Freund Dave Martin, dessen untrügliches Auge für Widersprüche und Struktur wesentlich zur Vollendung dieses Buches beigetragen hat.